09
허밍버드
클래식

에이번리의 앤

허밍버드 클래식 09

에이번리의 앤
Anne of Avonlea

2017년 12월 11일 초판 01쇄 인쇄
2022년 01월 03일 초판 03쇄 발행

지은이 루시 M. 몽고메리   옮긴이 김서령   일러스트 안상미(Ashling vale)

발행인 이규상   편집인 임현숙

펴낸곳 ㈜백도씨
출판등록 제2012-000170호(2007년 6월 22일)
주소 03044 서울시 종로구 효자로7길 23, 3층(통의동 7-33)
전화 02 3443 0311(편집) 02 3012 0117(마케팅) 팩스 02 3012 3010
이메일 book@100doci.com(편집·원고 투고) valva@100doci.com(유통·사업 제휴)
블로그 blog.naver.com/h_bird 인스타그램 @100doci

ISBN 978-89-6833-159-6 04840
    978-89-94030-97-5 (세트)

ANNE OF AVONLEA
BY LUCY M. MONTGOMERY

에이번리의 앤

김서령 옮김

BY 7321 DESIGN™

허밍버드
Hummingbird

지은이 **루시 M. 몽고메리** *Lucy M. Montgomery*

캐나다 세인트로렌스 만의 프린스에드워드 섬에서 태어났다. 1876년 어머니가 세상을 떠나자 근처 캐번디시에서 우체국을 경영하던 조부모의 보살핌을 받으며 자랐다. 우연히 이웃 독신 남매의 집에 어린 조카딸이 와서 사는 것을 보고, 자신의 상상을 더해 1908년 《빨강 머리 앤》을 출간했다. 이듬해인 1909년에는 후속작 《에이번리의 앤》을 발표하는 등 앤을 주인공으로 총 10권의 작품을 발표해 꾸준한 인기를 모았다. 왕성한 작품 활동을 하다가 1942년 토론토에서 세상을 떠났고, 앤 시리즈의 무대이자 평생 사랑했던 자신의 고향인 프린스에드워드 섬에 묻혔다.

옮긴이 **김서령**

1974년 포항에서 태어나 중앙대학교 문예창작학과를 졸업했다. 2003년 〈현대
문학〉으로 등단한 뒤, 대산창작기금과 서울문화재단 창작기금, 아르코문학상 등
을 받았으며, 미국 아이오와대학교 국제창작프로그램(IWP: International Writing
Program)에 한국 대표로 초청되었다.
소설집 《작은 토끼야 들어와 편히 쉬어라》와 《어디로 갈까요》, 장편 소설 《티타티
타》, 산문집 《우리에겐 일요일이 필요해》를 출간했으며 《빨강 머리 앤》과 《마음도
번역이 되나요 두 번째 이야기》를 번역했다.
세상의 모든 이야기는 사람이 사람을 사랑하는 한 가지의 방식이라 믿고 있다. 내
가 너를 사랑한단 말을 대신해 소설을 쓴다.

열한 살 시절, 나와 가장 가까웠던 친구를 이야기해 보라면 망설이지도 않고 앤을 꼽겠다. 앤이 초록지붕집 동쪽 방 창문에 기대서서 싱그러운 아침 바람을 맞는 동안 나는 낡은 사택 다락방 창문 옆에 엎드려 《빨강 머리 앤》을 읽었다. 나만 수다스러운 꼬마가 아니어서 다행이었고, 나만 말라깽이가 아니어서 다행이었다.

그 빨강 머리 소녀가 불쑥 자라 열일곱 살이 되었다.

사실 내 열일곱 살은 슬프게도 기억이 잘 나지 않는다. 열한 살의 나보다 훨씬 우울하고 외로웠던 시절이어서 아마 나는 스스로 그 기억을 지웠을 것이다. 《에이번리의 앤》을 번역하는 동안 그래서 내 소녀 시절이 아까웠다. 그때 이 책을 읽었더라면 나는 조금 밝아졌을까.

앤은 여전히 이름이 마음에 들지 않고, 빨갛다기보단 이제 적갈색 머리가 되었지만 그나마도 만족스럽지는 않고, 콧등에 난 일곱 개의 주근깨가 보기 싫어 레몬즙을 바르는 소녀다. 여전히 길버트에 대한 마음도 종잡지 못하는 서툰 열일곱 살이지만 앤은 예전보다는 당차다. 그리고 푸르르다.

캐나다 프린스에드워드 섬, 에이번리 마을은 이제 내 고향 같다. 초록 지붕집 부엌문을 열고 오솔길을 조금만 뛰어가면 린드 부인이 사는 집이 나올 것 같고, 해리슨 씨가 키우는 앵무새 진저가 나를 향해 꺅꺅 소리를 지를 것 같고, 통나무 다리를 건너 비탈과수원집으로 가다 보면 이제 막 사랑에 빠진 다이애나가 프레드와 자작나무 아래에서 아무도 몰래 입맞춤을 하고 있을 것만 같다. 들키지 않으려고 가만가만 돌아 나올 때 저 멀리서 길버트가 걸어오겠지.

처음 《빨강 머리 앤》을 번역할 때 나는 흰 강아지와 단둘이 살고 있었다. 500페이지에 가까운 그 책을 번역하는 동안 남자 친구는 종종 내 집에 와 커피를 끓여 주고 컴퓨터를 손봐 주었다. 그래서 《빨강 머리 앤》이 출간되었을 때 나는 그 책의 첫 장에 '이 책의 절반은 네 거야'라는 글을 써서 선물했다.

이제 3년이 지나 《에이번리의 앤》의 번역을 마쳤다. 철자 끝에 e가 붙은 앤과 여름과 가을을 함께 보낸 것이다. 그 사이 커피를 끓여 주던 남자 친구와 나에게는 '우주'라는 예쁜 이름을 가진 아기가 생겼다. 나를 닮아 수다스러운 아기다. 어쩌면 앤을 닮은 건지도 모르겠다. 《빨강 머리 앤》을 번역한 것이 열한 살 시절의 나를 위한 일이었다면, 《에이번리의 앤》을 번역한 건 내 아기를 위한 일이었다. 언젠가는 열일곱 살 소녀로 자랄 내 아기에게 이토록 밝고 건강하고 영리한 친구 앤을 선물하는 일.

그러므로 이 역자 후기를 마무리 짓고 《에이번리의 앤》이 출간된다면 나는 또 '이 책의 절반은 네 거야'라는 글을 맨 첫 장에 쓰게 될 것이다.

그리고 이 책을 집어 들 당신들에게도 나는 말할 것이다.
이 책의 절반은 당신들의 열일곱 살을 위한 것이라고 말이다.
어떻게든 그 마음이 전해졌으면 하는 바람이다.

CONTENTS

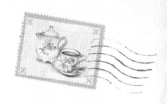

Anne of
Avonlea

8월의 어느 무르익은 오후, 프린스에드워드 섬의 한 농가 현관의 널찍한 돌계단에 한 소녀가 앉아 있었다. 적갈색 머리칼과 진지해 보이는 회색 눈동자에 키가 큰 말라깽이 소녀는 열여섯 살이었다. 앤은 고대 로마 시인 베르길리우스의 시구를 해석해 내겠다고 잔뜩 벼르고 있었다.

하지만 추수기가 다가온 산비탈에 푸른 실안개가 덮이고, 꼬마 요정 같은 산들바람이 포플러나무를 흔드는 데다 붉은 양귀비꽃들이 체리 과수원 옆 어린 전나무 숲을 등지고 흐드러지게 핀 8월 오후였으니 옛 시인의 시를 읽는 것보다는 꿈꾸기에 딱 좋은 시간이었다. 베르길리우스의 시집을 떨어뜨린 줄도 모르고 앤은 깍지 낀 손에다 턱을 괸 채 J. A. 해리슨 씨네 집 지붕 위로 하얗게 퍼진 뭉게구름만 바라보았다. 이다음에 교사가 된 앤이 어린 학생들에게 원대한 포부를 불어넣어 미래의 지도자로 키워 내는 달콤한 상상에 빠져 있었다.

물론 현실을 직시하자면 에이번리 학교에 그렇게 유망한 학생이 있을 것 같지는 않았다. 앤도 그런 생각을 하고 싶지는 않았지만 말이다. 하지만 교사가 온 열정을 다 바친다면 안 될 일도 아니었다. 앤은 교사가 올바로 가르치기만 한다면 무엇이건 이룰 수 있을 거라는 장밋빛 이상을 가지고 있었다. 앤은 40년이 흘러 어느 유명 인사와 함께 있는 즐거운 상상에 빠져들었다. 그 학생이 무엇으로 유명해질지는 모르겠지만 이왕이면 대학 총장이나 캐나다 수상쯤이면 좋겠다고 생각했다. 그가 앤의 주름진 손을 잡으며 그의 꿈에 처음 불을 지핀 사람이 앤이었고 이 모든 성공이 오래전 에이번리 학교에서 시작된 앤의 가르침 덕분이라며 고마워하는 것이다. 하지만 이토록 행복한 상상은 불쾌한 방해꾼 한 사람 때문에 산산조각이 나고 말았다.

얌전한 저지종 소 한 마리가 오솔길을 종종 내려가고 딱 5초 만에 해리슨 씨가 나타났다. 사실 난데없이 마당으로 뛰어든 해리슨 씨의 행동을 보자면 '나타났다'는 표현은 너무 부드러웠다.

그는 다짜고짜 울타리를 뛰어넘어 깜짝 놀란 앤을 성난 얼굴로 노려보았다. 앤은 자리에서 일어나 당황스러운 얼굴로 그를 쳐다보았다. 얼마 전 마을로 새로 이사 온 해리슨 씨를 한두 번 본 적은 있었지만 이렇게 직접 맞닥뜨린 건 처음이었다.

지난 4월 초, 앤이 퀸스 아카데미에서 돌아오기 전에 초록지붕집의 서쪽에 살던 로버트 벨 씨는 J. A. 해리슨 씨에게 집을 팔고 샬럿타운으로 이사를 했다. 해리슨 씨라는 이름 말고 사람들이 알고 있는 건 그가 뉴브런즈윅 출신이라는 것뿐이었다. 하지만 에이번리에 온 지 한 달도 되지 않아 사람들은 다들 그를 별스럽다 흉보았다. 레이첼 린드 부인은 그를 '괴짜'라 불렀다. 알다시피 레이첼이 말을 함부로 하는 사람이긴 했지만 해리슨 씨도 다른 이들과는 달리 확실히 괴짜다운 면이 있었다.

혼자 살림을 꾸려 가는 그는 여자들이 바보처럼 어슬렁거리며 돌아다니는 꼴이 보기 싫다고 공공연히 떠들고 다녔다. 그래서 에이번리 여자들은 그의 살림 솜씨며 식사 문제를 들먹이며 괴상망측한 소문을 퍼뜨려 앙갚음을 했다. 화이트샌즈에서 온 존 헨리 카터라는 소년은 해리슨 씨네 일꾼이었다. 소문은 존 헨리의 입에서 시작되었다. 하나는 해리슨 씨네 집에는 따로 식사 시간이 정해져 있지 않다는 거였다. 해리슨 씨는 배가 고플 때만 그저 한입씩 먹는 식이어서 존 헨리가 마침 그때 근처에 있으면 같이 먹을 수 있어도, 그렇지 않다면 해리슨 씨가 다시 배가 고파질 때까지 기다리는 수밖에 없었다. 일요일에 집에 돌아갈 때면 배가 터질 때까지 먹어 댔고 월요일 아침마다 어머니가 늘 음식 바구니를 들려 보내 주었기 망정이지 그게 아니었다면 굶어 죽었을 것이라고 존 헨리는 애처로운 얼굴로 말했다.

설거지만 해도 그랬다. 해리슨 씨는 비 오는 일요일이 아니면 아예 설거지를 할 생각도 하지 않았다. 그는 일을 끝내고 돌아온 뒤 커다란 함지에 빗물을 받아 한꺼번에 그릇을 씻은 다음 저절로 마를 때까지 내버려 두었다.

게다가 해리슨 씨는 엄청나게 인색했다. 사람들이 앨런 목사의 봉급을 십시일반 거둬 주자 부탁했을 때 그는 앨런 목사의 설교가 과연 얼마만큼의 값어치가 있는지 두고 볼 일이라 대답했다. 그는 덮어놓고 돈을 쓰는 일을 질색하는 사람이었다. 집 안도 좀 둘러볼 겸 레이첼이 선교 단체 헌금을 부탁하러 갔을 때 그는 자기가 아는 그 어느 곳보다 에이번리에 사는 늙은 수다쟁이 여자들 중에 이교도가 많다며 레이첼이 그녀들을 책임지고 개종시켜 준다면 흔쾌히 헌금을 하겠다고 대꾸했다. 레이첼은 후다닥 자리를 뜨면서 가여운 로버트 벨 씨의 부인이 세상을 떠난 게 차라리 다행이라며, 그녀가 생전에 그렇게 자랑스러워했던 집이 이 꼴이 난 것을 알았다면 가슴이 미어졌을 거라고 한탄했다.

"알잖아요, 벨 부인이 이틀마다 꼬박꼬박 부엌 바닥을 닦은걸."

린드 부인은 마릴라 커스버트를 붙잡고 분통을 터뜨렸다.

"마릴라가 지금 그 꼴을 봤어야 해요! 걸을 때마다 치맛자락을 들고 다녀야 했다니까요."

해리슨 씨는 진저라는 앵무새 한 마리를 키우고 있었다. 에이번리에서 앵무새를 키운 사람은 이제껏 하나도 없어서 사람들은 그를 점잖지 못하다고 생각했다. 게다가 그 앵무새도 보통이 아니었다! 존 헨리 카터의 말을 빌리자면 그렇게까지 새가 불경스러울 수 없었다. 끔찍한 욕쟁이 새였던 것이다. 아들에게 다른 일자리를 구해 줄 수만 있었더라도 카터 부인은 당장 아들을 그 집에서 데리고 나왔을 거였다. 존 헨리가 새장 가까이 몸을 수그린 틈을 타 진저가 그의 목덜미를 쪼아 버린 적도 있었다. 불쌍한 존 헨리가 일요일에 집에 돌아가면 카터 부인은 온 동네 사람들에게 그 흉터를 보여 주었다.

잔뜩 화가 난 표정으로 입을 꾹 다물고 선 해리슨 씨를 맞닥뜨린 순간 이 모든 소문들이 앤의 머릿속을 스쳤다. 아무리 상냥한 표정을 짓는다 해도 해리슨 씨는 절대 잘생겼다고 할 수 있는 얼굴이 아니었다. 땅딸막한 데다 뚱뚱했고 게다가 대머리였다. 지금은 화가 나서 붉으락푸르락하기까지 하고 툭 불거진 파란 눈은 거의 튀어나올 지경이었으니, 앤은 이제껏 이렇게 못생긴 사람은 처음 본다는 생각을 할 정도였다.

해리슨 씨가 갑자기 씩씩거리며 쏘아 대기 시작했다.

"더 이상은 못 참겠어. 더 이상은 안 된다고. 내 말 듣고 있어, 아가씨? 벌써 세 번째라고, 이 아가씨야. 세 번째라고! 참는 것도 한계가 있지. 앞으론 절대 이런 일 없게 하라고 지난번에도 아가씨 숙모한테 단단히 못을 박았어. 그런데 이게 뭐야. 또 그랬잖아. 도대체 무슨 꿍꿍이지? 말을 해 봐, 이 아가씨야."

"무슨 일로 이러시는 거죠?"

최대한 품위 있는 표정을 지으며 앤이 물었다. 요즘 앤은 개학을 앞두고 품위 있는 표정을 연습하던 중이었지만 화가 잔뜩 난 해리슨 씨 앞에서는 무용지물이었다.

"무슨 일이냐고? 맙소사, 무슨 일이냐니? 이것 봐, 아가씨. 문제가 뭐냐 하면 당신 숙모네 소가 또 내 귀리밭에 들어왔다는 거야. 30분도 안 됐어. 벌써 세 번째라고. 지난주 화요일에도 그랬고 어제도 그랬어. 내가 여기 와서 당신 숙모한테 주의를 줬다고. 그런데 또 내버려 뒀잖아. 아가씨 숙모 어딨어? 얼굴 좀 보자고. 아무래도 이 J. A. 해리슨이 대놓고 얘길 좀 해야겠어."

"미스 마릴라 커스버트라면 제 숙모님은 아니시고요. 그리고 그분은 지금 먼 친척분 병문안을 하러 이스트그래프턴에 가셨어요."

앤은 한 마디 한 마디에 품위를 담아 말했다.

"제 소가 귀리밭을 망가뜨린 건 정말 죄송해요. 미스 커스버트의 소가 아니라 제 소예요. 벨 씨에게서 산 송아지를 3년 전에 매슈가 저한테 주셨거든요."

"죄송하다고? 죄송하다면 다야? 지금 가서 내 귀리밭 꼬락서니를 한번 보라고. 가운데서부터 끄트머리까지 얼마나 뭉개 놨는지 알아, 이 아가씨야?"

"정말 죄송해요."

앤이 단호하게 되풀이했다.

"하지만 울타리를 잘 고쳐 놓으셨다면 돌리가 그걸 부수진 못했을 거예요. 아저씨네 울타리가 귀리밭이랑 우리 집 목장을 나누고 있잖아요. 지난번에도 봤는데 울타리가 허술해 보이더라고요."

"우리 울타리는 말짱해."

해리슨 씨는 당장에라도 싸울 기세로 화를 냈다.

"저 정신 나간 소는 교도소 철창도 뚫어 버릴걸. 내 말 잘 들어, 이 빨강 머리 애송이야. 아가씨 말대로 이 소가 정말 아가씨 거라면 남의 밭에 못 들어가게 잘 지켜. 여기 앉아서 누런 소설책 따위 읽을 생각 말고."

그는 앤의 발치에 놓인 애꿎은 황갈색 표지의 베르길리우스 시집을 매섭게 노려보았다.

그 순간 빨강 머리만큼이나 앤의 얼굴도 빨개졌다. 앤의 약점은 늘 그랬듯 빨강 머리였다.

"귀밑머리 몇 가닥보다는 빨강 머리가 낫겠네요."

앤이 발끈했다.

앤의 말은 치명적이었다. 해리슨 씨는 대머리라는 말에 정말 민감한 사람이었던 것이다. 다시 화가 머리끝까지 치밀어 오른 해리슨 씨는 말문이 막힐 지경이 되어 앤을 쏘아보았다. 앤은 냉정을 되찾고 상황을 유리하게 이끌어 나갔다.

"아저씨 심정도 이해해요. 귀리밭에서 소를 보고 얼마나 속상하셨을지 상상이 가거든요. 아저씨가 심한 말을 하신 건 마음에 담아 두지 않을게요. 그리고 다신 돌리가 귀리밭을 못 망치게 할게요. 약속해요. 제 명예를 걸고요."

"당연히 그래야지."

해리슨 씨는 다소 누그러진 목소리로 중얼거렸다. 그래도 완전히 화가 풀리지는 않아서 쿵쿵 발소리를 내며 돌아갔다. 그는 마당을 빠져나갈 때까지 계속 으르렁거렸다.

잔뜩 속이 상한 앤은 마당을 가로질러 말썽쟁이 소를 우리에 가두었다.

"울타리를 부수지 않는 이상 이제 나오지 못하겠지."

앤은 곰곰 생각했다.

"이제 좀 얌전해졌네. 귀리가 지겨워졌나 보지. 지난주에 시어러 씨가 사겠다고 했을 때 팔걸 그랬나 봐. 그땐 경매에 나가 다 같이 한꺼번에 파는 편이 낫겠다 싶었는데. 해리슨 씨는 정말 괴짜인 게 맞아. 상냥한 구석이 어쩜 저렇게 없을까."

앤은 주변 사람들을 늘 관심 있게 지켜보는 편이었다.

앤이 집에서 나왔을 때 마릴라 커스버트가 마차를 타고 마당으로 들어섰다. 앤은 후다닥 차 마실 준비를 했다. 두 사람은 차를 마시며 소 이야기를 나누었다.

"경매가 얼른 끝났으면 좋겠네."

마릴라가 말했다.

"이렇게 많은 가축들을 돌보는 건 역시 무리야. 돌봐 줄 사람이라곤 마틴뿐인데 그 앤 너무 못 미덥고. 숙모네 장례식에 간대서 하루 휴가를 줬더니 이거 봐, 분명 어제까지 돌아온다 해놓고 여태 소식이 없잖아. 그 녀석은 도대체 숙모가 몇이라니. 우리 집에 있었던 1년 동안 돌아가신 숙모만 넷이야. 추수가 끝나서 빨리 배리 씨가 농장 일을 맡아 줬으면 좋겠어. 마틴이 올 때까진 돌리를 가둬 놔야겠다. 저 뒤쪽 방목장 울타리를 손봐서 거기다 둬야겠어. 레이첼 말마따나 문제가 산더미야. 불쌍한 메리 키스가 죽으면 두 아이들은 어떻게 될지도 모르겠고. 브리티시컬럼비아에 사는 오라비한테 편지를 보냈는데 여태 답장도 없다네."

"어떤 아이들인데요? 몇 살이에요?"

"여섯 살이야. 쌍둥이고."

"아, 전 해먼드 부인이 그렇게 쌍둥이를 많이 낳은 걸 본 이후로 쌍둥이라면 특히 애착이 가요."

앤의 목소리가 간절해졌다.

"아이들은 예뻐요?"

"세상에나, 그걸 알아볼 수 없을 정도였어. 너무 지저분했거든. 데이비가 흙장난을 해서 도라가 부르러 나갔는데 글쎄 데이비가 도라를 진흙탕에 밀어 버린 거야. 그래서 도라가 울어 버리니까 자기도 거기서 뒹굴어 버렸어. 울 일이 아니라는 거지. 메리가 그러는데 도라는 정말 얌전한 아이지만 데이비는 말도 못하게 짓궂대. 아무도 데이비를 보살펴 준 적이 없잖니. 애들 아빠는 데이비가 어렸을 때 죽었고 메리도 줄곧 아프기만 했으니까."

"보살핌도 받지 못하고 크는 아이들을 보면 늘 마음이 아파요."

앤은 진지했다.

"마릴라가 받아 주기 전까진 저도 그랬잖아요. 아이들 삼촌이 맡아 줘야 할 텐데. 그런데 마릴라와 키스 부인은 어떤 사이예요?"

"메리? 사이랄 것도 없지. 메리의 남편이 나하고 먼 친척일 뿐이야. 저기 린드 부인이 오네. 메리 소식이 궁금했나 보다."

"린드 부인한텐 해리슨 씨랑 소 얘긴 하지 말아 주세요."

앤이 부탁했다.

마릴라가 약속했지만 약속은 하나마나였다. 린드 부인은 자리에 앉자마자 말을 꺼냈다.

"해리슨 씨가 오늘 이 집 소를 귀리밭에서 쫓아내느라 법석이던데요? 카모디에서 오는 길에 봤어요. 완전히 정신 나간 사람 같던데, 그 사람 소란깨나 피웠죠?"

앤과 마릴라는 슬그머니 미소를 주고받았다. 에이번리에서 린드 부인을 피해 갈 수 있는 일은 없었다. 오늘 아침만 해도 앤은 이렇게 말했다.

"한밤중에 방문을 잠그고 커튼을 닫은 채로 재채기를 해도 다음 날 린드 부인이 물어볼걸요. 감기는 좀 어떠냐고요!"

"그랬다네요. 난 집에 없었거든요. 앤한테 엄청 퍼붓고 갔나 봐요."

마릴라가 끄덕였다.

"정말 기분 나쁜 사람이었어요."

넌더리를 내며 앤이 말했다.

"네 말이 딱 맞아."

레이첼은 사뭇 진지하게 말을 이었다.

"로버트 벨 씨가 뉴브런즈윅 출신한테 집을 팔 때부터 문제가 생길 줄 알았다니까. 에이번리가 어찌 되려고 이러나 몰라. 이렇게 외부 사람들이 자꾸들 몰려오니. 머잖아 밤에 잠들기도 불안해질 거라고."

"외부 사람들이 더 들어오고 있단 말이에요?"

마릴라가 물었다.

"못 들었어요? 돈넬 집안도 있잖아요. 그 사람들이 피터 슬론네 옛집을 빌렸대요. 돈넬이 피터네 방앗간을 맡았거든요. 동부 출신이라고는 하는데 다른 건 아무것도 몰라요. 그리고 그 변변찮은 티모시 코튼 가족도 화이트샌즈에서 이사를 온다 하고요. 그 가족은 정말 사람들한테 폐만 끼칠 거예요. 티모시는 폐병이라도 걸려야 도둑질을 그만하려나. 부인은 게으르기 짝이 없어서 손도 까딱하지 않아요. 설거지도 앉아서 한다니까요. 조지 파이 부인은 고아가 된 남편 조카를 데려왔어요. 이름이 앤서니 파이예요. 앤, 그 앤 너희 학교에 다니게 될 거야. 말썽깨나 피울걸. 새 학생이 또 하나 있어. 폴 어빙이 할머니하고 살려고 미국에서 오거든. 마릴라, 그 애 아버지 알죠? 그래프턴에 살던 라벤더 루이스를 차 버린 스티븐 어빙 말예요."

"스티븐이 라벤더를 찬 건 아니죠. 그냥 좀 다퉜고…… 둘 다 잘못이 있었다고 봐요."

"뭐 어쨌거나 스티븐은 라벤더랑 결혼하지 않았으니까요. 듣자하니 라벤더가 그 후로 좀 이상해져서 메아리 오두막이라고 부르는 작은 돌집에서 혼자 사는 모양이에요. 스티븐은 미국으로 가서 삼촌이랑 사업을 하다가 양키 여자랑 결혼을 했고요. 캐나다엔 다시 안 돌아왔어요. 스티븐 어머니가 아들을 만나러 한두 번 미국에 다녀온 게 다예요. 2년 전에 부인이 죽어서 아들을 잠깐 어머니한테 맡긴대요. 폴은 열 살인데 착한 애인지는 모르겠네요. 양키들은 도무지 알 수가 없잖아요."

린드 부인은 프린스에드워드 섬이 아닌 곳에서 태어나거나 자란 사람을 무시했다. 나사렛(Nazareth)에서 무슨 선한 것이 나겠느냐는 식이었다. 물론 그들이 선한 사람일 수도 있겠지만 일단은 의심부터 하고 보았다. 특히 그녀는 '양키'에 대한 편견이 심했다. 예전에 린드 부인의 남편은 보스턴에서 일하면서 사장에게 10달러나 떼인 적이 있었다. 천사는 물론이고 왕이나 그 어떤 권력자가 나서서 그 일이 미국 전체의 책임이 아니라고 설명한들 레이첼의 편견을 꺾을 수는 없었다.

마릴라가 무심한 듯 말했다.

"몇몇 전학생들이 에이번리 학교의 물을 흐려 놓기야 하겠어요? 또 폴 어빙이 제 아빠를 닮았다면 괜찮을 거예요. 스티븐이 거만하긴 했지만 그래도 이 근방에선 제일 똑똑한 청년이었잖아요. 손자가 와서 어빙 부인이 기쁘겠어요. 남편이 죽은 뒤로 정말 외로워했는데."

"그래요, 괜찮을 수도 있어요. 그래도 에이번리 아이들과는 다를 거예요."

레이첼은 그만 매듭짓겠다는 말투였다. 사람이든 장소든 물건이든 레이첼은 제 의견을 절대 꺾을 줄 몰랐다.

"그런데 앤, 마을 개선회를 시작한다면서? 그게 뭐니?"

앤이 얼굴을 붉히며 말했다.

"지난번 토론 클럽에서 몇몇이랑 얘길 나눴을 뿐이에요. 다들 꽤 괜찮은 생각이래요. 앨런 목사님이랑 사모님도 그러셨고요. 요즘엔 마을마다 개선회가 많거든요."

"그런 일을 벌이면 골치깨나 아플 텐데. 그냥 접는 게 나을 거야, 앤. 사람들은 변하는 걸 좋아하지 않거든."

"우린 사람들을 바꾸려는 게 아녜요. 에이번리를 바꾸고 싶은 거죠. 마을이 더 나아질 방법은 많이 있어요. 레비 볼터 씨를 설득해서 농장 위쪽 으스스하게 낡은 집만 허물어도, 그게 개선인 거죠."

레이첼이 수긍했다.

"그건 그렇지. 그 폐가는 오랫동안 마을의 흉물이었으니까. 레비 볼터 씨가 수고비 한 푼 안 받고 폐가를 헐도록 너희 개선회가 설득할 수만 있다면, 나도 개선회를 앞으로 잘 지켜볼 거야. 널 기운 빠지게 하고 싶진 않아, 앤. 아이디어는 좋아 보여. 아무래도 네가 쓰레기 같은 양키들 잡지를 들추다 본 것 같긴 하지만. 이제 학교 일로도 바빠질 텐데 친구로서 조언을 한다면 개선회 같은 건 신경 쓰지 않았으면 좋겠구나. 그래도 이왕 마음먹은 일이니 결국 하게 되겠지? 넌 뭐든 끝장을 보고야 마는 애니까."

앤이 단호하게 입술을 꼭 다문 것을 보면, 레이첼의 말이 틀리지는 않은 모양이었다. 앤의 머릿속은 마을 개선회를 만드는 문제에 온통 쏠려 있었다. 화이트샌즈에서 아이들을 가르쳐야 하기 때문에 매주 금요일 밤부터 월요일 아침까지만 에이번리에 머물게 될 길버트 블라이스도 개선회에 열의를 보였다. 마을 젊은이 대부분도 이따금씩 만나 회의를 하는 것이 재미있을 거라며 개선회에 들고 싶어 했다. 앤과 길버트를 빼고는 개선회가 정확히 어떤 일을 하는지조차 몰랐지만 말이다. 앤과 길버트는 이상적인 에이번리의 모습이 그려질 때까지 이에 대해 계속 토론하고 계획을 짜 보았다.

레이첼은 또 다른 소식도 전해 주었다.

"카모디 학교에는 프리실라 그랜트가 가게 되었다던데. 앤, 너랑 퀸스 아카데미에 같이 다녔던 애지?"

"네, 맞아요. 프리실라가 카모디에 가다니! 진짜 멋진 소식이에요!"

그렇게 외치는 앤의 회색 눈동자가 저녁 별처럼 반짝였다. 린드부인은 앤 셜리가 정말 예쁜 소녀인지 아닌지 언제쯤 알게 될까 새삼 궁금해졌다.

Chapter 02.
성급한 결정과 뒤늦은 후회

다음 날 오후, 앤은 다이애나와 함께 마차를 끌고 카모디로 쇼핑을 하러 갔다. 다이애나 역시 마을 개선회에 들어오기로 한 터여서 두 소녀는 카모디에 다녀오는 내내 개선회 이야기만 나누었다.

"다른 것보다도 저 마을 회관부터 새로 칠해야 해."

에이번리 마을 회관을 지나면서 다이애나가 말했다. 마을 회관은 온통 가문비나무가 우거진 골짜기에 선 허름한 건물이었다.

"보기만 해도 부끄러울 지경이야. 레비 볼터 씨한테 집을 허물라고 말하기 전에 마을 회관부터 손봐야 해. 우리 아빠 어림도 없을 거라고 하지만. 레비 볼터 씨 같은 구두쇠가 그런 데다 시간을 내줄 리가 없다는 거지."

그래도 앤은 희망을 가졌다.

"남자애들이 나무판자를 뜯어내 땔감으로 패 주겠다고 하면, 집을 허물라고 할 수도 있어. 처음에 더디게 흘러가는 건 어쩔 수 없어. 최선을 다하면 되는 거야. 단박에 모든 게 좋아질 순 없잖아. 우선은 여론을 바꿔야지."

여론을 바꾼다는 말이 정확히 뭔지 알지 못했지만 다이애나에게는 제법 그럴싸하게 들렸다. 그래서 그런 목적을 가진 모임의 일원이라는 것이 꽤나 자랑스러웠다.

"어젯밤에 우리가 할 수 있을 만한 일들을 생각해 봤어, 앤. 카모디랑 뉴브리지랑 화이트샌즈 길이 만나는 곳에 삼각지가 있잖아. 어린 가문비나무들이 울창한 곳 말야. 그 나무들을 다 베어 내고 자작나무 두세 그루만 남겨 두면 어떨까?"

"그거 멋진데! 자작나무 아래엔 소박한 의자를 두는 거야. 봄이 오면 가운데에다 화단을 만들어서 제라늄도 심고."

앤이 환한 얼굴로 대답했다.

"그래. 하이럼 슬론 부인네 소가 길 밖으로 나오지 못하도록 막기만 하면 돼. 소가 제라늄을 다 먹어 치울지도 모르니까 말야."

다이애나가 깔깔거렸다.

"여론을 바꿔야 한단 네 말이 이제 이해가 가, 앤. 저기 볼터 씨네 집이네. 저런 흉가 본 적 있어? 게다가 길가 쪽에 바짝 붙은 집이 저렇다니. 창문이 다 떨어져 나간 낡은 집을 보면 난 눈알이 뽑힌 유령 같은 게 떠올라."

하지만 앤은 꿈꾸듯 중얼거렸다.

"난 저 집을 보면 슬퍼지는데. 한때는 행복했던 시절이 있었을 텐데, 그런 생각을 하면 가슴이 아파. 마릴라가 그러는데 옛날엔 저 집에도 대가족이 살았대. 장미 덩굴이 자라던 사랑스러운 정원도 있었고. 정말 예쁜 집이었대. 어린아이들이 많아서 웃음소리랑 노랫소리도 끊이지 않았다나 봐. 이젠 텅 비어서 저 집을 드나드는 건 바람뿐이지만 말야. 너무 쓸쓸하고 애처롭지 않아? 밤이면 그들이 돌아올지도 몰라. 오래전 어린아이들의 유령이랑 장미랑 노랫소리의 유령 말야. 그럼 잠시나마 저 낡은 집도 지난날 젊고 즐거웠던 시절을 떠올리겠지."

다이애나는 고개를 흔들었다.

"나는 그런 상상 못 해, 앤. 예전에 우리가 도깨비 숲에 사는 유령 이야기를 했다가 엄마랑 마릴라한테 엄청 혼났던 거 기억 안 나? 난 지금도 해진 후엔 도깨비 숲을 잘 못 지나다녀. 볼터 씨네 집을 두고 또 그런 걸 상상한다면 거길 지나갈 때에도 깜짝깜짝 놀랄 거라고. 그리고 저 집 아이들은 안 죽었어. 다들 커서 잘 살고 있다고. 한 명은 푸줏간 주인이 됐다니까. 그리고 꽃들이랑 노랫소리가 유령이 될 리 있겠어?"

앤은 한숨을 꾹 참았다. 다이애나를 진심으로 사랑하고 두 소녀는 둘도 없는 친구지만 상상의 세계로 들어갈 때에는 결국 혼자일 수밖에 없다는 걸 앤은 오래전에 깨달았다. 마법의 길로 접어들 때에는 아무리 친한 친구여도 함께할 방법이 없었다.

두 소녀가 카모디에 있는 동안 천둥이 치고 소나기가 내렸지만 곧 그쳤다. 오솔길을 따라 늘어선 나뭇가지마다 빗방울이 반짝반짝 매달렸고 키 작은 나무들이 우거진 골짜기에서는 비에 젖은 고사리들이 향긋한 내음을 풍겼기에 두 소녀는 즐겁게 집으로 돌아올 수 있었다. 하지만 초록지붕집 오솔길로 들어서는 순간 앤은 이 아름다운 풍경을 죄다 망치고 있는 무언가를 발견했다.

해리슨 씨의 널따란 귀리밭은 오른쪽으로 쭉 펼쳐져 있었고 빗물을 머금은 푸른 귀리들이 울울하게 자라 있었다. 그리고 거기, 무성한 귀리밭 한가운데 뻔뻔하게 버티고 서서 멀뚱멀뚱 두 소녀를 바라보고 있는 건 바로 저지종 소였다!

앤은 고삐를 내던지고 굳은 얼굴로 일어났다. 저지종 소에게는 좋지 않은 일이 일어날 징조였다. 마차에서 후다닥 뛰어내린 앤은 말 한 마디 않고 울타리를 타고 넘었다. 다이애나는 무슨 일이 일어난 것인지조차 알지 못했다.

"앤, 돌아와!"

다이애나는 뒤늦게야 사태를 깨닫고 소리를 쳤다.

"진흙탕을 그렇게 뛰면 어떡해! 드레스가 엉망이 된다고. 내 말을 듣지도 않아! 아휴, 혼자선 소를 끌어내지도 못할 거면서. 빨리 도와줘야겠어."

앤은 정신 나간 사람처럼 귀리밭을 헤치며 달려가고 있었다. 다이애나도 마차에서 폴짝 뛰어내려 기둥에다 말을 묶었다. 예쁜 깅엄 드레스 자락을 어깨까지 들어 올리고서 울타리를 넘었다. 그러고는 정신 나간 친구를 쫓아 달리기 시작했다. 흠뻑 젖은 드레스 자락이 몸에 달라붙어 앤은 제대로 뛸 수 없었으므로 다이애나는 금방 앤을 따라잡았다. 이 엉망진창 발자국들을 해리슨 씨가 본다면 야단이 날 게 빤했다.

"앤, 제발 멈춰 봐. 숨차 죽겠어. 너도 온통 젖었잖아."

다이애나가 숨을 몰아쉬며 부탁했다.

"해리슨 씨가…… 보기 전에…… 저 녀석을…… 끌어내야 해. 설사 물에 빠져…… 죽는대도…… 난 저 녀석을…… 끌어내야 한다고."

앤이 헉헉댔다.

하지만 저지종 소는 이 감미로운 귀리밭을 떠날 생각이 눈곱만큼도 없어 보였다. 숨이 턱에 찬 두 소녀가 다가갈라치면 소는 반대편으로 저만치 달아났다.

"녀석을 막아! 뛰어, 다이애나, 뛰어!"

앤이 외쳤다.

다이애나는 있는 힘껏 뛰었다. 앤도 뛰었지만 정신 나간 저지종 소는 귀리밭을 헤집고 달아날 뿐이었다. 다이애나는 정말 소가 무엇에 홀린 게 틀림없다고 생각했다. 두 소녀는 10분 넘게 소를 쫓아다니고서야 겨우 초록지붕집 오솔길로 향하는 모퉁이로 몰고 나올 수 있었다.

앤은 그 순간 화가 치밀어 견딜 수가 없었다. 카모디의 시어러 씨가 길가에 마차를 세우고 아들과 함께 함빡 웃고 있는 모습을 보고서도 앤은 화를 가라앉힐 수가 없었다.

"앤, 그러게 내가 지난주에 저 소를 사겠다 할 때 팔지 그랬니?"

시어러 씨가 껄껄 웃었다.

"지금이라도 팔면 안 될까요? 지금 당장 데려가셔도 돼요."

머리가 다 헝클어진 앤이 붉게 상기된 얼굴로 말했다.

"좋아. 전에 말한 대로 20달러에 사지. 우리 아들 짐이 바로 카모디로 데려갈 거야. 오늘 저녁에 다른 가축들이랑 샬럿타운으로 데려가면 되겠다. 브라이턴에 사는 리드 씨가 저지종 소가 필요하댔거든."

5분 만에 짐 시어러는 저지종 소를 데리고 떠났고 충동적으로 일을 해치운 앤은 20달러를 손에 쥔 채 초록지붕집으로 마차를 몰았다.

"마릴라가 뭐라 하지 않으실까?"

다이애나가 물었다.

"괜찮아. 돌리는 내 거잖아. 그리고 경매에서도 20달러 이상 받긴 힘들 거야. 그나저나 해리슨 씨가 돌리가 한 짓을 알면 어쩌나 몰라. 다신 이런 일 없을 거라고 맹세까지 했는데! 소를 두고 맹세 같은 걸 하는 게 아니었어. 울타리를 뛰어넘거나 부수는 소는 절대 믿으면 안 된다니까."

린드 부인네 집에 들렀다 온 마릴라는 앤이 말하기도 전에 돌리를 판 사실을 다 알고 있었다. 린드 부인이 창가에서 다 지켜본 뒤 추측까지 더해서 마릴라에게 이야기해 준 것이었다.

"앤, 너무 성급하긴 했지만 소를 판 건 잘했어. 그런데 그 녀석은 어떻게 울타리를 뚫고 나갔다니. 보나마나 널빤지를 다 부쉈겠지."

"그 생각까진 못 했어요."

앤이 말했다.

"보고 와야겠어요. 마틴은 아직 안 돌아왔죠? 아무래도 숙모가 또 한 분 돌아가신 모양이에요. 피터 슬론 씨가 했다는 팔순 노인 이야기가 생각나요. 어느 날 저녁에 슬론 부인이 신문을 읽다가 슬론 씨한테 물었대요. '여기 팔순 노인 또 하나가 죽었다는데 피터, 팔순이 도대체 뭐예요?' 그랬더니 슬론 씨가 자기도 모르지만 늘 죽어 가고 있다는 걸 보면 팔순들은 진짜 위독한 존재들이겠지 하더래요. 마틴의 숙모들도 팔순인가 봐요."

"마틴은 아주 전형적인 프랑스인이라니까. 그 사람들은 단 하루 도 못 믿겠어."

마릴라가 넌더리를 냈다.

마릴라가 앤이 카모디에서 사 온 물건들을 살펴보고 있을 때 뒤뜰에서 날카로운 비명 소리가 들려왔다. 곧바로 앤이 손을 부들부들 떨며 부엌으로 뛰어 들어왔다.

"앤 셜리, 왜 그래?"

"아아, 마릴라, 저 이제 어쩌죠? 미치겠어요. 다 제 잘못이에요. 뭔가 저지르기 전에 잠깐이라도 신중해지는 걸 전 언제쯤 배울까요? 린드 부인이 저더러 언젠가는 엄청난 사고를 치고야 말 거라 입버릇처럼 그랬는데, 드디어 오늘 그렇게 되고 말았어요!"

"앤, 속 터지게 하지 말고! 무슨 일이냐고?"

"해리슨 씨네 저지종 소를 팔아 버렸어요. 해리슨 씨가 벨 씨한테 샀던 그 소를요. 제가 시어러 씨에게 팔아 버린 거예요! 돌리는 지금 우리 안에 있어요."

"앤 셜리, 너 꿈꾸는 거니?"

"꿈이었음 좋겠어요. 하지만 꿈이 아녜요. 악몽 같긴 해도요. 지금쯤 해리슨 씨네 소는 샬럿타운에 있을 텐데. 아아, 마릴라, 곤경에서 빠져나온 줄 알았더니 더 큰 곤경에 빠진 거였어요. 어쩌죠?"

"어쩌긴. 가서 해리슨 씨한테 고백을 해야지. 돈으로 받기 싫다 하면 우리 소를 줄 수도 있고. 돌리도 그 집 소만큼 튼튼하니까."

"하지만 엄청나게 짜증을 내면서 고약하게 굴겠죠?"

앤이 울상을 지었다.

"그러겠지. 원래 그런 사람이니까. 내가 대신 가서 이야길 할까?"

앤이 외쳤다.

"아녜요, 비겁해지진 않을래요. 제가 잘못한 건데 마릴라가 곤혹스러워지면 안 되죠. 제가 직접 갈래요. 지금 당장요. 이렇게 끔찍한 일은 빨리 끝낼수록 좋으니까요."

가엾은 앤은 모자와 20달러를 챙겨 들고 나오다가 문이 빼꼼 열린 팬트리(pantry) 안을 들여다보았다. 테이블 위에 오늘 아침 앤이 구운 호두 케이크가 놓여 있었다. 핑크색 설탕을 입히고 호두로 장식하는 등 특별히 신경 써서 구운 케이크였다. 금요일 저녁, 마을 개선회를 만들기 위해 에이번리의 청년들이 초록지붕집에 모일 예정이었다. 앤은 그때 이 케이크를 내어 갈 생각이었다. 하지만 화가 머리끝까지 치밀었을 해리슨 씨에게 댈 일이 아니었다. 손수 음식을 만들어 먹어야 하는 남자의 마음을 케이크로 누그러뜨려 볼 생각으로 앤은 후다닥 케이크를 상자에 넣었다. 화해의 선물인 셈이었다.

"그래 봐야 해리슨 씨가 말할 기회라도 줘야겠지만."

앤은 오솔길 울타리를 지나 아스라한 8월의 저녁 빛 아래 황금색으로 물든 들판 너머로 난 지름길에 접어들며 비통한 얼굴로 중얼거렸다.

"사람들이 사형장에 끌려갈 때 이런 기분이었겠구나."

Chapter 03.
해리슨 씨네 집

　무성한 가문비나무 숲을 등지고 선 해리슨 씨네 집은 흰 칠을 한 처마가 나지막한 옛날식 집이었다.

　해리슨 씨는 셔츠 바람으로 포도나무 그늘이 드리워진 베란다에 앉아 저녁마다 피우는 파이프 담배 맛을 즐기고 있었다. 그는 길을 따라 올라오는 낯익은 얼굴을 보자마자 후다닥 일어나 집으로 뛰어 들어간 다음 문을 걸어 잠갔다. 놀라기도 했거니와 전날 앤에게 발끈 화를 낸 일이 부끄럽기도 해서 그저 불편했던 것이었다. 하지만 해리슨 씨의 이런 행동은 앤에게 남은 일말의 용기마저 앗아가 버렸다.

　"해리슨 씨가 아직도 저렇게 언짢아하고 있는데 내가 한 짓을 알면 어떻게 나올까?"

　앤은 비참한 기분으로 문을 두드렸다.

　하지만 뜻밖에도 해리슨 씨는 소심한 미소를 머금은 채 문을 열었다. 살짝 초조해 보이긴 했지만 유순하고 다정한 말투로 앤을 맞았다. 파이프는 치워 두고 겉옷을 걸친 채였다. 해리슨 씨는 무척이나 정중하게 먼지가 뽀얗게 앉은 의자를 앤에게 권했다. 짓궂은 황금색 눈을 반짝이는 새장 속 수다쟁이 앵무새만 아니었더라도 괜찮은 손님맞이가 될 뻔한 상황이었다. 앤이 의자에 앉자마자 앵무새 진저가 외쳤던 것이다.

"뭐야, 저 빨강 머리 애송이가 왜 여길 왔지?"

해리슨 씨와 앤 둘 다 얼굴이 순식간에 빨개졌다.

"앵무새는 신경 쓰지 마라."

해리슨 씨가 앵무새를 쏘아보며 말했다.

"저 녀석은 맨날 헛소리만 하거든. 배를 타던 동생이 데려온 놈이야. 원래 선원들이 말을 함부로 하잖니. 앵무새는 뭐든 따라 하는 녀석이고."

"그렇겠죠."

불쌍한 앤은 처리해야 할 일이 있었으므로 화를 애써 억눌렀다. 이런 상황에서 해리슨 씨에게 절대 대들 수는 없는 일이었다. 주인 허락도 없이 소를 팔아 치운 마당에 고작 앵무새에게 기분 나쁜 소리를 들었다고 따질 수는 없는 노릇이었다. 물론 이런 처지만 아니었다면 "빨강 머리 애송이"를 쉽게 들어 넘기지는 않았을 것이다.

"고백할 게 있어요, 해리슨 씨."

앤은 결연한 목소리로 말했다.

"그게…… 그러니까, 저지종 소에 관한 거예요."

해리슨 씨가 신경질적으로 소리쳤다.

"맙소사. 또 내 귀리밭에 들어간 거냐? 그래, 됐다. 어쩔 수 없지. 그래 봐야 별 차이도 없으니까. 내가 어젠…… 좀 심하긴 했다. 개의치 마라."

"차라리 그거라면 좋겠어요."

앤이 한숨을 쉬었다.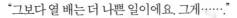

"그보다 열 배는 더 나쁜 일이에요. 그게……."

"설마, 녀석이 내 밀밭에 들어간 거냐?"

"아뇨……, 아니에요……. 밀밭이 아니고요."

"그럼 양배추밭? 박람회에 출품하려고 키우던 내 양배추밭을 망쳐 놓은 거냐? 응?"

"양배추밭도 아녜요, 해리슨 씨. 다 말씀드릴게요. 그러려고 온 거예요. 자꾸 끼어드시니까 저도 정신이 없잖아요. 다 말할 테니 가만히 계셔 주세요. 다 듣고 나시면 아마 할 말이 많으실 거예요."

말은 그렇게 해도 앤은 여전히 망설였다.

"한마디도 않으마."

해리슨 씨는 정말 아무 말 하지 않았다. 하지만 입을 다물겠다는 약속을 하지 않은 앵무새 진저가 자꾸만 "빨강 머리 애송이"라 시끄럽게 떠드는 바람에 앤은 신경질이 치밀었다.

"어제 소를 우리 안에 가둬 놨었어요. 오늘 아침에 카모디에 다녀오는 길에 소가 귀리밭을 헤집는 걸 봤고요. 그래서 다이애나랑 소를 끌어냈어요. 얼마나 힘들었는지 정말 상상도 못 하실 거예요. 흠뻑 젖은 데다 지치고 짜증은 나고……. 딱 그럴 참에 시어러 씨가 나타나셔서 소를 사시겠다지 뭐예요. 그래서 20달러에 냉큼 팔아 버렸어요. 제 잘못이죠. 마릴라가 올 때까지 기다려서 상의를 했어야 하는데. 하지만 전 생각 없이 일을 벌일 때가 많아요. 저를 아는 사람들이라면 다 아는 사실이지만 말예요. 시어러 씨는 오후 기차에 실어 보내려고 소를 바로 끌고 갔어요."

"빨강 머리 애송이."

진저가 잔뜩 무시하는 투로 떠들었다.

이쯤 되자 해리슨 씨가 자리에서 일어나 새장을 옆방으로 처넣고 문을 닫아 버렸다. 다른 새라면 충분히 공포에 질릴 만큼 무서운 행동이었지만 진저는 아랑곳하지 않고 늘 하던 식 그대로 소리를 깍깍 지르고 욕지거리를 퍼부었다. 하지만 결국 혼자라는 것을 깨닫고는 샐쭉하게 입을 다물었다.

"계속하지."

해리슨 씨가 다시 자리에 앉았다.

"내 동생 놈은 진저한테 예의라고는 눈곱만큼도 가르치지 않았어."

"집에 돌아가 차를 마신 다음에야 우리로 가 봤어요. 그런데 해리슨 씨……"

앤은 몸을 기울여 어린아이처럼 두 손을 꼭 움켜쥐고는 커다란 잿빛 눈동자를 들어 해리슨 씨의 당황한 얼굴을 간절하게 바라보았다.

"소가 우리 안에 있더라고요. 시어러 씨에게 판 게 아저씨네 소였던 거예요."

"세상에. 무슨 그런 터무니없는!"

해리슨 씨는 전혀 뜻밖의 결말에 기가 차서 외쳤다.

앤이 침울한 목소리로 말했다.

"아주 터무니없는 일도 아니에요. 전 저뿐만 아니라 다른 사람들도 곤경에 빠뜨린 적이 있거든요. 전 그런 일로 좀 유명해요. 이 나이쯤 되면 그만할 때도 되었다고 생각하시겠지만…… 제가 3월엔 열일곱 살이 되거든요……. 여태 그래요. 해리슨 씨, 용서를 구하기엔 너무 엄청난 잘못이죠? 아무래도 소를 도로 데려오긴 늦은 일 같고, 소값을 가져오긴 했어요. 아님 제 소를 드릴 수도 있어요. 돌리도 꽤 괜찮은 소예요. 너무 죄송해서 뭐라 드릴 말씀이 없어요."

"쯧쯧. 그만 됐다, 아가씨."

해리슨 씨가 호탕하게 말했다.

"대단한 일도 아니네. 별것도 아닌 걸 가지고. 사고란 언제나 터지기 마련이야. 나도 가끔 정신없이 서둘거든, 아가씨. 말도 못 하게 말야. 생각나는 대로 막 떠들어 부치니 사람들은 제멋대로 나를 판단하지. 돌리가 내 양배추밭을 다 헤집었다 해도 상관없어. 게다가 그러지도 않았잖니. 그러니 됐다. 어차피 너도 소를 팔고 싶어 했으니 내가 소로 받는 게 낫겠다."

"아아, 고맙습니다, 해리슨 씨. 화내지 않으셔서 정말 다행이에요. 얼마나 걱정했는데요."

"여기 와서 털어놓기가 말도 못 하게 끔찍했겠지. 내가 어제 그 야단을 쳤는데. 안 그래? 더 걱정하진 마라. 난 아무 말이나 막 해 버리는 노인네거든. 있는 그대로 말해야 직성이 풀리는 사람이라 그래."

"린드 부인도 그래요."

앤이 자기도 모르게 불쑥 내뱉었다.

해리슨 씨가 발끈했다.

"누구? 린드 부인? 그 늙은 수다쟁이 여편네랑 나를 비교하는 거냐? 말도 안 되는 소릴. 그런데 그 상자에 든 건 뭐지?"

"케이크예요."

앤이 발랄하게 대답했다. 해리슨 씨가 이렇게 온화하게 나올 줄 몰랐던 터라 앤은 마음이 깃털처럼 가볍게 날아오르는 듯했다.

"케이크를 자주 드시지 못할 것 같아서 좀 가져왔어요."

"그건 그렇지. 난 케이크를 아주 좋아하거든. 정말 고맙다. 케이크 위쪽은 맛있어 보이긴 하는데, 속까지도 그러려나."

앤은 환한 얼굴로 자신 있게 말했다.

"그럴 거예요. 앨런 사모님께 혹 들으셨는지 모르겠지만, 제가 예전엔 케이크를 잘 못 만들었거든요. 하지만 이건 달라요. 마을 개선회 모임 때문에 만든 거지만, 그건 또 만들면 돼요."

"좋아, 그럼 내가 케이크를 먹을 수 있도록 아가씨가 도와줘야겠어. 찻물을 올릴 테니 나하고 차를 마시는 거야. 괜찮겠어?"

"제가 차를 끓이는 건 어떨까요?"

앤이 미덥잖은 표정을 짓자 해리슨 씨가 싱긋 웃었다.

"내 솜씨를 못 믿겠단 말이지? 네가 틀렸다. 그동안 네가 마셔 본 그 어떤 차보다 맛있을걸. 물론 네가 하고 싶다면 그렇게 해. 다행히도 지난 일요일에 비가 와서 깨끗하게 씻어 둔 그릇들이 많거든."

앤은 폴짝 일어나 차를 끓이러 갔다. 찻주전자를 몇 번 헹구고 찻잎을 넣었다. 그런 다음 스토브를 닦고 팬트리에서 접시들을 가져와 테이블을 준비했다. 팬트리를 들여다본 앤은 기겁을 했지만 애써 입을 다물었다. 해리슨 씨는 빵과 버터와 복숭아 통조림이 어디 있는지 알려 주었다. 앤은 마당에서 꽃을 꺾어 와 테이블을 꾸미면서도 테이블보에 묻은 얼룩을 못 본 척했다. 차가 곧 준비되었고 앤은 해리슨 씨 맞은편에 앉아 차를 따라 주며 학교생활과 친구들, 그리고 앞으로의 계획들에 대해 종알종알 떠들었다. 앤 스스로도 믿기 어려울 만큼 분위기가 좋았다.

해리슨 씨는 옆방의 진저가 외로울 것이라며 다시 데려왔다. 앤은 세상 누구든, 무엇이든 다 용서할 수 있을 것만 같은 기분으로 진저에게 호두를 내밀었다. 하지만 이미 마음이 상할 대로 상한 진저는 앤의 호의를 모조리 거부했다. 새초롬하게 횃대에 앉아 깃털을 바짝 곤두세우는 모습이 마치 초록빛과 황금빛이 섞인 공 같아 보이기도 했다.

"그런데 왜 진저(Ginger)라고 부르는 거예요?"

이름 붙이기를 좋아하는 앤이 보기엔 저렇게 화려한 깃털을 가진 새에게 진저(생강)라는 이름은 어울리지 않았다.

"선원 동생이 지은 이름이야. 앵무새 성질이 고약한 걸 보고 지었겠지. 그래도 난 저 녀석이 좋아. 내가 얼마나 녀석을 아끼는지 알면 깜짝 놀랄걸. 물론 못된 구석도 많지. 이런저런 일로 돈도 많이 들었고. 진저가 욕을 하는 통에 사람들이 싫어하는데 도무지 고칠 수가 없어. 나도, 다른 사람들도 애써 봤지만 말야. 앵무새한테 편견을 가진 사람들도 있지. 바보 같지 않니? 어쨌든 난 앵무새가 좋아. 내 가장 좋은 친구지. 무슨 일이 있어도 저 녀석을 포기하진 않을 거다. 무슨 일이 있어도 말야, 아가씨."

앤이 진저를 포기하라고 한 적이 없는데도 해리슨 씨는 마치 그러기라도 한 양 마지막 말에 잔뜩 힘을 주었다. 앤은 별나고 까다로운 데다 성마르기 짝이 없는 이 남자가 좋아지기 시작했고 차를 다 마시기도 전에 두 사람은 꽤 다정한 친구가 되어 있었다. 마을 개선회에 대해 듣고 난 해리슨 씨는 지지의 뜻을 밝혔다.

"좋군. 잘해 봐. 이 동네엔 개선해야 할 것들이 많잖아. 사람들도 그렇고."

"그건 잘 모르겠어요."

앤이 후다닥 대답했다. 스스로나 가까운 친구들에게는 앤도 에이번리 마을과 사람들에게 고쳐야 할 이러저러한 단점이 있다고 지적할 수 있었다. 하지만 해리슨 씨처럼 다른 지역 출신에게서까지 그런 말을 듣고 싶지는 않았다.

"에이번리는 정말 사랑스러운 마을이에요. 그리고 여기 사람들도 정말 좋고요."

"욱하기는."

마주 앉은 앤의 볼이 달아오르고 눈빛이 발끈해지자 해리슨 씨가 덧붙였다.

"네 머리카락 색깔이랑도 잘 어울리고 말이야. 에이번리야 정말 괜찮은 동네지. 그렇지 않았다면 내가 여기 살 리도 없고. 하지만 뜯어고칠 점이 좀 있다는 건 너도 인정할걸?"

앤은 에이번리에 대해서라면 충직했다.

"그래서 전 여기가 더 좋아요. 동네고 사람이고 단점도 하나 없다면 오히려 싫을 것 같아요. 정말 완벽한 사람이라면 하나도 재미없잖아요. 밀턴 화이트 부인은 이제껏 완벽한 사람을 만나 본 적은 없지만 이야기는 들어 봤대요. 남편의 전 부인이 그런 사람이었대요. 첫 번째 부인이 완벽한 사람이었던 남편과 재혼을 하면 대체 얼마나 불편할까요?"

"완벽한 여자랑 결혼하는 게 더 불편하지."

설명하기 어려운 격한 목소리로 해리슨 씨가 잘라 말했다.

앞으로 몇 주 동안은 더 버틸 수 있을 만큼 그릇들이 많다고 해리슨 씨가 큰소리를 쳤지만 앤은 차를 다 마시고 난 뒤 설거지를 하겠다고 고집을 부렸다. 마룻바닥도 쓸고 싶었지만 빗자루도 보이지 않았고 아예 빗자루 따위 없다고 할까 봐 앤은 물어보기도 겁이 났다.

앤이 돌아갈 채비를 하자 해리슨 씨가 말했다.

"종종 놀러 와서 얘기나 나누도록 하지. 멀지도 않고 이웃이니까 말야. 마을 개선회에도 관심이 가고. 재미있을 것 같거든. 제일 먼저 누구랑 붙을 셈이지?"

"사람들한테 참견은 안 할 거예요. 마을 개선에만 신경 쓸 거라고요."

앤은 똑 부러지게 대답했다. 해리슨 씨가 빈정대는 게 아닌가 싶었기 때문이었다.

해리슨 씨는 창가에 서서 앤이 소녀답게 나긋나긋, 가볍고 명랑한 모습으로 노을 진 들판을 가로질러 집으로 돌아가는 모습을 지켜보았다.

"저 애가 심술쟁이 외로운 노인네를 다시 젊은 시절로 돌아가게 해 주는군. 또 한 번 겪어 보고 싶은 기분 좋은 느낌인데."

그가 소리 내어 중얼거렸다.

"빨강 머리 애송이."

진저가 조롱하듯 깍깍거려서 해리슨 씨가 주먹을 흔들어 보였다.

"이 버르장머리 없는 녀석. 네가 자꾸 이러니 동생 놈이 널 데려왔을 때 목을 비틀어 버렸어야 했다는 생각이 들 때가 있다니까. 다시는 이딴 짓 하지 않을 거지?"

앤은 신나게 집으로 돌아와 마릴라에게 이야기를 들려주었다. 마릴라는 앤이 하도 오지 않아 막 찾아 나서려던 참이었다.

"알고 보면 참 멋진 세상이에요. 그렇죠, 마릴라?"

앤은 행복한 얼굴로 이야기를 마무리했다.

"지난번에도 린드 부인은 세상은 별로 멋진 곳이 아니라고 투덜대셨잖아요. 즐거운 일을 기대할 때마다 꼭 실망하게 된다고요. 맞는 말일 거예요. 하지만 그게 꼭 나쁘지만은 않아요. 거꾸로 보면 나쁜 일을 짐작했는데 생각보다 훨씬 좋은 일이 일어나기도 하니까요. 해리슨 씨네 집에 갈 때에만 해도 정말 끔찍했거든요. 그런데 해리슨 씨는 꽤 다정했고 즐거운 시간을 보내기까지 한걸요. 서로 배려만 한다면 정말 좋은 친구가 될 것도 같아요. 모든 게 잘 풀린 것 같아요. 그래도 마릴라, 누구 소인지 확인도 안 하고 소를 팔지는 않을 거예요. 그리고 전 앵무새가 진짜 싫어요!"

어느 해 질 무렵, 제인 앤드루스와 길버트 블라이스, 앤 셜리는 살랑살랑 흔들리는 가문비나무 가지 그늘 아래 울타리를 따라 산책을 하고 있었다. 자작나무 길과 큰길이 만나는 곳이었다. 제인과 앤은 오후를 함께 보내다가 집으로 돌아가는 길에 길버트를 만났다. 세 사람은 운명의 내일에 대해 이야기를 나누었다. 내일이 바로 학기가 시작되는 9월 첫날이었다. 제인은 뉴브리지로, 길버트는 화이트샌즈의 학교로 가게 될 참이었다.

앤이 한숨을 쉬었다.

"너희 둘은 그래도 나보다 낫지. 모르는 아이들을 가르치게 될 거 아냐. 난 오랫동안 알고 지낸 후배들도 있다고. 린드 부인은 아이들이 나를 잘 알아서 처음부터 엄격하게 굴지 않으면 만만하게 볼 거라고 걱정하셔. 난 엄한 선생은 싫은데. 아아, 이런 책임감이라니!"

"우린 잘할 거야."

제인이 편안한 표정으로 대답했다. 제인은 아이들에게 좋은 영향을 주려고 군이 애쓰지는 않았다. 적당히 월급을 받으며, 학교 운영 위원회를 만족시키고, 우수 교사 명단에 오르면 그만이었다. 더 큰 욕심은 없었다.

"질서를 잡는 게 제일 중요한 일이잖아. 그러려면 선생은 좀 엄해야 해. 아이들이 말을 안 들으면 난 벌을 줄 거야."

"어떻게?"

"회초리를 들어야지."

앤이 놀라서 외쳤다.

"아아, 제인, 설마. 그러면 안 돼, 제인!"

제인은 단호했다.

"진짠데. 난 그럴 거야. 그럴 만한 짓을 한다면 말야."

앤 역시 단호했다.

"난 절대 안 때릴 거야. 회초리가 필요하다고 생각하지 않아. 스테이시 선생님도 우리를 절대 안 때렸지만 우린 다들 말을 잘 들었잖아. 필립스 선생님은 늘 아이들을 때렸지만 언제나 교실은 엉망이었고. 회초리를 들어야만 아이들이 잘 자라는 거라면 난 차라리 학교를 그만둘래. 괜찮은 방법도 있잖아. 우리가 학생들한테 사랑받으려 애쓰면 아이들도 우리 말을 잘 따르게 될걸."

"그래도 안 되면?"

제인은 현실적인 사람이었다.

"그래도 안 때려. 그건 아무 도움도 안 돼. 제인, 아무리 말썽을 피운대도 때리진 마."

"길버트, 넌 어떻게 생각해? 가끔 맞을 만한 아이들이 있지 않아?"

제인이 물었다.

"어떤 아이건 때리는 건 잔인하고 나쁜 일 아냐?"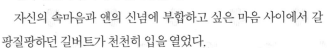

앤의 얼굴이 심각하게 달아올랐다.

자신의 속마음과 앤의 신념에 부합하고 싶은 마음 사이에서 갈팡질팡하던 길버트가 천천히 입을 열었다.

"글쎄. 둘 다 일리 있어. 난 아이들을 때리는 것에 크게 동의하진 않아. 앤이 말한 것처럼 아이들을 다룰 수 있는 다른 방법도 있으니까 체벌은 마지막 수단이 되어야 해. 하지만 다른 한편으로 보자면 제인 말처럼 어떤 방법도 먹히지 않는 녀석들도 분명히 있거든. 그런 아이들은 때려서라도 고쳐 줘야지. 체벌은 마지막 수단이 되어야 한다는 게 내 신조야."

길버트는 두 사람의 기분을 다 맞춰 주려고 애썼지만 이런 경우 흔히 그렇듯 둘 다 만족시키지 못했다. 제인은 고개를 저었다.

"말썽쟁이들은 때릴 테야. 버릇을 고치는 제일 간단하고 쉬운 방법이라고."

앤은 실망스러운 눈길로 길버트를 바라보았다.

"난 절대 안 때려. 그건 올바르지도 않고 필요한 일도 아냐."

앤도 확신했다.

"꼬맹이 녀석이 네 말도 안 듣고 대들면 어쩔 건데?"

제인이 물었다.

"수업이 끝난 후에 남으라고 해서 다정하지만 단호하게 말할 거야. 찾으려고만 한다면 누구에게나 장점은 있어. 그걸 찾아내서 키워 주는 게 선생의 임무고. 퀸스 아카데미에서 교수님도 그러셨잖아. 때리면서 아이의 장점을 찾아낼 수 있다고 생각해? 레니 교수님 말씀처럼 아이들한텐 읽기랑 쓰기랑 셈을 가르치는 것보다 바르게 자랄 수 있도록 도와주는 게 훨씬 더 중요해."

앤이 대답했다.

"하지만 장학사는 읽기랑 쓰기랑 셈을 얼마나 잘 하는지를 보잖아. 아이들이 평균 미달이 되면 너도 좋은 평가를 못 받아."

제인이 반박했다.

"난 우수 교사 명단에 드는 것보다 아이들한테 사랑받는 선생이 되고 싶어. 또 시간이 지난 다음 참 고마웠던 선생으로 기억되고 싶고."

앤은 단호했다.

"아무리 나쁜 짓을 해도 벌주지 않을 거라고?"

길버트가 물었다.

"그건 아냐. 아무리 싫어도 꼭 벌을 줘야 할 때가 있겠지. 하지만 쉬는 시간에 교실에 남아 있게 한다거나 복도에 세워 두거나 아니면 쓰기 숙제를 내줄 수도 있으니까."

"넌 여자애한테 남자애 옆에 가서 앉으란 벌은 안 주겠네."

제인이 짓궂게 말했다.

길버트와 앤은 어이가 없어 마주 보며 웃고 말았다. 오래전 앤이 길버트 옆에 가서 앉으라는 벌을 받고는 그것 때문에 몹시 슬프고 비참했던 적이 있었기 때문이었다.

"뭐, 어떤 게 가장 좋은 길인지는 시간이 알려 주겠지."

헤어질 때 제인은 철학자라도 된 양 말했다.

앤은 나뭇잎이 바스락거리고 고사리 향기가 번지는 *자작나무 길* 그늘을 따라 초록지붕집으로 향했다. *제비꽃 골짜기*를 지나 *전나무 아래 빛과 어둠이 어우러진 버드나무 연못*을 지나면 오래전 다이애나와 앤이 *연인의 오솔길*이라 이름 붙인 곳이었다. 앤은 숲과 들판, 그리고 별이 송송 뜬 여름 저녁의 달콤함을 즐기며 천천히 걸었다. 그리고 내일부터 시작될 새로운 일에 대해 차분히 생각했다. 초록지붕집 마당에 들어서자 부엌 창으로 린드 부인의 단호하고 소란스러운 목소리가 흘러나왔다.

앤이 얼굴을 찌푸렸다.

"린드 부인이 내일 일에 대해 충고해 주러 오신 모양이네. 하지만 안 들어갈래. 린드 부인 충고는 후추 같단 말야. 적당할 땐 괜찮지만 넘치기 시작하면 너무 매워. 해리슨 씨한테 가서 수다나 실컷 떨어야지."

젖소 사건 이후 앤이 해리슨 씨를 찾아가 이야기를 나눈 것은 이번이 처음이 아니었다. 종종 해리슨 씨를 찾아갔고, 해리슨 씨 스스로 장점이라 여기는 거리낌 없는 말투 때문에 앤은 가끔씩 피곤하기도 했지만 두 사람은 좋은 친구였다. 진저는 여전히 앤을 경계하며 "빨강 머리 애송이"라 빈정댔다. 해리슨 씨는 앤이 나타날 때마다 자리에서 벌떡 일어나 "맙소사, 저 예쁜 소녀가 또 오잖아" 등등 칭찬하는 말을 외쳐 보았지만 진저를 막을 수는 없었다. 진저는 해리슨 씨의 계략을 꿰뚫고 있었다. 앤은 그가 뒤에서 얼마나 자신을 칭찬하고 있는지 알지 못했다. 절대 앤의 앞에서는 그러지 않았기 때문이었다.

"내일부터 필요할 회초리를 구하려고 숲에 다녀온 모양이지?"

해리슨 씨가 베란다 계단으로 올라오는 앤에게 인사를 건넸다.

"아녜요."

앤이 발끈했다. 무슨 일이건 진지하게 받아들이는 앤은 놀려 먹기 쉬운 대상이었다.

"전 절대로 회초리는 안 쓸 거예요. 물론 지휘봉이야 필요하겠지만요. 뭔가 짚어 줄 때에만 쓸 거예요."

"그럼 회초리 대신 채찍? 하긴 그게 나을지도 모르겠네. 회초리
가 따끔하긴 하지만 아무래도 채찍으로 맞는 게 더 오래 아프니까
말야. 그건 그래."

"전 그런 거 안 써요. 아이들을 때리진 않을 거라고요."

"맙소사. 그럼 어떻게 애들을 다루려고?"

해리슨 씨는 정말 깜짝 놀랐다.

"애정으로 대할 거예요."

"안 될걸. 절대 안 될걸, 앤. '매를 아끼면 아이를 망친다'는 말도
있잖아. 내가 어렸을 땐 말썽을 안 부려도 거의 매일 맞았지. 내가
말썽을 부릴 심산이었단 이유로 말이야."

해리슨 씨가 말했다.

"그때랑은 달라요, 해리슨 씨."

"하지만 인간 본성은 여전한걸. 내 말을 잊지 마라. 단단히 벼르
지 않으면 조무래기들은 못 다뤄. 어림도 없어."

"그래도 일단 제 식대로 해 볼래요."

앤은 워낙 의지가 강한 데다 자기 생각을 굽힐 줄 모르는 편이
었다.

해리슨 씨는 예의 그 말투로 투덜거렸다.

"고집불통 녀석 같으니라고. 그래, 한번 두고 보자. 언젠가 너도

성질이 나면 지금 생각 같은 건 까맣게 잊고 애들을 마구 때리게 될걸. 너처럼 머리가 빨간 사람들은 성질도 불 같으니 말이야. 넌 아직 누굴 가르치기엔 너무 어려. 어리고 철이 없어."

결국 앤은 그날 밤 좀 우울한 채로 침대에 들었다. 다음 날 아침, 잠을 설쳐 창백하고 침울해진 앤을 보고 마릴라는 깜짝 놀라 뜨거운 생강차를 내왔다. 앤은 생강차가 딱히 효과가 있을 거라 생각하지는 않았지만 꾹 참고 홀짝였다. 인생의 경험을 늘려 주는 마법의 차라면 망설이지도 않고 들이켰을 것이었다.

"마릴라, 저 실패하면 어쩌죠?"

마릴라가 대답했다.

"하루 만에 실패하는 일이 어딨겠어? 시간은 충분해. 아이들한테 모든 걸 가르쳐서 그 애들의 결점을 하루아침에 고칠 수 있을 거라 기대해? 그러고는 제대로 안 된다고 실패했다 할 거야? 그건 문제잖아, 앤."

그날 아침, 앤은 난생처음 자작나무 길이 예쁘다는 것도 전혀 느끼지 못한 채 길을 지났다. 학교에 도착했을 때 교실 안은 고요하기 짝이 없었다. 전임 선생님이 아이들에게 새 선생님이 오면 얌전히 앉아 있으라 일러두었던 것이다. 교실에 들어서자 '빛나는 아침 같은 얼굴'을 한 아이들이 가지런히 줄을 맞추어 앉아 밝고 초롱초롱한 눈으로 앤을 맞았다. 앤은 모자를 벗고 학생들을 마주 보았다. 긴장해서 바보 같아 보일까 걱정하는 속내를 들키지 않기를, 그리고 얼마나 떨고 있는지 아이들이 눈치채지 않기를 바랐다.

어젯밤 앤은 수업 첫날 학생들에게 들려줄 인사말을 준비하느라 자정까지 잠을 이루지 못했다. 앤은 몇 번이고 공들여 고치고 다듬은 뒤 외어 두었다. 서로 돕고 열심히 배워야 한다는 좋은 생각이 들어간 훌륭한 인사말이었다. 딱 한 가지 문제가 있다면, 지금 이 순간 앤은 그 말들이 하나도 떠오르지 않는다는 것이었다.

10초도 지나지 않았겠지만 앤에게는 마치 1년 같은 시간이 흘렀다. 앤이 기어들어 가는 목소리로 말을 꺼냈다.

"성경책을 꺼내세요."

책상 뚜껑이 덜컹거리는 소리를 틈타 앤은 가쁜 숨을 몰아쉬며 의자에 주저앉았다. 아이들이 성경을 읽는 동안 앤은 두근거리는 마음을 다독이면서 어른의 나라로 가고 있는 어린 순례자들을 바라보았다.

물론 대부분은 앤이 잘 아는 아이들이었다. 앤의 동기생들은 지난해에 졸업을 했지만, 신입생과 에이번리로 새로 전학을 온 열 명을 뺀 나머지는 모두 앤과 함께 학교를 다닌 후배들이었다. 앤은 이미 잘 파악하고 있는 아이들보다 전학생들에게 내심 마음이 끌렸다. 어쩌면 전학생들도 다른 아이들과 다를 바 없이 평범할지 모르지만 그래도 그중 뛰어난 아이가 있을는지도 몰랐다. 생각만 해도 가슴이 콩닥였다.

앤서니 파이는 구석 자리에 혼자 앉아 있었다. 어둡고 시무룩한 얼굴을 한 앤서니는 까만 눈동자에 적대감을 가득 담고서 앤을 쏘아보았다. 앤은 앤서니가 자기를 좋아하게 만들어 파이 집안 사람들의 코를 납작하게 만들어야겠다고 당장 마음을 먹었다.

또 다른 구석 자리에 아티 슬론이 있었고 그 옆자리에 낯선 소년이 앉아 있었다. 들창코에다 주근깨투성이였고 커다란 담청색 눈동자에 속눈썹은 희끄무레했다. 명랑해 보이는 꼬마 녀석이었다. 돈넬 씨의 아들인 듯했다. 생긴 것으로 보아 소년의 여동생인 듯한 아이가 통로 건너편에 메리 벨과 함께 앉아 있었다. 아이의 옷차림을 보고 있자니 앤은 아이 엄마가 어떤 사람이기에 저렇게 입혀 학교에 보냈을까 하는 생각이 들었다. 아이는 면 레이스가 잔뜩 달린 빛바랜 핑크 드레스를 입고 실크 스타킹에 때 묻은 하얀 실내화를 신고 있었다. 모랫빛 머리칼은 과하고 어색하게 돌돌 말아 화려한 핑크 리본을 꽂은 채였다. 리본은 아이의 머리통보다 더 클 지경이었다. 표정을 보아 하니 아이는 제 옷차림이 꽤나 마음에 드는 모양이었다.

　비단처럼 곱고 부드러운 연갈색 머리를 어깨까지 늘어뜨린 창백한 꼬마는 아네타 벨인 것 같았다. 원래 뉴브리지 학군에 살던 아네타는 북쪽으로 50야드만큼 이사를 하는 바람에 에이번리로 전학을 오게 되었다. 한 줄에 끼어 앉은 세 명의 헬쑥한 꼬마 소녀들은 코튼 집안 아이들이 틀림없었다. 그리고 갈색 긴 곱슬머리에 담갈색 눈동자로 성경책 너머 잭 길리스를 새초롬하게 쳐다보고 있는 예쁘장한 꼬마 숙녀는 분명 프릴리 로저슨이었다. 프릴리의 아버지는 얼마 전 두 번째 부인과 결혼을 하면서 그래프턴에서 할머니와 살고 있던 프릴리를 집으로 데려왔다. 뒷자리에 앉아 쉼 없이 손발을 꼼지락대고 있는 키 크고 산만한 소녀가 누구인지 앤은 떠오르지 않았다. 나중에야 그 아이가 에이번리의 이모와 살러 온 바바라 쇼라는 것을 알아차렸다. 앤은 또 바바라가 제 발이나 다른 아이들의 발에 걸려 넘어지는 일 없이 통로를 지나는 법이 없는 소녀라는 사실도 알게 되었다.

하지만 앤은 맨 앞자리에 앉은 소년과 눈이 마주쳤을 때 천재를 발견하기라도 한 듯 야릇한 전율을 느꼈다. 소년이 바로 폴 어빙이고, 폴이 여느 에이번리 아이들과는 다를 거라고 했던 린드 부인의 말이 맞다는 것을 앤은 깨달았다. 실제로 폴은 그 어떤 아이와도 달랐다. 자신을 뚫어지게 응시하는 소년의 짙푸른 눈동자를 보며 앤은 폴이 자신과 영혼이 닮은 아이라는 것을 느낄 수 있었다.

폴의 나이가 열 살이라 들었지만 기껏해야 여덟 살 정도로 보일 뿐이었다. 이제껏 본 적 없을 만큼 아름답고 조막만 한 얼굴의 소년이었다. 반짝이는 밤색 곱슬머리가 굽이치는 얼굴은 정교하고 섬세하고 우아했다. 내밀지도 않았는데 진홍색 도톰한 입술은 귀여웠고, 보조개 끄트머리까지 보드랍게 이어져 있었다. 폴은 몸집에 비해 훨씬 조숙해 보이는 아이여서, 냉철하고 진지하고 또 사려 깊어 보였다. 앤이 가만히 웃어 보이자 폴은 곧바로 미소로 답했다. 소년의 몸속에 누군가 램프라도 켠 듯 머리부터 발끝까지 온몸이 환해지는 미소였다. 무엇보다 그것은 억지로 꾸며 낸 것이 아니라 드물 정도로 선하고 고운 내면에서 자연스럽게 번져 나온 미소였다. 그렇게 미소를 주고받은 앤과 폴은 말 한 마디 나누기 전에 영혼의 친구가 되었다.

하루가 꿈같이 지나갔다. 시간이 지난 후 앤은 그날 무슨 일이 있었는지 제대로 기억하지 못했다. 자신이 아닌 딴사람이 아이들을 가르치기라도 한 것 같은 느낌이었다. 앤은 기계적으로 책을 읽히고 셈을 가르치고 쓰기 수업을 했다. 아이들은 잘 따라 주었고 말썽을 일으킨 건 딱 두 명뿐이었다. 몰리 앤드루스는 귀뚜라미 두 마리를 교실 통로로 데려왔다가 들켰다. 앤은 몰리를 한 시간 동안 교단에 세워 두었고 귀뚜라미를 빼앗았다. 몰리는 벌서는 일보다 귀뚜라미를 빼앗긴 것이 더 속상한 모양이었다. 앤은 귀뚜라미를 상자에 담아 집으로 돌아가는 길에 *제비꽃 골짜기*에 놓아 주었다. 하지만 몰리는 그 후로 시간이 한참 지날 때까지 앤이 귀뚜라미를 집으로 데려가 혼자 가지고 논다고 믿었다.

또 다른 말썽쟁이는 앤서니 파이였다. 앤서니는 물병에 남은 물을 오렐리아 클레이의 목덜미에 부어 버렸다. 쉬는 시간에 앤은 앤서니를 앉혀 두고 신사는 절대 숙녀의 목덜미에 물을 부어 버리지 않는다고 타이르며 신사답게 행동하는 법에 대해 이야기해 주었다. 반 모든 소년들이 신사로 자랐으면 한다는 말도 덧붙였다. 앤의 짧은 설교는 다정하고 감동적인 것이었지만 불행하게도 앤서니는 전혀 감동받지 않았다. 예의 뾰로통한 얼굴로 말없이 앤의 말을 듣기만 하더니 교실 밖을 나가면서는 가소롭다는 듯 휘파람까지 불었다. 앤은 한숨을 쉬었다. 로마가 하루아침에 만들어지지 않았듯 앤서니 파이가 자신을 좋아하는 데에도 시간이 걸릴 것이라 생각하며 스스로를 달랬다. 사실 파이 집안 사람들이 과연 사랑이라는 것을 받을 자격이 있는지도 의문이었다. 하지만 앤은 앤서니를 포기하고 싶지 않았다. 퉁명스러운 얼굴을 하고 있지만 속내는 혹 괜찮은 아이일는지도 몰랐다.

수업이 끝나고 아이들이 돌아간 뒤 앤은 의자에 털썩 주저앉았다. 머리가 아팠고 기운이 쪽 빠졌다. 그렇게 엄청난 일이 일어나지도 않았으니 사실 기운이 빠질 일은 아니었다. 하지만 앤은 몹시 지친 데다 아이들을 가르치는 일을 좋아하게 될 것 같지도 않았다. 좋아하지도 않는 일을 40년 동안 날마다 해야 한다는 건 정말이지 끔찍한 일이었다. 지금 이 자리에서 울어 버릴지, 아니면 집으로 돌아가 자신의 하얀 방에서 울어 버릴지 앤은 망설였다. 앤이 마음을 정하기 전에 또각또각 구둣발 소리가 들리는가 싶더니 현관 바닥에 치맛자락 끌리는 소리도 들려왔다. 어떤 부인이 앤 앞에 서 있었다. 얼마 전 해리슨 씨가 샬럿타운의 한 상점에서 마주쳤다는 요란한 차림새의 여인이 떠올랐다.

"그게 유행인 건지 정신 사나운 건지 진짜 알 수 없을 지경이었다고."

부인은 하늘색 여름 실크 드레스를 입고 있었다. 부풀릴 수 있는 곳은 다 부풀리고 주름을 잡을 수 있는 부분은 다 주름을 잡은 드레스였다. 희고 커다란 시폰 모자에는 조잡한 타조 깃털 장식이 길쭉하게 세 개나 달려 있었다. 검은 물방울무늬가 크게 박힌 핑크색 베일은 모자 끝에서부터 어깨까지 치렁치렁했고 등 뒤로는 가벼운 리본 두 개가 나풀거렸다. 작은 몸집을 가득 메울 정도로 온갖 장신구를 매단 데다 독한 향수 냄새까지 풍기고 있었다.

부인이 입을 열었다.

"난 돈넬 부인이에요. H. B. 돈넬. 오늘 점심을 먹으러 집에 온 우리 딸 클래리스 앨마이러가 한 말 때문에 선생님을 만나러 왔어요. 상당히 거슬려서요."

"무슨 일이시죠?"

앤은 당황해서 아침에 돈넬 집안 아이들과 있었던 일을 되짚어 보았지만 아무것도 떠오르는 것이 없었다.

"클래리스 앨마이러 말로는 선생님이 우리 아이들 이름을 부를 때 '돈'넬이라고, 앞 글자에 악센트를 줘서 발음했다고 하더라고요. 미스 셜리, 돈넬이라고 부를 땐 뒤 글자에 악센트를 줘야 해요. 앞으로는 조심해 주셨으면 해요."

앤은 웃음이 터지려는 것을 겨우 참아 내며 대답했다.

"그럴게요. 이름 철자를 틀리는 게 얼마나 기분 나쁜 일인지는 저도 겪어 봐서 알아요. 이름을 잘못 발음하는 건 그보다 더 기분 나쁜 일이겠죠."

"당연하죠. 그리고 클래리스 앨마이러가 그러던데, 선생님이 우리 아들을 제이콥이라 부르셨다면서요?"

"이름이 제이콥이라 하던데요?"

앤이 대답했다.

"그럴 줄 알았어요."

H. B. 돈'넬' 부인이 말했다. 세상이 하도 타락하다 보니 아이들이 이 모양이 되었다는 투였다.

"걘 취향이 아주 서민적이에요, 미스 셜리. 그 애가 태어났을 때 난 세인트 클레어라 부를 생각이었어요. 아주 귀족적인 이름이잖아요, 안 그래요? 그런데 남편이 아이 삼촌 이름을 따서 제이콥이라 하겠다지 뭐예요. 제이콥은 돈 많은 노총각이었거든요. 그래서 제가 양보했어요. 그런데 말이죠, 미스 셜리, 어떻게 되었는지 아세요? 아무것도 모르는 우리 애가 다섯 살이 됐을 때 제이콥 삼촌은 덜컥 결혼을 했고 지금은 아들이 셋이나 있어요. 세상에 이렇게 배은망덕한 경우가 어딨어요? 결혼식 초대까지 했던 걸 생각하면…… 세상에, 청첩장까지 보냈더라니까요, 뻔뻔하게. 그때 전 말했어요. 내 인생에 이제 제이콥이란 이름은 없어. 그날부터 난 우리 아들을 세인트 클레어라 불렀어요. 그래야 한다고 생각해요. 아이 아버진 막무가내로 제이콥이라 부르고 있고 그 녀석도 정말이지 이해할 수 없을 정도로 그 천박한 이름을 좋아하긴 하지만요. 그래도 그 애 이름은 세인트 클레어고 앞으로도 그래야 해요. 꼭 기억해 줬음 좋겠어요. 미스 셜리, 아시겠죠? 고마워요. 클래리스 앨마이러한텐 선생님이 잘 몰라서 그런 거라고, 이야기하면 금방 고쳐질 거라고 말해 뒀어요. 돈넬은 뒤 글자에 악센트가 들어간다 는 것, 그리고 절대 제이콥이 아니라 세인트 클레어라는 것. 꼭 기억해 주세요. 고마워요."

H. B. 돈넬 부인이 떠난 뒤 앤은 교실 문을 잠그고 집으로 향했 다. 언덕 아래에서 앤은 *자작나무 길* 옆에 있는 폴 어빙을 보았다. 폴은 앙증맞고 소담한 야생 난초 한 다발을 앤에게 내밀었다. 에이 번리 아이들이 '쌀백합'이라 부르는 꽃이었다.

폴이 수줍게 말했다.

"라이트 씨네 들판에서 꺾은 거예요, 선생님. 이걸 드리고 싶어 서 다시 왔어요. 좋아하실 것 같아서요. 그리고……"

소년은 커다랗고 예쁜 눈으로 앤을 올려다보았다.

"전 선생님이 좋아요."

"정말 고마워."

앤은 향긋한 꽃다발을 받아 들었다. 폴의 말은 마치 마법의 주문 처럼 좌절과 피로를 사라지게 만들었다. 가슴에서는 물을 뿜는 분 수처럼 희망이 샘솟았다. 앤은 축복이 가득 담긴 향기로운 꽃다발을 든 채 가벼운 발걸음으로 자작나무 길을 지났다.

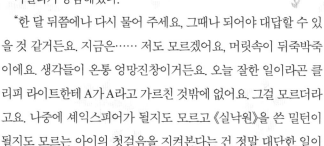

"오늘 어땠어?"

마릴라가 궁금해했다.

"한 달 뒤쯤에나 다시 물어 주세요, 그때나 되어야 대답할 수 있을 것 같거든요. 지금은…… 저도 모르겠어요, 머릿속이 뒤죽박죽이에요. 생각들이 온통 엉망진창이거든요. 오늘 잘한 일이라곤 클리피 라이트한테 A가 A라고 가르친 것밖에 없어요. 그걸 모르더라고요. 나중에 셰익스피어가 될지도 모르고《실낙원》을 쓴 밀턴이 될지도 모르는 아이의 첫걸음을 지켜본다는 건 정말 대단한 일이긴 하죠?"

나중에 린드 부인이 찾아와 앤을 격려해 주었다. 이 친절하기 짝이 없는 부인은 대문 앞에 아이들을 불러 세워 놓고 새로운 선생님이 어땠는지 물어보았던 것이다.

"다들 네가 진짜 좋다고 하던걸, 앤. 앤서니 파이만 빼고 말야. 갠 네가 별로인가 봐. 나한테 그러더라. 다른 여선생들처럼 그냥 시시하대. 그게 자기 생각이래. 그래도 신경 쓸 건 없어."

앤이 조용히 대답했다.

"신경 안 써요. 그래도 언젠간 앤서니 파이도 절 좋아하게 만들 거예요. 꾹 참으면서 다정하게 대해 주면 그렇게 될걸요."

레이첼이 조심스럽게 말했다.

"흠, 파이 집안 애들은 알 수가 없어서 말이지. 그 집 애들은 우리 생각과는 반대로 가는 경우가 많거든. 그건 그렇고 돈넬 부인 말인데, 난 절대로 뒤에다 악센트를 넣어서 그 여자 이름을 발음해 주진 않을 거야. 그 이름은 원래 앞에다 악센트를 넣는 거야. 이제껏 그래 왔어. 정말 제정신이 아닌 여자라니까. 그 집에 퍼그 강아지가 있는데 이름이 '여왕'이라지 뭐야. 밥도 가족들이랑 한 식탁에서 먹는대. 그것도 도자기 접시에다가 말야. 나라면 절대 그런 짓은 못 해. 토마스가 그러는데 돈넬 씨는 교양 있는 사람이고 일도 열심히 하는 사람이래. 딱 하나, 부인 고르는 재주만 없다더라고."

Chapter 06.
별별 사람들

9월의 어느 날, 프린스에드워드 섬의 모래 언덕 너머로 상쾌한 바닷바람이 불어왔다. 들판과 숲으로 길게 이어진 붉은색 길은 울창한 가문비나무 숲을 휘감아 돌았다. 하느작거리는 고사리 덤불이 드넓게 펼쳐졌고, 싱그러운 단풍나무들이 우거진 곳을 지나 길은 골짜기까지 이어졌다. 숲 사이로 시냇물이 반짝였고 국화와 남빛 과꽃이 오밀조밀 피어 햇살을 고스란히 받고 있었다. 여름 언덕에서는 귀뚜라미 떼가 흥겹게도 울어 댔다. 뚱뚱한 밤색 조랑말 한 마리가 어슬렁어슬렁 마차를 끌었고, 두 소녀는 젊은 나날의 소박하고 소중한 기쁨에 대해 조잘거리고 있었다.

앤은 행복에 겨운 한숨을 내쉬었다.

"정말 에덴동산에서나 나올 법한 날이야. 안 그래, 다이애나? 바람이 요술이라도 부리고 있는 것 같잖아. 저 보랏빛으로 물든 골짜기 좀 봐, 다이애나. 아아, 이 죽어 가는 전나무 냄새도 맡아 봐! 저기 그늘진 골짜기에서 나는 냄새야. 에벤 라이트 씨가 울타리로 쓸

나무를 베고 있더라고. 이런 날에 살아 있다는 건 축복이야. 죽어 가는 전나무의 향기는 바로 천국의 향기이고. 앞 구절은 워즈워스 (Wordsworth)가 한 말이고, 뒤 구절은 앤 셜리가 지어낸 거야. 그래도 천국엔 죽어 가는 전나무가 없겠지? 그런데 전나무 숲을 지나는데도 죽은 전나무 향기가 나지 않는다면 천국도 그렇게 완벽한 거 같지는 않아. 천국엔 죽음이 없어도 죽음의 향기 같은 것이 떠다니겠지? 그래, 그럴 것 같아. 저 향긋한 냄새는 틀림없이 전나무의 영혼일 거야. 물론 천국에선 그저 영혼일 뿐이겠지만."

"나무들한테 영혼이 어딨어. 그래도 죽은 전나무 향기는 정말 달콤해. 쿠션을 만들어서 전나무 잎으로 속을 채울래. 너도 만들어 봐, 앤."

다이애나는 현실적이었다.

"그래야겠어. 낮잠 잘 때 써야지. 그럼 나무 요정이 되는 꿈을 꾸게 될걸. 하지만 지금 이 순간엔 앤 셜리가 되는 게 훨씬 좋아. 이렇게 화창하고 맑은 날 마차를 타고 달리는 에이번리 학교 선생님, 앤 말야."

"화창한 날이긴 한데 우리한텐 만만찮은 숙제가 있잖아. 도대체 왜 이 거리를 맡겠다고 한 거야, 앤? 에이번리의 괴짜들이 다 여기에 살잖아. 우린 거지 취급을 받을걸. 여긴 에이번리에서도 최악인 곳이라고."

다이애나가 한숨을 쉬었다.

"그래서 내가 여길 맡은 거야. 물론 우리가 부탁했으면 길버트
랑 프레드가 맡아 줬겠지. 그래도 다이애나, 마을 개선회는 내가
처음 만든 거잖아. 그러니 책임을 져야지. 제일 힘든 일은 내가 해
야 할 것 같아. 너한텐 미안해. 하지만 골치 아픈 일이 생기면 넌 아
무 말 하지 마. 내가 다 알아서 할게. 린드 부인도 그러시잖아. 난
잘할 수 있을 거라고. 린드 부인은 개선회 일을 찬성해야 할지 말
아야 할지 모르시겠대. 앨런 목사님 부부가 찬성하는 걸 보면 마음
이 기울었다가도 마을 개선회가 미국에서 처음 시작된 거란 사실
을 떠올리면 싫다는 거지. 그래서 갈팡질팡하고 계신 거야. 우리가
성공해서 린드 부인한테 보여 주는 수밖에 없지, 뭐. 프리실라가
다음 개선회 모임 때 보고서를 써 올 거야. 프리실라 이모가 유명
한 작가잖아. 조카니까 글솜씨를 물려받았겠지? 잘 써 올 것 같아.
프리실라가 샬럿 E. 모건 부인의 조카라는 걸 알고 얼마나 설렜는
지 몰라. 내 친구가 《에지우드의 나날들》이랑 《로즈버드 가든》을
쓴 작가의 조카라는 게 어찌나 멋지던지."

"모건 부인은 어디에 살아?"

"토론토. 내년 여름에 프린스에드워드 섬에 오실 거래. 프리실
라가 되도록 만날 수 있게 해 준댔어. 그렇게 된다면 진짜 멋지겠
지? 자기 전에 상상하는 것만으로도 신난다니까."

결국 에이번리 마을 개선회가 구성되었다. 길버트 블라이스가 대표를 맡았고, 프레드 라이트가 부대표, 앤 셜리가 서기, 그리고 다이애나 배리는 총무였다. 이른바 '개선론자'라 이름 붙은 이들은 2주에 한 번 멤버들의 집에서 모이기로 했다. 계절이 늦어 버려 여러 개선 사업을 벌일 수는 없었지만 다음 해 여름의 활동을 계획하며 의견들을 취합하고, 토론하고, 보고서를 쓰고 읽으며 앤의 말대로 여론을 돌리는 것에 애를 쓰기로 했다.

물론 못마땅해하는 사람들도 있었다. 개선론자들은 그들을 향해 쏟아지는 조롱에 꽤나 예민해지기도 했다. 엘리사 라이트 씨는 개선회 이름을 '연애 클럽'이라 하지 그랬냐며 빈정거렸다. 하이럼 슬론 부인은 개선론자들이 길섶을 온통 갈아엎고 제라늄을 심을 거란 소문을 들었다며 떠들고 다녔다. 레비 볼터 씨는 개선론자들이 동네 사람들의 집을 다 부순 뒤 개선회가 시키는 대로 다시 짓게 할 거라며 경고했다. 제임스 스펜서 씨는 교회 언덕을 좀 삽질해 달라고 개선론자들에게 전갈을 보냈다. 에벤 라이트는 앤에게 조시아 슬론 할아버지가 구레나룻을 다듬도록 개선론자들이 설득해 달라고 부탁했다. 로렌스 벨 씨는 개선회가 시킨다면 외양간에 흰 칠을 할 수도 있겠지만 그렇다고 외양간 창에다 레이스 커튼까지는 절대 달지 않겠다고 말했다. 메이저 스펜서 씨는 개선론자이자 카모디의 치즈 공장으로 우유를 나르는 클리프턴 슬론에게 내

년 여름에는 동네 사람 모두가 우유 통을 손수 페인트칠한 뒤 장식
보로 덮어 두어야 하는 게 사실이냐고 물었다.

인간의 본성은 본래 그런 것이기에 개선회는 그 모든 비아냥거
림을 무릅쓰고 올가을에 진행할 수 있는 일에만 집중해 나갔다. 다
이애나의 집 응접실에서 열린 두 번째 개선회 모임에서 올리버 슬
론은 마을 회관의 지붕을 고치고 페인트칠을 할 기부금을 모으자
고 제안했다. 줄리아 벨은 숙녀답지 못한 일이라고 껄끄러워하면
서도 올리버의 의견에 동의했다. 길버트가 그 안건을 표결에 부쳤
고 만장일치로 통과되었다. 앤은 진중하게 회의록에 기록했다. 다
음 안건은 그 일을 진행할 소위원회를 구성하는 일이었다. 모든 영
예가 줄리아 벨에게 돌아갈까 배가 아팠던 거티 파이가 과감히 제
인 앤드루스를 위원장으로 추천했다. 이 의견도 재청을 받아 통과
되었다. 이에 따라 제인은 거티와 길버트, 앤과 다이애나, 그리고
프레드 라이트를 소위원회의 위원으로 지명했다. 소위원회는 따
로 모여 활동 구역을 결정했다. 앤과 다이애나는 뉴브리지 거리를,
길버트와 프레드는 화이트샌즈 거리를, 그리고 제인과 거티는 카
모디 거리를 맡았다.

"파이 집안은 모두들 카모디 거리에 살잖아. 그 사람들은 자기
네 집안사람들이 부탁하는 게 아니면 1센트도 기부하지 않을걸.
그래서 그렇게 정했어."

길버트는 도깨비 숲을 지나 집으로 오는 길에 앤에게 말했다.

다음 토요일부터 앤과 다이애나도 일을 시작했다. 길 끝까지 마차를 타고 간 다음, 가장 먼저 앤드루스 자매네 집에 들러 기부를 부탁했다.

"캐서린만 있으면 될 텐데. 엘리자가 있다면 허탕일걸."

다이애나가 말했다.

아니나 다를까 엘리자가 있었다. 그녀는 평소보다 더 음산한 얼굴이었다. 미스 엘리자는 인생이란 눈물로 가득한 계곡이고, 소리 내어 웃는 일은 물론이고 미소 짓는 일조차 비난받아 마땅할 만큼 쓰잘머리 없는 일이라 여기는 사람 같았다. 앤드루스 자매는 쉰 살이 넘도록 결혼을 하지 않고 살아왔는데 세상 순례가 끝나는 날까지도 여전히 그렇게 남아 있을 것 같았다. 사람들 말에 의하면 캐서린은 여태 결혼에 대한 희망을 품고 있었지만 날 때부터 비관론자였던 엘리자는 아예 생각조차 않는 모양이었다. 그들은 마크 앤드루스의 너도밤나무 숲 한 귀퉁이 양지바른 곳에 작은 갈색 집을 짓고 살았다. 엘리자는 그 집이 여름에 지독하게 덥다고 투덜거렸지만 캐서린은 겨울에 따사롭고 포근한 집이라며 입버릇처럼 말했다.

엘리자는 조각보를 바느질하고 있었다. 조각보가 필요했다기보다는 캐서린이 코바늘로 뜨고 있는 시시한 레이스가 마음에 들지 않아서 그러고 있는 것이었다. 앤과 다이애나가 찾아온 이유를 설명하자 엘리자는 이맛살을 찌푸린 채 그리고 캐서린은 미소를 지은 채 소녀들의 이야기를 들었다. 엘리자가 캐서린을 쳐다볼 때면 캐서린은 당혹스러운 마음에 웃음기를 거두었지만 이내 미소가 다시 번졌다.

"펑펑 써도 되는 돈이 있다 한들, 차라리 그걸 태워 불구경이나 하겠어. 마을 회관 따위엔 단 1센트도 못 내. 대체 마을 회관에서 하는 일이 뭐가 있다고. 집에 들어가 잠이나 자야 할 시간에 젊은 애들끼리 모여서 노닥거리는 거 말고 무얼 한단 거야."

엘리자는 냉랭했다.

"엘리자, 젊은 애들도 좀 즐기면서 살아야지."

캐서린이 반박했다.

"말도 안 돼. 캐서린 앤드루스, 우리가 젊었을 땐 마을 회관 같은 델 얼쩡거리지도 않았어. 이놈의 세상은 점점 엉망진창이 되어 간다니까."

"난 갈수록 좋아지고 있단 생각인데."

캐서린도 단호하게 말했다.

"그건 네 생각이고! 네가 뭐라 생각하든 그건 하나도 중요하지 않아, 캐서린 앤드루스. 사실은 사실이니까."

미스 엘리자의 목소리에 노골적인 경멸이 묻어났다.

"그래도 엘리자, 난 항상 좋은 쪽으로 생각하고 싶어."

"좋은 쪽이란 게 없잖아."

더 이상 참지 못한 앤이 외쳤다.

"아녜요, 있어요. 세상엔 얼마나 좋은 면들이 많은데요, 미스 앤드루스. 알고 보면 세상이 얼마나 아름다운데요."

"네가 나처럼 오래 산 다음에도 그런 말을 할 수 있는가 보자. 그때가 되면 개선이니 뭐니 하는 열정도 없어질걸. 요즘 어머니는 어떠시니, 다이애나? 기력이 부쩍 떨어져 보이던데. 아주 안 좋아 보여. 마릴라는 언제쯤 눈이 멀어 버린다니, 앤?"

미스 엘리자가 쌀쌀맞게 대꾸했다.

"조심만 하면 더 나빠지진 않을 거라고 의사 선생님이 그러셨어요."

앤의 목소리가 흔들렸다.

엘리자가 고개를 저었다.

"의사들은 듣기 좋으라고 늘 그렇게 말하지. 내가 마릴라라면 괜한 희망은 갖지 않을 거야. 최악의 상황에 대비를 해야 할 거 아니니."

"하지만 최선의 상황에도 대비를 해야죠. 나빠질 가능성이 있는 만큼 좋아질 가능성도 있으니까요."

앤이 대답했다.

"한번 살아 봐, 그런 일은 없어. 너희들은 고작 열여섯 살이지? 난 쉰일곱 살이야. 이제 그만 가 봐. 개선회 때문에 에이번리가 도리어 엉망이 되지만 않았으면 좋겠다. 뭐 별 기대도 안 하지만 말야."

엘리자가 쏘아붙였다.

앤과 다이애나는 미련 없이 자매의 집을 나와 뚱뚱한 조랑말을 있는 힘껏 몰았다. 너도밤나무 숲 모퉁이를 돌자마자 웬 통통한 여인이 앤드루스 씨네 목초지를 뛰어오며 소녀들을 향해 손을 마구 흔들었다. 캐서린 앤드루스였다. 그녀는 숨이 가빠 말도 제대로 잇지 못하며 앤의 손에 25센트짜리 동전 두 개를 쥐어 주었다.

"마을 회관을 칠하라고 주는 거야."

캐서린이 헉헉거렸다.

"1달러를 주고 싶지만 쌈짓돈을 더 털면 엘리자가 눈치챌 거야. 난 너희가 하는 개선회에 관심이 많아. 잘할 거라고 믿고 있고. 난 낙관주의자거든. 엘리자와 살려면 그럴 수밖에 없고. 엘리자가 찾기 전에 가 봐야겠다. 내가 암탉들 모이를 주러 간 줄 알거든. 모금이 잘되었으면 좋겠네. 그리고 엘리자가 한 말들은 잊어. 세상은 점점 좋아질 거야. 정말로."

다음 집은 대니얼 블레어 씨네였다.

마차 바퀴 자국이 깊게 팬 길을 덜컹덜컹 달리며 다이애나가 말했다.

"대니얼 블레어 부인이 집에 있느냐 없느냐가 관건이야. 집에 있다면 우린 1센트도 얻지 못할걸. 다들 그래. 대니얼 블레어 씨는 부인 허락 없인 이발도 마음대로 못 한다고. 좋게 말하자면 엄청 꼼꼼한 사람이지. 너그러워지기 전에 따질 건 따져 봐야 한다고 생각하거든. 하지만 린드 부인은 그러지. 블레어 부인은 하도 따지기만 하는 통에 인정머리라곤 눈 씻고 찾아봐도 없다고 말야."

앤은 그날 저녁 블레어 씨네 집에서 있었던 일을 마릴라에게 이야기해 주었다.

"말을 매어 놓고 부엌문을 노크했어요. 아무도 나오지 않는데 문은 열려 있었어요. 그런데 팬트리 안에서 무슨 소리가 들렸어요. 누군가 무섭게 소리를 치는 거예요. 뭐라고 하는지 알아들을 순 없었는데 다이애나는 욕하는 소리라 하더라고요. 블레어 씨라고는 믿어지지 않았어요. 굉장히 조용하고 온순한 분이시잖아요. 그런데 그럴 만한 이유가 있기는 했나 봐요. 블레어 씨는 땀을 뻘뻘 흘리면서 비트처럼 빨개진 얼굴로 나왔거든요. 거기다 블레어 부인의 커다란 깅엄 앞치마를 두르고 있었어요. '도대체 이걸 벗을 수가 있어야지. 어찌나 꽁꽁 매 놨는지 풀 수가 없어. 그러니 아가씨들, 이해 좀 해 줘.' 블레어 씨가 그러더라니까요. 우린 괜찮다면서 자리에 앉았어요. 블레어 씨도 앉았고요. 블레어 씨는 앞치마를 등 뒤로 돌려 말아 올리긴 했지만 부끄러우셨나 봐요. 우리가 민망해

할까 봐 걱정하시더라고요. 그래서 다이애나가 사과했어요. 우리가 때를 잘못 맞춰 온 것 같다고요. '아니야, 그런 건 아니야. 그냥케이크 구울 준비를 하느라 좀 바빴을 뿐이야.' 블레어 씨가 억지로 웃으며 대답하셨어요. 그분은 원래 그렇게 정중하시잖아요. '오늘 밤 몬트리올에 사는 처제가 오기로 해서 아내가 기차역에 마중을 나갔거든. 그래서 나더러 케이크랑 차를 준비해 두라고 했어. 레시피도 써 두고 일일이 설명까지 해 줬는데도 난 도통 무슨 소리인지 모르겠어. 취향에 따라서 넣으라는 말이 대체 무슨 소리지? 그걸 어떻게 알아? 내 입맛이랑 다른 사람 입맛이랑 어떻게 같냐 말이야? 레이어 케이크 작은 건데 바닐라를 한 숟갈을 넣으면되는 거냐?' 점점 블레어 씨가 안쓰러워지더라고요. 블레어 씨가할 만한 일이 아닌 것 같았거든요. 말로만 듣던 공처가가 이런 거구나 싶었죠. 생각 같아선 '블레어 씨, 마을 회관을 위해 기부를 해주시면 제가 케이크 반죽을 대신 해 드릴게요', 그렇게 말하고 싶었지만 곤경에 처한 분에게 그런 식으로 흥정을 하는 건 못 할 짓이라는 생각이 번쩍 들더라고요. 그래서 그냥 케이크 반죽을 해 드리겠다고 했어요. 아무 조건도 걸지 않고요. 너무 좋아하셨어요. 결혼 전에도 빵을 만든 적은 있지만 케이크까지는 무리라고, 그래도 아내를 실망시키고 싶진 않으셨던 거예요. 제게 앞치마를 가져다주시더라고요. 그래서 다이애나는 달걀을 젓고 저는 반죽을 했어요. 블레어 씨는 이리저리 뛰면서 재료들을 챙겨 주셨어요. 어느새 앞치마 따위는 다 잊으신 것 같았어요. 뛰어다닐 때마다 앞치마가 뒤에서 나부끼는데, 다이애나는 그 모습을 보니 차라리 죽는게 낫겠단 생각이 들더래요. 블레어 씨는 케이크 굽는 건 혼자 할수 있다 하셨어요. 그거엔 익숙하시대요. 그러고는 기부금 장부를보여 달라더니 4달러를 내놓으셨어요. 말하자면 보상을 받은 거죠. 물론 블레어 씨가 한 푼도 주지 않았다 해도 우린 기독교인으로서할 일을 한 거라고 생각해요."

다음으로 들른 곳은 시어도어 화이트 씨네 집이었다. 앤과 다이애나 둘 다 처음 와 보는 곳이었고 시어도어 부인과도 거의 안면이없었다. 부인은 친절한 사람도 아니어서 두 소녀는 뒷문으로 가야할지 현관으로 가야 할지도 몰랐다. 앤과 다이애나가 고민하며 속살거리는 동안 신문을 한 아름 든 시어도어 부인이 현관에 나타났다. 부인은 현관 바닥부터 현관 계단, 그리고 낯선 방문객들 발치까지 신문지를 한 장 한 장 찬찬히 깔았다.

"잔디에 발을 턴 다음 신문지 위로 걸어와 줄래?"

그녀가 걱정스러운 목소리로 말했다.

"방금 온 집 안을 청소했거든. 더는 더러워지지 않으면 좋겠어. 어제 비가 온 뒤로 길이 진흙탕이잖니."

앤이 신문지 위를 걸으며 다이애나에게 귀엣말을 했다.

"절대 웃지 마. 그리고 부탁인데, 다이애나, 부인이 뭐라고 한들 날 쳐다보지 마. 정말이지 난 표정 관리가 안 될 것 같아."

신문지는 복도를 지나 먼지 하나 없이 청결한 응접실까지 깔려 있었다. 앤과 다이애나는 조심조심 가장 가까이에 있는 의자에 앉아 찾아온 이유를 설명했다. 정중하게 듣고 있던 화이트 부인은 딱 두 번 말을 끊었다. 한 번은 정신없이 날아다니는 파리를 쫓기 위해서였고 또 한 번은 자그마한 잔디 조각을 집느라 그랬다. 앤의 드레스 자락에서 카펫으로 떨어진 것이었다. 앤은 몹시 당혹스러웠다. 그래도 화이트 부인은 흔쾌히 2달러를 기부했다.

"우리가 다시 올까 봐 그런 걸 거야."

집을 나오며 다이애나가 말했다. 화이트 부인은 두 소녀가 말을 풀기도 전에 신문지를 주워 모았다. 마차를 몰고 마당을 빠져나오며 보니 그녀는 부지런히 복도를 비질하고 있었다.

"시어도어 화이트 부인만큼 깔끔한 사람은 없다더니 정말 괜한 소리가 아니었어."

집을 완전히 벗어나자마자 다이애나가 웃음을 터뜨렸다.

"아이가 없는 게 다행이지. 엄마가 저러면 아이들이 얼마나 힘들겠어."

앤이 정색했다.

스펜서 씨네 집에서는 이자벨라 스펜서 부인이 에이번리 사람들에 대해 심술궂게 험담을 늘어놓는 통에 우울해졌다. 토마스 볼 터 씨는 20년 전 처음 마을 회관을 지을 때 자신이 추천한 곳에 짓지 않았다며 기부금을 내지 못하겠다고 거절했다. 에스더 벨 부인은 더없이 건강해 보였지만 30분 동안이나 여기저기 아픈 곳을 들먹이며 슬픈 표정으로 50센트를 내놓았다. 내년 이맘때에는 이곳에 없을 거라며, 아마 무덤 속에 있게 될 거라는 것이 이유였다.

제일 야박한 대접을 받은 곳은 사이먼 플레처 씨네 집이었다. 마차를 끌고 마당으로 들어서면서 앤과 다이애나는 현관 창문 너머로 내다보는 두 사람을 보았다. 하지만 문을 두드리고 한참을 기다려도 나와 보는 이는 없었다. 두 소녀는 부쩍 마음이 상해 플레처 씨네를 빠져나왔다. 앤조차도 의욕이 꺾이기 시작했다고 시인할 정도였다. 하지만 상황은 다시 바뀌기 시작했다. 슬론 집안을 몇 곳 찾아가며 기부금을 후하게 받았고, 이따금 냉대가 없었던 건 아니지만 끝날 때까지 일은 순조로웠다. 마지막으로 들른 곳은 연못 다리 옆에 있는 로버트 딕슨 씨네 집이었다. 앤과 다이애나는 집이 멀지 않았지만, 까탈스럽기로 소문난 딕슨 부인의 심기를 거스르지 않기 위해 차를 내오겠다는 호의를 거절하지 않았다.

두 소녀가 머무르는 동안 제임스 화이트 부인이 들렀다.

"로렌조네 집에 다녀오는 길이에요. 지금 이 순간 제일 행복한 사람은 로렌조일걸요. 그렇지 않겠어요? 아들이 태어났거든요. 딸을 일곱이나 낳은 다음에 아들을 보다니 말예요."

화이트 부인이 말했다.

귀를 쫑긋 세우고 그 말을 듣던 앤이 딕슨 씨네 집을 나서자마자 말했다.

"로렌조 화이트 씨네 집으로 가자."

"하지만 로렌조 씨는 화이트샌즈에 살잖아. 여기선 너무 멀어. 거긴 길버트랑 프레드가 갈 거고."

다이애나가 말렸다.

"걔들은 다음 주 토요일에나 갈 수 있을 거야. 그럼 너무 늦어. 그때가 되면 흥겨운 마음도 사라질 거라고. 로렌조 화이트 씨는 야박한 사람이잖아. 그래도 지금은 얼마든 기부를 할걸. 이런 기회를 놓친다는 건 말이 안 돼, 다이애나."

앤은 단호했다.

앤의 예상이 적중했다. 화이트 씨는 부활절 태양만큼이나 환하게 빛나는 얼굴로 마당에서 소녀들을 맞았다. 앤이 기부금 이야기를 꺼내자 한 치 망설임도 없이 동의했다.

"물론이야, 물론 내야지. 지금까지 기부금을 제일 많이 낸 사람이 누구지? 내가 그 사람보다 1달러를 더 내겠어."

"그럼 5달러가 되는데……. 대니얼 블레어 씨가 4달러를 주셨거든요."

앤은 살짝 조마조마했다. 하지만 로렌조 씨는 아랑곳하지 않았다.

"좋아, 5달러. 여기 있다. 이제 집으로 들어가자. 굉장한 걸 보여 줄게. 아직 본 사람도 몇 없지. 너희 생각도 좀 듣고 싶고 말이야."

"아기가 못생겼으면 뭐라고 하지?"

신이 나서 집 안으로 들어가는 로렌조 씨를 뒤따르며 다이애나가 걱정스러운 말투로 소곤거렸다.

"칭찬거리가 분명히 있을 거야. 아기들은 다 그렇거든."

앤이 느긋하게 대답했다.

다행히도 아기는 예뻤다. 조그맣고 통통한 아기를 보고 진심으로 행복해하는 두 소녀를 보자 화이트 씨는 5달러가 하나도 아깝지 않았다. 물론 로렌조 화이트 씨가 어딘가에 기부를 한 건 그때가 처음이자 마지막이었다.

그날 밤, 앤은 피곤했지만 여러 사람들을 위해 한 번만 더 움직이기로 했다. 들판을 지나 여느 때와 다름없이 베란다에 나와 앉아 진저 옆에서 파이프 담배를 물고 있는 해리슨 씨를 찾아간 거였다. 엄밀히 말하자면 해리슨 씨는 카모디 거리에 살고 있어서 제인과 거티의 몫이었다. 하지만 해리슨 씨와 전혀 안면이 없던 그들은 자신 없어 하며 앤에게 아등바등 졸랐던 것이다.

해리슨 씨는 한 푼도 낼 수 없다며 딱 잘라 거절했다. 앤이 아무리 사정해도 소용이 없었다.

"개선회에 찬성하시는 줄 알았어요."

앤이 투덜거렸다.

"찬성은 하지. 그래도 지갑을 열 정도는 아니야, 앤."

앤은 잠자리에 들기 전 초록지붕집 동쪽 방의 거울 앞에서 혼자 중얼거렸다.

"오늘 같은 날을 몇 번만 더 보낸다면 나도 미스 엘리자 앤드루스처럼 비관주의자가 되고 말걸."

10월의 어느 포근한 저녁, 앤은 의자에 몸을 기댄 채 한숨을 쉬었다. 테이블 위에는 교과서와 시험 문제지들이 널려 있었지만, 막상 앤이 바라보고 있는 글자가 빽빽한 종이들은 수업이나 학교 업무와는 관계없는 것이었다.

"무슨 문제 있어?"

때마침 부엌문으로 들어오다 앤의 한숨 소리를 들은 길버트가 물었다.

당황한 앤은 아이들이 낸 과제물 아래로 종이들을 숨겼다.

"별일 아냐. 해밀턴 교수님이 조언해 주신 대로 내 생각들을 좀 정리해 봤을 뿐이야. 그런데 써 놓고 나니 영 형편없네. 그냥 딱딱하고 바보 같아. 흰 건 종이고 검은 건 글씨고 말야. 상상은 그림자 같기만 해서 도대체 종잡을 수가 없어. 제멋대로 날뛰니 다루기가 힘들거든. 그래도 계속 하다 보면 언젠간 요령이 생기겠지. 너도 그렇겠지만 시간이 많지 않은데. 아이들 과제랑 작문을 손봐 주고 나면 내 글을 쓸 엄두가 안 나."

"앤, 넌 학교에서 아주 잘하고 있어. 애들도 다 너를 좋아하고."

길버트가 돌계단에 앉으며 말했다.

"아니, 모두가 그런 건 아냐. 앤서니 파이는 날 좋아하지도 않고 앞으로도 안 그럴 것 같아. 나를 존경하지도 않는걸. 그래, 걘 그래. 날 아주 우습게 안다니까. 솔직히 말하면 그것 때문에 걱정스러워. 나쁜 애는 아닌데. 그냥 말썽쟁이일 뿐이지. 그렇다고 다른 애들보다 아주 심하지도 않아. 말을 안 듣는 것도 아니야. 문제는, 마치 대들 가치도 없으니 참는다는 듯한 앤서니 태도야. 그런 건 다른 애들한테도 안 좋거든. 그 앨 바꿔 보려고 별의별 방법을 다 써 봤어. 그런데 이젠 영영 실패할까 봐 겁나. 난 잘해 보고 싶은데. 귀엽고 어린 녀석이잖아. 파이 집안 아이라지만 그 애가 날 따라 준다면 나도 앤서니를 예뻐해 줄 수 있는데."

"아마 집에서 쓸데없는 소릴 들어서 그럴걸."

"그래서만은 아닐 거야. 앤서니는 독립심이 강한 애거든. 뭐든 알아서 판단할 줄 알아. 걘 이제껏 남자 선생들한테 배웠고 여선생은 별거 아니라고 떠들어 왔어. 참고 견디다 보면 괜찮아지려나. 난 어려운 걸 해내는 걸 좋아하고 가르치는 일이 재미있긴 해. 다른 아이들 때문에 힘든 걸 폴 어빙이 다 채워 줘. 길버트, 걘 정말 사랑스러운 데다가 천재이기까지 해. 머잖아 세상에 이름을 날릴 거야."

앤은 확신에 한 목소리로 말했다.

"나도 가르치는 일이 좋아. 우선 아이들을 가르치면서 나도 배우거든. 정말이지 앤, 나는 이제껏 내가 학교에 다니면서 배운 것보다 지난 몇 주 동안 화이트샌즈에서 아이들을 가르치면서 배운게 더 많아. 우린 둘 다 잘 해내고 있는 것 같아. 뉴브리지 사람들도 제인을 마음에 들어 한대. 그리고 화이트샌즈 사람들도 날 꽤나 좋아하는 것 같고. 앤드루 스펜서 씨만 빼고 말야. 어젯밤 집에 가는 길에 피터 블루엣 부인을 만났는데, 스펜서 씨가 내 교육 방식을 싫어한다고 일러 주더라고. 그걸 나한테 알려 주는 게 도리일 것 같았대."

길버트도 말했다.

앤이 자신의 경험을 떠올리며 길버트에게 물었다.

"사람들이 어떤 문제를 너한테 알려 주는 게 도리라고 생각한다고 말할 때 좋은 소리가 아니라는 건 알지? 기분 좋은 이야길 전해 주는 건 도리라고 절대 생각하지 않으면서 말야. H. B. 돈넬 부인은 어제도 학교엘 찾아와서 나한테 전해 줘야 할 얘기가 있다는 거야. 하몬 앤드루스 부인은 내가 아이들한테 동화책을 읽어 주는 걸 탐탁잖아 하고, 로저슨 씨는 프릴리의 산수 실력이 빨리 늘지 않는다고 불평을 하더라는 거지. 프릴리가 석판 너머로 남자애들을 조금만 덜 기웃거려도 산수는 금방 늘걸. 그리고 잭 길리스가 프릴리의 산수 문제를 대신 풀어 주고 있는 것 같아. 아직 현장은 못 잡았지만 말야."

"돈넬 부인이 애지중지하는 아드님은 결국 그 성스러운 이름을 수긍하게 됐어?"

"응."

앤이 웃음을 터뜨렸다.

"이만저만 힘든 게 아니었어. 처음엔 '세인트 클레어', 내가 두세 번씩 불러도 들은 척도 안 하더라고. 다른 애들이 쿡쿡 찌르면 그제야 억울한 얼굴로 쳐다봐. 자기를 부르는지 전혀 몰랐단 표정으로 말야. 내가 존이나 찰리로 부른 것도 아닌데. 그래서 하루는 수업이 끝난 후에 불러 놓고 차분하게 얘길 했어. 어머니가 찾아오셔서 아들을 세인트 클레어라 불러 달라고 부탁하셨고 난 어머니의 뜻을 거스를 수가 없다고 말야. 세인트 클레어는 이해가 빠른 애거든. 내 말이 다 끝날 쯤엔 알아듣더라고. 내가 세인트 클레어라 부르는 건 괜찮지만 다른 아이들이 그러면 한 방 날려 버리겠대. 물론 그런 상스러운 소릴 하면 안 된다고 나무랐지만. 그때부터 잘 풀려 가고 있어. 난 그 앨 세인트 클레어라 부르고 다른 아이들은 제이콥이라고 부르지. 세인트 클레어는 목수가 되는 게 꿈이래. 돈넬 부인은 세인트 클레어를 대학 교수로 만들고 싶어 하지만."

대학 이야기에 길버트는 화제를 바꾸었다. 둘은 한동안 서로의 계획과 꿈에 대해 여느 젊은이들처럼 진지하게 부푼 마음으로 이야기를 나누었다. 두 사람에게 있어 미래는 무한한 가능성으로 가득 찬 미완의 길이었다.

길버트는 결국 의사가 되기로 마음을 먹은 터였다.

"정말 멋진 직업이야. 사람은 평생에 걸쳐 무언가와 싸워야 하는 법이잖아. 누군가 그런 말을 했지. 인간은 투쟁하는 동물이라고 말야. 난 질병과 고통, 그리고 무지와 싸울 거야. 이 셋은 연결되어 있잖아. 앤, 난 세상을 위해 진정으로 가치 있는 일을 하고 싶어. 역사가 시작된 이래 훌륭한 사람들이 쌓아 온 인류의 지식에 조금이라도 보탬이 되고 싶어. 나보다 앞서 살았던 사람들이 우리를 위해 무언가를 한 것처럼 나 역시 후대를 살아갈 사람들에게 보답하고 싶거든. 그거야말로 한 인간이 세상을 위해 당연히 해야 하는 도리가 아닐까 해."

길버트는 의욕에 넘쳐 있었다.

"나는 세상을 아름답게 만들고 싶어. 네가 말한 것도 더할 나위 없이 고결한 일이지만 난 그저 지식만을 전해 주고 싶지는 않아. 그보단 사람들이 나로 인해 더 즐거워졌으면 좋겠어. 내가 없었다면 존재하지 않았을 자그마한 기쁨이나 행복한 생각들, 그런 걸 전하고 싶어."

앤이 꿈꾸듯 말했다.

"넌 이미 이루고 있는 것 같은데?"

길버트가 감탄했다.

길버트의 말은 맞았다. 앤은 태어나던 순간부터 반짝이는 아이였다. 살아가는 동안 앤의 미소와 말 한 마디 한 마디는 지켜보는 사람들에게 한 줄기 햇살이 되어 주었다. 비단 한순간일지라도 희망적이었고 사랑스러웠으며 기쁜 존재였다.

길버트가 아쉬워하며 일어섰다.

"맥퍼슨네 집에 가 봐야겠어. 오늘 무디 스퍼전이 안식일 때문에 퀸스 아카데미에서 온댔거든. 보이드 교수님이 나한테 빌려주기로 한 책을 무디가 갖다 주기로 했어."

"난 마릴라의 저녁을 차려야겠어. 키스 부인을 만나러 가셨는데 곧 오실 거야."

마릴라가 돌아왔을 때 앤은 식탁을 차려 놓은 후였다. 장작불이 활활 타올랐고 서리가 하얗게 앉은 고사리와 빨갛게 물든 단풍잎 화병이 테이블에 놓여 있었다. 햄과 토스트에서 먹음직스러운 냄새가 번졌다. 하지만 마릴라는 한숨을 깊게 내쉬며 의자에 털썩 주저앉았다.

"눈이 아프세요? 두통이에요?"

앤이 걱정스러운 얼굴로 물었다.

"아냐. 그냥 좀 지쳤어. 걱정도 되고. 메리랑 그 애들 말이야. 메리는 자꾸 나빠지기만 하고. 얼마 못 버틸 거야. 그럼 쌍둥이는 어쩌나 몰라."

"아직 애들 삼촌한테선 연락이 없대요?"

"편지가 오긴 했어. 벌목장에서 일을 하고 있는데 무슨 말인지는 모르겠지만 여하튼 거기에 처박혀 있대. 봄까지는 애들을 맡을 수 없다나 봐. 봄이 오면 결혼을 하고 집을 마련한 다음에야 데려갈 수 있을 거래. 그러니 겨울 동안 아이들을 맡아 줄 이웃을 찾아보라는 거지. 메리는 사람들에겐 도저히 부탁을 못 하겠대. 이스트 그래프턴 사람들하고 그리 잘 지내지 못했다는 거지. 사실 그렇기도 하고. 앤, 결국 메리는 내가 쌍둥이들을 맡아 주길 바라는 거야. 말은 안 하지만 그런 눈치야."

"어머! 아이들을 데려오시면 되잖아요, 마릴라. 그러실 거죠?"

앤이 반색하며 두 손을 그러쥐었다.

"아직 모르겠어. 난 앞뒤 가리지 않고 덤벼들지 않아, 앤. 팔촌이 어디 가까운 친척이니? 그리고 여섯 살짜리 아이 둘을 맡는다는 건 보통 일이 아냐. 거기다 쌍둥이라니, 세상에."

마릴라는 살짝 날카로운 기색이었다.

마릴라는 아이 하나를 키우는 것보다 쌍둥이가 두 배는 힘들 거라고 생각했다.

"쌍둥이가 얼마나 귀여운데요. 적어도 한 쌍이라면 말예요. 두 쌍이나 세 쌍이 있으면 징글징글해지지만요. 그리고 제가 학교에 가 있는 동안 적적하지 않아서 좋으실 거예요."

앤이 말했다.

"딱히 좋을 것 같지도 않아. 걱정거리만 늘고 성가시겠지. 쌍둥이들이 예전에 네가 우리 집에 올 때만큼의 나이만 돼도 괜찮을 텐데. 도라는 착하고 얌전해서 걱정이 덜 되는데 데이비는 천방지축이야."

아이들을 좋아하는 앤은 키스 부인의 쌍둥이들이 걱정스러웠다. 고아로 자랐던 어린 시절의 기억은 앤에게 아직 생생한 기억으로 남아 있었다. 자신이 해야만 하는 일이라고 생각하면 온통 마음을 쏟는 것이 마릴라의 유일한 약점이라는 것을 아는 앤은 능숙하게 이야기를 끌어 나갔다.

"데이비가 말썽쟁이라면 교육을 더 잘 시켜야 하잖아요, 마릴라. 우리가 아이들을 맡지 않으면 어떤 사람이 아이들을 맡아서 어떤 영향을 끼치는지도 모르고요. 키스 부인네 옆집에 사는 스프럿 부인이 아이들을 데려간다 생각해 보세요. 린드 부인이 그랬어요. 헨리 스프럿 씨처럼 교활한 사람은 없을 거라고요. 그 집 아이들이 하는 말은 한 마디도 믿을 수가 없대요. 쌍둥이가 그런 걸 보면서 자라면 어떡해요? 위긴스 씨네 집으로 간다 해도 그래요. 린드 부인이 그러는데 위긴스 씨는 집에 팔 만한 물건들을 다 팔아 해치우곤 가족들한테 탈지유만 먹인대요. 팔촌이라도 친척이잖아요. 친척 아이들이 굶어 죽는 걸 볼 수는 없잖아요, 마릴라, 우리가 아이들을 꼭 데려와야 해요."

마지못해 마릴라가 끄덕였다.

"그래야 할 것 같네. 아이들을 맡겠다고 메리한테 얘길 해야겠어. 그렇게 좋아할 건 없어, 앤. 너도 할 일이 엄청나게 늘 거야. 난 눈이 나빠 바느질도 못 해. 네가 옷도 만들고 수선도 해 줘야 해. 바느질도 싫어하면서 말야."

"바느질은 진짜 싫어요. 하지만 마릴라가 기꺼이 아이들을 데려오신다니 저도 기꺼이 바느질을 해야죠. 때론 싫어하는 일도 해야 할 때가 있잖아요. 어느 정도는요."

앤이 가만히 대답했다.

레이첼 린드 부인은 몇 년 전 어느 날 저녁, 매슈 커스버트가 고아 소녀를 데리고 마차를 몰아 언덕을 내려오던 날처럼 부엌 창문가에 앉아 침대보를 뜨고 있었다. 그때는 봄이었고 지금은 늦가을이어서 이파리가 다 떨어진 나무들은 앙상했고 갈색 들판은 메말라 있었다. 에이번리 서쪽 어둑한 숲 뒤로 자줏빛과 금빛 장관을 이루며 해가 넘어갈 무렵, 갈색 말이 끄는 마차 한 대가 언덕을 한가로이 내려왔다. 레이첼은 마차를 빤히 쳐다보았다.

"마릴라가 장례식에서 돌아오네요."

레이첼이 부엌 긴 의자에 누워 있는 남편에게 말했다. 토마스 린드는 요즘 들어 누워 있는 시간이 많았지만 자기 집 일보다 남의 집 일에 더 신경을 쏟는 레이첼은 여태 알아채지도 못하는 중이었다.

"쌍둥이를 데리고 와요. 마차 흙받기 너머로 몸을 구부려선 조랑말 꼬리를 붙잡고 있어요. 마릴라가 도로 앉혔고요. 도라는 얌전하게 앉아 있어요. 쟨 언제나 저래요. 풀 먹여서 다림질한 것처럼 말예요. 아유, 가여운 마릴라는 이번 겨울 내내 얼마나 바쁠까. 그래도 이런 상황에선 마릴라가 아이들을 데려올 수밖에 없죠, 뭐. 앤도 도와줄 거고요. 앤은 아이들이 온다고 아주 좋아 죽을 지경인데다 걔가 진짜 애들을 잘 돌보잖아요. 어쩜, 매슈가 앤을 데려오고 마릴라가 그 앨 키운다 했을 때 온 동네 사람들이 비웃었던 게 엊그제 같은데 이젠 또 쌍둥이라니. 아주 죽는 날까지 세상엔 놀랄 일투성이라니까요."

살진 조랑말은 린드 부인 집 앞 골짜기에 있는 다리를 건너 초록지붕집으로 이어지는 오솔길까지 경중경중 뛰었다. 마릴라의 얼굴은 다소 굳어 있었다. 이스트그래프턴을 출발해서 이곳까지 10마일을 오는 동안 데이비 키스는 무엇에 홀리기라도 한 양 잠시도 쉬지 않고 까불어 댔다. 마릴라가 아무리 말려도 도무지 데이비는 얌전히 앉아 있을 줄 몰랐다. 데이비가 마차에서 떨어져 목이 부러지면 어쩌나, 흙받기 앞으로 넘어져 조랑말 발굽에 깔리면 어쩌나, 마릴라는 돌아오는 내내 걱정이었다. 기운이 쪽 빠져 버린 마릴라는 집에 도착하는 대로 회초리를 맞을 줄 알라고 단단히 겁을 주었다. 그제야 데이비는 마릴라의 무릎에 올라앉아 통통한 팔을 들어 아기 곰처럼 그녀의 목을 폭 감싸 안았다.

"안 그럴 거잖아요. 아줌만 꼬마가 폴짝폴짝거린다고 때릴 것 같진 않아요. 아줌마도 나만 할 땐 얌전히 있는 게 어려웠잖아요."

데이비는 마릴라의 주름진 뺨에 귀엽게 입술을 댔다.

"아니, 난 어른들이 얌전히 있으라고 하면 그렇게 했어."

데이비의 갑작스러운 포옹에 마음이 녹기는 했지만 마릴라는 애서 엄한 목소리를 냈다.

데이비는 마릴라를 다시 한 번 껴안은 다음 꼼지락꼼지락 제자리로 가서 앉았다.

"하긴 아줌마는 여자니까. 아줌마도 옛날엔 여자애였대. 생각만 해도 웃겨. 도라도 얌전히 앉아 있어요. 하지만 그건 진짜 재미없어. 여자애들은 다 느려요. 도라, 내가 재밌게 해 줄까?"

데이비가 재미있게 해 준다는 건, 도라의 곱슬머리를 손가락에 틀어쥐고 획 잡아당기는 것이었다. 도라는 비명을 지르며 울어 버렸다.

마릴라가 호통을 쳤다.

"오늘은 엄마 장례식 날이야. 어쩜 오늘까지 이렇게 말썽을 피울 수가 있니?"

데이비가 가만히 말했다.

"엄만 맨날 죽고 싶어 했어요. 엄마가 그랬단 말예요. 아픈 게 지겹다고 했어요. 엄마가 돌아가시기 전날 오랫동안 이야길 했단 말예요. 아줌마가 도라랑 저랑 겨울 동안 함께 살게 될 거라고, 그러니까 착하게 굴어야 한다고 했어요. 그럴 거예요. 그런데 막 뛰어다니면 착해질 수 없는 거예요? 꼭 얌전히 앉아 있어야만 착한 거예요? 또 엄마는 항상 도라한테 잘해 주고 도라 편이 되어 줘야 한다고 했어요. 전 그럴 거고요."

"머릴 잡아당기는 게 잘해 주는 거야?"

데이비는 주먹을 꼭 쥔 채 얼굴을 찡그렸다.

"다른 애들이 잡아당기면 가만있지 않을 거예요. 그러기만 해 봐. 제가 도라 머리를 아프게 잡아당긴 건 아녜요. 도라가 운 건 여자애라서 그래요. 제가 남자인 건 좋은데 쌍둥이인 건 별로예요. 지미 스프럿은 여동생이 까불면 '내가 오빠야. 난 너보다 아는 게 더 많아' 그래요. 그럼 여동생은 아무 말 못 해요. 하지만 난 도라한테 그럴 수가 없잖아요. 도라는 말도 안 된다고 생각할 테니까요. 아줌마, 저도 남잔데 마차를 한번 몰아 보면 안 돼요?"

가을 저녁 바람에 갈색 이파리들이 하느작거리는 초록지붕집 마당으로 들어선 이후에야 마릴라는 안도할 수 있었다. 그들을 마중하기 위해 대문 앞에 서 있던 앤이 쌍둥이를 안아 내렸다. 도라는 앤의 입맞춤을 가만히 받았고 데이비는 앤이 입을 맞추자 앤을 와락 껴안고는 신이 나서 외쳤다.

"제가 데이비 키스예요."

저녁 식탁에서 도라는 꼬마 숙녀처럼 굴었지만 데이비는 야단법석이었다.

마릴라가 나무라자 데이비가 대답했다.

"너무 배가 고파서 가만가만 먹을 수가 없어요. 도라는 나만큼 배가 안 고프니까. 나는 오는 길에 계속 뛰어놀았잖아요. 이 케이크는 진짜로 맛있어요. 자두 맛이 나요. 우리 집에선 오랫동안 케이크를 못 먹었어요. 엄마가 너무 아파서 못 만들었거든요. 스프릿 아줌마는 우리한테 빵을 구워 줄 만큼 구워 줬다고 했고요. 위긴스 아줌마는 케이크에 절대 자두를 안 넣어요. 정말 너무해! 케이크 하나 더 먹어도 돼요?"

마릴라는 데이비를 말리려고 했지만 앤이 한 조각을 큼지막하게 잘라 주었다. 그러면서 데이비에게 고맙단 인사를 해야 하는 법이라고 가르치는 일을 잊지 않았다. 데이비는 그저 생긋 웃어 보이며 한입 크게 베어 물었다. 케이크를 다 먹은 후에야 입을 열었다.

"한 조각 더 주시면 고맙다고 할게요."

"안 돼. 먹을 만큼 먹었어."

앤이 익히 들어 온 마릴라의 말투였다. 데이비는 이제 배우게 될 테지만 말이다.

데이비는 앤에게 눈을 찡긋해 보이더니 테이블 너머로 팔을 뻗어 도라의 케이크를 낚아챘다. 도라가 겨우 한입 베어 문 채 손에 들고 있던 첫 조각이었다. 데이비는 한입에 집어넣었다. 도라의 입술이 파르르 떨렸고 마릴라는 화가 나서 말문이 막혔다. 앤은 최대한 선생다운 태도로 즉시 데이비를 타일렀다.

"데이비, 신사는 그런 짓을 하지 않아."

"알아요."

케이크를 삼키고서 데이비가 대답했다.

"하지만 난 신사가 아닌걸."

"신사가 되고 싶지 않아?"

앤이 놀라서 물었다.

"물론 되고 싶지만, 난 아직 어리니까 신사가 될 수 없잖아요."

데이비의 버릇을 고쳐 줄 수 있는 좋은 기회였다. 앤이 서둘러 말했다.

"아냐, 될 수 있어. 신사는 어릴 때부터 되기 시작하는 거야. 신사는 절대 숙녀의 것을 빼앗지 않고 고맙단 인사를 빼먹지도 않아. 그리고 남의 머리카락을 잡아당기지도 않고."

"신사들은 진짜 재미없겠다, 진짜로. 그럼 난 어른이 될 때까지 기다렸다가 나중에 신사가 될래요."

데이비는 솔직했다.

마릴라는 혀를 내두르며 도라에게 케이크 한 조각을 다시 잘라 주었다. 데이비를 당해 낼 수 있을 것 같지 않았다. 장례식과 오랜 마차 여행만으로도 마릴라에게는 고단한 하루였다. 그 순간만큼은 마릴라도 엘리자 앤드루스만큼이나 비관주의자가 될 것 같았다.

쌍둥이는 둘 다 예쁘장했지만 그리 닮은 구석은 없었다. 윤기가 흐르는 도라의 곱슬머리는 언제나 단정했다. 하지만 데이비의 짧게 깎은 금발 곱슬머리는 내내 헝클어진 채였다. 도라의 적갈색 눈동자는 온화하고 부드러운가 하면 데이비는 꼬마 요정의 눈동자처럼 장난기가 가득했다. 도라의 콧날은 반듯했지만 데이비의 코는 누가 보아도 들창코였다. 꽤나 고상하게 생긴 도라의 입매에 비한다면 데이비의 입매에는 웃음기가 가득했다. 게다가 데이비는 한쪽 뺨에만 보조개가 있어서 웃을 때면 얼굴이 한쪽으로 처지면서 귀엽고 익살스러워 보였다. 작은 얼굴 곳곳에 웃음과 장난기가 밴 모습이었다.

"이제 재워야겠다."

마릴라는 쌍둥이를 조용히 시키려면 그 수밖에 없겠다고 생각했다.

"도라는 내가 데리고 잘 테니까 네가 데이비를 서쪽 방에 재워줄래? 혼자 자도 무섭지 않지, 데이비?"

"안 무서워요. 하지만 아직 안 졸려요."

천하태평 데이비가 대답했다.

"아니, 넌 자야 해."

마릴라가 짤막하게 대답했지만 왠지 데이비도 거스르기 어려운 말투였다. 데이비는 순순히 앤을 따라 2층으로 총총총 올라갔다.

"내가 어른이 되면 젤 먼저 밤을 꼴딱 새워 볼 거예요. 그게 어떤 건지 알고 싶거든요."

데이비가 앤에게 소곤거렸다.

그 후 몇 년이 지나도록 마릴라는 쌍둥이가 초록지붕집에 왔던 첫 주를 떠올릴 때마다 진저리를 쳤다. 그 일주일이 이후의 시간보다 특별히 끔찍했다기보다는 처음 겪는 일들이었기 때문이었다. 데이비는 매일매일 야단법석이었다. 가장 엄청난 사건은 쌍둥이가 온 지 이틀 만인 일요일 아침에 일어났다. 마치 9월처럼 안개가 말갛게 긴, 맑고 포근한 날이었다. 교회에 가기 위해 마릴라가 도라를 챙기는 동안 앤도 데이비의 옷을 갈아입혔다. 처음에 데이비는 세수를 하지 않겠다고 바득바득 고집을 부렸다.

"마릴라 아줌마가 어제 씻겨 줬다고요. 위긴스 아줌마도 엄마 장례식 날 비누로 박박 문질러 줬고. 벌써 일주일 치는 다 씻었는데. 깨끗한 게 뭐가 좋다고. 난 더러운 게 훨씬 편해."

"폴 어빙은 매일매일 스스로 세수를 하는걸."

앤이 꾀를 냈다.

데이비는 초록지붕집에 온 지 겨우 이틀이었지만 벌써 앤을 잘 따랐다. 그리고 앤이 쉼 없이 칭찬하는 폴 어빙을 미워하기 시작했다. 폴 어빙이 매일 세수를 한다고 하면 그건 끝난 문제였다. 세수를 하다 죽는 한이 있다 해도 데이비는 세수를 하게 될 것이었다.

앤은 그런 방식으로 달래 가며 데이비의 단장을 마쳤다. 모든 준비를 마쳤을 때 데이비는 정말 말쑥한 꼬마 녀석이 되어 있었다. 교회의 커스버트 집안 지정석으로 데려가며 앤은 데이비의 엄마라도 된 듯한 기분이었다.

누가 폴 어빙일까 궁금한 마음에 꼬마 녀석들을 곰곰 살펴보느라 처음에는 데이비도 점잖게 앉아 있었다. 찬송가 두 곡을 부르고 성경 강독이 끝날 때까지도 별 탈 없었다. 사건은 앨런 목사가 기도를 하고 있을 때 터지고 말았다.

데이비 앞자리에는 로레타 화이트가 앉아 있었다. 탐스러운 머리칼을 두 갈래로 땋아 내린 로레타가 고개를 살짝 숙이자 헐거운 레이스 프릴 사이로 하얀 목이 드러났다. 로레타는 통통하고 얌전한 여덟 살 소녀였다. 생후 여섯 달째 엄마 품에 안겨 처음 교회에 다니기 시작한 뒤로 단 한 번도 말썽을 부린 적이 없었다.

데이비가 주머니에 손을 넣어 애벌레를 꺼냈다. 털이 부숭부숭하게 난 애벌레가 꿈틀거리고 있었다. 마릴라가 말리려고 했지만 이미 늦어 버렸다. 데이비는 로레타의 목덜미에 애벌레를 떨어뜨렸다.

앨런 목사의 기도가 절정에 이르렀을 무렵 날카로운 비명이 터져 나왔다. 놀란 목사가 기도를 멈추고 눈을 떴다. 신자들도 모두 고개를 들었다. 로레타 화이트는 드레스 뒷자락을 쥐고 팔짝팔짝 뛰었다.

"아악, 엄마, 엄마! 이것 좀 빼 주세요! 아악, 어떡해! 쟤가 내 목에다 떨어뜨렸어요! 엄마, 자꾸 내려가요! 아악!"

화이트 부인은 날카로운 얼굴로 자리에서 일어나 몸부림치는 로레타를 예배당 밖으로 데리고 나갔다. 로레타의 비명 소리가 멀어지자 앨런 목사는 다시 기도를 시작했다. 하지만 예배 분위기는 이미 엉망이었다. 난생처음 마릴라는 성경책이 눈에 들어오지 않았고 앤도 부끄러워 얼굴이 진홍색으로 달아오르고 말았다.

마릴라는 집에 돌아오자마자 데이비를 방에 가두었다. 저녁도 굶기고 빵과 우유로 대충 때우게만 했다. 앤은 먹을 것을 챙겨 가 천연덕스럽게 잘도 받아먹는 데이비 옆에 슬픈 얼굴로 앉았다. 그래도 데이비는 앤의 우울한 눈빛이 마음이 걸리는 모양이었다.

"폴 어빙은 교회에서 여자애들 목에다 애벌레를 떨어뜨리진 않겠지?"

풀 죽은 목소리였다.

"그러진 않겠지."

앤도 침울하게 대답했다.

"그렇담 아까 일은 제가 좀 잘못한 거 같아요."

데이비가 인정했다.

"하지만 진짜로 크고 멋진 애벌레였는데. 교회 계단에서 잡았는데 그냥 놔주려니까 아까웠단 말예요. 그런데, 아까 걔가 막 소리 지를 때 재밌지 않았어요?"

화요일 오후에는 교회 봉사 모임이 초록지붕집에서 열렸다. 앤은 마릴라를 돕기 위해 학교에서 부랴부랴 돌아왔다. 도라는 깨끗하게 풀 먹인 흰 드레스에 검은 허리띠를 묶은, 단정하고 예의 바른 차림새를 하고 응접실에 모인 봉사 모임 멤버들 사이에 앉아 있었다. 도라는 어른들이 말을 걸 때에만 수줍게 대답을 하고 그렇지 않을 때엔 입을 다물었다. 여러모로 보아도 곱상한 아이였다. 데이비는 흙투성이가 된 채 헛간 앞에서 진흙 놀이에 빠져 있었다.

"내가 그러라고 했어."

녹초가 된 마릴라가 말했다.

"더 못된 장난을 치는 것보다야 나을 테니까. 저래 봤자 더러워지기밖에 더하겠니? 차를 다 마신 다음에나 데이비를 불러야지. 도라는 우리랑 같이 마시고. 사람들 사이에 차마 데이비를 불러 앉히진 못하겠어."

앤이 사람들에게 차를 권하러 갔을 때 도라는 응접실에 없었다. 재스퍼 벨 부인이 데이비가 현관에서 도라를 불러냈다고 말해 주었다. 앤은 급하게 팬트리로 가서 마릴라에게 이야기를 전한 끝에 두 아이 모두 나중에 차를 마시게 하는 것으로 결정을 보았다.

티타임이 한창일 무렵 엉망진창 몰골을 한 아이 하나가 거실에 들어섰다. 마릴라와 앤은 화들짝 놀라 쳐다보고만 있었다. 봉사 모임 사람들도 놀라기는 마찬가지였다. 드레스와 머리가 흠뻑 젖은 채 펑펑 울고 선 저 애가 도라라고? 마릴라가 새로 산 물방울무늬 카펫에 물이 뚝뚝 떨어지고 있었다.

"도라, 무슨 일이니?"

앤이 외쳤다. 그러면서도 죄 지은 사람처럼 재스퍼 벨 부인의 눈치를 보았다. 그녀의 집안이라면 이런 일 따위 절대 일어나지 않을 터였다.

도라가 울먹였다.

"데이비가 돼지우리 위를 걸으라고 했어요. 난 하고 싶지 않았는데, 데이비가 자꾸 겁쟁이라고 놀려서. 돼지우리로 굴러떨어져서 드레스가 엉망이 됐는데 돼지들이 막 달려들었어요. 드레스가 더러워진 걸 보고 데이비가 펌프 밑에 서 있으면 자기가 씻겨 주겠다고 해서 그렇게 했어요. 그런데 데이비가 물을 끼얹어도 드레스는 하나도 안 깨끗해지고, 허리띠랑 구두도 예쁜 건데 다 엉망이 됐어요."

마릴라가 도라를 2층으로 데려가 전에 입던 낡은 옷으로 갈아입히는 동안 앤은 손님 대접을 마저 했다. 데이비는 저녁도 얻어먹지 못하고 방에 갇혔다. 석양이 질 무렵 앤은 서쪽 방으로 가서 데이비와 진지하게 이야기를 나누었다. 앤이 전적으로 신뢰하는 방법이었다. 앤은 데이비의 행동에 몹시 실망했다고 말했다.

데이비도 시인했다.

"지금은 잘못한 거 같기도 해요. 그런데 난 꼭 말썽을 저지르고 난 다음에야 잘못했단 생각이 들어요. 도라가 드레스를 버릴까 봐 진흙 놀이를 함께해 주지 않았단 말예요. 그래서 화가 났어요. 폴 어빙이라면 여동생한테 돼지우리 위를 걸어 보라고 시키진 않겠죠? 떨어질 걸 빤히 알면서도?"

"응, 폴이라면 그런 생각은 꿈에도 하지 않을 거야. 폴은 진짜 꼬마 신사거든."

데이비는 눈을 꼭 감고 잠깐 생각에 빠지는 듯했다. 그러더니 슬그머니 다가와 두 팔로 앤의 목을 껴안고 발개진 얼굴을 앤의 어깨에 폭 파묻었다.

"앤 누나, 내가 폴처럼 착한 아이가 아니어도 나를 조금은 좋아하죠?"

"난 데이비가 좋아. 하지만 너무 심한 말썽쟁이가 아니라면 훨씬 더 좋아하겠지."

앤은 진심으로 대답했다. 어쨌거나 데이비는 사랑스러운 아이였다.

"오늘…… 장난친 게 또 하나 있긴 한데."

풀죽은 소리로 데이비가 말했다.

"지금은 잘못한 걸 알겠는데, 말하기가 겁나요. 화 안 낼 거죠? 마릴라 아줌마한테도 안 이를 거죠?"

"모르겠어, 데이비. 어쩌면 마릴라한테 말해야 할지도 몰라. 무슨 일인진 모르겠지만 네가 다시는 그런 짓을 안 하겠다고 약속하면 말 안 할게."

"안 할게요, 절대로요. 어쨌든 올해엔 이것보다 더 재미난 일은 없을 것 같으니까요. 지하실 계단에서 찾아낸 거거든요."

"데이비, 도대체 뭘 한 거야?"

"마릴라 아줌마 침대 안에 두꺼비를 넣어 놨어요. 지금 가서 꺼내 오면 돼요. 그런데 앤 누나, 그냥 놔두는 게 더 재밌지 않을까요?"

"데이비 키스!"

앤은 데이비의 팔을 풀고 복도를 지나 마릴라의 방까지 쏜살같이 달려갔다. 침대보가 살짝 헝클어져 있었다. 조심스럽게 담요를 들추자 정말 침대 안 베개 밑에 두꺼비 한 마리가 눈을 끔벅이고 있었다.

"이 징그러운 녀석을 어떻게 갖다 버리지?"

앤은 몸서리를 치며 끙끙거렸다. 부삽으로 떠내면 되겠다고 생각한 앤은 마릴라가 팬트리에서 바쁜 틈을 타 살금살금 움직였다. 두꺼비를 부삽으로 떠 아래층으로 옮기는 일은 쉽지 않았다. 세 번이나 부삽에서 뛰어내리는 바람에 복도에서 녀석을 잃어버리기도 했다. 체리 과수원에 두꺼비를 풀어 준 뒤에야 앤은 비로소 안도할 수 있었다.

"마릴라가 이 일을 알았다면 평생 침대에 들어갈 때마다 마음 졸였을 거야. 꼬마 죄인이 늦게라도 회개를 했으니 다행이지. 저기 다이애나가 창문에서 신호를 보내고 있네. 반가워라. 난 정말 기분 전환이 필요해. 학교에선 앤서니 파이가, 집에선 데이비 키스가 내 속을 이렇게 있는 대로 긁어 놓으니 말야."

Chapter 09.
마을 회관 페인트칠

"그 골칫덩이 노인네 레이첼 린드가 오늘 또 왔어. 예배당에 깔 카펫을 사야 한다고 기부금을 내라나. 난 아주 그 여자가 세상에서 제일 꼴 보기 싫어. 설교에다 성경 구절에다 아주 논평까지 하면서 온갖 소리로 나한테 퍼부어 대거든."

해리슨 씨가 씩씩거렸다.

11월의 쓸쓸한 해 질 녘, 새로 일군 들판을 지나 부드럽게 불어오는 서풍을 맞으며 베란다 끄트머리에 앉아 있던 앤이 꿈꾸는 듯한 얼굴로 뒤돌아보았다. 뜰 아래 빽빽한 전나무 숲이 흔들리는 소리는 마치 청아한 노래처럼 들려왔다.

"문제는 아저씨와 린드 부인이 서로를 전혀 모른다는 거예요. 서로를 모르면 좋아할 수 없거든요. 저도 처음엔 린드 부인이 싫었어요. 알아 가기 시작하면서 린드 부인이 좋아지더라고요."

앤이 설명했다.

"살면서 그 여자가 점점 좋아질 수도 있겠지. 하지만 바나나를 계속 먹다 보면 바나나를 좋아하게 될 거라 해서, 내가 바나나 먹는 짓을 계속할 것 같아? 그리고 나도 그 여자를 모르지 않아. 참견쟁이라는 건 확실히 알고 있지. 린드 부인한테 대놓고 말한 적도 있다고."

해리슨 씨가 심통스럽게 말했다.

"아아, 린드 부인이 얼마나 속상하셨겠어요. 그런 말을 어떻게 해요? 저도 옛날엔 린드 부인한테 심한 말을 한 적이 있긴 하지만, 그건 완전히 이성을 잃어서 그랬던 거고요. 일부러 그런 말을 어떻게 해요."

앤이 나무랐다.

"있는 그대로를 말한 건데 뭘. 누구한테든 거짓말을 할 건 없잖아."

"그렇다고 진실 모두를 말하는 것도 아니잖아요. 진실 중에서도 나쁜 부분만 꼬집어내잖아요. 봐요, 아저씨는 저한테 빨강 머리라고 열두 번은 더 말하면서, 제 코가 예쁘단 얘긴 왜 안 하세요?"

앤이 반박했다.

"그거야 말 안 해도 네가 알잖니."

해리슨 씨가 껄껄 웃었다.

"저도 제가 빨강 머리란 걸 알아요. 옛날보단 훨씬 더 짙어졌지만요. 그러니까 그런 말도 굳이 하실 필요 없다고요."

"알았다, 알았어. 네가 그렇게 신경이 쓰인다면 입을 다물지. 미안하다, 앤. 내가 말을 원체 함부로 하는 습관이 있어서 사람들도 그냥 개의치 말아 줬으면 하는데."

"어떻게 개의치 않아요? 그게 아저씨 버릇이라고 변명한들 달라지는 건 없어요. 어떤 사람이 사람들을 바늘로 콕콕 찌르고 다니면서 '미안해요, 이건 내 버릇이니까 신경 쓰지 마세요' 그런다면 어떻겠어요? 미친놈이라고 생각하지 않겠어요? 린드 부인은 정말 참견쟁이일 수도 있어요. 하지만 린드 부인이 참 다정하기도 한 사람이어서 언제나 가난한 사람들을 돕고 있단 사실에 대해선 왜 입을 다무세요? 티모시 코튼이 린드 부인네 목장에서 버터를 통째 훔쳐 놓고는 자기 부인한텐 린드 부인에게서 산 거라고 했을 때도 린드 부인은 모르는 척 넘어가 줬잖아요. 그런 말은 왜 안 하세요? 나중에 코튼 부인이 버터에서 순무 냄새가 난다고 린드 부인한테 투덜거렸는데도 린드 부인은 제대로 만들지 못해서 미안하다고만 했다고요."

해리슨 씨는 마지못해 인정했다.

"좋은 면이 있긴 있구나. 사람들은 대부분 장점이 있으니까. 나도 그럴 거고. 넌 절대 눈치채지 못하겠지만 말야. 어쨌거나 난 카펫을 사는 데에 돈을 내진 않을 거야. 에이번리 사람들은 나한테 걸핏하면 돈을 내놓으라고 한단 말이지. 마을 회관 페인트칠하는 문제는 잘 되어 가니?"

"그럼요. 지난 금요일 밤에도 마을 개선회 모임이 있었어요. 마을 회관에 페인트를 칠하고 지붕을 고칠 돈까지 충분히 모였더라고요. 사람들이 대부분 흔쾌히 도와줬거든요."

앤은 상냥한 아가씨였지만 경우에 따라서는 은근한 독설을 뱉을 줄도 알았다.

"무슨 색으로 칠할 건데?"

"아주 진한 초록색으로 결정했어요. 지붕은 빨갛게 칠할 거고요. 로저 파이 씨가 오늘 시내에서 페인트를 사다 주시기로 했어요."

"칠은 누가 하고?"

"카모디의 조슈아 파이 씨요. 지붕 고치는 일도 맡겼는데, 거의 끝나 가요. 이번 일은 조슈아 씨에게 맡길 수밖에 없었어요. 파이 집안 사람들이 조슈아 씨한테 일을 안 맡기면 기부금을 절대 내지 않겠다고 으름장을 놨거든요. 파이 집안이 네 집이나 되니 어쩔 수 없었죠. 파이 집안에다 맡길 순 없다는 의견도 있긴 했지만 포기하기엔 돈이 너무 컸어요. 파이 집안에서 낸 기부금만도 12달러였거든요. 린드 부인 말론 그 집안 사람들은 뭐든 그렇게 쥐고 흔들려 한대요."

"조슈아가 일을 제대로 해내느냐가 관건이겠지. 일만 잘한다면야 이름이 파이건 푸딩이건 무슨 상관이겠니."

"괴짜라고는 하는데 일은 잘한대요. 말수도 거의 없어요."

"그렇다면야 제법 괜찮은 괴짜겠네."

해리슨 씨가 빈정거렸다.

"그래도 에이번리 사람들은 조슈아더러 괴짜라고 하겠지만. 나도 에이번리에 올 때까진 거의 말수가 없는 사람이었어. 여기 와서야 대꾸를 하기 시작했지. 그러지 않았으면 린드 부인이 날 벙어리라 소문내고선 나한테 수화를 가르친답시고 모금 운동을 벌였을걸. 벌써 가려고, 앤?"

"가야 해요. 오늘 저녁엔 도라 옷을 바느질해야 하거든요. 게다가 지금쯤이면 데이비가 또 새로운 장난을 쳐서 마릴라가 까무러쳐 있는지도 몰라요. 오늘 아침에 데이비가 일어나자마자 제일 먼저 한 말이 뭔지 아세요? '어둠은 어디로 가요, 앤 누나? 궁금해요'였어요. 세상 반대편으로 갔다고 말해 줬는데 아침을 먹고 나니까 그게 아니라는 거예요. 어둠은 우물 속으로 들어가는 거라면서 말예요. 마릴라가 그러는데, 오늘만 해도 네 번이나 데이비가 어둠을 잡겠다고 우물에 매달린 걸 끌어 내렸대요."

"개구쟁이 녀석이네. 어젠 우리 집에 와서 진저 꼬리 깃털을 여섯 개나 뽑아 갔어. 내가 헛간에 가 있는 틈에 말야. 불쌍한 진저는 그 일 이후로 계속 풀이 죽어 있어. 그 애들 때문에 네가 정신이 없겠구나."

해리슨 씨가 말했다.

"가치 있는 일을 하다 보면 조금씩 문제는 생기는 거죠, 뭐."

따지고 보면 데이비가 진저에게 복수를 해 준 셈이었으므로 앤은 다음에 데이비가 어떤 말썽을 부리더라도 한 번은 눈감아 주겠다는 생각을 했다.

그날 밤, 로저 파이 씨가 마을 회관을 칠할 페인트를 사 왔고, 무뚝뚝하고 말수 적은 조슈아 파이 씨는 그다음 날부터 페인트칠을 시작했다. 아무도 일을 방해하지 않았다. 마을 회관은 아랫동네에 있었다. 늦가을이면 그곳은 언제나 질퍽한 진창길이 되어서 사람들은 카모디로 갈 때 먼 길을 돌더라도 윗동네로 다녔다. 마을 회관은 전나무 숲에 에워싸여 가까이 가지 않는 한 사람들 눈에 잘 띄지 않았다. 덕분에 그다지 사교적이지 않은 조슈아 파이 씨는 사람들의 간섭도 받지 않고 호젓하게 페인트칠을 할 수 있었다.

금요일 오후가 되어서야 그는 칠을 마치고 카모디의 집으로 돌아갔다. 조슈아가 떠나자마자 린드 부인은 마을 회관이 어떻게 변했는지 궁금한 마음에 용감하게도 진흙탕 길을 헤치고 아랫동네로 마차를 몰았다. 가문비나무 숲 모퉁이를 돌자 마을 회관이 보였다.

마을 회관이 모습을 드러냈을 때 린드 부인은 기함을 했다. 고삐를 떨어뜨리고 양손을 쳐든 채 소리쳤다.

"하느님 맙소사!"

그녀는 믿을 수 없다는 듯 마을 회관을 한참 쳐다보았다. 그러고
는 정신없이 웃음을 터뜨리고 말했다.

"뭔가 잘못됐어. 잘못돼도 한참 잘못됐지. 파이 집안이 일을 망
쳐 놓을 줄 알았어."

집으로 돌아오는 길에 린드 부인은 마주치는 사람들마다 붙잡
고 마을 회관에 대한 이야기를 늘어놓았다. 소문은 들불처럼 삽시
간에 번졌다. 해 질 녘, 집에서 수업 준비를 하고 있던 길버트 블라
이스는 아버지의 농장에서 고용한 소년으로부터 소식을 전해 들
었다. 초록지붕집으로 헐레벌떡 달려가는 길에 프레드 라이트와
마주쳤다. 초록지붕집 대문 앞, 이파리가 다 진 커다란 버드나무
아래 다이애나 배리와 제인 앤드루스, 그리고 앤 셜리가 얼이 빠진
채 서 있었다.

"사실이 아니지, 앤?"

길버트가 외쳤다.

앤이 비극의 여주인공이라도 된 양 대답했다.

"사실이야. 린드 부인이 카모디에서 돌아오는 길에 우리 집에
들러서 말해 줬어. 어쩜, 너무 끔찍해! 개선이고 뭐고 하나도 소용
이 없잖아!"

"뭐가 끔찍하단 거야?"

올리버 슬론이 물었다. 올리버는 마릴라가 부탁한 상자를 샬럿 타운에서 사 들고 들어오던 참이었다.

제인이 씩씩거렸다.

"아직 못 들었어? 간단히 말하면 이거야. 조슈아 파이 씨가 초록색 대신 파란 페인트로 마을 회관을 칠해 버렸어. 그것도 짐마차나 외바퀴 손수레에나 칠할 법한 짙고 선명한 파란색으로 말야. 린드 부인이 말로는 그걸 건물에다 칠해 놓으니 정말 흉물스럽더래. 거기다 빨간 지붕이잖아. 상상도 못할 정도로 추하다는데. 그 말을 들었을 때 진짜 뒤로 넘어갈 뻔했어. 우리가 얼마나 애를 썼는데 이게 뭐람."

"어떻게 이런 실수를 할 수 있는 거지?"

다이애나가 흐느꼈다.

이 어처구니없는 참사에 대한 비난의 화살은 결국 파이 집안으로 향했다. 개선론자들은 모턴 해리스의 페인트를 사용할 계획이었다. 모턴 해리스 페인트는 색깔 견본 카드에 번호가 매겨져 있어서, 페인트를 살 때에는 견본 카드를 고른 뒤 번호를 불러 주면 되었다. 개선론자들이 고른 초록색은 147번이었다. 로저 파이 씨는 아들 존 앤드루를 통해 개선론자들에게 시내에 나가는 길에 페인트를 사다 주겠다는 말을 전했고, 개선론자들은 존 앤드루에게 147번 초록색을 부탁했다. 존 앤드루는 끝까지 제대로 전했다고 우겼지만 로저 파이 씨도 만만치 않았다. 존 앤드루가 157번이라고 했다는 것이었다. 그 진위는 끝끝내 밝혀지지 않았다.

그날 밤, 에이번리 개선론자의 집들마다 참담한 기운이 내려앉았다. 초록지붕집을 짓누르는 우울한 분위기 때문에 데이비마저도 잠잠할 지경이었다. 앤은 어쩔 줄 모르고 눈물만 흘렸다.

"열일곱 살 다 큰 숙녀라도 이런 일엔 울 수밖에 없어요, 마릴라. 너무 속상해요. 개선회가 이렇게 끝장나면 어쩌죠? 비웃음만 사다 잊힐 거예요."

앤이 흐느꼈다.

그래도 인생은 마치 꿈인 듯, 생각과는 반대로 흘러갈 때가 있다. 에이번리 사람들은 비웃지 않았다. 그저 몹시 안타까워했다. 마을 회관을 칠하는 데에 들어간 돈은 모두 그들이 낸 기부금이었다. 그래서 그런 실수에 몹시 화가 난 것이었다. 사람들의 분노는 파이 집안 사람들에게로 모아졌다. 로저 파이와 존 앤드루가 문제를 엉망으로 만들기 시작한 주범이었고, 페인트 통을 열어 색깔을 보고서도 그냥 칠해 버린 조슈아 파이도 머저리임에 틀림없다고 했다. 조슈아 파이는 사람들의 비난을 받게 되자 에이번리 사람들의 색깔 취향까지 자신이 관여할 일은 아니지 않느냐고 응수했다. 자신은 페인트 색깔이 좋니 나쁘니 판단하라고 고용된 것이 아니라 오직 칠하는 일만 맡았으므로 당연히 돈을 받아야 한다고 말했다.

개선회는 치안 판사인 피터 슬론 씨를 만나 상의한 끝에 쓰라린 마음으로 조슈아 파이에게 돈을 지불했다.

피터가 말했다.

"돈은 지불해야지. 조슈아한테 책임을 물을 순 없는 일이야. 조슈아는 페인트가 무슨 색인지 전혀 들은 적이 없고 그저 페인트칠을 하라는 얘기만 들었다고 하니까 말이야. 그래도 안타깝긴 하네. 마을 회관이 저렇게 엉망이 돼 버렸으니."

상심한 개선론자들은 에이번리 사람들이 개선회를 전보다 더 나쁘게 바라보지는 않을까 걱정했다. 하지만 사람들은 오히려 개선회를 연민하는 쪽으로 기울었다. 그들은 동네를 위해 열정적으로 일하는 젊은이들이 몹시 고약한 일을 당했다고 생각했다. 린드 부인은 개선론자들에게 끝까지 밀어붙여 세상에는 일을 망치지 않고 잘해 내는 이들이 있다는 사실을 꼭 파이 집안 사람들에게 보여 주라고 조언했다. 메이저 스펜서 씨는 자기네 농장 앞길을 따라 난 그루터기들을 몽땅 뽑아내고 자비를 들여 잔디를 심겠다는 뜻을 개선론자들에게 전해 왔다. 하이럼 슬론 부인은 어느 날 학교에 들러 뜻밖에도 앤을 현관으로 불러냈다. 그녀는 개선론자들이 봄에 교차로에 제라늄 화단을 만들고 싶다면 자기네 젖소는 걱정하지 말라고 했다. 제라늄 화단을 망치는 동물은 단단히 가둬 둘 생각이라면서 말이다. 해리슨 씨조차도 터져 나오는 웃음을 겨우 참으며 자못 안타까운 목소리로 말했다.

"신경 쓰지 마라, 앤. 페인트는 시간이 가면 구질구질하게 벗겨지기 마련이야. 그 파란색은 지금이 제일 최악이니까 벗겨지면 벗겨질수록 오히려 나아질걸. 어쨌거나 지붕도 고치고 칠도 새로 했으니 됐다. 이젠 비가 와도 물이 새진 않을 테니 사람들은 안심하고 마을 회관에서 지낼 수 있잖니. 어쨌거나 너희는 대단한 일을 하긴 한 거야."

"그래도 이 새파란 마을 회관은 두고두고 에이번리의 웃음거리가 되겠죠."

그리고 실제로 그렇게 되었다.

Chapter 10.
말썽꾸러기 데이비

11월의 어느 날 오후, 자작나무 길을 지나 집으로 돌아가던 앤은 인생이란 정말 경이로운 것이라 새삼 생각했다. 그날은 멋진 하루였다. 앤의 작은 교실에서는 모든 일들이 수월했다. 세인트 클레어 돈넬도 이름 때문에 다른 녀석들과 싸우지 않았고, 프릴리 로저슨은 치통으로 뺨이 부어올라 남자아이들에게 눈길을 줄 틈이 없었다. 바바라 쇼는 양동이 물을 마룻바닥에 엎는 실수 말고는 별다른 일을 저지르지 않았고, 앤서니 파이는 아예 결석을 했다.

"진짜 멋진 11월이야!"

혼잣말을 하는 어린 시절 버릇을 앤은 여태 고치지 못했다.

"11월은 원래 별로인데. 한 해가 다 끝나 가는 걸 깨닫고 이제 초조하게 눈물짓는 일 말고는 더 할 게 없을 것 같은 생각이 들었거든. 하지만 올해는 우아하게 나이 먹고 있는 기분이야. 백발에 주름이 자글자글해도 여전히 매력적일 수 있다는 것을 잘 아는 기품 있는 노부인처럼 말야. 낮은 낮대로 화창하고 저녁은 저녁대로 달콤해. 지난 2주일 동안은 정말 평온했어. 데이비조차도 얌전했잖아. 데이비는 한결 나아졌어. 오늘은 숲이 어쩜 이렇게 고요할까. 우듬지를 지나는 보드라운 바람 소리 말곤 아무것도 들리지 않아. 멀리 해변에서 들려오는 파도 소리 같아. 이렇게 사랑스러운 숲이라니! 나무들도 너무 예쁘고! 하나하나 다 귀여운 친구 같아."

걸음을 잠시 멈춘 앤은 어린 자작나무로 팔을 뻗어 크림색 나뭇가지에 입을 맞추었다. 길모퉁이를 돌아 나오던 다이애나가 앤을 보고 웃음을 터뜨렸다.

"앤 셜리. 넌 다 자란 척해도 이렇게 혼자 있을 때 보면 아직도 어린애야."

앤이 명랑한 목소리로 말했다.

"어떻게 사람이 단박에 어린 시절 버릇을 버리겠어? 난 14년 동안이나 어린애였고 불쑥 자란 지는 이제 고작 3년이잖아. 숲에선 여전히 어린애처럼 굴어도 돼. 잠들기 전 30분 정도를 빼곤 학교에서 집으로 돌아가는 이 길이 유일하게 내가 꿈꿀 수 있는 시간인걸. 아이들을 가르치고 내 공부를 하고 마릴라를 도와서 쌍둥이를 돌보다 보면 너무 바빠. 뭔가를 상상할 수 있는 시간이 없어. 매일 밤 초록지붕집 동쪽 방에서 잠들기 전 그 짧은 시간 동안 내가 얼마나 엄청난 모험을 하는지 넌 모를 거야. 항상 내가 멋지고 당당하고 화려한 무언가가 된 상상을 해. 프리마 돈나라든가 적십자의 간호사라든가, 아니면 여왕 같은 거 말야. 어젯밤엔 여왕이었어. 여왕이 되는 상상은 진짜 끝내줘. 아무 제약도 없이 뭐든 즐길 수 있는 데다 싫증 나면 그만둬도 돼. 현실에선 말도 안 될 일이지만. 숲에선 다른 것들도 상상할 수 있어. 오래된 소나무에 사는 숲의 요정도 될 수 있고 낙엽 아래 숨은 작은 갈색 나무 요정도 될 수 있지. 내가 입을 맞추다가 너한테 들킨 저 하얀 자작나무는 사실 내 여동생이야. 저 앤 나무고 난 사람이라지만 그게 무슨 상관이야. 참, 어딜 가던 길이었어, 다이애나?"

"딕슨 씨네로 가던 중이었어. 앨버타가 새 드레스를 재단하는 걸 도와주기로 했거든. 저녁에 거기로 올래, 앤? 그리고 함께 집에 가면 되잖아."

"그럴까? 프레드 라이트도 시내에 가고 없을 테니까."

앤이 해맑은 얼굴로 대답했다.

다이애나는 얼굴이 빨개져서 고개를 돌리고 걸어갔다. 그렇다고 토라진 것 같지는 않았다.

앤은 그날 저녁 딕슨 씨네 집으로 갈 생각이었지만 그러지 못했다. 초록지붕 집에서는 상상도 못 했던 일이 앤을 기다리고 있었다. 앤은 마당에서 마릴라와 마주쳤다. 마릴라의 눈에는 핏발이 서 있었다.

"앤, 도라가 없어졌어!"

"도라가 없어졌다고요?"

앤은 대문에 대롱대롱 매달려 있는 데이비를 바라보았다. 키들 거리고 있는 듯한 데이비의 눈빛이 수상했다.

"데이비, 도라가 어딨는지 아니?"

"아뇨, 몰라요. 점심 먹은 이후로 못 봤어요. 진짜로요. 맹세해요."

데이비가 잡아뗐다.

"1시 이후론 내가 집에 없었어. 토마스 린드가 갑자기 아파서 레이첼이 급하게 와 달라고 했거든. 내가 나갈 때만 해도 도라는 부엌에서 인형을 갖고 놀고 있었고 데이비는 헛간 뒤에서 진흙 놀이를 하고 있었는데. 30분 전에 집에 왔는데 도라가 없는 거야. 데이비는 내가 나간 이후로 도라를 못 봤다고 하고."

마릴라가 말했다.

"진짜 못 봤어요."

데이비가 진지하게 대답했다.

"근처 어딘가에 있을 거예요. 혼자선 멀리 못 가요. 도라는 겁이 많잖아요. 어쩌면 집 안 어디선가 잠든 건지도 모르고요."

앤이 말했다.

마릴라가 고개를 저었다.

"집 안은 벌써 다 뒤졌어. 별채 어딘가에 있으려나."

앤과 마릴라는 집 근처를 빈틈없이 찾아다니기 시작했다. 심란해진 두 사람은 집안과 마당, 그리고 별채 구석구석을 샅샅이 뒤졌다. 앤은 도라를 부르며 과수원과 도깨비 숲을 뛰어다녔다. 마릴라는 초를 켜고 지하실을 살폈다. 데이비는 두 사람을 번갈아 쫓아다니며 도라가 있을 만한 곳이 떠오를 때마다 말해 주었다. 결국 세 사람은 마당에 다시 모였다.

"정말 모를 일이네."

마릴라가 한숨을 쉬었다.

"도대체 어디로 간 거지?"

앤도 괴로웠다.

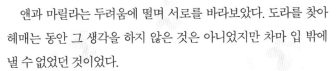

"우물에 빠진 건지도 몰라요."

데이비가 신이 나서 떠들었다.

앤과 마릴라는 두려움에 떨며 서로를 바라보았다. 도라를 찾아 헤매는 동안 그 생각을 하지 않은 것은 아니었지만 차마 입 밖에 낼 수 없었던 것이었다.

"도라가…… 도라가 설마."

마릴라가 중얼거렸다.

앤은 당장이라도 쓰러질 것 같았지만 우물로 가서 아래를 내려다보았다. 두레박은 우물 안쪽 선반에 놓여 있었다. 우물 아래 잔잔한 물이 아슴푸레 반짝였다. 초록지붕집의 우물은 에이번리에서 가장 깊었다. 만약 도라가…… 앤은 더 이상 상상조차 할 수 없었다. 앤은 몸서리를 치며 뒤로 물러났다.

"해리슨 씨를 좀 모셔 와."

마릴라는 두 손을 바들바들 떨고 있었다.

"해리슨 씨도 존 헨리도 지금 없어요. 오늘 시내로 나갔거든요. 배리 씨를 모셔 올게요."

배리 씨는 밧줄 뭉치를 가지고 앤과 함께 왔다. 밧줄 끝에는 갈고리가 붙어 있었다. 배리 씨가 밧줄로 우물 바닥을 훑는 동안 마릴라와 앤은 두려움과 공포에 몸을 파들파들 떨며 옆에 서 있었다. 데이비는 재미있어 죽겠다는 표정으로 대문 위에 올라앉아 세 사람을 구경했다.

마침내 배리 씨가 고개를 저으며 안도의 한숨을 내쉬었다.

"우물엔 없어요. 귀신이 곡할 노릇이네요. 그 꼬마가 어디로 갔을까. 이봐, 데이비. 너 정말 네 동생이 어딨는지 모르는 거니?"

"모른다고 열두 번도 더 말했잖아요. 부랑자가 와서 잡아 갔는지도 모르죠, 뭐."

데이비가 짜증스럽게 대꾸했다.

"말도 안 되는 소리 마."

우물에 빠진 건 아니란 것에 그나마 마음을 놓은 마릴라가 데이비에게 쏘아붙였다.

"앤, 혹시 도라가 해리슨 씨네 집엘 가다가 길을 잃어버린 건 아닐까? 네가 그때 한번 데려갔던 이후로 도라가 맨날 앵무새 얘길 했잖아."

"혼자 그렇게 먼 데까지 갔을 것 같진 않지만 그래도 찾아볼게요."

앤이 대답했다.

바로 그때 데이비의 표정이 별안간 변한 것을 눈치챈 사람은 아무도 없었다. 데이비는 살그머니 대문을 내려와 헛간으로 냅다 뛰었다.

앤은 해리슨 씨네 집으로 가는 들판을 다급히 지나면서도 별다른 기대를 품지는 않았다. 해리슨 씨네 집 문은 잠긴 채였고 커튼이 내려져 있었다. 안에서는 인기척이 없었다. 앤은 베란다에 서서 큰 소리로 도라를 불러 보았다.

뒤쪽 부엌에서 진저가 갑자기 날카롭게 욕설을 퍼부었다. 앤은 진저가 소리를 지르는 와중에 해리슨 씨가 창고로 쓰고 있는 마당의 작은 별채에서 들려오는 애처로운 울음소리를 들었다. 앤은 당장 달려가 빗장을 열었다. 도라는 눈물범벅이 된 채 뒤집어진 못통 위에 덩그러니 앉아 있었다.

"아아, 도라! 너 때문에 얼마나 놀랐는지 알아? 왜 여기에 있는 거야?"

도라가 울음을 터뜨렸다.

"데이비랑 같이 진저를 보러 왔었어요. 그런데 진저는 안 보이고, 데이비가 문을 발로 차는 바람에 진저한테 욕만 먹었어요. 그런데 데이비가 날 여기다 두고 문을 잠그고선 달아났어요. 난 밖으로 나갈 수가 없었어요. 계속 눈물이 났어요. 무섭고 또 배도 고팠고 추웠어요. 언니가 안 올 줄 알았어요."

"데이비가 그랬다고?"

앤은 할 말이 없었다. 앤은 무거운 마음으로 도라를 데리고 돌아왔다. 별 탈 없이 도라를 찾았다는 기쁨도 잠시, 앤은 데이비 때문에 가슴이 아파 왔다. 도라를 가둔 일은 용서할 수도 있었다. 하지만 데이비는 거짓말을 했다. 눈도 깜짝 않고 모두를 속인 거였다. 도저히 눈감아 줄 수 없는 일이었다. 어찌나 마음이 상했는지 앤은 그만 주저앉아 울고 싶은 심정이었다. 미처 깨닫지 못했지만, 이 일이 있기 전까지 앤은 날이 갈수록 데이비를 사랑하고 있던 참이었다. 데이비가 감쪽같이 거짓말을 했다는 사실에 앤은 견딜 수 없이 마음이 아팠다.

마릴라는 잠자코 앤의 이야기를 들었다. 그건 데이비에게 좋지 않은 징조였다. 배리 씨는 데이비를 혼쭐을 내 주라며 껄껄 웃었다. 배리 씨가 돌아가자 앤은 파들파들 떨면서 울고 있는 도라를 따뜻하게 달래 저녁을 먹인 뒤 침대에 누였다. 앤이 부엌으로 돌아갔을 때 마릴라가 군은 얼굴로 데이비를 질질 끌다시피 하며 데리고 들어왔다. 마지못해 따라오는 데이비는 온통 거미줄투성이였다. 컴컴한 마구간 구석에 숨어 있던 데이비를 막 찾아낸 참이었다.

마릴라는 마룻바닥에 깔아 둔 깔개 위로 데이비를 밀친 후 동쪽 창가로 가 앉았다. 앤도 기운 빠진 모습으로 서쪽 창가에 앉았다. 범죄자는 두 사람 사이에 서 있었다. 마릴라를 등지고 선 데이비는 겁에 질린 듯 보였다. 하지만 앤을 향한 녀석의 얼굴은 살짝 부끄러워 보이기는 했으나 앤이 자기편이라고 생각하고 있는 듯했다. 잘못을 저질렀다는 것도 알고 곧 벌을 받게 된다는 것도 알지만, 나중에는 앤과 이 일에 대해 깔깔 웃으며 이야기할 수 있을 것이라 생각하고 있는 것 같았다.

하지만 앤의 잿빛 눈동자는 데이비에게 그 어떤 미소도 보내지 않았다. 오직 장난에 대한 추궁만이 서려 있을 뿐이었다. 불쾌함과 실망, 앤의 눈빛에 그것 외에는 아무것도 없었다.

"왜 그랬니, 데이비?"

앤은 슬픈 목소리로 물었다.

데이비가 머뭇머뭇 대답했다.

"그냥 재밌으라고. 한참 동안 너무 심심했잖아요. 사람들을 놀라게 해 주면 재밌을 줄 알았어요. 진짜 재밌기도 했잖아요."

살짝 겁도 나고 후회도 되기는 했지만 데이비는 그 일을 생각하니 절로 웃음이 났다.

"하지만 넌 거짓말을 했어, 데이비."

아까보다 더 슬픈 목소리로 앤이 말했다.

데이비는 어리둥절한 얼굴로 물었다.

"거짓말이 뭔데요? 뻥 말이야?"

"사실이 아닌데 사실처럼 꾸며서 얘기하는 거야. 그게 거짓말이야."

데이비가 솔직하게 말했다.

"맞아요. 내가 그랬어요. 사실대로 말했으면 마릴라 아줌마랑 앤 누나는 하나도 안 놀랐을 거 아냐. 그러니까 사실대로 말할 수가 없었어요."

앤은 놀라지 않을 수 없었다. 전혀 뉘우칠 줄 모르는 데이비의 태도에 할 말을 잃은 앤의 두 눈에서 굵은 눈물방울이 흘러내렸다.

"데이비, 어쩜 그럴 수가 있지? 그게 얼마나 나쁜 짓인 줄 모르겠어?"

앤의 목소리가 떨렸다.

데이비는 어안이 벙벙했다. 앤이 울다니. 내가 앤을 울리다니! 데이비의 작고 여린 가슴에 후회가 물밀 듯이 밀려왔다. 데이비는 앤의 무릎으로 달려가 두 팔로 앤의 목을 부여잡고서 울음을 터뜨렸다.

"뻥치는 게 그렇게까지 나쁜 건 줄 몰랐어요. 그게 나쁜 짓인지 내가 어떻게 알아요? 스프럿 아줌마네 애들은 맨날 뻥을 치는데. 그러고도 뻥이 아니라고 맹세까지 하는걸. 폴 어빙은 뻥 같은 거 안 치겠죠? 난 폴 어빙처럼 착해지려고 진짜 노력했는데, 하지만 앤 누나는 이제 나를 더 이상은 사랑하지 않을 거죠? 그게 나쁜 거라고 나한테 미리 말을 해 줬으면 안 그랬을 텐데. 앤 누나를 울게 해서 진짜 미안해요. 다신 뻥 같은 거 안 칠게요."

데이비는 앤의 어깨에 얼굴을 묻고 펑펑 울었다. 그제야 데이비를 이해하게 된 앤은 데이비를 꼭 껴안아 주면서 데이비의 숱 많은 곱슬머리 너머로 마릴라를 바라보았다.

"데이비는 거짓말이 나쁜 건 줄 몰랐대요, 마릴라. 다신 거짓말 하지 않겠다고 약속하면 이번엔 용서해 줘야 할 것 같아요."

"절대 안 할게요. 뻥치는 게 나쁘단 걸 이제 아니까요."

울먹이는 와중에 데이비가 다짐을 했다.

"내가 한 번만 더 뻥을 치다 들키면……"

데이비는 적절한 벌을 찾느라 잠깐 머뭇거렸다.

"산 채로 가죽을 벗겨도 돼요, 앤 누나."

"데이비, 뻥이 아니라 거짓말이라고 해야지."

앤은 역시 선생이었다.

"왜요? 왜 뻥은 안 되고 거짓말은 돼요? 궁금해요. 그게 그건데."

눈물범벅이 되어 앉아 있던 데이비가 호기심 가득한 눈으로 앤을 올려다보며 물었다.

"그건 상스러운 말이야. 아이들이 쓰면 안 돼."

데이비가 한숨을 쉬었다.

"하면 안 되는 일이 너무 많아. 이렇게 많을 줄 몰랐어. 뻥치는…… 아니, 거짓말도 안 되고. 그게 얼마나 재미난데. 그래도 다신 안 할게요. 그럼 이제 무슨 벌을 줄 거예요?"

앤은 간절한 눈빛으로 마릴라를 쳐다보았다.

마릴라가 말했다.

"나도 아이한테 심하게 굴고 싶진 않아. 아무도 데이비한테 거짓말이 나쁜 거라고 가르치질 않았어. 스프럿네 아이들도 데이비한텐 좋은 친구들이 못 되어 준 거고. 가여운 메리는 너무 아파서 아이들을 제대로 가르칠 수 없었으니. 그렇다고 여섯 살짜리가 저절로 깨우칠 리도 없고. 데이비는 아무것도 모르는 거야. 뭐가 옳고 그른지도. 우린 처음부터 다 가르쳐야 할걸. 그래도 도라를 가둔 건 벌을 받아야 해. 저녁을 굶기고 방에 들여보내는 것 말곤 생각나는 벌이 없네. 그건 너무 많이 써먹었는데 말야. 뭐 떠오르는 거 없니, 앤? 네가 맨날 말하는 그 상상력으로 좀 만들어 봐."

앤이 데이비를 부둥켜안으며 말했다.

"벌은 너무 끔찍하잖아요. 전 즐거운 상상만 하는걸요. 그러잖아도 세상엔 나쁜 일이 숱한데, 상상까지 하며 나쁜 일을 떠올릴 필요가 뭐가 있어요?"

결국 데이비는 늘 하던 대로 다음 날 정오까지 방에 갇혔다. 데이비는 꽤나 생각을 많이 한 모양이었다. 방으로 들어간 앤은 잠시 후 데이비가 조그마한 목소리로 앤의 이름을 부르는 소리를 들었다. 앤이 데이비의 방문을 열었을 때 데이비는 무릎 위에 팔꿈치를 얹은 채 침대에 앉아 있었다. 손으로 턱을 괸 채였다.

"앤 누나. 누구라도 뻥…… 아니, 거짓말을 하면 안 되는 거예요? 알고 싶어요."

우울한 목소리였다.

"그럼. 안 되는 거야."

"어른도 거짓말을 하면 안 돼요?"

"안 되지."

"그렇다면 마릴라 아줌마도 나빠. 거짓말을 했거든요. 마릴라 아줌마는 나보다 더 나빠. 난 그게 나쁜 건 줄 몰랐지만 아줌마는 알면서도 그랬으니까."

데이비가 확신에 차서 말했다.

"데이비 키스, 마릴라는 절대 거짓말을 하지 않아."

앤이 화난 얼굴을 했다.

"했어요. 마릴라 아줌마가 지난주 화요일에 내가 매일 밤 기도를 하지 않으면 진짜 무시무시한 일이 일어날 거라고 했단 말예요. 난 무슨 일이 생기나 보려고 일주일 넘게 기도를 안 했어요. 근데 아무 일 없잖아요."

데이비가 볼멘소리를 했다.

앤은 가까스로 웃음을 참았다. 지금 웃는다면 데이비에게 좋지 않은 영향을 주게 될지도 몰랐다. 그리고 마릴라의 체면도 세워 주어야 했다.

"이것 봐, 데이비 키스. 바로 오늘, 이렇게 무시무시한 일이 일어났잖니."

앤이 진지한 목소리로 말했다.

데이비는 믿기 어렵다는 듯 앤을 쳐다보았다.

"밥도 못 먹고 방에 갇혔다고요?"

말도 안 된다는 듯한 표정이었다.

"그건 별로 안 무시무시한데? 물론 기분이 좋진 않아요. 하지만 초록지붕집에 와서 여기 갇힌 건 한두 번이 아니라 벌써 익숙해졌는데. 저녁을 굶었다고 마릴라 아줌마가 돈을 절약하는 것도 아닐 걸요. 난 이런 날이면 언제나 아침밥을 두 배로 먹으니까."

"방에 갇힌 일을 두고 얘기하는 게 아냐. 네가 오늘 거짓말을 한 걸 말하는 거야. 그리고 데이비,"

앤은 침대 발치에 기대어 앉아 꼬마 죄인에게 손가락을 흔들어 보였다.

"어린아이가 거짓말을 하는 건 세상에 일어날 수 있는 일들 중에서도 제일 나쁜 일이야. 제일 무시무시한 일이라고. 그러니까 마릴라는 너한테 거짓말을 한 게 아냐."

"그래도 난 뭔가 무시무시하다니까 신나는 일이 일어날 줄 알았는데."

데이비가 시무룩하게 대꾸했다.

"그건 네 생각이고. 무시무시한 일이란 게 언제나 재미있진 않아. 멍청하고 바보 같을 때가 훨씬 많지."

"그래도 마릴라 아줌마랑 누나가 우물을 내려다볼 땐 진짜 재밌었어요."

데이비가 무릎을 끌어안으며 말했다.

앤은 계단을 내려올 때까지 줄곧 엄한 표정을 지켜 왔지만 거실에 내려서자마자 배를 잡고 웃음을 터뜨렸다.

"뭐가 그렇게 우습니? 오늘은 웃을 일도 별로 없었는데."

마릴라는 지쳐 있었다.

"제 얘길 들으면 웃음이 날 거예요."

앤이 장담했다. 이야기를 듣고 난 마릴라도 정말 웃음을 터뜨렸다. 앤을 입양한 후 마릴라의 교육관이 얼마나 변했는지 보여 주는 일이었다. 하지만 마릴라는 이내 한숨을 쉬었다.

"데이비한테 그런 말을 하지 말걸 그랬네. 언젠가 목사님이 어떤 아이한테 그런 말을 하는 걸 들어서 그런 건데. 하지만 걔가 정말 나를 화나게 했었거든. 네가 카모디에 콘서트를 보러 갔던 날 밤이었는데 내가 데이비를 재우러 들어갔었지. 그런데 데이비가 그러는 거야. 자기는 아직 하느님이 소중한 분이라는 걸 깨달을 만큼 자라지도 않았는데 왜 기도를 해야 하느냐 거야. 앤, 난 걔를 어떻게 키워야 할지 모르겠어. 당해 낼 수가 없다니까. 진짜 기운이 쪽쪽 빠진다니까."

"그럴 것 없어요, 마릴라. 제가 여기 처음 왔을 땐 그보다 더했잖아요."

"앤, 넌 안 그랬어. 절대로. 정말 말썽쟁이를 보고 나니까 아니란 걸 알겠어. 너도 물론 말썽이야 피웠지. 하지만 넌 나쁜 의도가 아니었잖아. 데이비는 순전히 못된 짓을 즐기는 거라니까."

"아니에요, 데이비도 나쁜 뜻으로 그러는 건 아녜요. 그냥 장난꾸러기인 거예요. 그리고 데이비한테 에이번리는 심심하잖아요. 같이 놀 꼬마들도 없고 그러니까 뭘 할까 맨날 궁리를 하는 거죠. 도라는 새침데기다 보니 데이비가 놀 만한 상대도 안 되고요. 데이비를 학교에 보내면 괜찮지 않을까요, 마릴라?"

앤이 말했다.

"그건 안 돼. 우리 아버진 일곱 살이 될 때까진 절대 학교에 보내

선 안 된다고 하셨어. 앨린 목사님도 그러셨고. 집에서 조금씩 가
르치는 건 몰라도 일곱 살이 되기 전까지 학교는 절대 안 돼."

마릴라는 단호했다.

앤이 활기찬 목소리로 말했다.

"그렇담 집에서 데이비를 잘 가르쳐 봐야겠네요. 못된 짓도 많
이 하지만 사실 진짜 귀여운 꼬마잖아요. 걔한테 점점 빠져든다니
까요. 마릴라, 이런 말은 좀 그렇지만, 솔직히 전 도라보다 데이비
가 더 좋아요. 도라가 아무리 착해도 말예요."

마릴라도 고백했다.

"나도 왜 그런진 모르겠지만 좀 그래. 얌전하기 짝이 없는 도라
한텐 좀 미안하지만 말야. 그보다 더 착한 애는 없을 거야. 어떨 땐
집에 있는지도 모를 때가 있다니까."

앤이 결론을 냈다.

"도라는 정말 착해요. 옆에서 일일이 일러 주지 않아도 알아서
혼자 잘 하고요. 다 커서 태어난 것 같다니까요. 손이 가질 않아요.
그래서 말인데, 사람들은 자기를 필요로 하는 사람을 더 좋아하는
것 같아요. 데이비한텐 지긋지긋할 정도로 우리가 필요하잖아요."

마릴라도 동의했다.

"그래, 데이비는 뭔가가 필요하긴 하지. 레이첼 린드는 그게 회
초리라고 하겠지만 말야."

Chapter 11.
이상과 현실

앤은 퀸스 아카데미 시절의 친구에게 편지를 썼다.

아이들을 가르치는 일은 정말 재밌어. 제인은 지루하다지만 난
그렇진 않아. 매일같이 신나는 일이 터지고 아이들은 기발한 소리
들을 해 대거든. 제인은 아이들이 우스꽝스러운 소릴 할 때마다 벌
을 준대. 그래서 지루한 게 아닐까 싶어. 오늘 오후엔 꼬마 지미 앤
드루스가 '얼룩덜룩'을 써 보려고 했지만 결국 해내질 못했어. 녀석
이 그러더라. "쓰진 못하겠지만 무슨 뜻인지는 알아요." 그래서 무
슨 뜻이냐고 내가 물었지. "세인트 클레어 돈넬의 얼굴요, 선생님."
세인트 클레어가 주근깨투성이인 건 맞아. 아이들이 놀리지 못
하도록 신경을 쓰는 중이고. 나도 어릴 땐 주근깨투성이였잖아. 그
때 기억이 생생하거든. 그래도 세인트 클레어는 신경도 안 쓰는 것
같아. 하굣길에 세인트 클레어가 지미를 두들겨 팬 적은 있지만 그
건 지미가 세인트 클레어라고 이름을 불러서 그랬던 거고. 싸웠던

이야긴 들었지만 학교에서 그런 건 아니라서 별말 하진 않았어.

어젠 로티 라이트한테 덧셈을 가르치느라 진땀을 뺐어. "자, 한 손에 캔디 세 개가 있고 다른 손엔 두 개가 있어. 그럼 모두 몇 개지?" 로티가 대답하더라. "한입 가득 들어가요." 자연 시간엔 아이들한테 왜 두꺼비를 죽이면 안 되는지 물었거든. 그랬더니 벤지 슬론이 심각하게 이러는 거야. "두꺼비를 죽이면 그다음 날 비가 오니까요."

정말 웃음이 터지는 걸 겨우 참았다니까, 스텔라. 난 집에 갈 때까지 웃음을 다 아껴 둬야 해. 마릴라는 동쪽 방에서 난데없이 자지러지는 웃음소리가 들리면 막 불안해진대. 그래프턴에서도 어떤 남자가 그렇게 막 웃어 젖히더니 결국 미쳤다지 뭐야.

토마스 아 베켓이 수호신의 반열에 올랐다는 사실을 알고 있었어? 로즈 벨이 그러더라고. 거기다 윌리엄 틴들이 신약을 썼다나. 클로드 화이트는 빙하가 '유리를 끼우는 사람'이래!*

아이들을 가르치면서 제일 재밌고도 어려운 일은 아이들의 진

---

* 토마스 아 베켓(Thomas à Becket)은 12세기 중세 영국 캔터베리 대주교를 지낸 인물로, 1170년에 캔터베리 대성당에서 기사들에게 살해당했고 이후 1173년 교황 알렉산데르 3세가 그를 성인으로 시성했다. 여기서는 로즈 벨이 성인(Saint)를 뱀(snake)으로 착각하고 한 이야기. 윌리엄 틴들(William Tyndale)은 16세기 종교 개혁가로 성경을 처음 영어로 번역한 인물이다. 역시 로즈 벨은 틴들이 성경을 번역한 일을 두고 그가 집필한 것으로 오해한 것. 클로드 화이트는 빙하(glacier)를 두고, 유리(glass)에 사람을 뜻하는 접미사(-er)가 붙은 것으로 착각해서 '유리를 끼우는 사람'이라고 생각한 것이다.

짜 생각을 말하게 하는 일인 것 같아. 지난주 폭풍이 몰아쳤던 날이었는데 아이들을 점심시간에 모아 놓고선 나를 친구라 생각하고 말해 보라 했어. 너희가 제일 원하는 게 뭐냐고 말야. 어떤 애들은 평범하게 대답했어. 인형, 조랑말, 스케이트 같은 거 말야. 몇몇은 눈에 띄었지. 헤스터 볼터는 교회에 갈 때나 입는 드레스를 매일매일 입고 응접실에서 밥을 먹는 거래. 해나 벨은 힘들게 일하지 않고도 잘 사는 거라나. 열 살 먹은 마조리 화이트는 과부가 되고 싶대. 왜 과부가 되고 싶으냐고 물었더니 진지하게 대답을 하더라고. 결혼을 안 하면 노처녀라고 놀림 받고 결혼을 하면 남편한테 쥐여살지만, 과부는 그럴 일이 없다는 거야. 제일 기가 막혔던건 샐리 벨이었어. 샐리는 '신혼여행'이 갖고 싶대. 그래서 내가 물었지. 신혼여행이 뭔지 아느냐고. 그랬더니 진짜 멋진 자전거 같은 걸 거라는 거야. 그 애 사촌 오빠가 몬트리올에 사는데 신혼여행을 다녀온 이후부터 최신형 자전거를 갖고 있대!

또 어느 날엔 아이들한테 이제껏 제일 심했던 장난에 대해 말해 보라고 했어. 고학년 아이들은 대답을 하지 않았지만 3학년 아이들은 거리낌 없이 얘길 하더라고. 엘리자 벨은 숙모가 돌돌 말아 놓은 털 뭉치에다 불을 붙였대. 일부러 그랬냐고 물었더니 꼭 그런 것만은 아니었대. 불이 붙나 보려고 끝에만 살짝 불을 붙인 건데 순식간에 다 타 버렸다는 거지. 에머슨 길리스는 헌금할 10센트로 사탕을 샀고, 아네타 벨은 묘지에 자라고 있던 블루베리를 따 먹었다지 뭐야. 윌리 화이트는 교회에 갈 때 입어야 할 바지를 입고 외양간 지붕에서 숱하게 미끄럼을 탔대. 결국 그 벌로 여름 내내 주일 학교에 갈 때마다 헝겊을 덧댄 바지를 입고 갔다나. 그러면서 당당하게 한다는 소리가, 벌을 받았으니까 더는 반성하지 않아도 된다는 거야.

아이들이 쓴 글들을 네가 직접 읽어 보면 좋을 듯해서 최근 글들을 몇 편 베껴서 보내. 지난주 4학년 수업 시간엔 아무 이야기나 좋으니 나한테 편지를 써 보라고 했거든. 여행 이야기도 좋고 재밌었던 일이나 어떤 사람을 만난 일에 대해 써도 괜찮을 거라고 넌지시 말해 줬어. 누구한테도 도움 받지 말고 편지지에 쓴 후 봉투에 넣어 내 주소까지 쓴 다음 부치라고 했지. 지난주 금요일 아침에 학교에 가 보니 책상 위에 편지들이 수북이 쌓여 있었어. 그날 저녁에 새삼 깨닫게 됐어. 아이들을 가르친다는 건 고통도 따르지만 참 기쁜 일이라는 걸 말야. 아이들의 편지에 마음이 꽤나 뭉클해졌어. 이건 네드 클레이가 보낸 편지를 하나도 안 고치고 그대로 옮겨 쓴 거야.

프린스에드워드 섬 초록지붕집에 사는 셜리 선생님께

새

선생님, 전 새에 대해 쓸 거예요. 새는 정말 쓸모 있는 동물이에요. 우리 집 고양이는 새를 잡아요. 고양이 이름은 윌리엄인데 아빠는 톰이라고 불러요. 줄무늬 고양이인데 지난겨울에 한쪽 귀가 얼어 버렸어요. 그래도 우리 고양이는 잘생겼어요. 우리 삼촌도 고양이를 키워요. 어느 날 고양이 한 마리가 삼촌 집에 들어와선 나가지 않았거든요. 삼촌은 고양이가 사람들보다 머리가 더 나쁘대요. 삼촌은 고양이를 흔들의자에서 재워요. 숙모는 삼촌이 아이들보다 고양이를 더 사랑한대요. 그건 나빠요. 우린 고양이를 예뻐해야 하고 우유도 줘야 하지만 아이들을 더 사랑해야 하잖아요. 이제 더 쓸 말이 없어요.

에드워드 블레이크 클레이 드림

늘 그랬듯 세인트 클레어 돈넬의 글은 짧고 간결해. 세인트 클레어는 말을 아끼는 아이거든. 그 애가 나쁜 뜻을 갖고 주제를 정하거나 추신을 덧붙였다고 생각하진 않아. 요령도 없고 상상력도 별로라서 말야.

셜리 선생님께

선생님께선 우리가 본 이상한 것에 대해 써 보라고 하셨습니다. 저는 에이번리 마을 회관에 대해 쓰겠습니다. 마을 회관에는 문이 두 개 있습니다. 하나는 안쪽 문이고 하나는 바깥쪽 문입니다. 창문이 여섯 개 있고 굴뚝은 하나입니다. 마을 회관은 네모 모양입니다. 그리고 파란색입니다. 그래서 이상해 보입니다. 마을 회관은 카모디 아랫길에 있습니다. 에이번리에서 세 번째로 중요한 건물입니다. 나머지 두 건물은 교회와 대장간입니다. 마을 회관에서는 토론 클럽이 열리고 강연회와 콘서트도 열립니다.

제이콥 돈넬 올림

추신: 마을 회관은 아주 새파란 색입니다.

아네타 벨의 편지는 놀랍게도 꽤 길었어. 작문에 소질이 있지도 않고 평소엔 세인트 클레어만큼이나 짧게 말하는 아이거든. 아네타는 얌전한 모범생 꼬마지만 편지엔 독창성이 전혀 없었어. 이게 아네타의 편지야.

사랑하는 선생님께

저는 제가 선생님을 얼마나 사랑하는지에 대해 쓰려고 해요. 저는 온 마음을 다해 선생님을 사랑하고 있어요. 제 마음속 모든 사랑을 다해서 선생님을 영원히 섬기고 싶어요. 그럴 수 있다면 엄청난 영광일 거예요. 그래서 저는 학교에서 착하게 굴고 열심히 공부하려고 노력하고 있어요.

선생님은 정말 아름다우세요. 목소리는 음악 같고 선생님의 눈동자는 이슬 맺힌 팬지꽃 같아요. 키 크고 위풍당당한 여왕 같기도 해요. 선생님의 머리칼은 황금물결 같아요. 앤서니 파이는 빨갛다고 했지만 그런 말엔 신경 쓰지 마세요.

선생님을 안 지는 몇 달 되지 않았지만 선생님을 모르고 지낸 시간이 있었다는 것이 믿어지지 않아요. 선생님은 제 인생에 들어와 축복해 주시고 신성하게 만들어 주셨어요. 전 앞으로도 선생님이 제게 오신 올해를 제 생애에서 가장 멋진 해로 기억할 거예요. 게다가 우리 가족이 뉴브리지에서 에이번리로 이사를 온 해이기도 하니까요. 선생님을 향한 제 사랑은 저를 풍요롭게 만들어 주었고 불행과 죄악에서 지켜 주었어요. 사랑하는 선생님, 이 모든 것이 선생님 덕분이에요.

지난번 까만 드레스를 입고 머리에 꽃을 꽂은 선생님이 얼마나 사랑스러워 보였는지 몰라요. 그런 선생님의 모습을 영원히 보고 싶어요. 선생님과 제가 둘 다 늙어서 백발이 된다 해도요. 사랑하는 선생님, 선생님은 언제나 제게 젊고 아름다운 모습으로 남을 거예요. 저는 항상 선생님을 생각해요. 아침에도, 한낮에도, 해 질 녘에도요. 선생님이 웃을 때도, 한숨을 쉴 때도, 설사 오만해 보일 때에도 전 선생님을 사랑해요. 앤서니 파이는 선생님이 늘 짜증스러운 얼굴이라고 하지만 전 한 번도 그런 모습을 본 적이 없어요. 하지만 선생님이 앤서니를 짜증스럽게 쳐다본다 해도 이상할 건 없어요. 그 앤 그럴 만하니까요. 저는 선생님이 무슨 드레스를 입어도 좋아요. 새 드레스를 입을 때마다 언제나 사랑스러워 보여요.

사랑하는 선생님, 안녕히 주무세요. 해가 지고 별이 빛나고 있어요. 별들은 선생님 눈동자만큼이나 밝고 아름다워요. 선생님의 손과 뺨에 키스를 보내요. 신이 모든 악으로부터 선생님을 보호하고 굽어살피시길.

선생님의 사랑스러운 제자 아네타 벨 올림

이 희한한 편지를 받고 정말 황당했지. 차라리 아네타가 하늘을 날아다닌다는 말을 믿으면 모를까, 이걸 그 애가 썼을 리는 없다고 생각했어. 다음 날 학교에 가서 아네타를 데리고 시냇가를 산책

했어. 그러면서 편지에 대해 사실대로 말해 달라고 했어. 아네타가 울음을 터뜨리더니 고백을 하더라고. 편지를 써 본 적이 없어서 무슨 이야기를 어떻게 써야 할지 모르겠더래. 그런데 엄마 화장대 맨 위 서랍에 엄마의 옛 애인이 보낸 편지 다발이 있더라는 거야.

"아빠가 쓴 게 아니었어요."

아네타가 엉엉 울었지.

"성직자가 되려고 공부를 하던 사람이었어요. 그래서 그렇게 아름다운 편지를 쓸 수 있었나 봐요. 하지만 엄마는 결국 그 사람이랑 헤어졌어요. 엄마는 그때 그 사람이 무슨 말을 하는 건지 도무지 이해할 수가 없었대요. 하지만 전 그 편지들이 너무 좋았고 그래서 선생님께 쓰는 편지에 조금씩 베껴 쓰면 될 것 같았어요. '당신' 대신에 '선생님'이라 바꾸고 제 마음대로 생각나는 걸 집어넣기도 하고 단어만 바꾸기도 했어요. '분위기(mood)'는 '드레스'로 바꼈어요. '분위기'가 뭔지 몰라서요. 어쩐지 드레스랑 관계가 있는 것 같기도 했어요. 선생님이 모르실 줄 알았어요. 제가 쓴 게 아니란 걸 어떻게 아셨어요? 선생님은 진짜 똑똑하신가 봐요."

난 아네타한테 남의 편지를 베낀 건 아주 나쁜 일이라고 말해 줬어. 하지만 아네타는 그저 들켰다는 것에만 집중을 하는 것 같아 걱정이야.

"하지만 전 진짜 선생님을 사랑해요. 목사님이 쓴 걸 베끼긴 했지만 그래도 다 진짜인걸요. 전 정말 온 마음을 다해 선생님을 사랑해요."

아네타가 울먹였어.

그런 상황에서 아이를 야단친다는 건 정말 어려운 일이잖아.

이건 바바라 쇼가 쓴 편지야. 원본에 밴 잉크 얼룩까지 옮기진 못했어.

선생님께

선생님이 놀러 갔던 일에 대해 써도 된다고 하셨잖아요. 전 놀러 갔던 게 딱 한 번뿐이에요. 지난겨울에 메리 숙모네 집에 간 거예요. 메리 숙모는 아주 특별한 여자이고 대단한 주부예요. 첫날 밤엔 차를 마셨어요. 전 찻주전자를 깨 버렸어요. 메리 숙모가 결혼할 때부터 갖고 있던 주전자인데 제가 드디어 그걸 깨 버린 거예요. 자리에서 일어날 땐 제가 숙모 치맛자락을 밟는 바람에 주름이 다 뜯어지고 말았어요. 다음 날 아침엔 일어나면서 양동이에 물주전자를 부딪혀서 둘 다 금이 갔고, 아침을 먹다간 테이블보에 찻잔을 엎었어요. 숙모를 도와 점심 설거지를 하다가 도자기 접시를 떨어뜨려 산산조각을 냈고요. 그날 저녁엔 계단에서 굴러 발목을 삐는 바람에 일주일 동안 누워 있어야 했어요. 메리 숙모는 조셉 삼촌한테 제가 온 집안의 물건들을 다 부수지 않은 게 다행이라고 했대요. 발목이 다 나았을 땐 이미 집에 돌아가야 할 시간이었어요. 전 놀러 가는 게 이젠 별로예요. 학교에 가는 게 훨씬 좋아요. 특히 에이번리로 이사를 온 후로는요.

선생님을 존경하는 바바라 쇼 올림

윌리 화이트의 편지는 이렇게 시작돼.

존경하는 선생님

전 우리 용감한 이모 이야기를 해 드릴게요. 온타리오에 사는 우리 이모는 어느 날 헛간에 갔다가 마당에서 개 한 마리를 보았어요. 모르는 개였기 때문에 이모는 막대기로 개를 몰아 헛간에 가둬 버렸어요. 잠시 후에 어떤 남자가 서커스에서 도망친 상상의 사자를 찾으러 왔어요. (질문: 윌리는 순회 동물원의 사자를 얘기한 걸까?) 그제야 이모는 그 개가 바로 사자라는 걸 알게 됐어요. 우리 용감한 이모가 막대기로 사자를 헛간에 가뒀던 거예요. 이모가 잡아먹히지 않은 게 신기하지만 어쨌든 이모는 정말 용감했어요. 에머슨 길리스는 이모가 개라고 생각해서 그런 거니까 하나도 용감한 게 아니랬지만 그건 에머슨이 샘이 나서 그런 거예요. 에머슨은 삼촌들만 있지 용감한 이모가 없거든요.

이제 마지막을 위해 남겨 두었던 가장 멋진 편지야. 내가 폴을 천재라고 할 때마다 넌 웃음을 터뜨리지만 이 편지를 보고 나면 폴이 여느 아이들과는 다르단 것을 너도 알게 될 거야. 폴은 할머니랑 같이 먼 해변에 살기 때문에 같이 놀 친구가 없어. 진짜 친구 말이야. 퀸스 아카데미 교수님이 우리더러 아이들을 절대 편애해선 안된다 하셨지만 난 폴 어빙을 제일 예뻐하게 돼. 어쩔 수가 없어. 그렇다고 해서 나쁠 건 없다고 생각해. 사실 모두들 폴을 좋아하거든. 린드 부인마저도 그렇다니까. 린드 부인은 자기가 미국인을 그렇게 좋아하게 될 줄은 꿈에도 몰랐대. 남학생들도 폴을 좋아해. 폴은 꿈과 환상의 세계에 살지만 그렇다고 나약하거나 여자애 같지도 않거든. 아주 남자다워. 또 누구랑 싸워도 지지 않고. 얼마 전엔 세인트 클레어 돈넬이랑 한판 붙었더라고. 세인트 클레어가 영국 국기가 미국 성조기보다 훨씬 더 멋지다고 했다나. 결국 무승부로 끝나서 서로의 애국심을 존중하기로 약속했어. 세인트 클레어 말로는 자기는 아주 독한 한 방이 특기인데 폴은 빠른 주먹이 특기래.

이게 폴의 편지야.

선생님께

선생님께선 제가 아는 재미난 사람에 대해 써도 된다고 하셨죠? 제가 아는 제일 재미난 사람들은 바위 사람들이에요. 그래서 선생님께 그들 이야길 해 드리려고 해요. 아빠와 할머니를 빼곤 아무 한테도 이 이야길 해 본 적이 없어요. 하지만 선생님께는 해 드리고 싶어요. 선생님은 이해심이 많으니까요. 세상엔 이해를 못 하는 사람들이 너무 많아요. 그런 사람들한텐 이야기해도 소용이 없어요.

바위 사람들은 해변에 살아요. 겨울이 오기 전까진 거의 매일 바위 사람들을 만나러 갔어요. 이제 봄이 올 때까진 보러 갈 수 없지만 그래도 그 사람들은 거기에 살아요. 바위 사람들은 변하지 않거든요. 그래서 그들이 멋진 거고요. 노라는 제가 처음으로 알게 된 바위 사람이에요. 그래서인지 저는 노라가 제일 좋아요. 노라는 앤드루스 만에 사는데 머리칼이 까맣고 눈동자도 까매요. 그리고 인어랑 물의 요정들을 아주 잘 알아요. 선생님도 노라가 해 주는 이야기를 들어 보셔야 하는데. 그리고 바위 사람들 중엔 쌍둥이 선원도 있어요. 쌍둥이 선원은 늘 항해를 하기 때문에 집이 없지만 그래도 저랑 얘길 나누려고 해변으로 자주 와요. 이 유쾌한 뱃사람 두 명은 세상의 모든 것을 보았고 또 세상 밖에 있는 것도 봤어요. 한번은 쌍둥이 동생 선원에게 어떤 일이 있었는지 아세요? 동생 선원은 항해를 하던 끝에 달숲에 다다랐대요. 달숲은 보름달이 바다에서 떠오를 때 물 위를 지나가며 만든 흔적이잖아요. 어쨌든 동생 선원은 달숲을 따라 달에 닿을 때까지 계속 항해를 했어요. 달에는 자그만 황금색 문이 있었고 동생 선원은 그 문을 열고 계속 배를 타고 나아갔어요. 동생 선원은 달에서 신기한 모험을 했지만 그걸 다 이야기한다면 이 편지가 너무 길어질 거예요.

바위 사람들 중엔 동굴에 사는 황금 부인도 있어요. 어느 날 전 해변 아래쪽에서 큰 동굴을 발견하고 안으로 들어갔다가 황금 부인을 만났어요. 황금 부인은 황금색 머리칼을 발치까지 늘어뜨렸고요, 온통 황금처럼 반짝이는 드레스는 살아 있는 것처럼 빛났어요. 황금 부인은 온종일 황금 하프를 켜요. 해변을 따라 걸으며 가만히 귀를 기울이면 언제라도 하프 소리를 들을 수 있지만 대부분 사람들은 그냥 바위를 스치는 바람 소리라고만 여기죠. 노라한텐 황금 부인 이야길 하지 않았어요. 노라가 마음을 다칠지도 모르거든요. 제가 쌍둥이 선원들과 오래 애기만 해도 노라는 속상해해요.

전 언제나 줄무늬 바위에서 쌍둥이 선원들을 만나요. 동생 선원은 성격이 참 좋은데 형은 종종 사나워 보이기도 해요. 형 선원은 수상쩍은 데가 있어요. 해적도 될 수 있을 것 같다니까요. 정말 알 수 없는 사람이에요. 한번은 형 선원이 욕을 하는 걸 들었어요. 그래서 또 욕을 할 거면 해변으로 절 만나러 오지 말라고 했어요. 전 욕쟁이랑은 절대 친구를 하지 않기로 할머니랑 약속을 했거든요. 형 선원은 잔뜩 놀라서 자길 용서해 주면 해가 지는 곳으로 절 데려다주겠다고 했어요. 그래서 다음 날 저녁 줄무늬 바위에 앉아 있을 때 형 선원이 마법의 배를 타고 와서 저를 데려갔어요. 배는 조개 속껍데기처럼 온통 진줏빛과 무지갯빛으로 빛났고 돛은 달빛처럼 부드러웠어요. 우리는 해가 지는 곳으로 계속 항해를 했어요. 상상해 보세요, 선생님. 전 해가 지는 풍경 속에 있었다니까요. 어땠을 것 같아요? 해가 지는 곳은 온통 꽃밭이었어요. 우리는 거대한 꽃밭을 항해했고, 구름은 꽃들의 침대였어요. 우리는 황금색으로 빛나는 커다란 항구까지 나아갔고요, 장미꽃만큼이나 큼직한 미나리아재비가 가득 핀 드넓은 초원에서 내렸어요. 전 거기서 아주 오래 머물렀어요. 1년은 지난 것 같았지만 형 선원이 그러더라고요. 고작 몇 분밖에 지나지 않았다고요. 선생님도 아시죠? 해가 지는 곳에선 여기보다 시간이 훨씬 늦게 흐른다는걸요.

사랑하는 선생님의 제자 폴 어빙 올림

추신: 물론 이 얘긴 사실이 아니에요, 선생님.

Chapter 12.
엉망진창 하루

엉망진창 하루는 치통 때문에 밤새 한숨도 자지 못하고 끙끙거린 그 밤부터 시작되었다. 잔뜩 흐리고 추운 겨울 아침에 일어난 앤은 인생이 따분하고 시들하고 아무짝에도 의미가 없다는 생각이 들었다.

앤은 언짢은 기분으로 학교에 갔다. 뺨은 부어올랐고 얼굴이 아팠다. 난로에 불이 잘 붙지 않아 교실은 춥고 연기만 자욱했다. 아이들은 몸을 떨며 난롯가에 모여 앉아 있었다. 앤은 전에 없이 신경질적인 목소리로 아이들을 자리로 돌려보냈다. 엔서니 파이는 늘 그랬듯 거들먹거리며 자리로 돌아가더니 짝꿍에게 무어라 속삭이다가 앤을 보고 피식 웃었다.

그날 아침 앤에게는 사각대는 연필 소리가 유달리 크게 들려왔다. 바바라 쇼는 산수 문제를 들고 교탁으로 걸어 나오다가 석탄통에 걸려 우당탕 넘어졌다. 석탄은 교실 구석구석 나뒹굴었고 바바라의 석판은 산산조각이 났다. 석탄 가루를 뒤집어쓴 바바라가 일어나자 남학생들이 웃음보를 터뜨렸다.

2학년 읽기반 아이들이 책 읽는 것을 듣고 있던 앤이 뒤돌아서서 싸늘하게 한마디를 했다.

"정말이지 바바라, 넘어지지 않고 다닐 자신이 없으면 그냥 자리에 앉아 있는 게 어떻겠니? 네 또래 여자애가 그렇게 덜렁대기도 힘든 일인데 말야."

가엾은 바바라는 눈물과 석탄 가루가 뒤범벅된 흉한 얼굴로 겨우겨우 제자리로 돌아갔다. 다정하고 이해심 많은 선생님에게서 한 번도 그런 표정이나 말투를 본 적이 없었기 때문에 바바라는 몹시 마음을 다쳤다. 앤도 가책을 느꼈지만 그럴수록 더 화가 치밀 뿐이었다. 2학년 읽기반 아이들이 아직 그 수업을 기억하는 건 그 뒤에 이어진 끔찍한 산수 문제 때문이 아니었다. 앤이 딱딱한 얼굴로 산수 문제를 풀고 있던 바로 그때 세인트 클레어 돈넬이 숨을 가쁘게 몰아쉬며 교실에 도착했다.

"30분이나 늦었네, 세인트 클레어. 무슨 일이지?"

앤의 목소리는 차가웠다.

"엄마가 저녁에 먹을 푸딩 만드는 일을 도와드려야 했어요, 선생님. 손님이 오시는 데다 클래리스 앨마이러가 아프거든요."

세인트 클레어는 한껏 공손한 말투로 대답했지만 아니나 다를까 아이들은 웃음을 터뜨렸다.

"자리로 가서 산수책 84페이지에 있는 여섯 문제를 풀어. 벌이야."

앤이 말했다.

세인트 클레어는 앤의 말투에 다소 놀란 듯했지만 얌전히 자리로 가 석판을 꺼냈다. 그러고는 통로 건너편의 조 슬론에게 조그만 꾸러미 하나를 슬그머니 건넸다. 그 모습을 눈치챈 앤은 그만 걷잡을 수 없는 결론으로 치닫고 말았다.

요사이 하이럼 슬론 부인은 하잘것없는 살림에 보태기 위해 호두 케이크를 만들어 팔고 있었다. 케이크는 특히 남자아이들에게 인기가 많아 요 몇 주 동안 앤은 그 문제로 골머리를 앓고 있었다. 아이들은 등굣길에 용돈으로 케이크를 사 와 어떻게든 수업 시간 동안 친구들과 나누어 먹었다. 앤은 한 번만 더 학교에 케이크를 가져오면 압수할 것이라고 경고했지만 지금 세인트 클레어 돈넬은 뻔뻔하게도 앤의 코앞에서 하이럼 부인이 사용하는 하얗고 파란 줄무늬로 포장된 꾸러미를 건넨 것이었다.

"조셉. 그 꾸러미를 갖고 나와."

나지막한 소리로 앤이 불렀다.

화들짝 놀란 조가 당황한 얼굴로 앞으로 나갔다. 통통한 개구쟁이 조는 겁을 먹을 때면 언제나 볼이 붉어지고 말을 더듬었다. 그 순간 가엾은 조는 세상에서 가장 나쁜 짓을 하다가 들킨 아이 같았다.

"그걸 난롯불에 던져."

앤이 말했다.

조가 멍한 얼굴을 했다.

"제…… 제발 선생님……."

조가 입을 열었다.

"시키는 대로 해, 조셉. 아무 말 말고."

"하…… 하지만 선…… 선생님, 이…… 이건……."

조가 어쩔 줄 몰라 하며 숨을 가쁘게 몰아쉬었다.

"조셉, 시키는 대로 할 거니, 안 할 거니?"

앤이 물었다.

조 슬론보다 더 대담하고 침착한 아이라도 앤의 매서운 눈빛과 목소리를 이겨 내진 못했을 것이었다. 아이들은 이런 앤의 모습을 이제껏 본 적이 없었다. 조는 고통스러운 얼굴로 세인트 클레어를 힐끗 보더니 세인트 클레어가 벌떡 일어나 말을 꺼내기도 전에 난로로 다가가 커다랗고 네모난 뚜껑을 열고 줄무늬 꾸러미를 던져 넣었다. 그러고는 재빨리 뒤로 물러났다.

그 순간 에이번리 학교 학생들은 모두 겁에 질리고 말았다. 지진이 일어난 건지 화산이 폭발한 건지도 알 수 없었다. 당연히 하이럼 부인이 만든 호두 케이크가 들었을 거라 앤이 생각했던 꾸러미 안에는 그날 저녁에 열릴 워런 슬론의 생일 축하 파티를 위해 세인트 클레어 돈넬의 아버지가 전날 시내에서 사 보낸 폭죽과 바람개비가 들어 있었던 것이었다. 폭죽이 어마어마한 소리를 내며 터졌고 바람개비는 난로에서 튀어나와 쉭쉭 소리를 내며 교실 안을 미친 듯 날아다녔다. 얼굴이 하얗게 질린 앤이 의자에 주저앉았고 여자아이들은 비명을 지르며 책상 위로 뛰어올랐다. 조 슬론은 난장판이 된 교실 한가운데에 얼어붙은 듯 서 있었고 세인트 클레어는 몸을 흔들며 웃어 젖혔다. 프릴리 로저슨은 까무러쳤고 아네타 벨은 발작을 일으켰다.

마지막 바람개비가 멈추기까지 고작 몇 분이었지만 마치 기나긴 시간이 흐른 기분이었다. 가까스로 정신을 차린 앤은 문과 창문을 열어 교실을 가득 메운 연기와 가스를 내보냈다. 그러고는 기절한 프릴리를 여자아이들과 함께 현관으로 옮겼다. 뭔가 도움이 되고 싶었던 바바라 쇼는 말릴 겨를도 없이 프릴리의 얼굴과 어깨에 살얼음이 낀 물을 한 양동이 부어 버렸다.

다시 평온해지기까지는 꼬박 한 시간이 걸렸지만 사실 괜찮아진 것은 아니었다. 앤의 마음이 누그러진 게 아니라는 것을 아이들은 모두 느끼고 있었다. 앤서니 파이만 빼고 아이들은 소곤거리는 소리조차 내지 못했다. 산수 문제를 풀다가 무심코 연필 깎는 소리를 낸 네드 클레이는 앤의 눈총을 받자 그 순간 땅으로 꺼져 버리고 싶은 심정이 되고 말았다. 지리 시간에는 머리가 핑핑 돌 정도로 앤이 빠르게 설명하는 바람에 대륙 하나가 휘리릭 지나갔다. 문법 시간에는 앤의 계속되는 분석에 아이들은 초주검이 되었다. '향기로운'의 철자를 잘못 쓴 체스터 슬론은 그때 느낀 수치심을 죽을 때까지 잊지 못할 거라고 생각했다.

앤은 스스로가 터무니없다는 것도 알았고 그날 밤 차 한잔을 하며 웃어넘길 수 있는 일일 뿐이라는 것도 알고 있었다. 하지만 그 것이 오히려 앤을 더 울컥하게 만들었다. 마음이 안정된 상태라면 그저 웃어넘길 수 있는 일이었지만 지금은 불가능했다. 그래서 앤은 그 사실을 싸늘하게 무시해 버렸다.

점심시간이 끝나고 앤이 교실로 돌아왔을 때 앤서니 파이를 제 외한 아이들은 모두 평소와 다름없이 자리에 앉아 고개를 숙인 채 열심히 공부하고 있었다. 앤서니는 호기심이 조롱기가 섞인 까만 눈을 반짝이며 책 너머로 앤을 훔쳐보고 있었다. 앤이 분필을 꺼내려고 책상 서랍을 열었을 때 생쥐 한 마리가 앤의 손 바로 아래에서 튀어나와 책상 위를 날쌔게 가로질러 바닥으로 뛰어내렸다.

앤은 뱀이라도 본 사람처럼 비명을 지르며 뒷걸음질 쳤고 앤서니 파이는 큰 소리로 웃음을 터뜨렸다.

그리고 침묵이 흘렀다. 몹시 오싹하고 불편한 침묵이었다. 아네타 벨은 생쥐가 어디로 가 버렸는지 알지 못해 다시 펄쩍펄쩍 뛰어야 하나 말아야 하나 고민했지만 결국 그러지 않기로 했다. 얼굴이 하얗게 질린 채 두 눈이 이글거리고 있는 선생님을 앞에 두고 마음대로 날뛸 수 있는 학생은 없었다.

"누가 서랍 안에 생쥐를 넣었지?"

앤이 물었다. 낮은 목소리였지만 폴 어빙은 등이 서늘해질 지경이었다. 앤과 눈이 마주친 조 슬론은 머리부터 발끝까지 죄책감을 느낀 나머지 말을 심하게 더듬었다.

"저…… 저는 아…… 아니에요, 선……선생님. 제…… 제가 그런 게 아…… 아니에요."

앤은 불쌍한 조에게는 관심도 없었다. 앤은 앤서니 파이를 쳐다보았다. 앤서니는 뻔뻔하기 짝이 없는 표정을 하고 있었다.

"앤서니, 네가 그랬니?"

"네, 저예요."

앤서니가 무례하게 대꾸했다.

앤은 책상에서 지휘봉을 꺼냈다. 단단한 나무로 만든 길고 무거운 지휘봉이었다.

"이리 나와, 앤서니."

앤서니 파이는 한 번도 호된 벌을 받아 본 적이 없었다. 이제껏 앤은 아무리 화가 치밀어도 아이들에게 심하게 벌을 준 적이 없었다. 하지만 앤은 지휘봉을 가차 없이 내리쳤고 앤서니의 허세도 무너지고 말았다. 움찔한 앤서니의 눈에 눈물이 그렁그렁해졌다.

죄책감에 지휘봉을 떨어뜨리고 만 앤은 앤서니에게 자리에 가 앉으라고 했다. 책상 앞에 앉은 앤은 수치스럽고도 후회스러운 마음에 가슴이 미어졌다. 울컥했던 분노는 온데간데없이 사라지고, 눈물로 지울 수 있는 일이라면 얼마든지 울어 버리고 싶었다. 아이들을 때리지 않겠다고 그렇게 자신만만해했는데 앤은 결국 회초리를 들고야 말았다. 제인에게 지고 말았어! 해리슨 씨는 또 얼마나 웃을까! 하지만 무엇보다 가슴 아픈 건 앤서니 파이와 가까워질 기회를 완전히 잃어버렸다는 것이었다. 이제 앤서니는 앤을 절대 좋아하지 않을 것이었다.

기를 쓰고 견딘 덕분에 앤은 그날 저녁 집으로 돌아갈 때까지 눈물을 참을 수 있었다. 앤은 동쪽 방 문을 걸어 잠근 뒤 부끄러움과 후회, 실망감으로 베개에 얼굴을 파묻고 울었다. 앤이 하염없이 울자 걱정이 된 마릴라가 방으로 올라와 어찌된 일인지 물었다.

"양심에 가책을 느껴서 그래요. 아아, 정말 엉망진창 하루였어요, 마릴라. 저 자신이 부끄러워 죽겠어요. 화를 참지 못해서 앤서니 파이를 때려 버렸어요."

앤이 울먹였다.

"내 속이 다 시원하네. 진작에 그랬어야 했어."

마릴라는 당연하다는 듯 말했다.

"아아, 아니에요, 마릴라. 전 이제 아이들 볼 낯이 없어요. 정말이지 너무 창피해요. 얼마나 짜증을 내고 심술을 부리고 진저리 나게 굴었는지 몰라요. 폴 어빙의 눈빛이 잊히질 않아요……. 너무 놀라고 실망한 얼굴이었어요. 마릴라, 앤서니랑 친해지려고 그렇게 노력을 했었는데…… 이젠 다 물거품이 됐어요."

마릴라는 단단하고 거친 손을 들어 헝클어진 앤의 윤기 나는 머리카락을 다정하게 쓰다듬었다. 앤의 울음이 잦아들 때를 기다려 마릴라는 상냥한 목소리로 말했다.

"앤, 넌 마음에 담아 두는 것들이 너무 많아. 누구나 실수를 하잖니. 그래도 사람들은 다 잊어버려. 힘겨운 날은 누구한테나 와. 앤서니 파이 일만 해도 그래. 그 애가 널 싫어한들 무슨 상관이니? 그런 애는 앤서니 하나뿐인데."

"어쩔 수가 없어요. 전 모두가 절 좋아했으면 해요. 누군가 절 미워한다 생각하면 마음이 아픈걸요. 앤서니는 이제 절대로 절 좋아하지 않을 거예요. 아아, 마릴라. 전 오늘 정말 바보 같았어요. 다 말씀드릴게요."

마릴라는 앤의 이야기에 귀를 기울이며 이따금 미소를 지었지만 앤은 알아채지 못했다. 앤의 이야기를 다 들은 마릴라가 시원스럽게 대답했다.

"자, 이제 신경 쓰지 마. 오늘은 이미 지나갔고 내일은 또 다른 하루가 시작될 거야. 아직 실수를 한 개도 저지르지 않은 내일 말이야. 네가 늘 하던 소리잖아. 아래층으로 내려가 저녁이나 먹자. 향기 좋은 차 한잔이랑 오늘 구운 자두 파이를 좀 먹고 나면 기분이 다 풀릴걸."

"자두 파이가 마음의 병까지 낫게 해 주겠어요?"

앤은 여전히 마음이 앙앙했다. 하지만 마릴라는 앤이 그런 말을 할 정도라면 이미 기분이 한결 나아진 것이라고 생각했다.

쌍둥이의 밝은 얼굴과 어디에도 비할 데 없는 마릴라의 자두 파이가 있는 유쾌한 저녁 식탁은 정말 앤의 기분을 다 풀어 주었다. 데이비는 자두 파이를 네 개나 먹어 치웠다. 앤은 그날 밤 단잠에 빠졌고 다음 날 아침 눈을 떴을 때에는 자신도, 세상도 모두 달라져 있음을 깨달았다. 밤새 소복이 눈이 쌓였고, 아침 햇살 사이로 온통 하얗게 빛나는 세상은 마치 지나간 잘못과 부끄러움을 덮어 주는 자비로운 망토 같았다.

아침마다 새로운 하루가 시작되고
아침마다 세상은 새롭게 태어나네*

앤은 옷을 갈아입으며 노래를 불렀다.

---

* 19세기 미국 작가인 사라 천시 울시(Sarah Chauncey Woolsey)의 작품 중.

눈 때문에 앤은 길을 돌아서 학교에 가야 했다. 앤이 초록지붕집이 있는 오솔길을 벗어나자마자 앤서니 파이가 눈을 헤치며 걸어오는 것이 보였다. 앤은 이 모든 것이 짓궂은 운명의 장난 같다는 생각이 들었다. 두 사람의 입장이 뒤바뀌기라도 한 양 앤은 죄책감을 느꼈지만 앤서니는 믿기지 않게도 모자를 벗어 보이며 인사까지 건넸다. 앤서니가 모자를 벗어 보인 건 이번이 처음이었다.

"걷기 힘드시죠? 책을 들어 드릴까요, 선생님?"

앤서니에게 책을 주면서도 앤은 꿈인지 생시인지 헛갈릴 정도였다. 앤서니는 학교까지 말없이 걸었다. 앤은 책을 돌려받으며 앤서니에게 미소를 지어 보였다. 판에 박힌 친절한 미소가 아니라 절친한 친구에게 보낼 법한 꾸밈없는 미소였다. 앤서니도 싱긋이 웃었다. 아니, 정확히 말하자면 앤서니는 잇바디가 보이도록 함빡 웃었다. 그렇게 웃는 건 딱히 예의 바른 일이라 볼 수는 없는 노릇이었지만, 앤은 앤서니의 사랑까지는 얻지 못했어도 존경은 얻은 것이 아닐까 하는 생각이 얼핏 들었다.

그다음 토요일에 초록지붕집에 들른 레이첼 린드 부인은 확신에 찬 목소리로 말했다.

"세상에 앤, 아무래도 네가 앤서니 파이를 이겨 먹은 것 같아. 앤서니가 그러던걸. 네가 여자이긴 해도 어느 정도는 괜찮은 사람인 것 같다고 말야. 너한테 맞을 때 보니까 어지간한 남자만큼이나 힘이 세더래."

"때리는 걸로 앤서니를 제압하려 했던 건 아니에요. 때리는 건 나빠요. 아이들은 분명 다정하게 대해야 해요."

앤은 자신이 생각했던 것과는 달리 상황이 잘못된 쪽으로 흐르고 있는 것 같아 조금 울적했다.

"그래, 하지만 파이네 집안 아이들은 언제나 예외지."

린드 부인이 큰소리쳤다.

그 일을 듣고 난 해리슨 씨는 "내 그럴 줄 알았지"라고 말했고, 제인은 얄밉게도 두고두고 그 일을 들먹였다.

Chapter 13.
멋진 피크닉

앤은 비탈 과수원집으로 가는 길에 도깨비 숲 아래로 흐르는 시냇물에 걸쳐진 이끼 뒤덮인 통나무 다리에서 마침 초록지붕집으로 오고 있던 다이애나와 마주쳤다. 둘은 고사리 새순들이 막 낮잠에서 깬 곱슬머리 초록 꼬마 요정들처럼 펼쳐진 드라이어드 샘 근처에 앉았다.

"토요일에 있을 내 생일 파티에 널 초대하러 가던 참이었어."

앤이 말했다.

"생일? 네 생일은 3월이잖아!"

"그건 내가 정한 게 아냐."

앤이 까르르 웃었다.

"우리 부모님이 나랑 의논을 했더라면 난 절대 3월에 태어나지 않았을 거야. 당연히 봄에 태어나고 싶다고 말했을 테니까.* 아네

---

* 캐나다의 겨울은 길어서 3월도 겨울에 속한다.

모네랑 제비꽃이 피는 봄에 세상에 태어난다는 건 얼마나 즐거운 일이겠어. 꽃들이랑 자매가 된 기분일걸. 하지만 난 봄에 태어나지 못했으니까 대신 봄에 생일 파티를 하려고. 프리실라도 토요일에 온댔고 제인도 집에 있을 거래. 넷이 숲 속엘 가서 맘껏 봄기운을 느끼면서 멋지게 보내는 거야. 봄이 어디까지 왔는지 아직 우린 잘 모르지만, 어딜 가도 봄을 만날 순 없으니 우리가 숲으로 마중을 나가는 거지. 어쨌거나 들판이건 한적한 곳이건 몽땅 돌아다니고 싶어. 무심코 스쳐 지나갔을 뿐 아무도 눈여겨보지 않은 아름다운 곳들이 굉장히 많을걸. 바람이랑 하늘이랑 해랑 친구처럼 놀다가 가슴 가득 봄을 안고 돌아오면 돼."

"진짜 끝내주는데? 하지만 아직은 여기저기 축축할지도 몰라."

앤의 꿈결 같은 말에 다이애나는 내심 못 미더운 눈치였다.

현실적인 문제에서는 앤도 어느 정도 수긍했다.

"그거야 장화를 신으면 되지. 토요일 아침에 일찍 와서 점심 준비 좀 도와줘. 되도록 앙증맞은 것들로 차려 보려고. 봄이랑 잘 어울리게 말야. 소담한 젤리 타르트랑 레이디핑거 스펀지케이크**도 만들고 분홍색이랑 노란색 설탕을 입힌 드롭 쿠키랑 버터컵 케이크도 구울 거야. 아, 샌드위치도 만들어야지. 그럼 분위기는 좀 망

** lady finger, 손가락 모양으로 생긴 스펀지케이크.

가지려나."

토요일은 피크닉을 떠나기에 딱 좋은 날씨였다. 목초지와 과수원 너머에서 불어온 상쾌한 산들바람은 푸르고 따뜻하고 또 환했다. 햇살이 떨어지는 은은한 초록빛 언덕과 들판마다 꽃들이 점점이 박혀 있었다.

해리슨 씨는 농장 뒤편에서 써레질을 하고 있었다. 초로의 나이에 접어든 해리슨 씨였지만 바구니를 들고 자작나무와 전나무 숲과 맞닿은 자신의 들판을 사뿐사뿐 가로질러 가는 네 소녀를 보고 있자니 그의 마음에도 마법 같은 봄기운이 내려앉았다. 그들의 명랑한 웃음소리가 그에게까지 울려 퍼졌다.

앤은 역시 앤다운 생각을 하고 있었다.

"이런 날엔 누구나 행복할 것 같아. 안 그래? 우리 오늘은 정말 멋지게 보내는 거야. 언제나 기쁘게 되돌아볼 수 있는 날이 되도록 말야. 다른 건 아무것도 생각 말고 아름다운 것들만 찾아다니자고. 따분한 것들은 치워 버려! 제인, 너 어제 학교에서 있었던 안 좋은 일에 대해 생각하는 중이지?"

"어떻게 알았어?"

제인이 화들짝 놀랐다.

"얼굴 보면 다 알지, 뭐. 나도 종종 그러는걸. 그래도 다 털어 버려. 월요일까진 잊는 거야. 아예 다 잊으면 더 좋고. 어머, 저 제비꽃들 좀 봐! 마음속에 저 풍경을 담아 둘래. 내가 여든 살이 되어도 눈을 감으면 지금 내가 보고 있는 이 제비꽃들이 오롯이 떠오를 거야. 그때까지 살 수 있다면 말야. 이건 오늘 하루가 우리에게 주는 첫 번째 선물이야."

"입맞춤이란 게 눈에 보이는 거라면 아마 제비꽃처럼 생기지 않았을까."

프리실라가 말했다.

앤이 눈을 반짝였다.

"프리실라, 네가 그걸 혼자만 마음에 두지 않고 말로 해 줘서 진짜 기뻐. 사람들이 속엣것들을 말로 다 표현한다면 세상은 진짜 재미날 텐데. 물론 지금도 재미난 곳이긴 하지만."

"그랬다간 낯 뜨거운 소릴 지껄이는 사람들도 있을걸."

제인이 점잔을 뺐다.

"그럴 수도 있겠지. 하지만 그건 질 나쁜 생각을 하는 그 사람들 잘못이고. 아무튼 우린 오늘 아름다운 생각만 할 거니까 마음대로 털어놔도 돼. 머릿속에 떠오르는 생각은 뭐든 말해도 되는 거야. 그게 대화잖아. 여긴 처음 보는 오솔길인데? 우리 가 보자."

오솔길은 꼬불꼬불하고 좁아서 소녀들이 한 줄로 서서 걷는데도 전나무 가지들이 얼굴에 스쳤다. 전나무 아래로는 이끼들이 벨벳 쿠션처럼 부드럽게 자라 있었고, 더 깊이 들어가자 나무들의 키가 작아지고 듬성해졌다. 땅에는 갖가지 초록 식물들이 무성했다.

"코끼리 귀***가 잔뜩 피었어. 한 다발 꺾어 갈래. 너무 예뻐!"

다이애나가 외쳤다.

"저렇게 우아한 솜털 같은 꽃에다 어쩜 그런 기분 나쁜 이름을 붙였을까?"

프리실라가 물었다.

"상상력이 하나도 없거나 아니면 너무 지나친 사람이 처음 이름을 붙였을 거야. 어머, 저길 좀 봐!"

앤이 말했다.

그건 오솔길 끝 작은 빈터 한가운데에 난 얕은 샘이었다. 머지 않아 샘은 마르고 고사리 덤불로 덮이겠지만 지금은 잔잔한 수면이 반짝일 따름이었다. 쟁반처럼 둥글고 수정처럼 맑은 샘이었다. 어린 자작나무들이 둘러싼 샘가에는 작은 고사리들이 자라고 있었다.

"어쩜, 너무 예뻐!"

제인이 말했다.

"우리, 나무 요정처럼 춤출까?"

바구니를 내려놓은 앤이 손을 내밀며 소리쳤다.

*** elephant's ear, 베고니아(begonia)를 달리 이르는 말.

하지만 땅이 너무 질척거리는 데다 제인의 장화가 벗겨지는 바람에 춤은 실패였다.

"장화를 신는 한 나무 요정이 되긴 글렀어."

제인이 결론을 내렸다.

별수 없다는 듯 앤이 말했다.

"그럼 여길 떠나기 전에 샘 이름이나 지어 주자. 다들 하나씩 이름을 대 봐. 그런 다음 제비뽑기로 결정하자. 다이애나, 너부터?"

"자작나무 연못."

다이애나가 바로 대답했다.

"수정 호수."

제인도 대답했다.

앤은 다이애나와 제인 뒤에 선 채로 프리실라에게 제발 저런 이름을 대지는 말라는 눈빛을 애절하게 보냈다. 프리실라는 "빛나는 거울"이라고 재기 발랄한 대답을 내놓았다. 앤이 고른 건 "요정의 거울"이었다.

교사인 제인이 주머니에서 연필을 꺼내 자작나무 껍질에다 이름들을 쓴 다음 앤의 모자에 넣었다. 그런 다음 프리실라는 눈을 감고 하나를 뽑았다.

"수정 호수."

제인이 우쭐한 얼굴로 읽었다. 그렇게 그 샘은 수정 호수가 되었

다. 앤은 이런 이름을 짓게 된 것이 샘에게는 짓궂은 운명의 장난
이라는 생각을 했지만 입 밖에 내지는 않았다.

네 소녀는 덤불을 지나 푸릇푸릇한 새싹이 돋아나고 있는 사일
러스 슬론 씨네 뒤쪽 목초지로 나왔다. 그곳을 지난 소녀들은 숲으
로 난 오솔길 입구를 발견하고는 한번 따라가 보기로 했다. 잇따라
펼쳐지는 멋진 풍경에 소녀들은 깜짝 놀라고 말았다. 처음엔 슬론
씨네 목장을 둘러 가자 꽃을 함빡 피운 야생 벚나무가 가득한 아
치 길이 나타났다. 소녀들은 모자를 벗어 팔에 걸고 탐스러운 우윳
빛 벚꽃을 따 머리에 꽂았다. 오솔길은 오른쪽으로 꺾어지면서 가
문비나무 숲으로 가파르게 내려갔다. 울창한 숲에 가려 하늘 한 조
각, 햇살 한 점 보이지 않아 소녀들은 해 질 녘 황혼 같은 어둠 속을
걸어야 했다.

앤이 속살거렸다.

"여긴 못된 나무 요정들이 사는 숲이야. 버릇없고 심술꾸러기
요정들이지만 우릴 해치진 못해. 봄엔 나쁜 짓을 못 하게 되어 있
거든. 저기 말라비틀어진 전나무 쪽에서 한 녀석이 우릴 훔쳐보고
있어. 방금 지나쳐 온 커다란 점박이 독버섯 위에 못된 요정들이
모여 있는 거 봤지? 착한 요정들은 언제나 해가 잘 드는 곳에서 사
는데."

"정말로 요정이 있었으면 좋겠어. 요정이 세 가지 소원…… 아

니, 한 가지만이라도 들어준다면 얼마나 좋을까? 너희는 한 가지 소원이 이루어진다면 뭘 빌 거야? 난 돈 많고 아름답고 똑똑한 여자가 되게 해 달라고 빌 테야."

제인이 말했다.

"난 키 크고 날씬한 여자."

다이애나가 말했다.

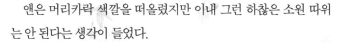

"난 유명한 사람이 되고 싶은데."

프리실라가 말했다.

앤은 머리카락 색깔을 떠올렸지만 이내 그런 하찮은 소원 따위는 안 된다는 생각이 들었다.

"난 모두의 가슴과 인생 속에 봄이 늘 존재하게 해 달라고 빌 거야."

앤이 말했다.

그러자 프리실라가 말했다.

"그건 세상이 천국 같아지길 바라는 거잖아. 천국의 일부분 같은 거지. 천국이라 해도 어느 곳은 여름이거나 가을일 거야. 물론 겨울도 있을 테고. 난 천국에도 반짝반짝 눈 내리는 들판이 있었으면 좋겠고 또 가끔은 하얗게 서리도 앉았으면 좋겠어. 넌 안 그래, 제인?"

"난…… 난 잘 모르겠어."

제인이 난처한 얼굴을 했다. 제인은 교회에 다니는 착실한 소녀였다. 교사답게 살려고 노력했고 그동안 배운 모든 것들을 믿었다. 그럼에도 제인은 천국에 대해 깊이 생각해 본 적이 없었다.

"얼마 전엔 미니 메이가 천국에 가면 매일매일 제일 고운 옷을 입게 되는 거냐고 묻더라."

다이애나가 웃음을 터뜨리며 말했다.

"그래서, 그렇다고 대답해 줬어?"

앤이 물었다.

"아니! 천국에선 옷 따위 신경 쓰지 않는다고 말해 줬지."

"음, 난 조금은 신경 쓸 것 같은데. 천국에선 영원히 사니까 시간도 많지 않을까. 중요한 것들에 소홀하지 않아도 말야. 아무래도 매일 예쁜 옷들을 입을 것 같아. 이럴 때 '의상'이라는 표현이 더 잘 어울리겠다. 난 처음 몇백 년 동안은 핑크 드레스만 입을래. 핑크에 질리려면 한참이 걸릴걸. 난 핑크가 진짜 좋지만 이번 생에선 도무지 입을 수가 없단 말이지."

앤은 진지했다.

가문비나무 숲을 지나자 오솔길은 양지바른 빈터로 이어지는 내리막이었고 그곳에는 시냇물 위로 통나무 다리가 걸쳐져 있었다. 그러고는 눈부신 햇살을 받고 선 너도밤나무의 장관이 펼쳐졌다. 대기는 투명한 황금빛 포도주 같았고, 싱그러운 초록빛 이파리는 햇살을 받아 나무 밑동에 일렁이는 아름다운 무늬를 만들어 냈다. 이어서 야생 벚나무 몇 그루와 호리호리한 전나무 숲이 있는 계곡을 지나 꽤 가파른 언덕이 나타났다. 소녀들은 언덕을 오르느라 숨이 턱까지 차올랐다. 그래도 꼭대기까지 올라 탁 트인 곳에 다다르자 이제껏 본 적 없는 아름다운 풍경이 소녀들을 기다리고 있었다.

그 너머는 카모디 길 위쪽으로 뻗어 있는 농장들의 뒤쪽 들판이었다. 탁 트인 남쪽만 빼고는 자작나무와 전나무로 둘러싸인 들판 바로 앞으로 작은 모퉁이가 있었고 그곳에 정원이 있었다. 아니, 정원이라기보다는 한때 정원이었던 곳이었다. 이끼와 잡초로 온통 뒤덮여 금방이라도 허물어질 듯한 돌담이 정원을 두르고 있었다. 하얀 눈송이 같은 벚나무들이 동쪽 돌담을 따라 늘어서 있었다. 아직 옛 오솔길의 흔적이 남아 있었고 정원 한가운데까지 장미나무가 두 줄로 자라고 있었다. 나머지는 온통 노랗고 흰 수선화밭이었다. 무성한 초록 잔디 위로 수선화가 바람에 흔들리며 흐드러지게 피어 있었다.

"세상에, 너무 예쁘잖아!"

세 소녀들이 동시에 소리쳤다. 앤은 감동에 젖어 그저 바라보기만 할 뿐이었다.

"어쩜, 이런 곳에 정원이 다 있을까?"

프리실라가 놀란 얼굴로 말했다.

"헤스터 그레이의 정원이었을 거야. 엄마한테 들은 적은 있는데 나도 처음 봐. 아직 정원이 남아 있을 줄은 몰랐어. 앤, 너도 이야길 들은 적은 있지?"

다이애나가 말했다.

"아니. 그런데 그 이름은 어쩐지 낯익어."

"묘지에서 봤을 거야. 헤스터는 포플러나무 곁에 묻혔거든. '스물두 살 헤스터 그레이를 기리며'라고 새겨져 있는 입구 쪽 작은 갈색 비석 알지? 조던 그레이도 그 옆에 묻혔지만 비석은 없고. 마릴라가 왜 너한테 그 얘길 안 해 주셨을까? 하긴, 30년이나 지난 일이니까 다들 잊었겠지만."

"그렇담 이제 그 얘길 들어 봐야겠는걸. 우리, 수선화 사이에 앉아 다이애나 얘길 들어 보자. 여긴 정말 수선화 천지네. 온 세상을 다 덮어 버린 것 같잖아. 달빛이랑 햇빛을 모아다가 카펫을 짜서 정원을 덮은 것 같지 않아? 정말 이건 어마어마한 발견이야. 6년 동안이나 여길 코앞에 두고 모르다니! 자, 이제 얘길 해 줘, 다이애나."

앤이 말했다.

"옛날에 말야,"

다이애나가 이야기를 풀어놓기 시작했다.

"여긴 데이비드 그레이 씨네 농장이었어. 그렇다고 그레이 씨가 여기에 산 건 아니었고, 지금 사일러스 슬론 씨가 사는 그 집에 살고 있었대. 그 사람한텐 조던이라는 아들이 하나 있었는데, 조던은 어느 해 겨울에 일을 하러 보스턴에 갔다가 헤스터 머레이라는 아가씨랑 사랑에 빠진 거야. 헤스터는 상점 점원이었는데 그 일이 싫었나 봐. 시골에서 자란 헤스터는 늘 시골로 돌아가고 싶어 했거든. 조던이 청혼을 했을 때 헤스터가 대답했대. 들판과 나무만 보이는 고요한 곳으로 데려가 준다면 결혼을 하겠다고 말야. 그래서 조던은 헤스터를 에이번리로 데려왔어. 린드 부인은 조던이 양키와 결혼하는 위험천만한 일을 벌였다고 떠벌렸다는데, 실제로 헤스터는 몸도 약한 데다 집안일도 별로 잘하지 못했나 봐. 하지만 우리 엄마 말로는 헤스터가 참 예쁘고 상냥한 사람이었대. 그리고 조던은 헤스터가 발을 디딘 땅까지도 숭배할 정도로 헤스터를 사랑했고. 어쨌거나 그레이 씨는 조던한테 이 농장을 물려줬고 조던은 여기에 작은 집을 지어서 헤스터랑 4년 동안 살았어. 헤스터는 외출도 별로 하지 않았고 우리 엄마랑 린드 부인을 빼고는 찾아오는 사람들도 거의 없었대. 조던은 헤스터를 위해 이 정원을 만들어 줬고 헤스터는 여길 너무 좋아해서 거의 정원에서 살다시피 했나 봐. 집안일은 별로였지만 꽃 가꾸는 일엔 재주가 있었던 모양이야. 그러던 헤스터가 시름시름 앓기 시작했어. 엄마 말로는 에이번리에 오기 전부터 폐결핵에 걸렸던 것 같대. 몸져누운 건 아니었지만 날이 갈수록 허약해졌어. 조던은 다른 사람한테 간병을 맡기지 않았어. 혼자 다 해낸 거야. 헤스터를 돌볼 때 조던은 여자만큼이나 다정하고 온화했다고 엄마가 그러더라. 매일매일 숄을 둘러 주고 정원으로 데리고 나갔대. 헤스터는 벤치에 누워 그렇게 행복해했나 봐. 사람들이 그러는데, 헤스터는 밤낮으로 조던이랑 함께 무릎을 꿇고 기도를 했대. 언젠가 때가 되면 정원에서 죽음을 맞게 해 달라고 말야. 그 기도는 이뤄졌어. 어느 날 조던은 헤스터를 벤치에 누인 다음 장미꽃을 수북이 꺾어다 아내에게 가져다줬어. 헤스터는 조던을 보고 잔잔히 미소 짓다가…… 눈을 감았어. 그렇게 떠난 거야."

다이애나가 조용히 이야기를 끝맺었다.

"너무 슬픈 이야기야."

앤이 눈물을 훔치며 한숨을 쉬었다.

"조던은 어떻게 됐어?"

프리실라가 물었다.

"헤스터가 죽고 나서 조던은 농장을 팔았고 보스턴으로 돌아갔어. 자베즈 슬론 씨가 농장을 사서 헤스터랑 조던이 살던 작은 집을 길가로 밀어냈어. 조던은 10년쯤 후에 죽었고 고향으로 옮겨진 다음 헤스터 옆에 묻혔지."

"헤스터가 왜 모든 걸 버리고 여기서 살고 싶어 했는지 모르겠어."

제인이 말했다.

곰곰 생각하던 앤이 대답했다.

"난 이해가 가는데. 난 들판도 좋고 숲도 좋지만, 사람들이랑 어울리는 것도 좋아하기 때문에 단조로운 생활은 별로야. 하지만 헤스터가 이해도 돼. 헤스터는 도시의 소음도, 무심하게 스쳐 가는 사람들도 죽도록 싫었을 거야. 그곳을 벗어나 고요하고 푸르고 다정한 곳에서 쉬고 싶었던 거지. 그렇게 헤스터는 원하는 걸 이뤘어. 그럴 수 있는 사람은 드물지. 헤스터는 죽기 전 4년 동안 더할 나위 없이 행복한 시간을 보냈어. 그래서 난 헤스터가 가엾다기보단 부러운걸. 세상에서 가장 사랑한 사람이 미소를 지으며 내려다보는 가운데 장미꽃들 틈바구니에서 눈을 감다니……. 정말 아름답지 않아?"

다이애나가 말했다.

"저 벚나무들은 헤스터가 심은 거야. 헤스터가 우리 엄마한테 그랬대. 벚나무 열매가 열리는 걸 자긴 보지 못하겠지만 자기가 심은 벚나무는 앞으로도 영영 남아서 세상을 아름답게 만들어 주었음 한다고."

앤이 눈을 반짝였다.

"여기에 오길 정말 잘했어. 너희도 알겠지만 오늘은 내가 내 마음대로 정한 생일이잖아. 이 정원이랑 헤스터 이야기는 내 생일 선물이 된 셈이야. 다이애나, 헤스터 그레이가 어떻게 생겼는지는 엄마가 얘기 안 해 주셨어?"

"그냥 예뻤다고만 하셨어."

"차라리 잘됐다. 실제로 어땠건 내 맘대로 상상할 수 있으니까. 헤스터는 아주 가녀리고 자그마한 여자였을 거야. 부드럽게 곱슬거리는 까만 머리칼에다 커다랗고 상냥한 갈색 눈은 약간 겁먹은 듯했을 테고, 얼굴은 살짝 애달프고 창백했을 것 같아."

소녀들은 헤스터의 정원에 바구니를 놓아둔 채 주변의 숲과 들판을 거닐며 오후를 보내다 예쁜 장소와 오솔길들을 여러 곳 찾아냈다. 배가 고파 오자 그중 가장 경치가 좋은 곳에서 도시락을 먹었다. 수풀 사이 하얀 자작나무가 선 시냇가의 비탈진 둑이었다. 소녀들은 나무 밑동 옆에 앉아 앤이 준비해 온 음식을 실컷 먹었다. 신선한 공기를 쐬며 신나게 돌아다닌 탓에 보잘것없는 샌드위치조차도 맛있었다. 앤은 친구들을 위해 레모네이드와 유리잔까지 챙겨 왔지만 정작 자신은 자작나무 껍질에다 차가운 시냇물을 떠 마셨다. 자작나무 껍질로 만든 컵에서는 물이 샜고, 봄이라면 늘 그렇듯 시냇물에서는 흙냄새가 났지만 앤은 이런 날엔 레모네이드보다 시냇물을 떠 마시는 편이 제격이라고 생각했다.

"저기 시(詩)가 보여?"

갑자기 앤이 손가락으로 무언가를 가리키며 물었다.

"어디?"

자작나무에 옛날 북유럽의 시라도 새겨져 있나 궁금해하며 제인과 다이애나가 쳐다보았다.

"저기…… 시냇물 아래…… 초록색 이끼 긴 낡은 통나무 위로 물이 흐르잖아. 빗질이라도 한 것처럼 부드러운 잔물결이 흐르는 것 좀 봐. 한 줄기 햇살이 통나무를 비껴 물속까지 내리꽂히고 있어. 이렇게 아름다운 시라니."

"한 폭의 그림 같다고 해야 하는 거 아냐? 시는 행이랑 연으로 되어 있잖아."

제인이 대답했다.

벚꽃 화관을 쓴 앤이 머리를 설레설레 저었다.

"말도 안 돼. 행이랑 연은 그냥 시가 걸친 옷가지 같은 거야. 제인, 네 옷에 달린 주름 장식이 진짜 너를 말하는 건 아니잖아. 진짜 시는 그 안에 깃든 영혼이야. 그 아름다운 조각들이 아직 쓰이지 않은 시의 영혼인 거지. 영혼은 흔하게 볼 수 있는 게 아냐. 시의 영혼도 그렇고."

"사람의 영혼은 어떻게 생겼을까?"

프리실라가 꿈꾸는 듯한 얼굴로 물었다.

앤은 자작나무 사이로 반짝이는 햇살을 가리키며 대답했다.

"아마 저렇게 생겼을걸. 물론 생긴 게 그렇단 말야. 난 영혼이 빛
으로 이루어졌다고 상상하는 게 좋아. 어떤 영혼은 장밋빛 방울처
럼 하늘하늘 흔들리고 어떤 영혼은 바다를 비추는 달빛처럼 은은
하게 반짝일는지도 몰라. 또 어떤 영혼은 새벽안개처럼 아슴푸레
투명하겠지."

"영혼은 꽃 같은 거라고 어느 책에선가 읽은 적 있어."

프리실라가 말했다.

"그렇담 네 영혼은 황금색 수선화 같을 거야. 다이애나의 영혼
은 붉디붉은 장미, 제인은 풍성하고 달콤한 분홍색 사과꽃일걸."

앤이 말했다.

"네 영혼은 가운데 자줏빛 줄무늬가 있는 하얀 제비꽃일 거고."

프리실라가 끝맺었다.

제인은 다이애나의 귀에 대고 도무지 저 둘이 무슨 소리를 하는
지 모르겠다고 가만가만 속삭였다.

소녀들은 잔잔한 황금빛 석양이 내려앉을 때가 되어서야 헤스
터의 정원에서 꺾은 수선화를 바구니에 가득 담은 채 집으로 돌아
왔다. 앤은 다음 날 헤스터의 묘지를 찾아가 수선화를 놓아두었다.
전나무 숲에서 울새가 음유 시인처럼 지저귀고 습지에서는 개구
리들이 울어 댔다. 언덕 사이 분지들은 노란 토파즈빛과 에메랄드
빛으로 넘실거렸다.

"오늘은 진짜 멋진 날이었어."

다이애나가 말했다. 처음엔 전혀 기대하지 않았다는 듯한 말투였다.

"정말 즐거운 하루였네."

프리실라가 말했다.

"난 숲이 정말 좋아."

제인도 말했다.

앤은 아무 말 없었다. 그저 멀리 서쪽 하늘을 바라보며 헤스터 그레이를 생각할 뿐이었다.

어느 금요일 저녁, 앤은 우체국에 다녀오는 길에 린드 부인을 만났다. 린드 부인은 여전히 교회와 나랏일 등 온갖 걱정거리로 골머리를 앓고 있었다.

"앨리스 루이스한테 며칠 동안 날 도와줄 수 있는지 물어보러 티모시 코튼네 집에 들렀다 오는 길이야."

린드 부인이 말했다.

"지난주에도 날 도와줬는데, 느려 터지긴 해도 없는 것보단 낫거든. 그런데 아파서 안 된다고 하네. 티모시도 기침을 하면서 투덜거리고 있더라고. 10년째 앓는 소리 중인데 앞으로도 10년은 더 그럴 것 같아. 그런 사람들은 죽지도 못하고 뭔가를 끝내지도 못해. 견딜 줄을 모르거든. 아픈 걸 끝내려면 좀 참아야 하는데 그럴 줄을 모르잖아. 대책 없이 게으른 집구석이라 저러다 대체 뭐가 될는지. 뭐, 신만이 아시겠지."

린드 부인은 한숨을 쉬었다. 신도 그런 건 모르지 않을까 생각하는 모양이었다.

"마릴라는 화요일에 또 눈 때문에 병원에 갔었다지? 의사가 뭐라더니?"

앤이 밝게 대답했다.

"아주 좋아졌대요. 많이 나아져서 이제 시력을 완전히 잃을 가능성은 없대요. 그래도 책을 많이 읽거나 꼼꼼하게 손으로 하는 일은 어려울 거래요. 바자회 준비는 잘되어 가세요?"

린드 부인이 회장을 맡고 있는 여성 자선회에서는 바자회와 저녁 모임을 준비 중이었다.

"잘되고 있지……. 그러고 보니 생각이 나네. 앨런 부인이 옛날식 부엌 느낌이 나는 부스 같은 걸 차려서 구운 콩이랑 도넛, 파이 같은 것들로 저녁을 대접하면 멋지지 않겠냐고 하더라고. 그래서 여기저기서 구식 물건들을 모으는 중이야. 사이먼 플레처 부인은 어머니가 떠 준 양탄자를 빌려준댔고, 레비 볼터 부인은 오래된 의자들을 빌려준대. 그리고 메리 쇼 숙모가 유리문이 달린 찬장을 빌려주기로 했어. 마릴라가 놋쇠 촛대를 빌려주려나? 오래된 접시들도 많이 있었으면 좋겠어. 앨런 부인은 진짜 버드나무로 만든 파란 접시들을 구했으면 하던데, 아무도 가진 사람이 없네. 혹시 누구한테 있는지 아니?"

"조세핀 배리 할머니한테 있어요. 바자회 때 빌려주실 수 있는지 편지로 여쭤 볼게요."

앤이 대답했다.

"그래 주면 고맙고. 바자회는 2주일쯤 후에 열 거야. 에이브 앤드루스 삼촌이 그때쯤 폭풍우가 온다고 했으니 틀림없이 날씨가 좋을 거라고."

에이브 아저씨의 일기 예보는 마을에서 그다지 신뢰받지 못했다. 늘 빗나가기만 하는 일기 예보 때문에 에이브 아저씨는 웃음거리가 되기 일쑤였다. 마을에서 위트 있기로 소문난 엘리샤 라이트 씨는 에이번리 사람들은 아무도 샬럿타운 신문의 일기 예보를 볼 생각 따위 하지 않는다고 말하곤 했다. 그냥 에이브 아저씨에게 내일 날씨를 물어본 뒤 반대로 생각하면 된다는 거였다. 그래도 굴하지 않고 에이브 아저씨는 일기 예보를 계속했다.

"선거 전에 바자회를 열려고 해."

린드 부인이 말을 이었다.

"그래야 후보자들이 와서 돈을 펑펑 쓰지 않겠어? 토리 당원들은 닥치는 대로 돈을 뿌리고 있잖아. 한 번쯤은 좋은 일에 돈을 쓰게도 해 줘야지."

앤은 매슈의 영향 탓에 열렬한 보수당 지지자였지만 아무 말도 하지 않았다. 린드 부인이 정치 이야기를 꺼내게 하느니 입을 다무는 편이 낫다는 것을 알고 있었다. 앤은 마릴라 앞으로 온 편지를 가지고 있었다. 브리티시컬럼비아 우체국 소인이 찍힌 편지였다.

"아이들 삼촌에게서 온 편지일 거예요."

집에 도착한 앤은 들뜬 목소리로 말했다.

"아이들에 대해 뭐라고 썼을지 궁금해요, 마릴라."

"뜯어서 읽어 보면 되잖니."

마릴라는 퉁명스럽게 대답했지만 그녀 역시 들떠 있다는 건 분명했다. 하지만 마릴라는 그런 심경을 내비치는 일을 죽기보다 싫어하는 사람이었다.

앤은 편지를 뜯어 어수선하게 쓰인 내용을 쭉 훑어보았다.

"올봄엔 아이들을 데려갈 수 없대요. 겨울 내내 앓는 바람에 결혼식이 미뤄졌다네요. 우리가 가을까지 맡아 주면 그 후에 데려가도록 해 보겠다는데요. 당연히 그래야죠. 그러실 거죠, 마릴라?"

"별수 없잖니. 어쨌거나 예전만큼 말썽을 부리진 않으니까. 우리가 걔들한테 익숙해져서 그런가. 그래도 데이비는 정말 나아졌잖아."

마릴라는 가슴을 쓸어내리면서도 내키지 않는 척 대답했다.

"훨씬 예의 발라지긴 했어요."

앤은 데이비의 행동에 대해 아직은 뭐라 말할 입장이 아니라는 듯 조심스럽게 말했다.

전날 저녁, 앤이 학교에서 돌아왔을 때 마릴라는 자선회에 가고 없었다. 도라는 부엌 소파에서 잠들었고 데이비는 거실 벽장 속에서 맛있기로 소문난 마릴라의 노란 자두 절임을 신나게 퍼먹고 있었다. 데이비가 손님용 잼이라 부르던 그 잼은 절대 손대면 안 되는 것이었다. 앤이 후다닥 데이비를 벽장에서 끌어냈을 때 데이비는 몹시 주눅 든 표정을 지어 보였다.

"데이비 키스, 벽장 안에 있는 건 절대 손대지 말라 했잖아. 그런데도 잼을 먹어 버리면 어떡해?"

데이비는 마지못해 인정했다.

"잘못한 건 알아요. 하지만 자두잼이 너무 맛있었단 말예요, 누나. 그냥 보려고만 했는데 진짜 맛있어 보여서 정말 조금만 먹으려고 했어요. 손가락으로 살짝만요."

앤은 끙, 앓는 소리를 냈다.

"그리곤 손가락을 빨아 먹었어요. 그런데 생각보다 훨씬 더 맛있어서 숟가락으로 막 퍼먹은 거예요."

앤은 데이비에게 자두잼을 훔쳐 먹는 일이 얼마나 큰 잘못인지 진지하게 설명을 했고, 무겁게 뉘우친 데이비는 다시는 그러지 않겠다는 의미로 참회의 입맞춤을 했다.

"아무튼 천국엔 자두잼이 잔뜩 있을 테니까 괜찮아요."

데이비는 만족한 얼굴로 말했다.

앤은 겨우 웃음을 참으며 물었다.

"우리가 원한다면 그럴지도 모르지. 그런데 왜 천국에 자두잼이 많을 거라 생각해?"

"교리 문답서에 나오잖아요."

데이비가 대답했다.

"무슨 소리야? 교리 문답서에 그런 말은 없어, 데이비."

데이비가 우겼다.

"나와요. 마릴라 아줌마가 지난 주일에 가르쳐 준 문답에 있는 걸요. '우리는 왜 하느님을 사랑해야 하는가?'라는 질문의 대답이 '하느님은 우리에게 프리저브를 주시고, 우리를 구원해 주시기 때문이다'였다고요. 프리저브는 잼을 성스럽게 말하는 거잖아요."*

"물 좀 마시고 올게."

앤은 허둥지둥 일어났다. 다시 돌아온 앤은 같은 단어라도 문장에 따라 그 뜻이 달라질 수 있다는 사실을 데이비에게 설명하느라 진땀을 뺐다.

실망한 데이비가 한숨을 쉬었다.

"어쩐지 너무 좋다 했어. 거기다가 찬송가에 나오는 것처럼 안식일이 끝없이 계속되면 하느님은 잼 만들 시간도 없겠다 싶었는

---

* 프리저브(preserve)에는 '지키다, 보호하다'라는 뜻 외에 잼과 같은 '저장 식품'이라는 뜻도 있다.

데. 이젠 천국에 가고 싶지 않아요. 그런데 천국엔 토요일이 있어요, 누나?"

"그럼. 토요일도 있고 아름다운 날들은 다 있지. 천국에서 보내는 하루하루는 모두 다 아름다울 거야, 데이비."

마릴라가 곁에 있었다면 충격을 받고도 남을 일이었다. 앤은 다행이라 생각했다. 말할 것도 없이 마릴라는 전통적인 방식으로 쌍둥이를 교육시키려고 했다. 제멋대로 상상하며 어림짐작하는 일은 막았다. 데이비와 도라는 주일마다 찬송가와 교리 문답을 하나씩, 그리고 성경 두 구절씩을 배웠다. 도라는 마치 그것들을 다 이해하거나 흥미를 가진 아이인 양 얌전히 공부했고 작은 기계처럼 암송했다. 반면 호기심이 넘치는 데이비는 질문을 왕왕 던져 마릴라는 데이비의 장래를 걱정하느라 몸이 떨릴 지경이었다.

"체스터 슬론이 그러는데요, 천국에 가면 하루 종일 아무것도 안 하고 하얀 드레스를 입고 돌아다니기만 한대요. 하프만 연주하고요. 그래서 체스터는 늙기 전까진 천국에 가고 싶지 않대요. 그런 건 늙은 사람들이나 좋아하는 일이니까요. 또 드레스 같은 걸 입는 게 진짜로 싫대요. 저도 그래요. 남자 천사는 바지를 입으면 안 돼요, 누나? 체스터 슬론은 그런 거에 관심이 많아요. 체스터 부모님이 걔가 목사가 되었으면 하거든요. 체스터네 할머니가 대학학비를 남겨 주셨는데요, 목사가 되지 않으면 그걸 받을 수가 없대요. 그래서 목사가 되어야 한대요. 걔네 할머니는 집안에 목사가 있는 게 되게 자랑스러운 일이라고 생각했나 봐요. 체스터는 뭐가 되든 별 상관은 없지만 사실은 대장장이가 더 좋대요. 어쨌든 목사 공부를 시작하기 전에 실컷 놀 거래요. 목사가 되면 잘 못 놀잖아요. 난 목사는 안 할 거예요. 블레어 아저씨처럼 상점 주인이 돼야지. 그래서 사탕이랑 바나나를 잔뜩 쌓아 둘 거예요. 하지만 하프 대신 하모니카를 불어도 된다면 천국에 가고 싶기도 해요. 천국에 가서 하모니카를 불어도 될까요, 누나?"

"그럼, 네가 그러고 싶다면 그렇게 하게 해 줄 거야."

앤이 해 줄 수 있는 말은 이게 다였다.

그날 저녁 에이번리 마을 개선회 멤버들은 하먼 앤드루스 씨네 집에서 모였다. 중요한 안건이 있어 모두 모이기로 한 터였다. 마을 개선회는 잘 굴러가는 중이었고 이미 성과도 내고 있었다. 초봄에 메이저 스펜서 씨는 약속대로 농장 앞길의 나무 그루터기들을 뽑아내고 씨를 뿌렸다. 다른 열두 명의 남자들도 그렇게들 했다. 어떤 사람들은 스펜서 집안에게 지기 싫어서 따라 했고, 또 어떤 사람들은 가족 중 개선론자들에게 등을 떠밀렸다. 그 결과 한때 흉물스럽던 덤불숲들이 매끈한 벨벳처럼 기다란 잔디밭으로 변모했다. 앞길에 잔디를 깔지 않은 농장들은 상대적으로 흉해 보여서 농장주들은 다음 봄에는 어떻게든 수를 내야겠다고 속으로 벼르게 되었다. 사람들은 교차로의 삼각지를 정리한 후 씨를 뿌렸고, 앤의 제라늄 화단은 그 가운데에 자리를 잡아 떠돌이 소들도 화단을 망쳐 놓지 못했다.

개선론자들은 모든 일이 잘 풀려 가고 있다고 생각했다. 물론 레비 볼터 씨처럼 아무리 개선론자들이 찾아가 농장 위쪽 낡은 집 문제를 해결해 달라고 구슬려도 남의 일에 참견하지 말라고 노골적으로 말하는 이도 있었다.

이번 특별 모임은 학교 이사들에게 운동장 주변으로 울타리를 쳐 달라는 진정서를 작성하기 위해서였다. 그리고 개선회 기금에 여유가 생기면 교회에 조경수를 심는 일에 대해서도 의논할 계획이었다. 앤의 말대로 마을 회관이 파란색인 한 또 기부금을 걷는 일은 소용이 없을 것이기 때문이었다. 멤버들은 앤드루스네 응접실에 모였다. 제인은 교회에 심을 나무의 가격을 알아본 뒤 보고서를 작성할 위원회를 지명하기 위해 자리에서 일어섰다. 그때 앞머리를 있는 대로 높이 빗어 올리고 프릴이 잔뜩 달린 옷을 입은 거티 파이가 뛰어 들어왔다. 거티는 걸핏하면 지각을 해서, 그에 짜증이 난 사람들은 거티가 남의 눈을 끌기 위해 일부러 그런다고 투덜거렸다. 이번에 거티가 그렇게 등장한 건 확실히 이목을 끌기 충분했다. 거티는 응접실 한복판에 멈춰 서서 손을 쳐들더니, 눈을 부라리며 외쳤다.

"정말 끔찍한 소식이야. 이게 말이 돼? 주드슨 파커 씨가 그 집 농장 담장을 제약 회사한테 빌려준대. 거기에다 광고를 그리라고 말야."

거티 파이는 바라던 대로 모두의 시선을 끌었다. 개선회 모임에 거티가 폭탄을 던졌다 해도 그보다 큰 파란을 일으키진 못했을 것이었다.

"그럴 리가."

앤이 멍한 얼굴로 말했다.

거티는 저 혼자 잔뜩 들떠 있었다.

"나도 처음 들었을 땐 그랬어. 주드슨 씨가 그럴 사람은 아니라고 했지. 근데 우리 아빠가 오늘 오후에 주드슨 씨를 만나서 물어봤더니 진짜래. 생각해 봐! 뉴브리지 길가에 있는 농장 담벼락을 따라 알약이랑 반창고 광고들이 쭉 붙은 꼬락서니가 얼마나 끔찍하겠어? 무슨 말인지 알겠어?"

개선론자들이 모를 리 없었다. 아무리 상상력이 없는 사람이라도 반 마일에 이르는 담장을 따라 약 광고가 즐비한 해괴한 풍경을 눈앞에 그려 볼 수 있었다. 이 새로운 위험에 직면하자 교회와 학교 운동장 같은 문제는 그만 사라져 버렸다. 회의 규칙이니 규정 따위 다 잊어버렸고, 앤도 낙심한 나머지 회의록을 쓸 생각도 하지 못했다. 모두가 한꺼번에 떠드는 바람에 정신없이 시끄러웠다.

"자, 다들 진정해 봐. 주드슨 씨를 말릴 방법을 찾아봐야지."

앤은 누구보다 흥분해 있었지만 사람들에게 호소했다.

"무슨 수로 막겠어? 다들 알잖아, 주드슨 파커 씨가 어떤 사람인지. 돈만 주면 뭐든 할 사람이라고. 공공심이나 미적 감각 같은 건 눈곱만큼도 없어."

제인이 속상한 목소리로 외쳤다.

가망이 없어 보였다. 에이번리에는 파커 집안 사람들이라 해 봐야 주드슨 파커 씨와 그의 누이뿐이어서 인척 관계를 빌미로 압력을 넣을 수도 없었다. 마사 파커 부인은 젊은이들, 특히 개선론자들을 싫어하는 중년 여인이었다. 주드슨 씨는 쾌활하고 말주변이 좋은 데다 사람 됨됨이가 한결같고 까다롭지도 않아 친구가 별로 없다는 것이 오히려 이상할 지경이었다. 벌이는 사업마다 잘되다 보니 좀처럼 인심을 얻기 어려웠는지도 모를 일이었다. 사람들은 그를 너무 빈틈없다 평했고 지조도 없다고 했다.

"주드슨 파커 씨는 늘 자기 입으로 말했던 것처럼 정당하게 돈 벌 기회가 생긴다면 절대 놓치지 않을걸."

프레드 라이트의 생각은 단호했다.

"파커 씨의 마음을 돌려놓을 사람이 어디 없을까?"

앤이 절망스러운 목소리로 물었다.

"화이트샌즈에 사는 루이자 스펜서를 만나러 다니잖아. 루이자라면 담장을 빌려주지 못하게 설득할 수 있을지도 몰라."

캐리 슬론이 말을 꺼냈다.

길버트가 고개를 저었다.

"그건 안 될 거야. 내가 루이자 스펜서를 잘 아는데, 그 여잔 마을 개선회 따윈 믿지도 않고 그저 돈 생각만 해. 말리기는커녕 부추길 거야."

"주드슨 씨를 설득할 소위원회를 만드는 수밖엔 없어. 여자애들을 보내야 할 거야. 남자애들한텐 함부로 굴 테니까. 하지만 난 안 가. 그러니까 날 지명하진 마."

줄리아 벨이 말했다.

"앤을 혼자 보내는 게 낫겠어. 주드슨 씨를 설득할 사람은 앤뿐이야."

올리버 슬론이 말했다.

앤은 기꺼이 주드슨 씨를 찾아가 이야기를 나눌 의향이 있었지만 옆에서 거들어 줄 사람이 필요하다는 의견을 내놓았다. 결국 다이애나와 제인이 앤을 돕기로 했고, 성난 벌 떼처럼 웅성거리던 개선회 멤버들은 자리에서 일어났다. 앤은 새벽까지 잠을 이루지 못하고 걱정에 빠져 있다가 학교 이사회가 학교 담장 가득 '피부과 약을 먹어 보세요'라는 광고를 잔뜩 그려 놓는 꿈을 꾸었다.

주드슨 씨를 설득하기 위한 소위원회는 다음 날 오후 그를 찾아갔다. 앤은 주드슨 씨에게 비도덕적인 계획을 중단해 달라고 간청했고 제인과 다이애나도 단단한 태도로 앤을 도와주었다. 주드슨 씨는 세련되고 상냥하게 남의 비위를 잘 맞추는 사람이었다. 그는 해바라기꽃을 선물한 사려 깊은 소녀들에게 몇 마디 칭찬을 늘어놓고는 이렇게 매력적인 아가씨들의 청을 거절하게 되어 대단히 안타깝단 말을 전했다. 사업은 사업이니만큼 힘든 시기에 감정에 얽매일 수는 없다는 것이었다.

"하지만 한 가지는 약속하지. 담당자한테 빨간색이나 노란색 같은 점잖고 세련된 색상만 사용하라고 말해 둘게. 무슨 일이 있어도 광고에다 파란색은 쓰지 말라고 하겠어."

그가 경박한 눈빛으로 말했다.

단단히 퇴짜를 맞은 세 소녀는 화가 치밀었지만 아무 말도 못하고 돌아왔다.

"할 만큼 했으니 하느님께 맡기는 수밖에."

제인은 자기도 모르는 새에 린드 부인의 말투를 따라 했다.

"앨런 목사님이 도와줄 순 없을까?"

다이애나가 곰곰 생각하다 말했다.

앤이 고개를 저었다.

"아냐. 지금 목사님네 아기도 많이 아픈데 이런 걸로 걱정을 끼칠 순 없어. 주드슨 씨도 요즘 교회에 열심히 나가는 것 같긴 하지만 우리한테 했던 것처럼 매끄럽게 빠져나갈걸. 사실 교회야 루이자 스펜서 아버지가 장로인 데다가 그런 것들에 까다로운 사람이니까 나가는 거겠지만."

"에이번리에서 담장을 빌려줄 생각을 하는 사람은 주드슨 파커뿐일 거야. 구두쇠 레비 볼터나 로렌조 화이트도 그런 짓은 안 할걸. 그 사람들은 여론을 얼마나 중요하게 생각하는데."

제인이 화가 난 얼굴로 말했다.

담장을 빌려주기로 했다는 사실이 알려지자 역시 사람들은 주드슨의 행동을 나쁘게 보기 시작했다. 하지만 그렇다고 나아질 일은 아니었다. 주드슨은 그저 웃어넘겼고 개선론자들은 뉴브리지에서 가장 아름다운 길이 광고 때문에 꼴불견이 되리라는 사실을 담담하게 받아들이려고 애를 썼다. 마을 개선회의 다음 모임에서 회장이 앤에게 보고를 요청했을 때, 앤은 가만히 일어나 주드슨 파커가 제약 회사에 담장을 빌려주지 않겠다고 결정했음을 개선회에 전해 달랬다고 말했다.

제인과 다이애나는 믿기지 않는다는 듯 앤을 빤히 쳐다보았다. 하지만 마을 개선회의 회의 규칙은 엄격해서 곧장 질문을 던질 수가 없었다. 회의가 끝나자 멤버들은 설명을 듣기 위해 앤을 에워쌌다. 앤은 딱히 설명할 거리가 없었다. 전날 저녁 길에서 만난 주드슨 파커가 앤을 따라와 제약 회사 광고에 대해 개선회가 가진 희한한 편견을 존중하기로 했다고 말했을 뿐이었다. 그때에도, 그 이후에도 앤이 전할 수 있는 말은 그것뿐이었다. 그리고 그건 명백한 사실이기도 했다. 하지만 제인 앤드루스는 집에 가는 길에 올리버 슬론에게 주드슨 파커가 마음을 바꾼 데에는 앤 셜리가 말한 것보다 더한 사연이 있을 거라고 말했다. 제인의 말은 사실이었다.

앤은 전날 저녁 해변에 있는 어빙 부인의 집에 다녀오고 있었다. 지름길로 돌아오느라 앤은 처음으로 나지막한 해변 기슭의 들판을 따라 로버트 딕슨네 집 아래의 너도밤나무 숲을 지났다. 상상력이 없는 사람들은 배리 연못이라고 부르곤 하는 반짝이는 호수 바로 위의 큰길로 이어진 오솔길이 그 옆으로 좁게 나 있었다.

오솔길이 시작되는 길목에 마차를 세우고 앉아 있는 두 남자가 있었다. 한 사람은 주드슨 파커였고 또 한 사람은 제리 코코런이었다. 한 번도 수상쩍은 일 따위 한 적 없는 뉴브리지 출신이라고 린드 부인이 줄곧 이야기했던 사람이었다. 농기구 판매상인 코코런은 정치 문제에 관해서는 빠삭해서 정치적인 일이라면 온갖 일에 관여를 하고 있었다. 캐나다 총선 전날이어서 제리 코코런은 자신이 지지하는 정당 후보자의 유세를 돕느라 몇 주 동안 정신없이 바쁜 상태였다. 앤은 너도밤나무 가지가 늘어진 길을 지나다 코코런의 이야기를 들을 수 있었다.

"파커, 이번에 에임즈베리한테 표를 주면…… 지난봄에 산 쟁기

값을 돌려주지. 자네도 이런 제안이 싫진 않겠지?"

주드슨은 씩 웃으며 느릿느릿 대답했다.

"뭐, 그러신다면야. 나쁠 것도 없겠네요. 요즘같이 어려운 시기엔 챙길 건 챙겨야 하는 거니까요."

그 순간 앤을 발견한 두 사람은 황망히 입을 다물었다. 앤은 차갑게 인사를 한 뒤 평소보다 더 허리를 곧추세운 채 걸어갔다. 주드슨 파커가 앤을 급하게 따라왔다.

"앤, 내가 태워다 줄까?"

주드슨이 상냥한 목소리로 물었다.

"고맙습니다. 하지만 괜찮아요."

예의 바르게 대답했지만 앤의 목소리에는 누구라도 알아챌 만큼 날카롭고 예리한 경멸이 담겨 있었다. 얼굴이 빨개진 주드슨은 고삐를 세게 감아쥐었다. 하지만 곧 마음을 추슬렀다. 주드슨은 오로지 앞만 보고 걷고 있는 앤을 거북스럽게 쳐다보았다. 속이 빤히 들여다보이는 코코런의 제안을 앤이 들었을까? 또 그걸 자신이 덥석 수락하는 것도 들었을까? 젠장맞을 코코런! 돌려 말했기 망정이지 하마터면 큰일 날 뻔했잖아. 저 재수 없는 빨강 머리 선생은 왜 하필 너도밤나무 숲에서 툭 튀어나온 거야. 주드슨 파커는 앤이 자신과 별다를 바 없는 사람일 거라 지레짐작했다. 사람들이 대개 그렇듯 앤이 여기저기 떠벌리고 다닐 것이라고 말이다. 주드슨 파커는 사람들의 평판에 신경을 쓰는 편이 아니었지만 뇌물이나 받아먹는 사람으로 소문이 나는 건 끔찍했다. 아이작 스펜서의 귀에 들어가기라도 한다면 부유한 농장주의 상속녀로 안락한 미래가 보장되어 있는 루이자 제인과 결혼할 가능성도 영영 요원해질 것이었다. 주드슨 파커는 스펜서 씨가 자신을 미심쩍은 눈으로 바라본다는 것을 알고 있었다. 더 모험을 할 수는 없었다.

"그러니까 앤, 우리가 요전에 의논했던 문제로 좀 만나고 싶었는데 말야. 제약 회사에 담장은 빌려주지 않으려고. 너희 같은 목적을 가진 단체는 내가 지지해 줘야 하지 않겠어?"

앤은 살짝 누그러졌다.

"고맙습니다."

앤이 대답했다.

"그리고…… 그리고 말야……. 제리랑 나랑 했던 애긴 입 다무는 걸로 해 주겠니?"

"어떤 경우라도 그런 일을 입에 담을 생각은 없어요."

앤이 서늘한 목소리로 대답했다. 자기 표를 팔아먹을 생각을 하는 남자와 흥정을 하느니 차라리 에이번리의 모든 담장이 광고 범벅이 되는 게 낫다는 생각이 들었다.

주드슨은 서로의 뜻이 잘 전해졌다고 멋대로 생각하며 고개를 주억거렸다.

"그래……, 그래야지. 나도 네가 입을 다물어 줄 거라 생각했어. 물론 난 제리를 떠보고 있었을 뿐이야. 제리는 자기가 굉장히 약삭빠르고 영리한 줄 알거든. 난 에임즈베리를 뽑을 생각 같은 건 없어. 늘 해 오던 대로 그랜트를 뽑을 거라고. 선거가 끝나면 너도 알게 되겠지. 그냥 제리를 떠본 거라니까. 정말 그럴 건가 하고 말야. 담장 문제는 걱정하지 말고…… 개선회에 가서 그렇게 전해 주면 돼."

앤은 그날 밤 동쪽방 거울 앞에 앉아 중얼거렸다.

"세상엔 별의별 사람들이 다 있다지만 정말 쓸모없는 사람들도 있는 것 같아. 처음부터 그런 추저분한 일을 떠들고 다닐 생각은 없었어. 그러니 죄책감을 가질 필요도 없는 거고. 이번 일은 대체 누구한테 감사해야 할지 모르겠네. 난 아무것도 한 게 없는데. 아무튼 주드슨 파커나 제리 코코런 같은 정치꾼들 뜻대로 세상이 흘러가는 건 아닐 거야."

Chapter 15.
방학이 시작되다

학교 운동장을 둘러싼 가문비나무들 사이로 바람이 한들거리고 나무 그림자가 한가로이 길게 드리워진 황혼 무렵, 앤은 교실 문을 가만히 잠갔다. 앤은 안도의 숨을 내쉬며 열쇠를 주머니에 넣었다. 이제 한 학기가 끝났고 앤은 다음 학기에도 아이들을 가르치게 되었다. 하면 앤드루스 씨가 회초리를 더 자주 들라 하긴 했지만 많은 이들이 앤의 교육 방식에 만족했고 그에 대한 보답으로 이제 가슴 설레는 두 달간의 즐거운 방학이 기다리고 있었다. 앤은 평온한 마음으로 꽃바구니를 들고서 언덕을 내려갔다. 첫 아네모네가 핀 이후로 앤은 매주 거르지 않고 매슈의 무덤을 찾았다. 마릴라를 빼고는 에이번리 사람들 모두 말수 적고 부끄럼 많고 평범하기 짝이 없었던 매슈를 잊어 갔지만 앤의 마음속에는 여전히 매슈와의 추억이 생생했다. 앤은 다정했던 매슈를 결코 잊을 수 없었고 앞으로도 그럴 것이었다. 그는 앤이 어린 시절 그토록 목말라했던 사랑과 연민을 처음으로 베풀어 준 사람이었다.

언덕 아래 가문비나무 그림자가 드리운 울타리 위에 소년 하나가 앉아 있었다. 아름답고 예민해 보이는 얼굴에 꿈꾸는 듯 커다란 눈의 소년이었다. 소년은 울타리에서 훌쩍 뛰어내려 앤에게 다가왔다. 웃고 있었지만 뺨에는 눈물 자국이 남아 있었다.

"선생님을 기다리던 중이었어요. 묘지에 가실 거란 걸 알고 있었거든요. 저도 묘지에 가요. 할머니가 이 제라늄 다발을 할아버지 무덤에 가져다주라고 했거든요. 그리고 이 흰 장미 다발은 엄마를 위한 거예요. 할아버지 무덤 옆에다 놓아둘 거예요. 엄마 무덤엔 갈 수가 없으니까요. 그래도 엄마는 내 맘을 다 알겠죠?"

소년은 살며시 앤의 손을 잡았다.

"그럼, 다 아실 거야, 폴."

"있잖아요, 선생님. 오늘은 엄마가 돌아가신 지 딱 3년이 되는 날이에요. 그렇게 시간이 많이 지났는데도 그때 그날처럼 마음이 아파요. 그때랑 똑같이 엄마가 보고 싶고요. 너무 아파서 참지 못할 것 같을 때도 있어요."

폴의 목소리가 흔들렸고 입술이 떨리고 있었다. 폴은 앤에게 눈물을 들키지 않으려고 장미 다발만 내려다보았다.

"그래도 마음이 아프지 않길 바라면 안 돼. 엄마를 잊을 수 있다 해도 잊으려고 하면 안 되는 거야."

앤이 부드러운 목소리로 말했다.

"네, 그럴 거예요. 제 생각도 그래요. 선생님은 역시 제 맘을 잘 알아주세요. 아무도 제 맘을 몰라요. 할머니조차도요. 정말 잘해 주시지만요. 아빠 잘 이해해 주셨지만 이젠 엄마 얘길 잘 못 해요. 아빠 엄마 얘길 힘들어하거든요. 아빠가 손으로 얼굴을 감싸면 전 더는 얘길 못 해요. 가여운 우리 아빠는 제가 없어서 정말 엄청 외로울 거예요. 하지만 가정부 한 명밖에 없는 집에서 어린 저를 키우는 건 안 될 일이라고 생각하세요. 게다가 아빠는 일 때문에 집을 비우는 일도 많거든요. 엄마 다음으론 할머니가 나을 거라 생각한 거예요. 이담에 제가 자라면 아빠한테로 돌아갈 거고, 다신 헤어지지 않을 거예요."

폴이 아버지와 어머니 이야기를 자주 해 준 탓에 앤은 그들이 잘 아는 사람들처럼 느껴졌다. 앤은 폴이 어머니를 꼭 닮았을 것 같았다. 그리고 폴의 아버지 스티븐 어빙은 깊고 다정한 성정을 남에게 잘 드러내지 않는 과묵한 사람일 거라는 생각이 들었다.

폴이 언젠가 말한 적 있었다.

"아빠는 쉽게 친해지긴 어려운 사람이에요. 저도 엄마가 돌아가신 후에야 아빠와 친해졌거든요. 하지만 알고 보면 멋진 분이에요. 전 아빠가 세상에서 제일 좋아요. 그다음엔 할머니고 그다음엔 선생님이에요. 아빠 다음으로 선생님을 좋아하고 싶지만 할머니가 절 너무 사랑하시잖아요. 그러니 저도 할머니를 좋아해야 하거든요. 무슨 말인지 아시죠, 선생님? 전 할머니가 제가 잠들 때까지 램프를 그냥 두었으면 좋겠지만 할머니는 이불을 덮어 주자마자 가지고 나가 버리세요. 겁쟁이가 되면 안 된다고요. 무서운 건 아니지만 그래도 램프가 있는 게 더 좋은데. 엄마는 제가 잠들 때까지 옆에 앉아서 손을 잡아 줬거든요. 엄마가 제 버릇을 잘못 들였나 봐요. 엄마들이 좀 그렇잖아요."

앤은 사실 그런 일에 대해서는 잘 알지 못했다. 상상할 수는 있었지만 말이다. 앤은 돌아가신 엄마를 슬프게 떠올렸다. 앤을 완벽하게 예쁜 아기라고 생각했던 엄마는 오래전 세상을 떠났고 젊은 남편 옆에 묻혔다. 너무 멀어 찾아가지도 못하는 곳이었다. 앤은 엄마를 기억조차 할 수 없었기에 폴이 부러울 지경이었다.

6월의 햇살이 내리쬐는 붉고 긴 언덕길을 오르며 폴이 말했다.

"다음 주가 제 생일이에요. 그래서 아빠가 이제껏 보낸 것보다 더 좋아할 만한 선물을 준비했단 편지를 보내왔어요. 그게 벌써 도착한 것 같아요. 할머니가 책장 서랍을 잠갔거든요. 그건 뭔가 있다는 거예요. 제가 서랍을 왜 잠갔는지 물어봤더니 야릇한 표정으로 어린애가 뭐가 그렇게 궁금한 게 많으냐며 뭐라 하셨어요. 생일이 있다는 건 정말 신나는 일이에요, 그렇죠? 전 이제 열한 살이 돼요. 그렇게 보이진 않죠? 할머니는 제가 또래들에 비해 작다고, 그건 포리지*를 잘 먹지 않아서라고 하세요. 열심히 먹고는 있지만 할머니는 정말 너무 많이 주신다니까요. 할머니를 흉보는 건 절대 아니에요. 주일 학교에서 돌아오던 길에 선생님이랑 기도에 대해 얘기한 적이 있잖아요. 어려운 일이 있으면 언제나 기도하라고 선생님이 그러셨잖아요. 그래서 매일 밤 하느님께 아침마다 포리지를 다 먹을 수 있게 해 달라고 기도했어요. 하지만 아직 그게 안 돼요. 제 기도가 부족해서 그런 건지 포리지가 너무 많아서 그런 건지 잘 모르겠어요. 아빠도 포리지를 먹고 자랐다고 할머니가 그러셨는데, 확실히 효과가 있었대요. 아빠 어깨를 선생님이 보셔야 해요."

폴은 한숨을 쉬며 생각에 잠겼다.

"하지만 가끔은 진짜 포리지 때문에 죽을 것만 같다니까요."

폴이 딴 데를 보는 사이에 앤은 미소를 지었다. 에이번리 사람들은 어빙 부인이 옛날 방식대로 손자를 키운다는 사실을 모두 알고 있었다.

앤이 명랑하게 말했다.

"포리지 때문에 힘들지 않았으면 좋겠네. 바위 사람들은 어떻게 지내? 쌍둥이 형은 요즘 얌전하게 굴고 있어?"

"그래야죠. 얌전하게 굴지 않으면 제가 놀아 주지 않을 거란 걸 알고 있거든요. 정말 못된 녀석이라니까요."

---

* porridge, 오트밀에 우유 등을 부어 걸쭉하게 끓인 아침 식사용 음식.

폴이 단호하게 대답했다.

"노라는 아직 황금 부인에 대해 모르고?"

"네. 하지만 눈치는 챈 것 같아요. 제가 지난번에 동굴에 간 걸 봤거든요. 노라가 알아도 상관없어요. 몰랐으면 하는 건 다 노라를 위해서 그러는 거니까요. 노라가 마음 상할까 봐요. 그래도 굳이 알려고 한다면 어쩔 수 없죠."

"나도 너랑 같이 밤에 바닷가에 가면 바위 사람들을 볼 수 있을까?"

폴은 진지하게 고개를 저었다.

"아뇨. 안 될 거예요. 제 바위 사람들은 저만 볼 수 있어요. 하지만 선생님은 선생님의 바위 사람들을 볼 수 있을 거예요. 선생님은 그럴 수 있는 분이잖아요. 저랑 비슷하니까요."

폴은 다정하게 앤의 손을 다잡았다.

"그럴 수 있는 사람이란 거, 멋지지 않아요, 선생님?"

"멋지고말고."

앤은 잿빛 눈을 반짝이며 푸른 눈을 빛내고 있는 소년을 내려다보았다. 앤과 폴은 둘 다 '상상력이 얼마나 세상을 드넓게 펼쳐 보이는지' 잘 알고 있었다. 그리고 두 사람은 그 행복한 나라에 이르는 길도 알고 있었다. 계곡과 시냇물 옆으로 영원히 시들지 않는 기쁨의 장미꽃들이 피어 있고, 구름이 환한 태양을 가린 적 없는 곳, 그리고 아름다운 종소리가 울려 퍼지며 같은 곳을 바라보는 사람들이 가득한 곳. '태양의 동쪽, 달의 서쪽'에 있는 그 나라를 안다는 것은 돈으로 살 수도 없고 값을 매길 수도 없는 일이었다. 그것은 날 때부터 선량한 요정들이 건넨 선물이었으며 세월이 흘러도 지워지거나 잃어버릴 수 없는 것이었다. 상상 없이 궁전에 사느니 상상의 나라를 가슴에 품고 다락방에 사는 것이 훨씬 나았다.

오래전부터 에이번리 공동묘지는 잡초로 뒤덮인 쓸쓸한 곳이었다. 당연히 개선론자들은 공동묘지를 눈여겨보고 있었다. 프리실라 그랜트는 지난번 개선회 모임이 있기 전부터 묘지에 관한 자료를 훑어보고 있었다. 머지않아 마을 개선회는 낡고 흔들리는 이끼투성이 나무 울타리 대신 깔끔한 철책을 두른 뒤 잡초도 베고 기울어진 비석들도 바로 세울 계획이었다.

앤은 매슈의 무덤에 꽃을 놓고 헤스터 그레이가 잠든 나지막한 포플러나무 그늘 쪽으로 갔다. 봄날 피크닉 이후로 앤은 매슈를 찾아올 때마다 헤스터의 무덤에도 꽃을 가져다 놓았다. 전날 저녁 숲속에 있는 조그맣고 황량한 정원에 가서 헤스터가 키우던 흰 장미를 꺾어 온 참이었다.

"다른 장미보다 이걸 더 좋아할 것 같아서요."

앤이 부드럽게 말했다.

앤은 한참 그곳에 앉아 있다가 인기척을 느끼고서야 고개를 들었다. 앨런 부인이었다. 두 사람은 함께 집으로 걸어왔다.

앨런 부인은 이제 5년 전 앨런 목사와 함께 에이번리로 왔을 때의 그 앳된 신부의 얼굴이 아니었다. 생기발랄했던 기색은 사라지고 눈가와 입가에는 가늘고 피곤한 주름이 져 있었다. 바로 이 공동묘지에 있는 조그만 무덤 때문이기도 했고 다행히 지금은 완쾌했지만 최근에 어린 아들이 아팠던 일 때문이기도 했다. 그래도 앨런 부인의 보조개는 예나 지금이나 예뻤고 맑고 밝게 빛나는 눈빛 또한 여전히 진솔해 보였다. 소녀 같은 아름다움은 사라졌지만 앨런 부인은 이제 유연하고 강인한 여자가 되어 있었다.

"방학이 기대되겠네, 앤?"

묘지를 떠나며 앨런 부인이 물었다.

앤이 고개를 끄덕였다.

"네. 달콤한 사탕 하나 깨문 기분이에요. 여름이 정말 즐거울 것 같아요. 일단 모건 부인이 7월에 프린스에드워드 섬에 오실 건데 프리실라가 여기로 모셔 올 거예요. 생각만 해도 막 두근거려요."

"재밌게 보내길 바라, 앤. 1년 동안 정말 열심히 했고 결과도 좋았으니까."

"전 잘 모르겠어요. 여러모로 문제도 많았던걸요. 작년 가을에 맘먹었던 것도 해내지 못했어요. 생각대로 잘 안 되더라고요."

앨런 부인이 한숨을 쉬며 말했다.

"누구나 그래. 하지만 앤, 로웰이 한 말 기억하지? '실패가 나쁜 게 아니라 낮은 목표가 나쁜 거다.' 이루지 못하더라도 이상을 가지고 노력하며 살아야지. 이상이 없다는 건 불행한 거야. 이상을 가진 인생이 위대하고 장엄한 법이지. 네 꿈을 잃지 마, 앤."

"그래 볼게요. 하지만 제 계획들 중 대부분은 좀 내려놓아야 해요. 처음 교사가 됐을 땐 그럴싸한 계획들을 엄청 가지고 있었는데 막상 부딪힐 때마다 하나씩 포기하게 되더라고요."

앤은 조금 웃었다.

"아이들을 때리는 문제 같은 거?"

앨런 부인이 장난스럽게 묻자 앤의 얼굴이 빨개졌다.

"앤서니를 때린 건 저 스스로도 용서가 안 돼요."

"말도 안 돼, 앤. 걘 맞을 만했어. 앤서니도 인정한 거고. 그 일 이후로 앤서니는 별 말썽도 안 부렸고 너처럼 좋은 선생님이 없다고 생각하게 됐잖아. 앤서니가 널 사랑하게 된 거야. 여자란 다 쓸모 없다고 우겨 대더니 이젠 그러지도 않고 말야."

"앤서니가 맞을 만했다고 한들 그건 중요하지 않아요. 앤서니가 벌을 받는 게 마땅하다고 생각해서 침착하고 진중하게 회초리를 들었던 거라면 마음이 이렇게 불편하진 않았을 거예요. 앨런 사모님, 전 사실 화가 치밀어서 그랬던 거예요. 그게 옳은지 그른지도 생각하지 않았어요. 앤서니가 맞을 만한 짓을 하지 않았더라도 전 아마 똑같이 했을 거예요. 그래서 부끄러워요."

"누구나 실수를 해. 그러니 이제 잊어. 실수를 뉘우치고 거기에서 우린 무언가 배우는 법이지만 언제까지나 마음에 담아 둘 순 없잖니. 저기 길버트 블라이스가 마차를 타고 오네. 방학이라 집에 왔나 보다. 너희, 공부는 잘 되어 가고 있어?"

"네, 잘하고 있어요. 오늘 밤까지 베르길리우스를 끝낼 거예요. 이제 스무 줄만 남았어요. 그러고 나면 9월까진 쉬려고요."

"대학엔 갈 거야?"

앤은 멀리 오팔처럼 화려하게 물든 수평선을 꿈꾸는 듯한 표정으로 바라보았다.

"잘 모르겠어요. 마릴라 눈은 지금보다 나아지지 않을 거예요. 물론 더 나빠지지 않는 것만으로도 감사해야 할 일이지만요. 그리고 쌍둥이도 있잖아요. 아무래도 아이들 삼촌이 쌍둥이를 데려갈 것 같지 않아요. 저 길모퉁이만 돌면 대학이 있을지 모르지만, 전 아직 그 모퉁이에 다다른 것 같지 않아요. 괜히 속상해질까 봐 대학 생각은 잘 안 하려는 중이에요."

"난 네가 대학에 갔음 좋겠네. 하지만 못 간다고 해도 속상해하진 마. 어디에 있건 우린 결국 자기만의 삶을 만들어 나가게 될 테니까. 대학은 그걸 조금 쉽게 만들어 줄 뿐이고. 우리네 삶은 드넓기도 하고 협소하기도 해. 무엇을 얻는지가 중요한 게 아니라 어떤 의미를 부여하느냐가 중요한 거지. 충만한 삶의 모습에 온 마음을 열고 다가가는 방법만 배운다면, 삶은 어디서건 충만하게 다가올 거야."

앤은 생각에 잠긴 채 대답했다.

"무슨 말인지 알겠어요. 전 감사해야 할 게 참 많아요. 정말 많은걸요. 제 일과 폴 어빙도 그렇고요, 귀여운 쌍둥이랑 친구들도 그래요. 아시죠, 제가 친구들한테 참 고마워한단걸요. 우정은 정말 삶을 아름답게 만들어 주는 것 같아요."

"진정한 우정은 정말 큰 도움이 되지. 우정의 고귀함을 늘 생각해야지. 그리고 진실하지 못한 모습으로 우정을 더럽혀서도 안 되고. 우정이란 말이 종종 진짜 우정이라기보단 그저 친한 사이 정도로 비하되는 게 두려운 일이지."

앨런 부인이 말했다.

"맞아요. 거티 파이랑 줄리아 벨이 그래요. 개들은 정말 친하고 어디든 붙어 다녀요. 하지만 거티는 맨날 줄리아 흉을 봐요. 다들 거티가 줄리아를 질투하고 있다는 걸 알아요. 누가 줄리아를 욕하기라도 하면 거티가 진짜 고소해하거든요. 그런 걸 우정이라 부르는 건 우정에 대한 모독이에요. 친구라면, 친구의 좋은 면을 보려고 하고 또 자기도 좋은 모습을 보여 주려고 해야 하는 거 아녜요? 그럴 수만 있다면 우정은 정말 세상에서 제일 아름다운 것이 될 텐데 말예요."

앨런 부인이 미소 지었다.

"우정은 정말 아름다운 게 맞아. 하지만 언젠가는……."

앨런 부인은 갑자기 말을 멈추었다. 여리고 하얀 이마와 꾸밈없는 눈빛, 표정이 풍부한 얼굴의 앤은 아직 여인이라기보다는 아이였다. 앤은 아직 우정과 야망에 대한 꿈을 가득 품은 채였다. 앨런 부인은 그런 앤의 달콤한 꿈을 깨고 싶지 않았다. 그래서 앨런 부인은 하려던 말을 그대로 남겨 두었다.

Chapter 16.
희망 사항

"누나."

초록지붕집 부엌의 반들반들한 가죽 소파에서 뒹굴던 데이비는 편지를 읽고 있는 앤을 졸랐다.

"누나, 배고파 죽겠어요. 내가 얼마나 배가 고픈지 알기나 해요?"

"빵이랑 버터를 금방 갖다 줄게."

앤은 멍한 얼굴이었다. 편지에 흥미로운 소식이 쓰여 있는 게 분명했다. 앤의 뺨은 마당 덤불 속 장미처럼 핑크빛으로 발그레 물들었고 두 눈은 앤 특유의 초롱초롱함으로 빛나고 있었다.

"난 빵이랑 버터는 싫어요. 자두 케이크가 먹고 싶어서 배가 고픈 거란 말예요."

데이비는 넌더리를 냈다.

"아아, 그래."

앤은 까르르 웃으며 편지를 내려놓고는 팔을 뻗어 데이비를 껴안았다.

"그래서 배가 고픈 거라면 쉽게 참을 수도 있을걸, 우리 데이비. 간식으론 버터 바른 빵만 먹어야 한다고 마릴라가 그랬잖니."

"그럼 한 조각만요……. 부탁이에요."

데이비는 드디어 부탁한다는 말을 배우긴 했지만 나중에야 덧붙이기 일쑤였다. 데이비는 앤이 한 조각 잘라 준 빵을 만족스럽게 바라보았다.

"난 누나가 언제나 버터를 듬뿍 발라 줘서 좋아요. 아줌마는 진짜 조금만 발라 주거든요. 버터를 많이 발라야 술술 잘 넘어가는데."

빵이 순식간에 사라진 걸 보니 정말 술술 잘 넘어간 모양이었다. 데이비는 소파에서 미끄러져 내려오더니 러그 위에서 두 번이나 구른 다음 일어나 야무진 목소리로 말했다.

"누나, 난 천국에 가지 않기로 마음먹었어요. 안 갈 거예요."

"왜?"

앤이 심각한 얼굴로 물었다.

"천국은 사이먼 플레처 아저씨네 집 다락방에 있잖아요. 난 그 아저씨가 싫거든요."

"천국이 사이먼 플레처 씨네 다락방에 있다고?"

앤은 놀라서 웃음도 나오지 않았다. 기가 막힐 지경이었다.

"데이비 키스, 누가 그런 엉터리 같은 소릴 해?"

"밀티 볼터가 그랬어요. 지난주 주일 학교에서요. 엘리야랑 엘리사에 대해 배웠는데 내가 로저슨 선생님한테 물었어요. 천국이 어디 있냐고요. 로저슨 선생님은 화가 난 것 같았어요. 선생님이 우리한테 엘리야가 천국으로 갈 때 엘리사한테 뭘 남겼느냐고 물었는데 밀티가 '자기가 입던 옷이요'라고 대답했거든요. 그래서 우리가 생각도 안 하고 막 웃었단 말예요. 그래서 신경질이 났었나 봐요. 뭐든 생각을 한 다음에 행동을 해야 하는데, 그럼 그렇게 안 웃었을 텐데. 그래도 밀티는 버릇없이 굴려고 그런 건 아니었어요. 그냥 그 물건의 이름이 안 떠올라서 그런 건데. 로저슨 선생님은 하느님이 계신 곳이 바로 천국이라고 하면서 나한테 그런 질문은 하는 게 아니라고 했어요. 그때 밀티가 날 쿡 찌르면서 천국은 사이먼 아저씨네 다락방에 있다면서 집에 가는 길에 자세히 얘기해 주겠다고 귓속말로 그랬어요. 그래서 집에 오면서 밀티가 알려 준 거예요. 밀티는 진짜 설명을 잘해요. 잘 모르는 것들도 이것저것 막 갖다 붙이면서 말해 주는데 진짜로 다 말이 돼요. 밀티 엄마가 사이먼 아줌마의 동생이잖아요. 그래서 밀티는 엄마랑 같이 제인 앨런 장례식엘 갔대요. 제인은 밀티랑 사촌인데 죽었거든요. 그런데 목사님이 그랬대요. 제인이 천국에 갔다고요. 제인은 관 속에 누워 있었는데도요. 밀티가 그러는데요, 나중에 사람들이 관을 다락방으로 옮겼대요. 나중에 장례식이 끝나고 엄마 모자를 가지러 엄마랑 같이 2층으로 가면서 밀티가 물었대요. 제인 앨런이 갔다는 천국이 어디냐고요. 밀티 엄마가 천장을 가리키면서 '저기에 있잖아', 그렇게 대답했대요. 천장 위엔 다락방뿐이잖아요. 그래서 밀티가 알게 된 거예요. 이제 밀티는 사이먼 아저씨네 집에 가는 게 진짜로 무섭대요."

앤은 데이비를 무릎에 앉히고 이 말도 안 되는 소리를 고쳐 주기 위해 애를 먹었다. 이런 일에는 마릴라보다 앤이 나았다. 앤은 자신의 어린 시절을 기억하고 있었다. 어른들에게는 단순 명료한 일이라 해도 그에 대해 일곱 살 아이가 종종 마음에 품는 호기심을 앤은 직감적으로 이해할 수 있기 때문이었다. 다행히도 앤은 마릴라와 도라가 마당에서 완두콩을 따서 돌아오기 전에 천국이 사이먼 플레처 씨네 다락방에 있는 게 아니라는 사실을 데이비에게 납득시켰다. 도라는 통통한 손가락으로 사소한 잔심부름을 하는 것을 즐거워하는 바지런한 꼬마였다. 도라는 닭에게 모이를 주거나 부스러기를 줍고 접시를 닦기도 하는 등 심부름을 도맡았다. 단정하고 성실한 데다 꼼꼼한 아이라 한 번만 가르쳐 주면 착착 잘해 냈고 해야 할 일을 빼먹지도 않았다. 반면 데이비는 덜렁대기 일쑤였고 걸핏하면 까먹었다. 그래도 타고난 성정이 사랑스러워서 앤은 물론이고 마릴라 역시 데이비를 더 좋아했다.

도라가 보란 듯 완두콩 껍질을 까는 동안 데이비는 콩깍지로 배를 만든 다음 성냥개비로 돛대를 세우고 종이로 돛을 오려 붙였다.

앤은 마릴라에게 편지에 담긴 근사한 이야기를 들려주었다.

"프리실라한테서 편지가 왔는데요, 모건 부인이 프린스에드워드 섬에 와 계시는데 날씨가 맑으면 목요일에 에이번리에 오겠대요. 12시쯤엔 여기에 도착할 것 같은데. 어때요, 마릴라? 오후까진 우리랑 있다가 저녁엔 화이트샌즈에 있는 호텔로 가실 거고요. 모건 부인의 미국인 친구들 몇몇이 거기서 머물고 있나 봐요. 마릴라, 너무 멋지지 않아요? 정말이지 꿈 같아요."

"아무리 모건 부인이라도 다른 사람들이랑 뭐 그리 다르려고."

마릴라도 설레긴 했지만 담담한 목소리로 말했다. 모건 부인처럼 유명한 사람이 들른다는 건 보통 일이 아니었다.

"여기서 점심을 들겠지?"

"네, 그런데 마릴라, 제가 식사 준비를 다 해도 돼요? 《로즈버드 가든》 작가한테 제 손으로 뭔가 해 드리고 싶거든요. 점심 한 끼라도 말예요. 그래도 괜찮죠?"

"잘됐네. 7월에 뜨거운 불가에서 스튜를 만드는 건 정말 질색이야. 딴 사람한테 시켜야 하나 생각했는데, 네가 한다면야 난 좋지."

"아아, 고마워요."

앤은 마릴라가 어마어마한 소원이라도 들어준 양 기뻐했다.

"오늘 밤에 당장 메뉴를 짜 볼래요."

"너무 멋 부리려고 하진 마. 그러다 공연히 일 망칠라."

마릴라는 앤이 너무 거창한 일을 벌일까 봐 주의를 주었다.

앤이 약속했다.

"절대 멋 안 부려요. 파티 날에도 먹기 힘든 음식을 하겠다고 나설까 봐 걱정이신 거죠? 그건 겉치레잖아요. 제가 열일곱 살 학교 선생님 치고 센스나 침착함은 부족한 편이지만 그래도 그런 걸로 멋 부릴 만큼 바보인 건 아녜요. 그래도 최대한 멋지고 예쁘게 차려 내고 싶어요. 데이비, 콩깍지를 뒷계단에 버려두면 안 돼. 미끄러지기라도 하면 어쩌려고 그래. 우선 가벼운 수프부터 낼래요. 제가 크림양파수프를 잘 만들잖아요. 그리고 닭을 두 마리 굽고요. 하얀 수탉을 잡아야겠어요. 회색 암탉한테서 솜털뭉치 같은 노란 병아리 두 마리가 났을 때부터 정말 예뻐하며 키우긴 했지만요. 언젠가 잡아먹힐 거라면 이렇게 뜻깊은 날이 나을 거예요. 그래도 마릴라, 제 손으로 녀석들을 잡진 못할 것 같아요. 아무리 모건 부인을 위한 일이라도요. 존 헨리 카터한테 와서 해 달라고 해야겠어요."

데이비가 손을 들었다.

"그건 내가 할게요. 마릴라 아줌마가 다리만 잡아 주면 돼요. 도끼를 쓰려면 두 손이 다 필요하니까요. 모가지가 잘렸는데도 막 뛰어다니는 닭을 보면 진짜 재밌는데."

앤이 말했다.

"채소 요리도 내야 하니까 완두콩이랑 다른 콩도 내고, 크림 감자랑 양상추 샐러드도 내려고요. 그리고 디저트는 휘핑크림을 올린 레몬 파이랑 커피, 또 치즈랑 레이디 핑거로 할까 봐요. 내일 파이랑 레이디 핑거를 만들고 하얀 모슬린 드레스도 손질할래요. 오늘 밤 다이애나한테도 말해 줘야겠어요. 다이애나도 드레스를 손질해야 할 테니까요. 모건 부인 소설에 나오는 주인공들은 언제나 하얀 모슬린 드레스를 입어요. 그래서 다이애나랑 전 언젠가 모건 부인을 만나면 꼭 하얀 모슬린 드레스를 입기로 했거든요. 그럼 우리가 모건 부인을 존경하고 있다는 마음이 좀 느껴질까요? 데이비, 마룻장 사이에 콩깍지를 쑤셔 넣으면 어떡해? 앨런 목사님이랑 사모님, 또 스테이시 선생님도 초대해야 해요. 그분들도 모건 부인을 진짜 만나고 싶어 하거든요. 스테이시 선생님이 계실 때 모건 부인이 오셔서 정말 다행이에요. 데이비, 양동이에 콩깍지는 왜 띄워? 나가서 여물통에다 띄우든가. 아아, 목요일에 날씨가 맑아야 할 텐데. 에이브 아저씨가 어젯밤 해리슨 씨한테 이번 주 내내 비가 온다고 했으니 날씨는 좋겠죠?"

"날씨는 좋겠네."

마릴라가 끄덕였다.

앤은 그날 저녁 비탈 과수원집으로 가 다이애나에게 소식을 전했다. 다이애나도 잔뜩 들떠서 둘은 배리 씨네 정원 커다란 버드나무에 매단 해먹에 누워 그 일에 대해 의논하기 시작했다.

다이애나가 졸랐다.

"앤, 나도 식사 준비를 거들면 안 될까? 내가 양상추 샐러드 잘 만드는 건 너도 알잖아."

앤이 너그럽게 대답했다.

"물론 그래도 돼. 집 안을 꾸미는 것도 도와줘. 응접실은 온통 꽃들로 채울 거야. 식탁엔 들장미를 놓을 거고. 아, 다 잘됐으면 좋겠다. 모건 부인의 여주인공들은 상처 입거나 곤경에 빠지지 않잖아. 다들 침착하고 훌륭한 주부들인데. 기억나? 《에지우드의 나날들》에 나오는 거트루드는 겨우 여덟 살 때부터 아버지 대신 집안을 돌봤잖아. 내가 그 나이 땐 아이들을 돌보는 것 말곤 할 줄 아는 게 없었어. 모건 부인이 여자애들에 대해 그렇게 소설을 많이 쓴 걸 보면 분명 여자애들에 대해 잘 아는 분일 거야. 모건 부인한테 좋은 인상을 주고 싶어. 어떻게 생긴 분인지, 어떤 말을 할지, 또 나는 무슨 말을 할지 엄청 생각을 많이 했어. 아무래도 내 코가 걱정이야. 콧등에 주근깨가 일곱 개나 돼. 보이지? 마을 개선회 피크닉을 갔을 때 모자도 안 쓰고 돌아다녀서 생긴 거야. 얼굴 전체가 주근깨 투성이였던 옛날에 비하자면 다행한 일이긴 하지만. 그래도 주근깨가 없었다면 좋았을걸. 모건 부인의 여주인공들은 전부 완벽한 피부인데. 주근깨투성이는 한 번도 못 봤어."

"주근깨 같은 거 눈에 안 띄어. 오늘 밤에 레몬즙을 좀 발라 봐."

다이애나가 앤을 위로했다.

다음 날 앤은 파이와 레이디 핑거를 만들고 모슬린 드레스를 손질했다. 그리고 집 안 곳곳을 쓸고 닦았다. 초록지붕집은 늘 그렇듯 마릴라의 마음에 꼭 들 만큼 말끔했기 때문에 그럴 필요도 없었지만 말이다. 그래도 앤은 샬럿 E. 모건 부인을 초대하는 집에 먼지한 톨이라도 있어서는 안 된다고 생각했다. 심지어 앤은 모건 부인이 절대 들여다볼 일이 없는 잡동사니가 들어찬 계단 밑 벽장까지청소했다.

앤이 마릴라에게 말했다.

"모건 부인이 볼 리 없더라도 모든 게 완벽했음 좋겠어요. 모건부인이 쓴《황금 열쇠》를 보면 앨리스랑 루이자라는 여주인공 둘이 나오는데요, 그 두 사람은 롱펠로의 시를 좌우명으로 삼았어요.

일을 처음 배웠을 때
목수들은 성심껏 일했다네
매 순간, 보이지 않는 곳까지
신이 무엇이건 보고 계셨으므로*

---

* 19세기 미국의 시인 헨리 워즈워스 롱펠로(Henry Wadsworth Longfellow)의 시 〈The Builders〉 중 한 구절.

그래서 두 사람은 언제나 지하실 계단도 문질러 닦고 침대 밑도 꼬박꼬박 빗자루로 쓸었어요. 모건 부인이 왔을 때 벽장이 엉망이라면 제 마음이 찜찜할 것 같아요. 지난 4월에 《황금 열쇠》를 읽은 이후로 다이애나랑 저도 그 시를 좌우명으로 삼았거든요."

그날 밤 존 헨리 카터와 데이비가 용을 쓰며 잡은 닭들을 앤이 다듬었다. 평소라면 달갑잖았을 일이지만 토실토실하게 살이 오른 녀석들이 오를 식탁을 생각하며 앤은 마음을 다잡았다.

앤이 마릴라에게 말했다.

"닭 털 뽑는 일은 정말 안 내켜요. 그래도 아무 생각 없이 일을 할 수 있단 게 다행이에요. 손으론 닭 털을 뽑으면서도 전 은하수를 거니는 상상을 하고 있거든요."

"어쩐지 마룻바닥에 닭 털을 줄줄 흘리고 있더라니."

마릴라가 한마디 했다.

앤은 데이비를 재우며 다음 날 얌전하게 굴겠다는 약속을 받아냈다.

"내일 하루 종일 얌전하게 굴면 그다음 날엔 말썽을 피워도 돼요?"

데이비가 물었다.

앤이 신중하게 대답했다.

"그건 아냐. 대신 너랑 도라를 연못 얕은 곳으로 데려가서 배를 태워 줄 거야. 그러곤 물가 모래언덕에 닿으면 그곳에서 피크닉을 즐길 거고."

데이비가 소리쳤다.

"우아! 얌전히 굴게요. 원래는 해리슨 아저씨네 집에 가서 새 장난감 총으로 진저한테 완두콩을 쏘려고 했는데, 그건 다음에 해도 되니까. 내일은 주일만큼이나 심심하겠지만 그래도 다음 날 피크닉을 갈 거라니 괜찮아요."

Chapter 17.
사고는 끊이지 않고

앤은 잠결에 세 번이나 깨어나 에이브 아저씨의 일기 예보가 엇나갔는지 확인하러 창밖을 내다보았다. 마침내 온통 은빛으로 반짝이는 하늘에서 진주같이 영롱한 아침이 열리며 멋진 하루가 시작되었다.

다이애나는 아침을 먹자마자 한 팔에는 꽃바구니를 들고, 또 한 팔에는 모슬린 드레스를 들고 나타났다. 식사 준비를 끝내고 모슬린 드레스로 갈아입을 참이었다. 지금은 핑크 드레스에 프릴이 예쁘게 달린 얇은 앞치마를 두르고 있어서, 다이애나는 몹시 단정하고 예쁘고 또 사랑스러워 보였다.

"진짜 예뻐."

앤이 감탄하자 다이애나가 한숨을 쉬었다.

"옷을 또 늘려야 해. 7월보다 4파운드가 또 쪘어. 앤, 왜 자꾸 살이 찌는 걸까? 모건 부인 여주인공들은 다들 키도 크고 날씬한데."

앤이 명랑하게 말했다.

"골칫거리들은 잠깐 잊고 좋은 것만 생각하자. 앨런 사모님이 그랬어. 골칫거리가 있을 땐 그걸 덮을 수 있는 좋은 일을 생각해 보라고. 넌 좀 포동포동해졌지만 대신 귀여운 보조개가 있잖아. 그리고 내 콧등엔 주근깨가 있지만 그래도 아직 코 생김새는 괜찮고. 레몬즙 효과는 좀 있어 보여?"

"응, 효과가 보이는데?"

꼼꼼히 살펴본 다이애나가 말했다. 기분이 한층 좋아진 앤은 시원한 그늘과 황금빛 일렁이는 햇살이 가득한 뜰로 나갔다.

"일단 응접실부터 꾸미자. 아직 시간은 넉넉해. 프리실라가 오후 12시, 늦어도 12시 반까지는 온댔으니까 1시에 점심을 먹으면 될 것 같아."

캐나다와 미국을 다 뒤진다 한들 지금 이 순간 앤과 다이애나만큼 행복하고 들뜬 소녀들은 없을 것이었다. 장미와 작약, 블루벨을 가위로 싹둑싹둑 잘라 내는 소리는 '지금 모건 부인이 오신다네'라고 지저귀는 새소리 같았다. 앤은 오솔길 너머 들판에서 마치 아무 설렐 일 없다는 듯 무심하게 건초를 베고 있는 해리슨 씨가 오히려 이상하게 느껴질 지경이었다.

초록지붕집의 응접실은 다소 음울하고 수수한 공간이었다. 말총을 채운 소파는 딱딱했고 레이스 커튼은 빳빳했다. 그리고 하얀 의자 덮개는 사람들의 단추에 운 나쁘게 걸리지 않는 한 늘 완벽한

각도로 놓여 있었다. 마릴라는 약간의 변화도 원하지 않았기 때문에 앤은 지금까지 응접실을 꾸며 볼 엄두도 내지 못했지만, 기회만 주어진다면 꽃으로 멋지게 바꿔 볼 자신이 있었다. 앤과 다이애나가 장식을 마쳤을 때 응접실은 몰라보게 달라져 있었다.

윤기 나는 테이블 위로 커다랗고 푸른 눈송이 같은 꽃들이 가득했다. 까맣게 빛나는 벽난로 선반 위에는 장미와 고사리가 수북했고 장식장 칸칸마다 블루벨 다발이 놓여 있었다. 벽난로 양쪽 그늘진 구석에는 항아리 가득 진홍색 작약을 꽂아 화사한 분위기를 냈다. 벽난로는 노란색 양귀비꽃들로 불이라도 지핀 듯 환하게 빛났다. 꽃들이 창가의 인동덩굴 사이로 쏟아져 들어오는 햇살과 어우러져 벽과 마루에 한들한들 그림자를 드리우자, 늘 좁고 음울했던 응접실은 앤이 상상하던 진짜 응접실처럼 다채로운 빛깔로 눈부시게 빛났다. 잔소리라도 할까 싶어 들어왔던 마릴라조차도 감탄할 지경이었다.

앤은 신성한 의식을 준비하는 사제처럼 말했다.

"이제 식탁을 꾸며야지. 가운데엔 커다란 들장미 꽃병을 두고 각자 접시 앞에다가 장미를 한 송이씩 꽂아 두는 거야. 그리고 모건 부인을 위해선 아주 특별한 로즈버드 꽃다발을 두는 거지.《로즈버드 가든》을 떠올릴 수 있게 말야."

마릴라가 가장 아끼는 리넨 식탁보와 훌륭한 도자기, 유리잔과

은식기로 꾸민 거실 식탁이 완성되었다. 공들여 닦은 잔이며 식기들은 모두 완벽하게 반짝반짝 빛이 났다.

그제야 두 소녀는 부엌으로 자리를 옮겼다. 오븐 속에서는 잘 구워진 닭이 먹음직스러운 냄새를 풍기고 있었다. 앤은 감자를 손질했고 다이애나는 완두콩과 콩 요리를 준비했다. 그런 다음 다이애나가 팬트리에서 양상추 샐러드를 만드는 동안 오븐에서 뿜어져 나오는 열기와 흥분으로 이미 뺨이 붉게 달뜬 앤은 구운 닭에 곁들일 브레드 소스를 만들고 수프에 넣을 양파를 썰었다. 그리고 마지막으로 레몬 파이에 넣을 휘핑크림을 준비했다.

그동안 데이비는 무얼 하고 있었을까? 얌전히 굴기로 한 약속을 지키고 있었을까? 데이비는 정말 약속을 지켰다. 물론 부엌에서 일어나는 일들을 다 지켜보겠다고 고집을 부리기는 했지만 말이다. 그래도 구석에 조용히 앉아 지난 해변 여행 때 가져온 청어잡이 그물 조각의 매듭을 푸는 데에 정신을 팔고 있었기 때문에 아무도 뭐라고 하지 않았다.

11시 반이 되자 양상추 샐러드도 완성되었고 노랗게 구워진 파이에 휘핑크림도 얹었다. 지글지글 구워야 할 것들도 모두 잘되어 가고 있었다.

"이제 드레스를 갈아입을까? 12시면 올 테니까. 수프는 끓자마자 바로 먹어야 하니까 1시 정각에 식사를 하자."

앤이 말했다.

동쪽 방에서는 한바탕 몸단장이 시작되었다. 앤은 초조하게 콧등을 살폈다. 레몬즙의 효과인지 평소보다 뺨이 달아올라 그런 것인지 주근깨는 도드라져 보이지 않았다. 앤은 신이 났다. 준비를 끝내자 두 소녀는 모건 부인의 여주인공들 못지않게 사랑스럽고 깔끔했으며 또 여자다웠다.

다이애나가 걱정스러운 얼굴로 말했다.

"벙어리처럼 앉아만 있지 말고 한 번씩 말이라도 꺼낼 수 있었으면 좋겠어. 모건 부인 여주인공들은 다들 말솜씨가 좋은데. 바보같이 아무 말도 못할까 봐 걱정돼. 아무래도 '그렇군요', 뭐 그딴 소리나 하게 될 것 같아. 스테이시 선생님이 지적한 이후론 잘 안 쓰긴 하지만 긴장만 하면 툭 튀어나온다니까. 앤, 모건 부인 앞에서 '그렇군요' 이딴 소리가 나오면 난 정말 죽어 버릴 거야. 차라리 아무 말 안 하는 게 낫지."

"나도 이것저것 걱정되는 게 많아. 그래도 말이 안 나올까 봐 걱정되진 않아."

앤이 그런 걱정을 할 필요는 없었다.

앤은 모슬린 드레스 위에 커다란 앞치마를 두르고 수프를 만들기 위해 아래층으로 내려갔다. 마릴라와 쌍둥이도 옷을 차려입었고, 마릴라는 여느 때보다 많이 들뜬 기색이었다. 12시 반이 되자 앨런 목사 부부와 스테이시 선생이 도착했다. 모든 일이 순조로웠지만 앤은 초조해지기 시작했다. 프리실라와 모건 부인이 충분히 도착하고도 남을 시각이었다. 동화 〈푸른 수염의 사내〉에 나오는 여주인공 앤이 탑 창문을 내다보았던 것처럼 앤은 걱정스러운 얼굴로 몇 번이나 대문 밖을 들락거리며 오솔길을 내다보았다.

"아예 안 오는 게 아닐까?"

속이 상한 앤이 말했다.

"그런 생각 마. 그럴 리 없어."

말은 그렇게 했지만 다이애나도 슬슬 걱정이 되기 시작했다.

마릴라가 응접실에서 나오며 앤을 불렀다.

"앤. 스테이시 선생님이 배리 할머니네 버드나무 접시가 보고 싶으시다네."

앤은 허둥지둥 접시를 가지러 거실 벽장으로 쫓아갔다. 앤은 린드 부인과 약속한 대로 샬럿타운의 조세핀 배리에게 편지를 써 접시를 빌려 달라고 부탁을 했었다. 앤의 오랜 친구인 조세핀 배리는 20달러나 주고 산 것이니 조심조심 다뤄 달라는 당부 편지와 함께 곧장 접시를 보내 주었다. 바자회에서 잘 쓰인 접시는 초록지붕집 벽장 안에 보관되어 있었다. 다른 이에게 맡기기가 걱정되어 앤은 직접 샬럿타운으로 가져다줄 생각이었다.

앤은 조심스럽게 현관으로 접시를 가져갔다. 손님들은 개울에서 불어오는 시원한 산들바람을 맞고 있었다. 모두들 접시를 보며 감탄해 마지않았다. 앤이 다시 접시를 가져다 두기 위해 집어 든 순간 부엌 팬트리에서 와장창 깨지는 소리가 들려왔다. 마릴라와 다이애나가 뛰어갔고, 앤도 두 번째 계단에 비싼 접시를 내려놓느라 잠깐 우물쭈물하다가 팬트리로 뛰어갔다.

세 사람의 눈에 실로 참혹한 광경이 펼쳐졌다. 테이블 위에서 기어 내려오는 주눅 든 꼬마 녀석의 셔츠에는 노란 잼이 덕지덕지 묻어 있었고, 보기 좋게 크림을 올렸던 레몬 파이 두 개가 테이블 위에 엉망으로 짓이겨져 있었다.

데이비는 청어잡이 그물에서 풀어낸 끈을 돌돌 감아 공을 만들었다. 그런 다음 테이블 위 선반에 올려놓기 위해 팬트리로 들어갔다. 거기에는 이전에 데이비가 둔 비슷한 공들이 잔뜩 쌓여 있었다. 모을 때나 재미있지 아무짝에도 쓸모없는 것들이었다. 데이비는 테이블로 올라가 선반으로 아슬아슬하게 손을 뻗었다. 예전에도 그러다가 다친 적이 있어서 마릴라는 데이비가 절대 테이블에 올라가지 못하게 했다. 이번 일의 결과는 끔찍했다. 데이비는 미끄러지면서 레몬 파이 위에 완전히 엎어졌다. 엉망이 된 셔츠야 빨면 그만이었지만 레몬 파이는 영영 못 쓰게 되어 버렸다. 그렇다고 모두가 손해 본 일은 아니었다. 데이비 덕분에 돼지는 먹을 복이 터진 셈이었으니까.

"데이비 키스. 내가 테이블 위에 올라가지 말라고 했니, 안 했니?"

마릴라가 데이비의 어깨를 잡아 흔들었다.

"까먹었어요. 하지 말라는 게 너무 많으니까 다 기억할 수가 없었단 말예요."

데이비가 울먹였다.

"당장 위층으로 올라가. 식사 끝날 때까지 내려오지 말고. 네가 뭘 잘못했는지 곰곰 생각해 봐. 앤, 편들 생각일랑 마. 파이를 망쳐 놔서 혼내는 게 아니야. 그건 사고니까. 말을 안 들어서 벌을 주는 거야. 올라가라니까, 데이비."

"그럼 점심은요?"

데이비가 훌쩍거렸다.

"다른 분들 식사가 끝나면 부엌에 와서 먹어."

"네."

다행이란 듯 데이비가 대답했다.

"누나, 맛있는 걸 남겨 놓을 거죠? 내가 일부러 파이 위로 떨어진 게 아니란 거 알잖아요. 그런데 누나, 저 파이 어차피 망가졌으니까 내가 2층에 가져가서 먹어도 돼요?"

"안 돼. 레몬 파이는 꿈도 꾸지 마, 데이비."

마릴라가 데이비를 복도로 밀어내며 말했다.

"디저트는 이제 어쩌죠?"

엉망진창이 된 파이를 안타까운 얼굴로 바라보며 앤이 물었다.

"가서 절인 딸기 항아리를 가져와. 휘핑크림이 아직 많으니까 같이 내면 돼."

마릴라가 앤을 위로하며 말했다.

1시가 되어도 프리실라와 모건 부인은 오지 않았다. 앤은 슬퍼졌다. 모든 것이 준비되었고 수프도 딱 맞게 끓었는데, 이대로 기다릴 수만은 없었다.

"아무래도 안 오실 것 같네."

마릴라의 말투가 뾰로통했다.

앤과 다이애나는 눈빛을 주고받으며 서로를 위로했다.

1시 반이 되었을 때 마릴라가 응접실에서 나왔다.

"음식을 차려야겠다. 모두들 배가 고픈 데다 더 기다려 봐야 소용없을 것 같아. 프리실라랑 모건 부인은 못 오는가 보다. 더 기다린다고 해 봐야 뾰족한 수가 없어."

앤과 다이애나는 음식을 차리기 시작했다. 맥이 탁 풀린 채였다.

"입맛이 하나도 없어."

다이애나가 슬픈 목소리로 말했다.

"나도. 그래도 스테이시 선생님이랑 목사님 부부를 봐서라도 음식이 괜찮아야 할 텐데."

앤도 내키지 않는 듯 말했다.

완두콩을 맛본 다이애나가 얼굴을 찌푸렸다.

"앤, 완두콩에 설탕을 넣었어?"

"응."

앤은 마지못해 하는 것처럼 감자를 으깨면서 대답했다.

"한 숟갈 넣었어. 우린 늘 그러는데. 왜, 맛이 없어?"

"나도 한 숟갈 넣었는데. 오븐에 넣으면서."

다이애나가 대답했다.

앤은 감자를 으깨다 말고 완두콩을 먹어 보았다. 앤이 찡그렸다.

"이런! 네가 설탕을 넣을 줄 몰랐어. 너희 엄마가 완두콩에 절대 설탕을 안 넣는 걸 알고 있었거든. 나도 맨날 설탕 넣는 걸 까먹는데, 오늘따라 그 생각이 나서…… 그래서 한 숟갈 넣은 건데."

찜찜한 표정으로 두 소녀의 이야기를 듣고 있던 마릴라가 말했다.

"사공이 너무 많아 배가 산으로 갔나 보다. 네가 설탕 넣는 걸 기억할 줄이야. 앤이 하도 설탕 넣는 걸 까먹어서 오늘은 내가 한 숟갈 넣었거든."

응접실에 있던 손님들은 부엌에서 터져 나오는 웃음소리를 듣긴 했지만 이유는 알지 못했다. 그날 테이블에 완두콩 요리는 오르지 않았다.

다시 마음이 가라앉은 앤이 한숨을 내쉬었다.

"어쨌거나. 샐러드도 있고 다른 콩은 말짱해. 이제 식탁으로 옮기자."

그날의 점심 식사가 즐거웠다고 할 수는 없었다. 앨런 목사 부부와 스테이시 선생은 어떻게든 분위기를 띄우려고 애를 썼고 마릴라도 그런 대로 평소의 침착함을 유지했다. 다만 앤과 다이애나는 들떴던 마음만큼이나 상처가 커서 대화에 낄 수도, 식사를 할 수도 없었다. 앤은 손님들을 봐서라도 아무렇지 않은 듯 이야기를 이끌어가려 했지만 풀 죽은 마음을 어찌할 수 없었다. 앨런 목사 부부와 스테이시 선생을 좋아했지만 앤은 손님들이 빨리 돌아가 주었으면 하는 마음이었다. 동쪽 방 베개에 피곤한 몸을 누이고만 싶었다.

불운은 한꺼번에 닥친다더니 그 말이 딱 맞았다. 그날의 시련은 끝난 것이 아니었다. 앨런 목사가 감사 기도를 막 끝내던 참에 계단 쪽에서 기이하고 불길한 소리가 들려왔다. 무겁고 단단한 무언가가 계단을 한 칸 한 칸 굴러 급기야 바닥에서 와장창 박살이 나는 소리였다. 모두들 복도로 달려 나왔다. 앤은 경악해서 비명을 질렀다.

계단 아래쪽에 조세핀 배리의 버드나무 접시가 산산조각 나 있었고 커다란 핑크색 소라 껍질도 나뒹굴고 있었다. 계단 위에는 겁에 질린 데이비가 휘둥그레진 눈으로 이 야단법석 난장판을 내려다보고 있었다.

"데이비. 소라 껍질을 일부러 던졌니?"

마릴라의 목소리는 낮았다.

데이비가 울먹였다.

"아뇨, 절대 아녜요. 여기 진짜로 얌전히 앉아서 난간 사이로 손님들을 보고만 있었어요. 그랬는데 소라 껍질이 발에 채여서 떨어진 거예요. 난 배가 너무 고파서…… 벌주실 때는요, 그냥 빨리 끝내 주세요. 아무것도 못 하게 계속 2층에다 가둬 놓지 마시고요."

앤이 떨리는 손으로 접시 조각을 주우며 말했다.

"데이비 잘못이 아녜요. 제 잘못이에요. 접시를 여기다 두고 깜박했어요. 부주의했어요. 아아, 배리 할머니가 뭐라고 하실까?"

"가보 같은 건 아냐. 그냥 돈 주고 산 물건일 뿐인걸."

다이애나는 앤을 위로하려고 애썼다.

손님들은 이럴 때엔 가 주는 편이 낫다 생각하고 곧 돌아갔다. 앤과 다이애나는 평소 같지 않게 묵묵히 설거지를 했다. 다이애나는 두통을 느끼며 집으로 돌아갔고 앤도 지끈거리는 머리를 안고 동쪽 방으로 올라갔다. 해 질 무렵 마릴라가 우체국에 들러 그 전날 프리실라가 쓴 편지를 찾아올 때까지 앤은 동쪽 방에 계속 처박혀 있었다. 모건 부인이 발목을 삐어 며칠간 움직일 수 없다는 내용이었다.

아아, 앤. 정말 미안해. 지금으로선 초록지붕집에 못 갈 것 같아. 고모는 발목이 낫는 대로 토론토로 돌아가야 한대. 꼭 정해진 날짜까지 가셔야 하거든.

어둑한 하늘로 땅거미가 내려앉는 동안 뒤쪽 현관 붉은 돌계단에 앉아 있던 앤은 편지를 내려놓고 한숨을 쉬었다.

"하긴, 모건 부인이 정말로 오신다는 게 믿기지 않았어요. 미스 엘리자 앤드루스가 하는 말만큼이나 비관적인 소리라 입 밖에 내진 못했지만요. 분에 넘치는 일이라 이루어지지 않은 건 아니에요. 저한텐 늘 좋은 일도, 더 좋은 일도 생기니까요. 게다가 오늘 웃긴 일도 많았잖아요. 나중에 다이애나랑 제가 늙어도 오늘 일을 얘기하며 웃을 수 있을걸요. 하지만 지금은 못 그러겠어요. 실망이 너무 커요."

마릴라는 위로의 말을 찾다가 앤에게 허심탄회하게 말했다.

"살다 보면 이보다 더 쓰라린 일도 숱하게 겪게 될 거야. 앤, 넌 무언가에 한참 집중하다가 실패했을 때 한없이 절망하는 그 버릇을 절대 못 버릴 것 같은데?"

앤이 쓸쓸한 얼굴로 끄덕였다.

"저도 제가 그렇다는 걸 알아요. 뭔가 기쁜 일이 생길 것 같으면 기대감으로 훨훨 날아오르는 것 같거든요. 그러다가 한순간 쿵 하

고 떨어져요. 그래도 마릴라, 하늘을 나는 동안은 얼마나 좋은데
요. 저녁놀 사이로 막 날아오르는 기분이 들어요. 나중에 쿵 떨어
지는 건 그래서 감수할 만한걸요."

마릴라가 수긍했다.

"그럴지도 모르겠네. 나라면 하늘을 날다 쿵 하고 떨어지느니
그냥 차분히 걸어 다니겠지만. 사람마다 다른 법이니까, 뭐. 옛날
엔 옳은 길이란 게 딱 한 가지뿐인 줄 알았지. 너랑 쌍둥이들을 키
우다 보니 꼭 그렇단 생각도 이젠 안 들어. 그나저나 조세핀 배리
네 접시는 어쩌지?"

"20달러를 물어 드려야죠. 돈으로 대신할 수 없는 가보가 아닌
게 다행이에요."

"똑같은 걸로 사 드릴 수도 있지 않을까?"

"안 될 거예요. 아주 오래된 거라 구하지 못할걸요. 린드 부인도
만찬 때 쓰려고 그렇게 구하러 다녔잖아요. 저도 구할 수 있었으면
좋겠어요. 똑같은 게 있기만 하면 빨리 사서 돌려 드릴 텐데. 마릴
라, 해리슨 씨네 단풍나무 숲 위로 뜬 저 큰 별 좀 보세요. 은빛 하
늘이 별을 성스럽게 감싼 것 같아요. 기도하는 것 같은 느낌이에
요. 저런 별이랑 하늘을 쳐다보고 있으면 이런 실망거리랑 사고 같
은 건 정말 사소한 일처럼 느껴져요."

"데이비는?"

마릴라는 무심하게 별을 한번 쳐다보고는 물었다.

"자요. 내일 데이비랑 도라를 데리고 피크닉을 가기로 했어요. 오늘 착하게 구는 조건으로 약속했던 거지만요. 데이비도 나름대로 애썼으니까 실망시키진 말아야죠."

"그런 배 따위를 타고 다니다간 너나 쌍둥이가 물에 빠지기 십상이야. 내가 여기서 60년을 살았어도 연못엔 여태 안 갔어."

마릴라는 못마땅하다는 듯 말했다.

앤이 짓궂게 말했다.

"이제 가시면 되잖아요. 내일 함께 가요. 초록지붕집 문은 닫아 두고 다른 건 모두 잊는 거예요. 하루 종일 우리 물가에서 놀다 와요."

마릴라가 펄쩍 뛰었다.

"마음은 고맙지만 사양할게. 내가 배를 타고 노를 젓는다고? 참 볼만하겠네. 레이첼 린드가 얼마나 동네방네 떠들어 댈까? 저기 해리슨 씨가 마차를 타고 가네. 해리슨 씨가 이자벨라 앤드루스랑 사귄다는 게 정말이니?"

"아녜요. 해리슨 씨가 일 때문에 어느 저녁에 하면 앤드루스 씨를 만나러 갔는데, 린드 부인이 해리슨 씨가 양복을 차려입은 걸 보고 청혼을 하러 갔다고 소문을 낸 거예요. 해리슨 씨는 아마 결혼 같은 거 안 할걸요. 결혼에 대해 선입견이 커요."

"글쎄다, 노총각들이란 워낙 알 수 없는 사람들이라. 해리슨 씨가 양복을 입고 나타났다면 나라도 레이첼처럼 생각했을 것 같은데. 지금까지 그래 본 적이 없잖아."

"하면 앤드루스 씨랑 거래를 마무리 짓기 위해 차려입은 걸 거예요. 해리슨 씨가 말한 적이 있어요. 남자가 유일하게 외모에 신경 써야 할 때가 그럴 때라고요. 부유해 보여야 상대방이 속이려 들지 않는다면서요. 전 해리슨 씨가 좀 안됐어요. 자기 삶에 만족하지 못하는 것 같거든요. 앵무새 말곤 아무도 없다니, 너무 외롭지 않겠어요? 그래도 해리슨 씨는 동정받는 걸 싫어해요. 그건 누구나 그렇겠지만요."

앤이 말했다.

"길버트가 오고 있네. 연못으로 데이트를 가자고 하면 외투랑 장화를 꼭 챙기도록 해. 오늘 밤엔 이슬이 잔뜩 내릴걸."

Chapter 18.
토리 길에서의 모험

"누나."

두 손으로 턱을 괴고 침대에 앉아있던 데이비가 앤을 불렀다.

"누나, 꿈나라는 어디 있는 거예요? 다들 밤이 되면 꿈나라로 가잖아요. 꿈나라가 꿈을 꾸는 곳이라는 건 나도 알아요. 그런데 그게 어디에 있고, 또 내가 아무것도 알아채지 못하는 사이에 어떻게 갔다 올 수 있는 거예요? 그것도 잠옷 바람으로. 꿈나라는 어디예요?"

앤은 서쪽 방 창가에 무릎을 꿇고 앉아 해 질 녘 하늘을 쳐다보고 있었다. 하늘은 크로커스 꽃잎과 노랗게 타오르는 꽃술이 달린 커다란 꽃 같았다. 앤은 고개를 돌려 데이비를 바라보며 꿈꾸는 듯한 얼굴로 대답했다.

"달이 뜬 산 너머, 어두워진 계곡 아래에 있지."*

폴 어빙이라면 알아들었을 것이었다. 혹 모른다 해도 나름대로 의미를 찾아냈을 것이었다. 하지만 앤이 종종 한숨을 쉬었듯 상상력이라곤 눈곱만큼도 없는 현실적인 꼬마 데이비는 얼떨떨한 표정만 지을 뿐이었다.

"누나, 말도 안 되는 소리 마요."

"그래, 말이 안 되는 소리야, 데이비. 하지만 맨날 말이 되는 소리만 하는 것도 이상하지 않아?"

"하지만 내가 말이 되는 질문을 하면 누나도 말이 되는 대답을 해야죠."

데이비가 볼멘소리를 했다.

"데이비, 넌 아직 어려서 잘 몰라."

앤은 그렇게 대답을 하면서도 좀 부끄러웠다. 앤도 어린 날 이런 무시를 당한 기억이 생생했다. 자신은 아이들에게 절대 그런 말을 하지 않기로 결심했었는데. 그런데도 앤은 지금 데이비에게 어려서 모른다는 말을 하고 있었다. 이상과 현실은 때로 참 멀고도 멀었다.

"나도 빨리 자랄 거예요. 하지만 누나가 재촉한다고 해서 내가 빨리 자라는 건 아냐. 마릴라 아줌마가 잼을 가지고 그렇게 구두쇠 노릇만 안 해도 내가 더 빨리 자랄 텐데."

---

* 19세기 미국의 시인이자 소설가, 에드가 앨런 포(Edgar Allan Poe)의 시 〈Eldorado〉의 한 구절.

데이비가 말했다.

"마릴라는 구두쇠가 아냐, 데이비. 넌 정말 고마운 걸 모르는구나."

앤이 정색했다.

"뜻은 같아도 더 괜찮은 말이 있긴 하던데, 지금은 까먹었어요. 저번에 마릴라가 하는 말을 들었는데."

데이비는 떠올려 보려고 얼굴을 찡그렸다.

"검소하단 말? 그건 구두쇠랑은 전혀 달라. 검소하단 건 아주 좋은 말이거든. 마릴라가 구두쇠였다면 엄마가 돌아가셨을 때 너랑 도라를 여기로 데려왔겠어? 위긴스 부인이랑 살면 좋았을 것 같아?"

그러자 데이비가 단칼에 잘랐다.

"그건 싫어! 리처드 삼촌한테 가는 것도 싫어요. 마릴라 아줌마가 잼 가지고 그거, 아까 누나가 말한 거, 그거처럼 해도 난 여기서 살래요. 누나가 있으니까요. 그런데 누나, 나 잠들 때까지 이야길 해 줘요. 요정 이야기 같은 거 말고요. 그런 건 여자애들이나 듣는 거고. 난 신나는 게 좋아. 막 사람을 죽이고 총싸움을 하고, 또 집에 불이 나고 그런 거."

마침 앤의 방에 있던 마릴라가 앤을 불렀다.

"앤, 다이애나가 뭐라고 막 신호를 보내는데? 뭐라고 하는지 네가 봐야겠다."

앤은 동쪽 방으로 뛰어가 다이애나의 창문에서 저녁 어스름 사이로 반짝이는 불빛을 바라보았다. 불빛은 다섯 번씩이었다. 그건 중요한 소식이 있으니 당장 오라는, 어린 시절의 암호였다. 앤은 머리에 하얀 숄을 두르고 잽싸게 도깨비 숲을 지나 벨 씨의 목초지를 가로질러 비탈 과수원집으로 갔다.

다이애나가 말했다.

"좋은 소식이야, 앤. 방금 엄마랑 카모디에 다녀왔는데, 블레어 상점에서 스펜서베일에 사는 메리 센트너를 만났어. 메리가 그러는데 토리 길에 사는 콥 자매가 버드나무 접시를 갖고 있대. 바자회 만찬 때 봤던 거랑 똑같대. 콥 자매가 그 접시를 팔 것 같대. 마사 콥은 돈이 되는 거라면 뭐든 파는 사람인가 봐. 만약 안 판다고 하면 스펜서베일에 있는 웨슬리 키슨네 집으로 가면 돼. 거기에도 그 접시가 있대. 그 집에서도 팔려고 할 테지만 조세핀 할머니 거랑 똑같은 건진 잘 모르겠대."

앤이 결심했다.

"내일 당장 스펜서베일에 가야겠어. 너도 같이 가자. 이제야 맘이 좀 놓여. 모레 샬럿타운에 가야 하는데 접시도 없이 조세핀 할머니를 어찌 만나나 싶었거든. 손님방 침대에서 방방 뛰었던 일을 고백하던 그날보다 더 암담하더라니까."

두 소녀는 옛날 일을 이야기하며 까르르 웃음을 터뜨렸다. 손님 방 사건이 궁금하다면 앤의 어린 시절 이야기를 찾아볼 것.

다음 날 오후 앤과 다이애나는 접시를 찾아 떠났다. 스펜서베일 까지는 10마일이나 되었고 나들이를 떠나기에 그리 좋은 날씨는 아니었다. 바람 한 점 없이 후텁지근했고 6주 동안이나 비가 오지 않아 길가에는 먼지가 풀썩였다.

앤이 한숨을 쉬었다.

"비가 빨리 와야 할 텐데. 다들 바싹 말랐고. 들판도 애처롭고. 나무들도 비를 기다리느라 팔을 뻗고 있는 것 같잖아. 우리 집 정원도 들여다볼 때마다 가슴이 아파. 농사도 망치고 있는 판국에 정원 때문에 불평하면 안 되겠지만. 해리슨 씨도 목초지가 누렇게 말라서 소들이 먹을 게 하나도 없대. 소가 눈을 끔벅거리면서 쳐다볼 때마다 죄책감이 다 느껴진다잖아."

한참 동안 마차가 달린 후 두 소녀는 스펜서베일에 도착해 토리 길로 접어들었다. 풀이 무성하게 자라 있는 외진 토리 길에는 마차 바퀴 자국 하나 없었다. 그 길을 따라 몸통이 굵은 어린 가문비나무가 줄지어 자랐고, 스펜서베일 농장 뒤쪽으로 울타리가 드문드문 눈에 띄었다. 잡초와 미역취가 뒤덮은 그루터기들도 나타났다.

"왜 여길 토리 길이라 부르지?"

앤이 물었다.

"앨런 목사님이 그러더라고. 나무가 하나도 없는 곳을 숲이라 부르는 꼴이라고. 이 길가엔 콥 자매랑 저 끄트머리에 사는 마틴 보봐이에 할아버지뿐이거든. 할아버진 자유당 지지자고. 뭐라도 하고 있단 걸 보여 주려고 토리 정부에서 만든 길이래."

다이애나의 아버지는 자유당 지지자였다. 그래서 다이애나와 앤은 절대 정치 이야기로 언쟁을 벌이지 않았다. 초록지붕집 사람들은 오랜 세월 보수당 지지자였던 것이다.

마침내 두 소녀는 콥 자매의 집에 도착했다. 초록지붕집 저리 가라 할 만큼 외관이 깔끔한 집이었다. 비탈길에 지어진 오래된 집이라 아래층 한쪽은 돌로 쌓은 지하실이었다. 집과 별채는 눈이 부시도록 온통 새하얗게 칠해져 있었고, 말뚝으로 둘러놓은 텃밭은 잡초 한 포기 눈에 띄지 않을 만큼 말끔했다.

"차양을 다 내려놨어. 아무도 없나 봐."

다이애나가 아쉬운 목소리로 말했다.

정말 아무도 없었다. 앤과 다이애나는 당혹스러운 눈으로 서로를 쳐다보았다.

"어떻게 하지? 똑같은 접시이기만 하다면 얼마든지 기다릴 수 있는데. 혹시 아니라면 웨슬리 키슨네 집에 갈 시간이 안 되잖아."

앤이 말했다.

다이애나는 지하실 위로 난 작은 창문을 바라보았다.

"팬트리 창문일 거야. 뉴브리지에 사는 찰스 삼촌네 집도 이렇게 생겼거든. 그 집도 저기에 팬트리 창문이 있었어. 차양이 내려져 있지 않아. 지붕으로 올라가서 보면 팬트리 안이 보일 거야. 접시가 보일지도 모르고. 그런데, 이거 나쁜 짓은 아니지?"

다이애나가 말했다.

찬찬히 생각해 본 앤이 단호하게 대답했다.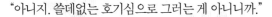

"아니지. 쓸데없는 호기심으로 그러는 게 아니니까."

윤리적 문제가 해결되자 앤은 별채 지붕으로 올라갈 준비를 했다. 한때 오리 축사로 쓰였던 그곳은 뾰족지붕을 얹은 오두막이었다. 콥 자매는 오리들이 하도 더러워 더 이상 키우지 않았기 때문에 별채는 몇 년 동안 사용할 일이 없었고 조만간 닭장으로 고칠 참이었다. 꼼꼼하게 흰 칠은 되어 있었지만 오래된 별채가 좀 흔들렸기 때문에 앤은 상자 위에 놓인 맥주 통을 밟고 오르면서 약간 미심쩍었다.

"내 무게를 버티지 못할 것 같은데?"

앤이 조심조심 지붕에 발을 디디며 말했다.

"창턱에 기대 봐."

다이애나가 조언한 대로 앤은 창턱에 몸을 기댔다. 유리를 통해 들여다보자 창문 앞 선반에 그토록 찾던 버드나무 접시가 있었다. 앤은 기쁘기 그지없었다. 하지만 곧 뜻하지 않은 일이 벌어졌다.

신이 난 앤이 발을 조심스럽게 디뎌야 한다는 사실을 잊고 창턱에서 몸을 떼고는 자기도 모르게 폴짝폴짝 뛰어 버린 것이었다. 지붕은 곧바로 와르르 부서졌고 앤은 지붕을 뚫고 떨어지다가 겨드랑이가 끼는 바람에 대롱대롱 매달려 빠져나올 수 없는 지경에 이르고 말았다. 다이애나가 오리 축사로 뛰어 들어가 불운한 친구의 허리를 붙들고 끌어 내리려고 했다.

가엾은 앤이 비명을 질렀다.

"안 돼, 그만해. 뾰족한 나뭇조각이 찔러. 발아래에 놓을 만한 걸 찾아봐 줘. 발을 딛고 내려갈 수 있을지도 몰라."

다이애나는 허둥지둥 앤이 처음에 딛고 올랐던 맥주 통을 끌고 왔다. 하지만 맥주 통은 앤이 발을 안심하고 둘 수 있는 높이밖에 되지 않아 몸을 빼낼 수는 없었다.

"내가 지붕으로 올라가서 당겨 볼까?"

다이애나가 말했다.

"안 돼. 나뭇조각 때문에 너무 아파. 도끼가 있으면 나무를 쪼개서 날 빼낼 수 있을지도 모르지만. 아아, 다이애나. 난 정말 불운한 별에서 태어났나 봐."

다이애나가 구석구석 찾아보았지만 도끼는 없었다.

"누구라도 불러야겠어."

다이애나가 꼼짝도 못 하고 갇혀 있는 앤에게 돌아와 말했다.

앤이 펄쩍 뛰었다.

"그러지 마. 그랬다간 온 동네에 소문이 나서 난 얼굴도 못 들 거라고. 콥 자매가 돌아올 때까지 기다렸다가 절대 비밀을 지켜 달라고 해야 해. 도끼를 찾아서 날 꺼내 주겠지. 가만히 있으면 별로 아프진 않아. 견딜 만해. 콥 자매가 얼마를 물어 달라고 할까? 내가 지붕을 망가뜨렸으니 물어 주긴 해야지. 팬트리 창문을 들여다보려고 했던 걸 이해만 해 준다면 그런 건 아무래도 좋아. 내가 찾던 접시랑 똑같다는 것만으로도 위안이 되거든. 콥 자매가 접시를 팔기만 한다면 오늘 일어난 일 따윈 감수해야지."

"콥 자매가 늦게까지 안 돌아오면 어쩌지? 내일까지 안 올지도 모르는데?"

다이애나가 말했다.

앤이 마지못해 대답했다.

"해 질 녘까지 안 오면 누군가를 불러야겠지. 그래도 그 전엔 절대 안 돼. 다이애나, 정말 너무 끔찍하지 않니? 모건 부인 소설에 나오는 여주인공들처럼 낭만적인 불행이 닥친 거라면 이렇게까지 싫진 않을 거야. 이건 그냥 웃기는 일이잖아. 콥 자매가 마차를 타고 돌아오다가 별채 지붕 위에 어떤 여자애 머리통이랑 어깨가 삐죽 튀어나와 있는 걸 보면 뭐라고 생각하겠어? 잠깐, 이거 마차 소린가? 아냐, 다이애나. 천둥소리인 거 같아."

분명 천둥소리였다. 다이애나는 황급히 집 주변을 둘러보았다. 북서쪽 하늘에서 빠른 속도로 먹장구름이 몰려오고 있었다.

"소나기가 한바탕 쏟아질 것 같아. 아아, 앤, 어쩌지?"

당황한 다이애나가 소리쳤다.

"대비해야지."

앤이 침착하게 대답했다.

지금까지 일어난 일에 비한다면 소나기 정도는 아무것도 아니었다.

"마차랑 말을 저기 헛간으로 옮겨. 다행히 마차 안에 양산이 있어. 넌 여기 내 모자를 쓰고. 마릴라가 토리 길에 가면서 제일 좋은 모자를 쓰는 건 바보 같은 짓이라고 했는데, 역시나 마릴라가 맞았어."

다이애나가 조랑말을 풀어 헛간으로 데려가자마자 굵은 빗방울이 떨어지기 시작했다. 다이애나는 헛간에 앉아 억수같이 쏟아지는 비를 쳐다보았다. 빗줄기가 하도 굵고 세차서 모자도 쓰지 않은 채 꿋꿋하게 양산을 들고 있는 앤의 모습은 잘 보이지 않았다. 천둥은 많이 잦아들었지만 비는 한 시간가량 줄기차게 쏟아졌다. 앤은 이따금 양산을 기울여 친구에게 손을 흔들었다. 하지만 멀리 떨어져 있어 이야기를 나눌 수는 없었다. 마침내 비가 그치고 해가 나왔다. 다이애나는 마당 물웅덩이를 건너 뛰어왔다.

"많이 젖었지?"

다이애나가 걱정스러운 얼굴로 물었다.

앤이 밝게 대답했다.

"아냐. 머리랑 어깨는 말짱해. 선반에 빗방울이 튀어서 치마만 조금 젖었어. 걱정 마, 다이애나. 진짜 아무렇지도 않아. 비가 와서 정말 다행이야. 정원이 얼마나 기뻤겠어. 빗방울이 떨어지기 시작할 때 꽃들이랑 꽃봉오리들은 무슨 생각을 했을까. 과꽃이랑 스위트피, 또 라일락 덤불에 내려앉은 야생 카나리아들이랑 정원의 수호천사들이 모여서 재미난 이야기를 나누지 않았을까? 집에 가면 글로 써 봐야지. 그런데 집에 도착하기 전에 까먹으면 어쩌지. 지금 연필이랑 종이가 있었으면 좋겠다."

마침 다이애나는 연필을 가지고 있었다. 그리고 마차에 있던 상자 속에서 포장지를 찾아냈다. 앤은 빗물에 젖은 양산을 접고 모자를 쓴 다음 다이애나가 건네준 포장지를 지붕널에 펼치고 정원에 대한 글을 쓰기 시작했다. 사실 글을 쓰기에 좋은 조건은 절대 아니었다. 그럼에도 앤의 글은 정말 훌륭해서 앤이 읽어 주는 글을 들은 다이애나는 한껏 도취되고 말았다.

"아아, 앤, 좋아. 정말 좋아. 〈캐나다 여성〉지에 꼭 보내 봐."

앤이 고개를 저었다.

"안 돼, 그 정도는 아냐. 줄거리가 없잖아. 그냥 상상들을 쭉 나

열한 글인걸. 난 이런 게 좋지만 이런 글을 출간하긴 어려워. 편집자들은 줄거리를 고집하거든. 프리실라도 그러더라. 아, 저기 사라 콥 부인이야. 다이애나, 가서 설명 좀 해 줘."

체구가 자그마한 사라 콥 부인은 수수한 검정색 옷에 쓸데없는 장식을 배제한 실용적인 모자를 쓰고 있었다. 그녀는 마당에서 벌어진 어처구니없는 광경에 놀란 기색이 역력했지만 다이애나의 설명을 듣고는 전적으로 이해해 주었다. 콥 부인은 서둘러 뒷문 자물쇠를 열고 도끼를 꺼내 왔고, 능숙한 도끼질 몇 번으로 앤은 무사히 빠져나올 수 있었다. 막바지에 이르러 꽤나 지치고 뻣뻣해졌던 앤은 아래로 툭 떨어졌다가 드디어 자유의 몸이 되었다.

앤이 진심어린 목소리로 말했다.

"콥 부인, 팬트리 창문을 들여다본 건, 버드나무 접시가 있는지 확인하려고만 한 거예요. 다른 생각은 없었어요. 다른 건 쳐다보지도 않았어요."

콥 부인이 상냥하게 말했다.

"괜찮아. 걱정 마. 피해 본 것도 없잖니. 우린 맨날 팬트리가 훤히 보이도록 해두는걸. 누가 들여다본대도 신경 안 써. 오래된 오리 축사도 부서져서 오히려 속이 시원하네. 마사도 이젠 오리 축사를 허무는 데 동의하겠지. 언젠가는 필요해질지 모른다고 우겨 대는 통에 봄마다 내가 흰 칠을 해 왔거든. 마사랑 얘길 하느니 벽에 대고 말을 하는 게 낫지. 마사는 오늘 샬럿타운에 갔어. 역까지 데려다주고 오는 길이야. 그나저나 내 접시를 사고 싶다고? 그래, 얼마에 살 건데?"

"20달러요."

앤은 콥 자매와 흥정을 할 생각은 전혀 없었기 때문에 먼저 가격을 제시했다.

사라가 신중하게 대답했다.

"그래, 한번 보자. 저 접시는 다행히 내 거야. 그게 아니라면 감히 마사가 없을 때 팔 생각도 못 했겠지. 야단법석을 떨었을걸. 마사가 이 집의 대장이거든. 마사한테 꼼짝 못 하고 사는 건 정말이지 피곤해. 어쨌든 안으로 들어와. 진짜 피곤하고 배가 고프겠구나. 차는 좋은 게 있는데 다른 건 별거 없어. 빵이랑 버터랑 오이뿐이야. 케이크랑 치즈랑 잼은 마사가 나가면서 감춰 놨거든. 누가 올 때마다 내가 헤프게 퍼 준다고 그러는 거야."

앤과 다이애나는 뭐든 먹어 버릴 수 있을 만큼 배가 고팠기 때문에 사라가 내어 온 맛있는 빵과 버터, 오이를 몽땅 해치웠다. 다먹고 나자 사라가 말했다.

"접시를 팔아야 할지 모르겠네. 사실 25달러는 받아야 하거든. 아주 오래된 접시라서 말야."

다이애나가 테이블 아래로 앤의 발을 가볍게 찼다. '안 된다고 해. 더 버티면 20달러에 줄 거야'라는 의미였다. 하지만 앤은 접시를 두고 모험을 하고 싶지는 않았다. 앤은 25달러에 사겠다고 바로 대답했다. 사라는 30달러를 부르지 않은 것을 아쉬워하는 표정이었다.

"그럼 팔게. 난 요즘 가능한 한 돈을 모아야 하거든. 실은……"

사라는 야윈 뺨을 붉히며 우쭐한 듯 고개를 들었다.

"곧 결혼을 해. 루터 윌리스랑. 그 사람은 20년 전부터 나랑 결혼을 하고 싶어 했는데. 나도 그 사람을 정말 좋아했지만 그땐 너무 가난해서 우리 아버지가 퇴짜를 놓았지. 그렇게 순순히 그 사람을 떠나보내는 게 아니었는데, 난 그때 용기도 없었고 아버지가 무섭더라고. 거기다 남자들이 그렇게 소심하단 걸 몰랐어."

다이애나는 마차를 몰고 앤은 접시를 무릎 위에 조심스럽게 올려놓은 채 집으로 향했다. 한적한 토리 길은 비를 머금어 더욱 푸르렀고 두 소녀의 웃음소리는 잔물결처럼 번졌다.

"내일 샬럿타운엘 가면 조세핀 할머니한테 오늘 오후에 있었던 이 파란만장한 하루에 대해 얘기해 드릴래. 힘들긴 했지만 이젠 다 끝났어. 접시도 구했고 비가 와서 먼지들도 가라앉았고 말야. 끝이 좋으면 다 좋은 거지, 뭐."

그러나 다이애나는 그리 낙관적이지 않았다.

"아직 우린 집에 다 온 게 아니라고. 또 무슨 일이 생길지 모르잖

아. 너한텐 별별 일이 다 일어나니까."

앤이 차분한 목소리로 말했다.

"어떤 사람들은 그런 희한한 일들을 즐기기도 하는걸. 모험심을 타고났거나 아니거나의 문제 아니겠어?"

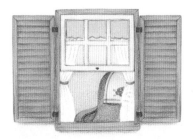

Chapter 19.
행복한 하루

언젠가 앤은 마릴라에게 이렇게 말한 적이 있었다.

"결국은 말예요. 정말 근사하고 행복한 나날이란 건, 막 멋지고 놀랍고 신나는 일들이 일어나는 게 아니라 진주알로 목걸이를 만드는 것처럼 소박하고 사소한 기쁨들이 조용히 이어지는 날들인 것 같아요."

초록지붕집에서는 그런 날들이 이어졌다. 앤의 모험과 불행도 다른 사람들과 마찬가지로 한꺼번에 일어나는 게 아니라 일과 꿈, 웃음, 배움으로 가득한 고요하고 행복한 나날 속에서 드문드문 흩어져 나타났다. 8월 하순의 그날도 그러했다. 오전에 앤과 다이애나는 신이 난 쌍둥이를 데리고 연못에서 배를 탔다. 모래 기슭까지 노를 저어 가 스위트그라스를 따고는 물속에서 참방거렸다. 물결은 먼 옛날부터 전해 내려오는 서정시를 하프 연주에 맞춰 읊조리는 바람 같았다.

오후가 되자 앤은 폴을 만나러 어빙네 집으로 걸어갔다. 폴은 북

풍을 막아 주는 빽빽한 전나무 숲 옆 풀이 무성한 둑에 길게 몸을 뻗고 누워 동화책에 푹 빠져 있었다. 폴은 앤을 보자마자 환한 얼굴로 반짝 일어났다.

폴이 반가운 목소리로 말했다.

"선생님, 와 주셔서 너무 기뻐요. 할머니도 집에 안 계시거든요. 저랑 차 마셔요, 선생님. 혼자 차를 마시는 건 정말 쓸쓸해요. 메리 조 누나한테 같이 차를 마시자고 얘기해 볼까 고민도 했는데 할머니가 싫어하실 것 같아서요. 프랑스인들은 분수에 맞게 살아야 한다고 늘 그러시거든요. 그래서 메리 조 누나랑은 얘기도 하기 힘들어요. 누나는 그저 웃기만 하면서 그래요. '넌 내가 아는 아이들 중에서 제일 똑똑해.' 전 그런 이야길 하고 싶은 건 아닌데."

앤이 명랑하게 말했다.

"차는 물론 마셔야지. 안 그래도 내가 먼저 부탁하려고 했는걸. 지난번에 여기서 차를 마실 때 너희 할머니가 구워 주신 그 쇼트브레드를 생각만 해도 입에 침이 고이거든."

폴이 몹시 심각한 얼굴을 했다. 주머니에 손을 찔러넣고 선 폴의 조그맣고 예쁜 얼굴에 갑자기 근심이 어렸다.

"제 맘대로 할 수 있으면 좋을 텐데. 그렇담 선생님께 쇼트브레드를 실컷 내드릴 수 있는데, 그건 메리 조한테 달려 있어요. 할머니가 나가시면서 메리 조한테 쇼트브레드가 너무 기름기가 많아

아이들한텐 좋지 않으니 주지 말랬거든요. 그래도 제가 안 먹겠다고 하면 메리 조 누나가 선생님껜 드릴지도 몰라요. 제가 부탁해 볼게요."

이런 긍정적인 성격이 마음에 꼭 들어 앤은 맞장구를 쳤다.

"그래, 그러자. 설사 메리 조가 매정하게 한 조각도 안 준다 해도 상관없어. 그러니 걱정은 말고."

"정말 그래도 괜찮아요?"

폴이 걱정스러운 얼굴을 했다.

"그럼. 괜찮다니까."

폴은 안도의 한숨을 내쉬었다.

"그럼 걱정 안 할게요. 사실 메리 조가 제 부탁을 들어주긴 할 거예요. 원래 나쁜 사람이 아니거든요. 하지만 할머니 말을 어겨서 좋을 게 없단 걸 알아 버린 거예요. 할머니는 정말 좋은 분이지만 모든 사람들이 할머니 말을 들어야 직성이 풀리는 사람이에요. 오늘 아침엔 드디어 제가 포리지 한 그릇을 다 먹어서 진짜 기뻐하셨어요. 어마어마하게 노력한 거예요. 할머니는 절 남자답게 키우실 거래요. 그런데 선생님, 꼭 물어보고 싶은 게 있어요. 솔직하게 대답해 주세요."

"그럴게."

앤이 약속했다.

"제 머리가 좀 이상해요, 선생님?"

폴은 앤의 대답에 자신의 정체성이 달리기라도 한 듯 물었다.

"폴, 그게 무슨 말도 안 되는 소리야! 넌 하나도 이상하지 않아. 누가 그런 소릴 해?"

앤이 깜짝 놀라 소리쳤다.

"메리 조가요. 메리 조는 제가 그 소릴 들은 걸 몰라요. 피터 슬론 부인네 가정부 베로니카가 어제 저녁에 메리 조를 만나러 왔었거든요. 복도를 지나가다가 둘이 부엌에서 이야기하는 걸 들었어요. 메리 조가 그랬어요. '폴은 진짜 이상한 애야. 이상한 소리만 해. 아무래도 머리가 이상한 거 같아.' 그 생각을 하느라 어젯밤 늦게까지 잠을 못 잤어요. 할머니한텐 차마 못 물어봐서 선생님께 여쭤 봐야지 생각했어요. 제 머리가 이상한 게 아니라니 정말 다행이에요."

"네 머리는 당연히 멀쩡해. 메리 조가 어리석고 무식한걸. 그러니 메리 조가 하는 말은 하나도 신경 쓸 것 없어."

앤이 화난 목소리로 말했다. 어빙 부인에게 메리 조의 입단속을 시키라고 넌지시 귀띔해 주어야겠다고 앤은 생각했다.

폴이 말했다.

"이제 마음이 좀 놓여요. 행복해졌어요, 선생님. 고마워요. 머리가 이상하단 게 좋은 말은 아니죠? 메리 조가 그렇게 생각하는 건 제가 종종 생각하는 것들을 메리 조한테 털어놨기 때문인 것 같아요."

"그래, 그건 아무래도 위험한 일이지."

앤이 수긍했다. 그건 앤의 경험에서 우러난 일이었다.

"메리 조한테 했던 이야기를 하나씩 하나씩 선생님한테도 말해 드릴게요. 선생님이 들어 보시고 정말 이상한지 얘기해 주세요. 하지만 어두워질 때까지 기다려야 해요. 어두워지면 누군가에게 말을 꺼내고 싶어 견딜 수가 없어져요. 그럴 때 아무도 없으면 메리 조한테 말을 할 수밖에 없었어요. 그래도 이젠 안 그럴 거예요. 제 머리가 이상하다고 생각할 테니까요. 견딜 수 없어도 참아야죠."

"도저히 안 되겠다 싶으면 초록지붕집으로 와. 나한테 말하면 되니까."

앤의 말은 진심이었다. 앤의 이런 면 때문에 진심으로 대해 주기를 바라는 아이들은 앤을 잘 따랐다.

"그럴게요. 하지만 제가 갈 때 데이비가 없었으면 좋겠어요. 데이비는 저만 보면 얼굴을 찌푸리거든요. 데이비는 아직 어리고 전 다 컸으니까 그렇게 신경 쓸 일은 아니지만, 그래도 누가 절 보고 얼굴을 찌푸리는 게 기분 좋은 일은 아니잖아요. 게다가 데이비는 진짜 심하게 찌푸려요. 어떨 땐 데이비 얼굴이 제자리로 안 돌아가면 어쩌나 걱정이 되기도 한다니까요. 신성한 생각만 해야 하는 교회에서도 그래요. 도라는 그래도 절 좋아해요. 저도 도라가 좋고요. 도라가 미니 메이 배리한테 이담에 자라면 저랑 결혼하겠다는 말을 하기 전이 더 좋긴 했어요. 나중에 자라면 저도 누군가와 결혼을 하겠지만 지금 그런 생각을 하기엔 너무 어리잖아요. 그렇죠, 선생님?"

"좀 어리지."

앤이 끄덕였다.

"결혼 이야기가 나와서 말인데요, 요즘 절 골치 아프게 하는 일이 또 있어요."

폴이 이야기를 계속했다.

"지난주에 린드 부인이 우리 집에 오셔서 할머니랑 차를 드셨거든요. 할머니는 저한테 엄마 사진을 린드 부인께 보여 드리라 했어요. 아빠가 생일 선물로 제게 주신 사진이에요. 전 린드 부인한테 보여 드리고 싶지 않았어요. 린드 부인은 상냥하고 좋은 분이지만 엄마 사진을 보여 주고 싶은 분은 아니거든요. 선생님도 이해하시죠? 하지만 할머니 말을 들을 수밖에 없었어요. 린드 부인은 엄마가 아주 예쁘지만 어딘가 꾸민 기색이 있고 아빠보다 훨씬 어려 보인다고 했어요. 그러고는 이렇게 말하는 거예요. '조만간 네 아빠도 재혼을 할 것 같던데. 우리 폴 도련님은 새엄마가 생기면 어떨 것 같아?' 생각만으로도 숨이 멎을 것 같았지만 린드 부인한테 그런 모습을 보이긴 싫었어요. 그래서 린드 부인 얼굴을 똑바로 쳐다보면서 대답했어요. '우리 아빠 첫 번째 엄마도 잘 선택하셨으니까 두 번째 엄마도 잘 선택해 주실 거라 믿어요.' 전 정말 아빠를 믿어요, 선생님. 하지만 정말로 다시 결혼을 할 거라면 저한테도 물어봐 줬으면 좋겠어요. 더 늦기 전에요. 메리 조가 차를 마시러 오라고 하네요. 쇼트브레드 얘길 좀 해 봐야겠어요."

애기가 잘되었는지 메리 조는 잼까지 곁들인 쇼트브레드를 내어 왔다. 앤은 차를 따랐다. 바다에서 불어오는 산들바람이 창문으로 흘러들었고 앤과 폴은 아늑한 거실에 앉아 즐겁게 차를 마셨다. 두 사람이 나누는 터무니없는 이야기를 들은 메리 조는 다음 날 베로니카에게 그 학교 선생도 폴만큼이나 이상한 여자라며 떠들었다. 차를 다 마신 폴은 앤을 제 방으로 데려가 엄마 사진을 보여 주었다. 어빙 부인이 책장에 숨겨 둔 의문의 생일 선물이 바로 그 사진이었다. 천장이 낮은 폴의 작은 방은 바다로 뉘엿뉘엿 넘어가는 붉은 석양빛이 부드럽게 일렁였고 네모난 창문 옆에서 자란 전나무들이 그림자를 드리우고 있었다. 온화한 눈빛의 아름다운 여인의 얼굴이 이 부드러운 빛을 받으며 침대 발치 벽에 걸려 있었다.

폴이 애정을 가득 담은 목소리로 말했다.

"우리 엄마예요. 할머니한테 저 벽에 걸어 달라고 했어요. 아침에 눈을 뜨자마자 보고 싶어서요. 이젠 밤에 잘 때 깜깜해도 괜찮아요. 엄마가 저랑 같이 있으니까요. 제가 말도 안 했는데 아빠는 제가 생일 선물로 뭘 받고 싶어 했는지 알고 계셨어요. 아빠들이 그런 걸 안다는 게 참 신기하죠?"

"엄만 정말 미인이셨구나, 폴. 너도 엄마를 살짝 닮았네. 엄마 눈이랑 머리칼이 더 짙은 색이긴 하지만."

폴이 방안을 돌아다니며 쿠션을 모아 창가 쪽에 쌓으며 말했다.

"제 눈은 아빠랑 똑같은 색이에요. 하지만 아빠는 잿빛 머리칼이에요. 머리숱은 많지만 잿빛이에요. 아빤 거의 쉰 살이잖아요. 그 정도면 나이가 많은 거죠? 그래도 겉모습만 그렇지 마음은 아직 젊으세요. 선생님, 여기 앉으세요. 전 발치에 앉을게요. 선생님 무릎에 기대도 돼요? 엄마랑 늘 그렇게 앉아 있었거든요. 와, 진짜 좋다."

"자, 이제 메리 조가 이상하다고 했다는 그 이야기들을 좀 들어볼까?"

앤이 폴의 곱슬머리를 쓰다듬으며 말했다. 폴은 마음이 맞는 사람에게는 속마음을 잘 털어놓는 아이였다.

폴이 꿈꾸는 듯한 얼굴로 말했다.

"어느 날 밤 전나무 숲에서 생각한 거예요. 그걸 믿는다는 게 아니라 그냥 상상했던 거예요. 무슨 말인지 아시죠? 누군가한테 말해 주고 싶었는데 메리 조밖에 없었어요. 메리 조는 팬트리에서 빵 반죽을 하고 있었고 전 옆에 의자에 앉아 있다가 말을 건 거예요. '누나, 내가 뭐 하나 알려 줄까? 저녁 별은 요정 나라의 등대야.' 그랬더니 메리 조가 말했어요. '넌 좀 이상해. 요정 같은 게 어딨다고.' 전 화가 팍 났어요. 물론 저도 요정이 없다는 건 알아요. 하지만 요정이 있다고 상상하는 게 뭐 어때서요. 그래도 꾹 참고 다시 말했어요. '그럼 누나, 또 하나 알려 줄까? 해가 지면 천사가 온 세상을 걸어 다녀. 키가 엄청 큰 천사인데, 하얀 옷을 입고 은빛 날개를 접고 있지. 꽃들이랑 새들한테 자장가를 불러 주려고 온 거야. 방법만 안다면 아이들도 천사의 자장가를 들을 수 있는데.' 그랬더니 메리 조가 밀가루 범벅이 된 손을 들어 올리면서 말했어요. '넌 진짜 이상해. 자꾸 그러니까 무섭잖아.' 메리 조는 정말 겁먹은 얼굴이었어요. 그래서 전 정원으로 나와서 나머지 이야기들을 중얼거렸어요. 우리 집 정원엔 작은 자작나무 한 그루가 있는데 그만 죽었거든요. 할머니 말론 소금물을 줘서 그런 거래요. 하지만 전 그 자작나무를 지키는 요정이 세상 구경을 하러 떠났다가 바보같이 길을 잃어서 그런 거라고 생각해요. 작은 나무는 한없이 외로워하다가 가슴이 아파 죽은 거라고요."

"바보 같은 나무 요정이 세상 구경이 싫증 나서 돌아왔을 때 나무가 죽은 걸 알면 정말 가슴이 찢어질걸."

앤이 대답했다.

"맞아요. 하지만 요정들도 자기가 한 바보짓에 책임을 져야 해요. 사람들처럼 말예요."

폴이 진지하게 말했다.

"초승달을 보면서는 무슨 생각을 한 줄 아세요, 선생님? 초승달은 꿈을 가득 싣고 가는 황금 조각배예요."

"조각배가 구름에 부딪혀 기우뚱하면 그 꿈이 엎질러져 네 잠 속으로 떨어지지."

"와, 선생님도 아시는구나. 제비꽃은요, 천사들이 별빛이 비치도록 하늘에 구멍을 낼 때 떨어진 하늘 조각이에요. 노란 미나리아재비는 바래 버린 햇빛으로 만든 거고요. 그리고 스위트피는 천국에 가면 나비가 될 거예요. 그런데 선생님, 이런 생각들이 그렇게 이상해요?"

"하나도 이상하지 않아. 아이들이 상상할 법한 신기하고 아름다운 것들인걸. 100년 동안 노력해도 그런 상상을 할 수 없는 사람들한텐 이상하게 들리겠지. 하지만 폴, 넌 이런 상상을 계속해. 언젠가 넌 시인이 될 거야, 꼭 그럴 거야."

앤이 집에 돌아왔을 때 폴과는 전혀 딴판인 아이가 재워 주기를 기다리고 있었다. 데이비는 샐쭉해진 참이었다. 앤이 옷을 벗겨 주자 데이비는 침대로 뛰어들어 베개에 얼굴을 파묻었다.

"데이비, 기도하는 걸 잊었구나?"

앤이 나무랐다.

"안 잊었어. 이제부턴 기도 같은 거 안 해. 내가 아무리 착해져도 누나는 폴 어빙을 더 좋아하잖아. 착해지려고 애쓰지 않을 거야. 그냥 못되게 굴면서 재밌게 놀 거야."

데이비가 불퉁거렸다.

"난 폴 어빙을 더 좋아하는 게 아냐. 너도 똑같이 좋아해. 다만 좋아하는 방식이 다를 뿐이야."

앤이 진지한 목소리로 말했다.

"나도 똑같은 방식으로 좋아해 줘."

데이비가 뾰로통하게 말했다.

"모든 사람을 어떻게 똑같은 방식으로 좋아해? 너도 도라랑 나를 똑같은 방식으로 좋아하는 건 아니잖아."

데이비는 침대에서 일어나 곰곰 생각에 빠졌다.

"응, 맞아. 도라는 동생이라서 좋고 누나는 누나라서 좋아."

결국 데이비가 끄덕였다.

"나도 폴은 폴이라서 좋고 데이비는 데이비라서 좋아."

앤이 명랑하게 대답했다.

"알았어. 그럼 기도를 해 보지, 뭐. 하지만 지금 침대에서 나가긴 귀찮으니까 내일 아침에 두 번 할게. 그래도 되지?"

앤은 허락하지 않았다. 결국 데이비는 침대에서 기어 나와 앤 옆에 무릎을 꿇고 앉았다. 기도를 끝낸 데이비는 조그맣고 까무잡잡한 뒤꿈치를 들고 서서 앤을 올려다보았다.

"누나, 나 옛날보다 착해졌어."

"맞아, 데이비. 정말 착해졌어."

앤은 분명히 칭찬을 해 줘야 할 때에는 주저 않고 칭찬을 해 주는 사람이었다.

"나도 내가 착해졌단 걸 알아. 왜 그런 줄 알아? 오늘 마릴라 아줌마가 나한테 빵 두 조각이랑 잼을 줬거든. 하나는 내 거고 하나는 도라 거. 그런데 빵 하나가 훨씬 컸어. 마릴라 아줌마는 어느 게 내 건지 말해 주지 않았고. 그런데 내가 큰 빵을 도라한테 줬어. 그러니까 내가 착한 거잖아."

데이비는 자신만만했다.

"정말 착한 일을 했네. 진짜 남자다워, 데이비."

"물론이지. 도라는 배가 별로 안 고파서 반만 먹고 나한테 도로 줬지만, 난 도라가 그럴 줄 모르고 큰 빵을 준 거니까 착한 게 맞는 거지."

데이비가 끄덕였다.

해 질 녘 앤은 드라이어드 샘을 산책하다가 어둑한 도깨비 숲을 빠져나오는 길버트 블라이스를 보았다. 앤은 길버트가 더 이상 소년이 아니라는 사실을 새삼 깨달았다. 큰 키에 진솔해 보이는 얼굴, 그리고 맑고 강직한 눈빛에 딱 벌어진 어깨까지, 길버트는 꽤나 남자다운 모습이었다. 앤의 이상형은 아니었지만 길버트가 잘생긴 남자라고 앤은 생각했다. 앤과 다이애나는 오래전에 어떤 남자를 동경하는지 이야기를 나눈 적이 있었는데 두 소녀의 취향은 거의 비슷했다. 키가 아주 크고 기품 있는 얼굴에 어딘가 모르게 우수 어린 눈동자, 그리고 마음을 녹이는 다정한 목소리의 남자여야 했다. 길버트의 얼굴에는 알 듯 모를 듯 우수 어린 빛 같은 건 없었지만 그렇다고 우정을 나누는 데 있어서 문제 될 것은 없었다.

길버트는 드라이어드 샘 옆으로 난 고사리 위에 앉아 앤을 다감한 눈으로 바라보았다. 길버트에게 이상형을 물었다면 그 묘사는 하나하나 앤과 일치했을 것이었다. 여태 앤을 신경 쓰이게 하는 일곱 개의 작은 주근깨마저도 말이다. 길버트는 이제 막 소년티를 벗어난 정도였지만 누구 못지않게 꿈을 품은 사람이었다. 길버트가 꿈꾸는 미래에는 언제나 크고 맑은 잿빛 눈동자, 그리고 꽃처럼 섬세하고 고운 얼굴의 소녀가 있었다. 또한 길버트는 자신의 미래가 사랑하는 여인에게도 가치 있는 것이어야 한다는 생각을 했다. 조용한 에이번리 마을이라 해도 사귀자는 유혹이 있기 마련이었다. 화이트샌즈의 젊은이들은 다소 자유분방했고 길버트는 어딜 가도 인기가 많았다. 하지만 길버트는 앤과의 우정, 그리고 언젠가 이루어질지도 모를 앤과의 사랑을 소중하게 지키고 싶었다. 그래서 마치 앤의 또랑또랑한 눈동자가 지켜보고 있기라도 한 것처럼 말과 행동과 생각에 빈틈없이 주의를 기울였다. 높고 순수한 이상을 가진 소녀들이 친구에게 무의식적으로 영향을 끼치듯 앤도 길버트를 변화시켰다. 앤이 이상에 충실하는 한 그 영향력은 지속되는 것이지만 이상을 포기하는 순간 영향력 역시 사라지는 것이기도 했다. 길버트가 생각하는 앤의 가장 큰 매력은, 다른 에이번리의 소녀들처럼 사소한 질투나 속임수, 경쟁, 호의를 사려는 빤한 행동 같은 것에 연연하지 않는 것이었다. 그렇다고 앤이 그런 것들을 의식적으로 피하는 것은 아니었다. 다만 그런 것들이 수정처럼 맑은 앤의 목표와 포부, 또 솔직한 본성과 어울리지 않기 때문이었다.

그래도 길버트는 자신의 생각을 입 밖에 내지는 않았다. 그 어떤 시도도 앤이 차갑게 감정의 싹을 잘라 버릴 거라는 것을 너무나 잘 알았기 때문이었다. 그도 아니라면 자신을 비웃을지도 몰랐다. 그건 열 배는 더 나쁜 일이었다.

"자작나무 아래에 있으니 진짜 나무 요정 같은데?"

길버트가 짓궂은 표정으로 말했다.

"난 자작나무가 좋아."

앤은 크림빛 새틴 같은 가느다란 나무줄기에 뺨을 댄 채 말했다. 타고난 듯 예쁘고 사랑스러운 몸짓이었다.

길버트가 말했다.

"그렇담 이 소식이 기쁘겠네. 메이저 스펜서 씨가 농장 앞길을 따라 하얀 자작나무를 쭉 심겠대. 마을 개선회를 격려하기 위한 거지. 오늘 나한테 그러더라고. 메이저 스펜서는 에이번리에선 제일 진보적이고 공공심이 있는 사람이잖아. 윌리엄 벨 씨도 집 앞길이랑 오솔길을 따라서 가문비나무로 산울타리를 만들 거래. 앤, 우리 개선회는 아주 잘되어 가고 있어. 시험 단계를 지나 다들 받아들이고 있잖아. 어르신들도 관심을 보이고 화이트샌즈 사람들도 우리 같은 개선회를 만들까 의논 중이야. 엘리샤 라이트도 호텔에 묵던 미국인들이 바닷가로 피크닉을 온 날 이후로 마음이 돌아섰잖아. 미국인들이 에이번리 길들을 보면서 엄청나게 칭찬을 했거든. 프린스에드워드 섬에서 제일 아름다운 곳이라고 말야. 머잖아 다른 사람들도 스펜서 씨를 따라 집 앞길을 나무랑 산울타리로 꾸미게 되면 에이번리는 우리 주에서 제일 아름다운 마을이 될걸."

그러자 앤이 말했다.

"자선회에선 묘지를 정비하는 일에 대해 논의 중이야. 그러려면 기부금이 필요할 텐데 그건 자선회에서 알아서 해야 할 거야. 마을 회관 사건 이후로 우리가 모금을 해 봐야 소용도 없을 테니까. 하지만 개선회가 비공식적으로라도 묘지 재정비에 대해 언질을 주지 않았다면 자선회는 그 문제에 손대지도 않았을걸. 우리가 교회

마당에 심은 나무들도 잘 자라고 학교 이사회에서도 내년엔 운동
장에 울타리를 만들어 주겠다고 약속했어. 그렇게만 된다면 나무
심는 날을 정해서 모든 학생들이 나무를 한 그루씩 심도록 할 거
야. 길모퉁이에 정원이 생기는 거지."

"볼터 씨네 낡은 집을 허무는 일만 빼곤 우린 대부분 성공했네.
난 볼터 씨네 일은 포기했어. 볼터 씨는 우릴 약 올리기 위해서라
도 절대 그 집을 헐지 않을걸. 볼터 집안 사람들이 다들 청개구리
기질이 있는데, 특히 레비 볼터가 더해."

길버트가 말했다.

"줄리아 벨은 볼터 씨한테 다른 개선회 회원을 보내 보자고 하
는데, 난 그냥 내버려 두는 게 나을 것 같아."

앤이 차분하게 말했다.

길버트가 미소 지으며 말했다.

"린드 부인 말처럼 신의 뜻에 맡기자는 거지? 더는 회원들을 보
낼 필요 없어. 보내 봤자 화만 돋울걸. 줄리아 벨은 위원회만 꾸리
면 뭐든 된다고 생각한다니까. 앤, 다음 봄엔 멋진 잔디밭이랑 운
동장을 만드는 데 공을 들여야 해. 그러려면 이번 겨울에 일찍감치
좋은 씨를 뿌려 두어야지. 나한테 잔디랑 잔디밭 만드는 것에 대한
논문이 있어. 그걸로 곧 보고서를 써 볼게. 그건 그렇고, 방학도 거
의 다 끝났네. 월요일이면 개학이잖아. 루비 길리스는 카모디 학교

로 발령이 났어?"

"응. 프리실라가 자기는 고향에 있는 학교엘 가게 됐다고 편지에 썼더라. 그래서 카모디 학교 이사회에서 루비한테 자리를 줬대. 프리실라가 돌아오지 않는 건 아쉽지만 그래도 루비가 카모디로 가게 된 건 다행이야. 루비는 토요일마다 집에 올 거니까 옛날처럼 제인이랑 다이애나, 나 그렇게 만나게 되는 거지."

앤이 집으로 돌아왔을 때, 린드 부인네 집에 다녀온 마릴라는 뒤쪽 현관 계단에 앉아 있었다.

마릴라가 말했다.

"내일 레이첼이랑 시내를 돌아보기로 했어. 이번 주엔 린드 씨 몸이 좀 괜찮아졌대. 또 병이 도지기 전에 레이첼이 나가고 싶어 해서."

앤이 얌전한 목소리로 말했다.

"전 내일 아주 일찍 일어나려고요. 할 일이 엄청 많거든요. 우선 이불보 속 깃털을 새 걸로 바꿔야 해요. 진작 했어야 하는 건데 너무 하기 싫어서 미뤄 왔거든요. 하기 싫다고 미루는 건 나쁜 습관인데. 이제 다신 그러지 않으려고요. 그렇잖으면 학생들한테 미루지 말라고 말하기도 무안하니까. 그담엔 해리슨 씨한테 가져다줄 케이크를 만들 거예요. 마을 개선회에 낼 정원에 대한 보고서도 끝내야 하고, 스텔라한테 편지도 써야 해요. 그리고 모슬린 드레스를

빤 다음 풀도 먹여야 하고요. 도라한테 새 앞치마도 만들어 줘야
하고."

마릴라는 비관적이었다.

"반도 못 할 것 같은데? 잔뜩 계획을 세워 두면 꼭 방해꾼들이
나타나거든."

앤은 다음 날 일찍부터 일어나 상쾌한 하루를 시작했다. 진줏빛 하늘 너머에서 멋들어지게 태양이 떠올랐다. 초록지붕집으로 햇살이 쏟아져 내렸고 포플러와 버드나무 그림자가 춤추듯 아른거렸다. 저 너머 해리슨 씨의 밀밭이 옅은 황금색으로 드넓게 펼쳐져 있었다. 앤은 세상의 아름다움에 함빡 취한 채 대문 앞을 한가로이 서성이며 행복에 겨운 한때를 보냈다.

아침 식사를 끝낸 후 마릴라는 나갈 채비를 했다. 오래전부터 약속했던 도라도 함께 나갈 참이었다.

마릴라가 엄한 목소리로 데이비에게 말했다.

"데이비, 누나를 귀찮게 하지 말고 착하게 굴어야 하는 거 알지? 얌전하게 굴면 오는 길에 줄무늬 막대 사탕을 사다 줄 거야."

이런, 마릴라가 뇌물로 사람을 꼬드기는 일을 하고 있었다!

"일부러 나쁜 짓을 하진 않을 거예요. 하지만 어쩌다 나쁜 짓을 하게 되면요?"

데이비가 궁금하다는 듯 물었다.

마릴라가 타일렀다.

"그러니까 그러지 않도록 조심해야지. 앤, 오늘 시어러 씨가 오면 구운 고기랑 스테이크를 좀 사 둬. 시어러 씨가 안 오면 내일 점심 때 먹을 닭을 잡아야 할 거야."

앤이 끄덕였다.

"오늘은 데이비하고 저뿐이니까 굳이 점심을 따로 차리진 않을래요. 냉장고에 있는 햄이면 점심으로 충분할 테고, 밤에 마릴라랑 도라가 돌아오면 스테이크를 좀 구울게요."

데이비가 말했다.

"난 해리슨 아저씨를 따라갈 거야. 오늘 아침에 해초 따러 가는 걸 도와 드릴 거거든. 아저씨가 먼저 도와 달랬어. 점심도 같이 먹자고 하실걸. 해리슨 아저씨는 진짜로 친절해. 진짜로 사근사근하고. 난 커서 아저씨처럼 될 거야. 그러니까 아저씨처럼 행동하고 싶다는 거야. 얼굴을 닮겠다는 게 아니고. 물론 내가 아저씨를 닮을 일은 없겠지. 린드 아줌마가 나보고 참 잘생겼다 했으니까. 앞으로도 난 계속 잘생겼을까? 그럴까, 누나?"

앤이 진지한 목소리로 말했다.

"그럴 거야. 넌 잘생겼어, 데이비. 하지만 그에 걸맞게 행동해야지. 잘생긴 얼굴만큼이나 착하고 신사답게 굴어야 하는 거야."

마릴라는 영 못마땅한 얼굴이었다.

데이비가 볼멘소리를 했다.

"저번에 미니 메이 배리가 못생겼단 소릴 듣고 울 때 누나가 그 랬잖아. 착하고 상냥하고 남을 사랑할 줄 알면 사람들은 외모를 따 지지 않는다고. 이 세상엔 별별 이유로 다 착해져야 한다니까. 무 조건 얌전하게 굴어야 한다고."

"넌 착해지고 싶지 않니?"

마릴라는 숱하게 이런 일을 겪었어도 아직도 그런 질문이 쓸모 없다는 사실을 깨닫지 못하고 있었다.

데이비가 조심스럽게 대답했다.

"착해지고 싶어요. 그래도 너무 착한 건 싫어요. 별로 안 착해도 주일 학교 감독관이 될 수 있잖아요. 벨 장로님을 봐요. 정말 나쁜 사람인데."

"안 그래."

마릴라가 화를 냈다.

그러자 데이비가 대들었다.

"맞아요. 장로님이 자기 입으로 그랬어요. 지난주에 주일 학교에 서 기도하면서 그랬단 말예요. 자긴 벌레처럼 타락했고 불쌍한 죄 인이고 또 사악한 죄를 저질렀다고요. 도대체 장로님은 어떤 죄를 저지른 거예요? 누굴 죽였어요? 아님 헌금을 훔쳤어요? 궁금해요."

다행히 그때 린드 부인이 마차를 몰고 오솔길을 달려와 마릴라
는 사냥꾼이 쳐 놓은 덫을 빠져나오는 기분으로 서둘러 집을 빠져
나왔다. 마릴라는 벨 장로가 특히나 호기심으로 충만한 꼬마들이
듣는 데에서 기도를 할 때는 지나치게 비유적인 표현을 쓰지 않기
를 진심으로 바랐다.

기쁘게도 혼자 남겨진 앤은 열심히 일을 했다. 마룻바닥을 쓸고,
침대를 정리하고, 암탉들에게 모이도 주고, 모슬린 드레스도 빤 다
음 빨랫줄에 널었다. 그런 다음 이불보 속 깃털을 갈 준비를 했다.
앤은 다락방으로 올라가 손에 잡히는 대로 낡은 드레스를 꺼내 입
었다. 열네 살 때 입었던 네이비블루 캐시미어 드레스였다. 드레스
는 확실히 짧았고 앤이 처음 초록지붕집에 올 때 입었던 그 원시
드레스만큼이나 꼭 끼었다. 그렇다 한들 깃털 때문에 옷감이 상할
것 같지는 않았다. 빨갛고 흰 물방울무늬가 그려진 매슈의 커다란
손수건을 머리에 두르고 일할 준비를 마친 앤은 마릴라가 나가기
전에 함께 옮겨 놓은 깃털 이불이 있는 부엌으로 갔다.

창문에는 금 간 거울이 걸려 있었다. 앤은 하필 거울을 들여다보
고 말았다. 콧잔등에 생긴 일곱 개의 주근깨가 여느 때보다 도드라
져 보였다. 차양을 치지 않은 창문으로 들어오는 눈부신 햇살 때문
이었을 것이다.

"아아, 어젯밤에 로션 바르는 걸 깜빡했잖아. 당장 팬트리로 가

서 발라야겠어."

앤은 주근깨를 없애 보려고 온갖 곤욕을 다 치른 후였다. 콧등의 살갗이 다 벗겨진 적도 있었지만 주근깨는 그대로였다. 며칠 전에는 잡지에서 주근깨를 지우는 로션을 만드는 방법을 보고 마침 재료도 있던 터라 곧장 만들었다. 하느님이 코에 주근깨를 내려 주었다면 그대로 두는 게 맞다 여기는 마릴라는 그런 앤을 몹시 못마땅해했다.

앤은 팬트리로 바삐 내려갔다. 창가에 커다란 버드나무가 드리워서 평소에도 어둑어둑한 팬트리는 파리가 들어오지 못하도록 차양까지 쳐 둔 바람에 거의 깜깜할 지경이었다. 앤은 선반에 놓인 로션 병을 집어 들고 작은 스펀지로 콧등에 듬뿍 발랐다. 이 중대한 일을 끝낸 앤은 다시 일을 하러 갔다. 이불 속 깃털을 갈아 본 사람이라면 일을 다 끝내고 난 앤의 몰골이 어땠을지 아마 짐작할 수 있을 것이다. 앤의 드레스는 하얀 깃털과 보풀로 뒤덮였고 손수건 아래로 삐져나온 앞머리에는 깃털을 후광처럼 달아 놓은 것만 같았다. 그 순간 부엌문을 두드리는 소리가 들렸다.

"시어러 씨인가 봐. 꼴이 엉망이긴 해도 빨리 나가 봐야지. 시어러 씨는 항상 서두니까."

앤은 부엌문으로 날쌔게 달려 나갔다. 마룻바닥이라는 것이 한없이 자비로운 존재였다면, 초록지붕집의 현관 마룻바닥은 그 순간 가련한 깃털투성이 아가씨를 덥석 집어삼켜 주었을 텐데. 현관 앞에는 황금색 실크 드레스로 성장을 한 프리실라 그랜트와 트위드 정장을 입은 키 작은 잿빛 머리칼의 여인이 서 있었다. 또 그 곁에는 큰 키에 우아하고 멋진 드레스를 입은 여인도 있었다. 아름답고 고상한 얼굴에 검은 속눈썹 아래로 커다란 보랏빛 눈동자를 가진 여인이었다. 앤은 직감적으로 그녀가 어린 시절부터 늘 이야기해 왔던 샬럿 E. 모건 부인이라는 것을 알아차렸다.

이 엉망진창인 순간에도 앤은 한 가지 생각을 떠올렸고 마지막 지푸라기라도 잡는 심정으로 그 생각에 매달렸다. 모건 부인의 여주인공들은 모두 위기를 헤쳐 나가는 데 능했다. 어떤 시련 앞에서도 때와 장소를 가리지 않고 기지를 발휘했다. 앤은 위기를 돌파하는 것이 자신의 임무라고 생각했고 그렇게 했다. 어찌나 대단했던지 나중에 프리실라도 그때만큼 앤 셜리에게 감탄한 적이 없었다고 말할 정도였다. 속마음이야 어땠건 앤은 그녀들에게 드러내지 않았다. 앤은 보랏빛 고운 리넨 드레스라도 차려입은 양 차분하고 침착하게 프리실라에게 인사를 했고 또 일행들을 소개받았다. 앤이 직감적으로 모건 부인이라 생각했던 여인은 한 번도 들어 본 적 없는 펜덱스터 부인이고, 키 작고 통통한 잿빛 머리 여인이 모건 부인이라는 사실은 다소 충격적이었다. 하지만 워낙 큰 충격에 빠져 있던 터라 그 정도야 금방 잊을 수 있었다. 앤은 손님들을 응접실로 안내하고는 마차를 매는 프리실라를 도우러 서둘러 밖으로 나갔다.

프리실라가 사과했다.

"이렇게 갑자기 와서 미안해. 나도 어젯밤에야 알았어. 샬럿 고모가 월요일에 떠나는데 오늘은 시내에 사는 친구분과 보내기로 약속했었대. 그런데 어젯밤에 그 친구분이 전화를 하셨어. 성홍열 때문에 거기가 격리됐다는 거야. 그래서 내가 대신 여기로 오자고 했어. 네가 고모를 엄청 보고 싶어 했잖아. 화이트샌즈 호텔에 있던 펜덱스터 부인도 부른 거고. 뉴욕에 사는 고모 친구인데 남편이 백만장자야. 오래 있진 못해. 펜덱스터 부인이 5시까진 호텔로 돌아가야 하거든."

말을 매어 두는 동안 앤은 프리실라가 몇 번이나 자신을 당혹스러운 눈길로 은근히 쳐다보는 것을 느꼈다.

앤은 살짝 기분이 나빴다.

'저렇게 쳐다볼 것까지야. 깃털 이불을 바꾸는 일이 어떤 건지 모른다면 상상이라도 해 볼 것이지.'

프리실라가 응접실로 간 다음 앤이 2층으로 올라가려고 할 때 다이애나가 부엌으로 들어섰다. 앤은 화들짝 놀란 다이애나의 팔을 잡았다.

"다이애나 배리, 지금 응접실에 누가 와 있는지 알아? 샬럿 E. 모건 부인이 왔어. 뉴욕에서 온 백만장자 부인도 있고. 근데 난 이 꼴이라고. 게다가 대접할 만한 거라곤 차가운 햄뿐이야, 다이애나!"

그제야 앤은 다이애나가 프리실라가 그랬던 것처럼 자신을 어리둥절한 눈으로 빤히 쳐다본다는 것을 알아차렸다. 심할 정도였다.

앤이 간절한 목소리로 말했다.

"아아, 다이애나, 그렇게 좀 쳐다보지 마. 아무리 깔끔한 사람이라도 깃털 이불을 갈고 나면 이렇게 될 수밖에 없다고."

다이애나가 주저하며 말했다.

"그게…… 그러니까 그게, 깃털이 아니라……. 앤, 네 코 말이야……."

"코? 아아, 다이애나, 뭔가 잘못된 거야?"

앤은 싱크대 위에 걸린 작은 거울 앞으로 급하게 뛰어갔다. 끔찍한 현실이 거울 앞에 드러났다. 앤의 코는 시뻘겋게 물들어 있었다!

앤은 소파에 주저앉았다. 가까스로 지켜 온 평정심이 다 사라지고 말았다.

"어떻게 된 거야?"

앤의 마음을 모르는 바는 아니었지만 궁금증을 견디지 못한 다이애나가 물었다.

앤이 절망적인 목소리로 대꾸했다.

"주근깨 로션을 바른다는 게 빨간 염료를 발랐나 봐. 마릴라가 러그에다 패턴을 표시할 때 쓰는 거거든. 나 어쩌지?"

"씻으면 돼."

다이애나가 현실적인 답을 내놓았다.

"안 지워지면? 예전엔 머리에다 염색약을 들이붓더니 이젠 코까지. 머리를 물들였을 땐 마릴라가 잘라 주기라도 했지만 이번엔 어쩌지? 이건 내 허영심에 대한 벌이야. 벌 받아도 싸. 그렇다고 위로가 될 일은 아니지만. 정말 불운이라는 게 있긴 있나 봐. 린드 부인은 세상 모든 일이 처음부터 정해진 거라곤 했지만."

다행히도 붉은 물은 금방 씻겼다. 다이애나가 집으로 달려간 사이에 어느 정도 마음을 추스른 앤은 동쪽 방으로 올라가 옷을 갈아입고 말쑥하게 내려왔다. 그렇게 입고 싶어 했던 모슬린 드레스는 마당 빨랫줄에서 펄럭이고 있었기 때문에 까만 무명 드레스로 만족해야 했다. 앤이 불을 올리고 차를 끓이고 있을 때 다이애나가 돌아왔다. 그래도 다이애나는 모슬린 드레스 차림이었다. 뚜껑을 덮은 접시를 손에 들고서였다.

"엄마가 주셨어."

닭고기 요리를 보여 주며 다이애나가 말했다. 앤은 먹음직스럽게 생긴 요리를 기쁘게 바라보았다.

앤은 갓 구운 보드라운 빵과 훌륭한 버터와 치즈, 그리고 마릴라가 만든 자두 케이크와 여름 햇살을 닮은 황금빛 시럽에 띄운 자두 절임과 닭고기를 식탁에 차렸다. 분홍색과 하얀색의 과꽃도 화병 가득 담아 장식했다. 그래도 지난번 모건 부인을 위해 정성들여 준비했던 성찬에 비한다면 보잘것없었다.

하지만 배가 고팠던 손님들은 그렇게 생각지 않은 모양이었다. 그들은 소소하게 차린 음식들을 즐겁게 먹었다. 그래서 앤도 음식에 대해 더는 마음을 쓰지 않았다. 모건 부인의 외모는, 그녀의 충실한 팬들조차 서로 수긍할 수밖에 없을 만큼 조금 실망스러웠다. 하지만 그녀는 유쾌하게 좌중을 이끌어 가는 사람이었다. 탁월한 여행가였고 훌륭한 이야기꾼이었던 것이다. 숱한 사람들을 두루 만났던 그녀는 자신의 경험을 재치 있는 문장과 경구로 표현할 줄 알았다. 그녀의 말에 귀를 기울이다 보면 마치 멋진 책 속 등장인물의 이야기를 듣는 기분이 들 정도였다. 그리고 모건 부인의 그런 재기 발랄함 속에는 여성적인 섬세함과 진실함, 친절함이 넘쳐 누구라도 호감을 가질 만했다. 또한 모건 부인은 대화를 독점하지도 않았다. 그녀는 자신이 이야기하는 만큼 다른 사람들도 충분히 대화에 끌어들일 줄 알았다. 그래서 앤과 다이애나도 거리낌 없이 모건 부인과 이야기를 나누었다. 펜덱스터 부인은 말이 거의 없는 사람이었다. 사랑스러운 눈가와 입술에 옅은 미소를 띤 채 닭고기와 과일 케이크와 자두 절임을 어찌나 우아하게 먹는지 마치 어느 여신이 음식을 맛보고 있는 듯 보였다. 앤이 나중에 다이애나에게 말하기도 했지만, 펜덱스터 부인처럼 아름다운 사람은 굳이 입을 열필요가 없었다. 가만히 지켜보는 것만으로도 충분했다.

식사를 마친 뒤 모두들 연인의 오솔길과 제비꽃 골짜기, 그리고 자작나무 길을 산책한 다음 다시 도깨비 숲을 지나 드라이애드 샘으로 와 30분 동안 앉아 즐겁게 이야기를 나누었다. 모건 부인은 도깨비 숲이라는 이름이 붙은 연유를 물었고 앤은 마녀가 나온다는 황혼 녘에 그 숲을 지나갔던 소란스럽기 짝이 없는 모험담을 들려주었다. 모건 부인은 눈물이 날 만큼 웃어 댔다.

모두가 떠나고 다이애나와 둘만 남았을 때 앤이 물었다.

"진짜 유익하고 따뜻한 자리이지 않았어? 모건 부인의 이야기를 들은 거랑 펜덱스터 부인을 바라본 거랑, 둘 중 뭐가 더 좋았는지 모르겠어. 그분들이 올 걸 미리 알고 대접하는 데에 신경을 썼다면 이렇게까지 재밌진 않았을 거야. 다이애나, 가지 말고 나랑 차를 더 마셔. 실컷 이야기하고 싶은걸."

"프리실라가 그러는데 펜덱스터 씨의 여동생은 영국 백작이랑 결혼을 했대. 그런데도 펜덱스터 부인은 자두 절임을 두 접시나 먹었잖아."

두 가지 사실이 어쩐지 어울리지 않는다는 듯이 다이애나가 말했다.

"아무리 영국 백작이라 한들 마릴라의 자두 절임 앞에선 별수 없을걸."

앤이 자랑스럽게 대답했다.

그날 저녁 앤은 마릴라에게 낮에 있었던 일을 이야기하면서도 주근깨 파동에 대해서는 입을 다물었다. 그리고 주근깨 로션 병을 가져다 창밖으로 몽땅 쏟아 버렸다.

앤은 단단히 마음을 먹었다.

"다신 예뻐지겠다고 법석을 피우지 않을 거야. 그런 건 차분하고 조심성 많은 사람들에게나 어울리는 일이지, 나처럼 대책 없이 실수나 하는 애한텐 안 돼. 안 될 일이라고."

개학을 하자 앤은 이론보다는 그동안의 경험을 바탕으로 다시 학교 일을 시작했다. 앤의 반에는 학생 몇몇이 새로 들어왔다. 눈을 동그랗게 뜨고 신비한 세계로 모험이라도 떠나러 온 줄 아는 예닐곱 살짜리들이었다. 데이비와 도라도 끼어 있었다. 데이비는 밀티 볼터와 짝이 되었다. 밀티는 1년째 학교를 다니고 있던 터라 학교생활에 이미 빠삭했다. 도라는 지난주 주일 학교에서 릴리 슬론과 짝이 되기로 약속을 했지만 릴리 슬론이 첫날 학교에 오지 않았기 때문에 미라벨 코튼과 함께 앉았다. 도라의 눈에 열 살짜리 미라벨은 숙녀 같기만 했다.

데이비는 그날 밤 집에 와서 마릴라에게 말했다.

"학교가 너무 재밌어요. 아줌마는 제가 가만히 앉아 있지 못할 거라 했지만 전 잘 앉아 있었어요. 아줌마가 대부분 맞는 말만 한다는 건 알지만요. 그런데요, 책상 밑에서 다리를 꼼지락거리면 괜찮아져요. 학교엔 같이 놀 남자애들이 많아서 진짜 좋아요. 밀티 볼터랑 짝이 됐는데 좋은 애예요. 키는 나보다 큰데 덩치는 제가 더 커요. 뒷자리에 앉고 싶지만 의자에 앉았을 때 발이 바닥에 닿을 만큼 자라야 거기 앉을 수 있대요. 밀티는 석판에다 앤 누나를 그렸는데요, 엄청 못생기게 그린 거예요. 그래서 밀티한테 한 번만 더 그렇게 그리면 쉬는 시간에 가만 안 두겠다고 했어요. 처음엔 뿔이랑 꼬리가 달린 밀티를 그려 주려고 했는데요, 그러면 걔 마음이 상할 거 같아서요. 누나가 절대 남의 마음을 상하게 하면 안 됐댔거든요. 다른 사람 마음을 아프게 하는 건 나쁜 짓 같긴 해요. 꼭 혼내 줄 거라면 마음 아프게 하지 말고 그냥 때려 주는 게 나을 것 같아요. 밀티는 제가 무서워서가 아니라 그냥 나를 봐서 그 그림에 딴 이름을 붙이겠다고 했어요. 그래서 그림 밑에다 앤 누나 이름을 지우고 바바라 쇼라고 썼어요. 밀티는 바바라가 싫대요. 바바라가 자기를 꼬마 녀석이라 부르는 데다가 머리를 쓰다듬은 적도 있대요."

도라는 새침한 얼굴로 학교가 좋다고 말했지만 평소보다 더 조용했다. 해 질 녘 마릴라가 2층에 올라가 자라고 하자 도라는 우물쭈물하더니 울음을 터뜨리고 말았다.

"난…… 난 무서워요. 깜깜한 2층에서 혼자 자기 싫어요."

도라가 훌쩍였다.

"그게 무슨 소리야? 여름 내내 혼자 잘 잤잖아. 한 번도 무서워한 적 없잖아."

마릴라가 물었다.

도라가 울음을 그치지 않자 앤은 도라를 안아 올렸다. 도라를 토닥여 주며 앤이 가만히 물었다.

"우리 귀여운 도라, 언니한테 말해 봐. 뭐가 무서워?"

"그게…… 미라벨 코튼네 삼촌이요. 미라벨 코튼이 오늘 학교에서 자기 가족 얘길 다 해 줬어요. 미라벨네 가족들은 거의 다 죽었대요. 할아버지, 할머니 그리고 삼촌들이랑 숙모들도요. 미라벨이 그러는데 자기네 가족들은 죽는 게 습관이래요. 미라벨은 가족들이 죽은 게 막 자랑스러운가 봐요. 왜 죽었는지, 죽을 때 무슨 말을 했는지, 관 속에 있을 때 어땠는지 다 말해 줬어요. 그리고 삼촌 중한 명은 죽은 다음에도 집 주위를 돌아다닌대요. 미라벨 엄마가 봤대요. 다른 건 괜찮은데 그 삼촌 생각이 자꾸 나요."

도라는 계속 훌쩍였다.

앤은 도라를 데리고 2층으로 가 잠들 때까지 곁에 있어 주었다. 다음 날 앤은 쉬는 시간에 미라벨 코튼을 교실에 남으라고 했다. 죽은 다음에도 집 주변을 돌아다니는 삼촌이 있는 건 안된 일이지만, 아직 어린 짝에게 그런 괴상한 신사 이야기를 하는 것은 좋지 않은 일이라고 부드럽지만 단호하게 주의를 주었다. 미라벨로서는 무척 가혹한 일이었다. 코튼네 집안은 자랑거리가 별로 없었던 것이다. 가족 중에 유령이 있다는 걸 내세우지 못한다면 어떻게 친구들 앞에서 잘난 척을 할 수 있을까?

9월은 쏜살같이 지나가고 황금빛과 주홍빛이 일렁이는 10월이 다가왔다. 어느 금요일 저녁 다이애나가 찾아왔다.

"오늘 엘라 킴볼한테서 편지가 왔어, 앤. 우리 보고 내일 오후에 시내에 오래. 시내에 사는 자기 사촌 아이린 트렌트랑 같이 만나서 차를 마시자는 거야. 그런데 우리 집 말들은 내일 다 갈 곳이 있어서 안 되거든. 네 조랑말은 다리를 절고. 못 가겠지?"

그러자 앤이 말했다.

"걸어가지, 뭐. 숲으로 쭉 가면 웨스트그래프턴 길이 나오잖아. 킴볼네 집에서 별로 안 멀어. 지난겨울에 가 봐서 알아. 4마일 정도밖에 안 돼. 집으로 올 땐 올리버 킴볼이 태워 줄 테니까 걸어올 필요도 없고. 올리버는 핑곗거리가 생겼다고 좋아할걸. 캐리 슬론을 만나러 다니는데 아버지가 말을 못 쓰게 하나 봐."

그렇게 하기로 마음먹은 두 소녀는 다음 날 오후에 연인의 오솔길을 지나 커스버트 농장 뒤쪽으로 갔다. 아련하게 보이는 자작나무와 단풍나무 숲 한가운데로 들어서니 주변은 온통 황금색으로 빛나고 있었고 자줏빛 고요와 평화가 가득했다.

앤이 꿈꾸듯 말했다.

"이건 정말 부드러운 형형색색 빛깔이 가득한 거대한 성당에서 무릎 꿇고 기도를 하는 것 같지 않아? 여길 그냥 지나치면 안 될 것 같아. 교회 안을 뛰어다니는 것만큼이나 불경한 일이잖아."

다이애나가 시계를 힐끗 보고선 대답했다.

"그래도 서둘러야 해. 시간이 별로 없어."

앤이 발걸음을 서두르며 말했다.

"그럼 빨리 걸을 테니까 말은 걸지 말아 줘. 난 이렇게 사랑스러운 날을 마셔 버리고 싶으니까. 이 숲이 포도주 같은 공기를 내 입술에 들이미는 것만 같아. 한 걸음 내디딜 때마다 한 모금씩 마실 테야."

갈림길에 이르렀을 때 앤이 왼쪽으로 몸을 튼 것은 포도주 같은 공기를 마시는 일에 마음이 팔렸기 때문이었다. 오른쪽 길로 가야 했지만 앤은 훗날 그것이 자신의 인생에서 가장 운 좋은 실수라는 생각을 하게 되었다. 마침내 풀이 무성한 한적한 길에 다다랐을 때 그곳에는 어린 가문비나무들만 빽빽하게 서 있을 뿐이었다.

어리둥절해진 다이애나가 소리쳤다.

"여기가 어디지? 웨스트그래프턴 길이 아니잖아."

앤도 다소 당황한 목소리였다.

"그러네. 여긴 미들그래프턴의 간선 길이야. 갈림길에서 길을 잘못 들었나 봐. 정확히 여기가 어딘지 모르겠지만 킴볼네 집에서 3마일은 될 거야."

시계를 보며 다이애나가 절망스러운 목소리로 말했다.

"벌써 4시 반이야. 5시까지 갈 수 없을걸. 티타임이 끝난 후에나 도착하게 될 거고, 그럼 우리가 마실 차를 번거롭게 또 내와야 하잖아."

"그냥 집으로 돌아가는 게 낫겠다."

풀 죽은 목소리로 앤이 말했지만 다이애나가 곰곰 생각하더니 말을 꺼냈다.

"아냐, 그래도 여기까지 왔으니까 놀다 가는 게 나을 거야."

조금 더 가자 또 갈림길이 나왔다.

"어디로 가야 할까?"

다이애나가 고민에 빠졌다.

앤은 고개를 저었다.

"모르겠어. 더는 실수하면 안 돼. 이쪽 길은 숲으로 곧장 이어지는 오솔길 초입이야. 그러니까 반대편엔 분명 집이 있을 거야. 가서 물어보자."

"여기에 이렇게 로맨틱한 길이 있는 줄 몰랐어."

구불구불 이어지는 길을 걸으며 다이애나가 말했다. 육중하게 자란 오래된 전나무 가지 아래로는 이끼밖에 자랄 수 없을 만큼 짙은 그늘이 깔려 있었다. 길 양쪽의 갈색 숲으로 여기저기 햇빛이 쏟아져 들어왔다. 세상의 모든 근심과 저 멀리 떨어진 듯 고요하고 외진 곳이었다.

앤이 가만가만 말했다.

"마법의 숲으로 들어온 기분인데? 다시 바깥세상으로 나가는 길을 찾을 수 있을까, 다이애나? 이제 곧 마법에 걸린 공주가 사는 궁전이 나올 것 같은데?"

그다음 모퉁이를 돌자, 궁전까지는 아니었지만 다들 고만고만한 목조 농가들만 있는 이 지역에서 정말 궁전이 나타난 것만큼이나 놀라운 작은 집 한 채가 나타났다. 그도 그럴 것이 이곳 농가들은 같은 씨앗에서 나온 것처럼 얼추 비슷하게 생겼던 것이다. 앤은 넋을 잃은 채 걸음을 멈추었고, 다이애나는 탄성을 질렀다.

"아아, 여기가 어딘지 알겠어. 저긴 미스 라벤더 루이스가 사는 작은 돌집이야. 메아리 오두막이라고 부른대. 얘긴 자주 들었지만 와 본 건 처음이야. 진짜 로맨틱해!"

"이렇게 사랑스럽고 예쁜 곳은 본 적도 없고 상상해 본 적도 없어. 동화책이나 꿈속에서나 나올 법한 집이잖아."

앤이 기쁜 목소리로 말했다.

나지막한 처마가 달린 그곳은 붉은 사암 벽돌로 지어진 집이었다. 작은 지붕 위로 고풍스러운 나무 덮개를 단 지붕창이 두 개 나 있었고 커다란 굴뚝도 두 개가 있었다. 거친 사암을 타고 집 전체를 무성하게 뒤덮은 아이비는 가을 서리를 맞아 너무나 아름다운 구릿빛과 포도주빛을 띠었다.

앤과 다이애나가 서 있는 오솔길 초입부터 길쭉한 네모 모양의 정원이었다. 정원의 한 면으로는 집이 서 있었고, 나머지 세 면은 돌로 쌓아 올린 물길로 둘러싸여 있었다. 이끼와 풀들, 그리고 고사리가 무성하게 자라 물길은 마치 높다란 초록색 둑 같았다. 집의 양쪽으로는 높게 자란 짙은 색 가문비나무가 손바닥처럼 가지를 늘어뜨렸고 나무 아래로 초록빛 토끼풀 목초지가 조그만 비탈을 이루며 푸르게 굽이치는 그래프턴 강으로 이어졌다. 다른 집이나 공터 등은 보이지 않았고 나풀나풀 흔들리는 어린 전나무가 무성한 언덕과 골짜기뿐이었다.

"미스 라벤더 루이스는 어떤 사람일까?"

정원으로 들어가는 문을 열며 다이애나가 생각에 잠긴 얼굴로 중얼거렸다.

"사람들 말론 괴짜라던데."

"그렇담 재미난 분일 거야. 괴짜들은 대부분 재미나거든. 다른 면이야 어떻건 간에 말야. 내가 마법의 궁전이 나타날 거라고 했지? 요정들이 그 길에 마법을 건 건 다 이유가 있었던 거라고."

앤이 확신했다.

다이애나가 웃음을 터뜨렸다.

"그래도 미스 라벤더 루이스가 마법에 걸린 공주님은 아니잖아. 머리가 희끗희끗한 마흔다섯 살 노처녀라던데?"

"그게, 마법에 걸려서 그런 거야. 마음은 여전히 젊고 아름다울 걸. 우리가 마법을 푸는 방법만 알아내면 다시 눈부시게 예뻐질 거야. 물론 우리는 마법을 푸는 방법을 알지 못하겠지. 그건 왕자님만 아는 거니까. 미스 라벤더의 왕자님은 아직 나타나지 않았고. 왕자님한테 피할 수 없는 불행이 닥쳤는지도 몰라. 동화 속 이야기의 법칙이랑은 좀 어긋나지만 말야."

앤이 장담했다.

"안됐지만 왕자님은 오래전에 왔다가 떠나간걸. 미스 라벤더는 옛날에 스티븐 어빙이랑 약혼을 했었거든. 폴 아버지 말야. 말다툼 끝에 헤어졌나 봐."

다이애나가 말했다.

"쉿! 문이 열려 있어."

앤이 다이애나를 말렸다.

두 소녀는 아이비의 덩굴손이 드리워진 현관에서 걸음을 멈추고 열린 문을 노크했다. 안쪽에서 발소리가 또각또각 들려왔고 좀 특이하게 생긴 키 작은 여자가 모습을 드러냈다. 열네 살쯤 되어 보이는 주근깨투성이 얼굴에 들창코였고, 이쪽 귀에서 저쪽 귀까지 길게 이어진 것처럼 보일 만큼 입이 커다란 소녀였다. 긴 금발을 두 갈래로 땋아 커다랗고 파란 리본으로 묶은 모습이었다.

"미스 라벤더가 집에 계세요?"

다이애나가 물었다.

"네, 아가씨. 들어오세요. 미스 라벤더에게 아가씨들이 오셨다고 전할게요. 2층에 계시거든요."

조그만 하녀가 재빠르게 사라지자 둘만 남은 소녀들은 설레는 눈빛을 주고받았다. 이 아담하고 아름다운 집은 멋진 외관만큼이나 실내 장식도 몹시 흥미로웠다.

천장은 낮고 작고 네모진 창문 두 개에는 프릴이 달린 모슬린 커튼이 달려 있었다. 가구는 모두 옛날식이었지만 아주 솜씨 좋게 배치되어 있어 보기에 좋았다. 그래도 가을 날씨에 4마일이나 걸어온 두 건강한 소녀의 눈에 가장 매력적으로 비친 건 뭐니 뭐니 해도 연푸른빛 도자기와 맛있는 음식이 놓인 식탁이었다. 황금빛 여린 고사리가 흐드러지게 장식된 테이블보를 본 앤은 마치 축제 분위기 같다고 생각했다.

앤이 속삭였다.

"미스 라벤더는 티타임 손님들을 기다리고 있었나 봐. 여섯 명분이 차려져 있잖아. 그런데 아까 그 애 정말 재밌지 않았어? 장난꾸러기 요정 나라에서 온 심부름꾼 같던데. 그 애가 우리한테 길을 알려 줄 수도 있었겠지만 난 미스 라벤더가 너무 궁금하더라고. 쉿, 저기 온다."

그때 미스 라벤더 루이스가 문 앞에 모습을 드러냈다. 두 소녀는 너무 놀란 나머지 매너도 잊은 채 빤히 쳐다보기만 했다. 앤과 다이애나는 무심결에 그녀가 이제껏 보아 왔던 독신 여성일 것이라 생각하고 있었다. 그러니까 희끗희끗한 머리를 단정하게 빗어 내리고 안경을 쓴, 다소 깐깐한 모습을 상상했던 것이다. 하지만 라벤더는 두 소녀의 상상과는 완전히 다른 모습이었다.

라벤더는 아름답게 물결치는 숱 많은 새하얀 머리칼을 공들여 부풀린 다음 동그랗게 말아 올린 자그만 여인이었다. 발그레한 뺨과 사랑스러운 입술, 커다랗고 부드러운 갈색 눈동자의 소녀 같은 생김새였다. 특히 보조개가 더 그렇게 보이도록 했다. 그녀의 나이대가 입기에는 유치할 법도 한 옅은 색 장미 장식이 달린 크림색 모슬린 드레스를 입고 있었지만, 라벤더에게는 완벽하게 어울려서 아무렇지도 않았다.

"날 찾아왔다고 네 번째 샬로타가 그러던데요."

목소리도 그녀의 외모와 딱 어울렸다.

다이애나가 말했다.

"웨스트그래프턴으로 가는 길을 여쭤 보려고요. 킴볼 씨 댁에 초대를 받았는데 숲을 지나면서 길을 잘못 들었거든요. 웨스트그래프턴 길이 아니라 간선 도로가 나와 버렸어요. 여기서 오른쪽으로 가야 하나요, 아님 왼쪽으로 가야 하나요?"

"왼쪽이에요."

라벤더가 티 테이블을 살짝 곁눈질하며 대답했다. 그러더니 이내 결심한 듯 말했다.

"저기, 가지 말고 저랑 차 한잔 할래요? 그래 줬음 하는데. 킴볼 씨 댁에 가 봐야 티 파티는 끝났을걸요. 아가씨들이 함께해 주면 네 번째 샬로타랑 전 정말 기쁠 거예요."

다이애나는 어떻게 할까 묻는 얼굴로 앤을 바라보았다.

앤은 흥미롭기 그지없는 라벤더가 궁금했기 때문에 곧바로 대답했다.

"그러고 싶어요. 실례가 되지 않는다면요. 그런데 손님을 기다리고 계셨던 거 아녜요?"

티 테이블을 다시 쳐다보던 라벤더의 뺨이 붉어졌다.

"아가씨들 눈엔 제가 정말 바보 같아 보일 거예요. 맞아요, 전 바보예요. 이런 걸 들키면 부끄럽겠지만 들키지 않으면 부끄러워하지도 않아요. 올 손님은 없어요. 그냥 그런 척하는 거죠. 많이 외로웠거든요. 난 손님이 오는 걸 좋아해요. 물론 마음이 맞는 손님이어야겠지만. 하지만 여긴 너무 외진 곳이라 찾아오는 사람이 거의 없어요. 네 번째 샬로타도 나만큼이나 외로워해요. 그래서 티 파티를 하는 척하고 있었어요. 요리도 하고 테이블도 꾸미고요. 또 어머니가 결혼식 때 썼던 도자기도 꺼내고 예쁘게 차려입는 거죠."

다이애나는 과연 소문대로 라벤더가 괴짜라는 생각을 했다. 마흔다섯 살이 된 여자가 어린 여자아이처럼 티 파티 소꿉놀이를 하고 있다니! 하지만 신이 난 앤은 눈을 반짝이며 외쳤다.

"미스 라벤더도 상상을 하시나 봐요!"

라벤더는 앤의 말에서 동질감을 느꼈다.

그녀가 솔직하게 털어놓았다.

"그럼요. 상상을 하죠. 나처럼 나이 든 사람이 그러는 건 좀 우습겠지만요. 하지만 우습다고 한들 하고 싶으면 해야죠. 남한테 해를 주는 것도 아니잖아요. 혼자 사는 노처녀한테 달리 무슨 낙이 있겠어요. 사람한텐 보상이 필요하잖아요. 종종 이런 상상을 하면서 외로움을 잊는 거죠. 그렇다고 자주 이러는 건 아녜요. 네 번째 샬로타가 떠들고 다니지도 않고요. 그래도 오늘 이렇게 된 건 다행이네요. 아가씨들이 정말 와 주었고 티 테이블도 다 마련되어 있으니까요. 손님방으로 올라가서 모자를 벗어 둘래요? 계단 위에 있는 하얀 문이에요. 난 부엌으로 가서 네 번째 샬로타가 차를 잘 끓이고 있는지 봐야겠어요. 네 번째 샬로타는 착한 아이지만 걸핏하면 차를 태우거든요."

라벤더는 들뜬 마음에 부엌으로 달려갔고 앤과 다이애나는 손님방으로 올라갔다. 문처럼 하얗게 칠해진 손님방은 아이비 덩굴이 늘어뜨려진 지붕창으로 빛이 스며들고 있었다. 앤의 말처럼 행복한 꿈이 자라는 공간 같았다.

"모험이라도 하는 것 같지 않아? 미스 라벤더는 좀 별나긴 해도 좋은 사람 같아. 노처녀 같지도 않고."

다이애나가 말했다.

"마치 음악 같은 사람인걸."

앤이 대답했다.

두 소녀가 아래층으로 내려가자 라벤더는 찻주전자를 가져왔다. 굉장히 신이 난 표정의 네 번째 샬로타가 갓 구운 비스킷 접시를 들고 라벤더의 뒤를 따랐다.

라벤더가 물었다.

"이름이 뭐예요? 젊은 아가씨들이라 반가워요. 난 아가씨들을 좋아하거든요. 아가씨들이랑 같이 있으면 나도 젊어지는 것 같고요. 난 정말이지……"

그녀는 얼굴을 살짝 찡그렸다.

"내가 늙었단 생각이 드는 게 싫거든요. 참, 이름이 뭐랬죠? 다이애나 배리? 앤 셜리? 그럼 우리 아주 오랜 시간 알고 지냈다 치고 그냥 앤, 다이애나라고 불러도 될까요?"

"그럼요."

두 소녀는 동시에 대답했다.

라벤더가 행복한 얼굴로 말했다.

"그럼 편하게 앉아서 맛있게들 들어요. 샬로타, 너도 끝자리에 앉아서 닭고기를 먹고. 스펀지케이크랑 도넛을 굽길 잘했네요. 물론 상상 속 손님들을 위해 요리를 한다는 건 바보 같은 짓이지만. 네 번째 샬로타도 내가 좀 바보 같아 보였지? 하지만 보다시피 잘됐잖아. 손님이 안 온다 해도 음식을 버리는 일은 없었을 거예요. 시간이 걸리긴 해도 샬로타랑 제가 다 먹었을 테니까요. 스펀지케이크야 오래 두면 안 되는 거지만."

두고두고 기억에 남을 만한 식사였다. 식사가 끝나자 다들 매혹적인 석양빛에 물든 정원으로 나왔다.

"이렇게 아름다운 곳은 처음이에요."

다이애나가 감탄 어린 얼굴로 주변을 둘러보았다.

"왜 여길 메아리 오두막이라고 부르는 거예요?"

앤이 물었다.

"샬로타, 안에 들어가서 시계 선반에 걸어 둔 작은 호른을 가져올래?"

라벤더가 말했다.

네 번째 샬로타가 얼른 쫓아가 호른을 가져왔다.

"불어 봐, 샬로타."

라벤더가 말했다.

샬로타는 귀에 거슬리도록 삑삑거리며 호른을 불었다. 한순간 정적이 흐르더니 강 너머 숲에서 너무도 아름답고 은은한 메아리가 울려왔다. 요정 나라의 호른들이 석양에 부딪혀 소리를 내는 것만 같았다. 앤과 다이애나가 탄성을 질렀다.

"이제 웃어 볼래, 샬로타? 아주 크게 말야."

라벤더가 물구나무서기를 하라고 해도 그대로 따랐을 샬로타는 돌 벤치에 올라가 큰 소리로 웃었다. 그러자 자줏빛 숲과 전나무 기슭에서 메아리가 돌아왔다. 수많은 장난꾸러기 요정들이 샬로타의 웃음소리를 흉내라도 내는 것 같았다.

라벤더는 메아리가 자기 것인 양 말했다.

"사람들은 우리 집 메아리에 늘 감탄을 해요. 나도 정말 좋아하고요. 조금만 상상력을 더하면 아주 좋은 친구가 되죠. 고요한 저녁이면 네 번째 샬로타랑 나는 여기 나와 앉아서 메아리랑 놀곤 해요. 샬로타, 호른을 잘 갖다 두고 와."

호기심이 가득한 얼굴로 다이애나가 물었다.

"왜 네 번째 샬로타라고 부르시는 거예요?"

라벤더가 진지한 목소리로 대답했다.

"내 기억 속 다른 샬로타들이랑 헷갈리지 않으려고요. 그 애들은 하도 닮아서 구분이 안 가거든요. 저 아이 이름은 사실 샬로타가 아녜요. 가만…… 뭐더라. 레오노라…… 맞아요, 레오노라예요. 그러니까 이렇게 된 거예요. 10년 전 어머니가 돌아가시고 난 다음, 난 여기서 혼자 살 수가 없었어요. 그렇다고 다 큰 하녀를 돈 주

고 쓸 만한 형편도 아니었고요. 그래서 어린 샬로타 보먼을 데려와
서 재워 주고 입혀 주면서 같이 살았어요. 그 애가 진짜 샬로타였
죠. 첫 번째 샬로타. 그때가 열세 살이었어요. 열여섯 살 때까지 저
랑 살다가 보스턴으로 떠났어요. 그 애한텐 거기가 더 나았거든요.
그다음엔 샬로타 여동생이 왔어요. 줄리에타였어요. 아무래도 보
먼 부인은 예쁜 이름을 지을 줄 모르는 사람이었나 봐요. 어쨌든
줄리에타는 샬로타랑 정말 닮아서 난 그냥 그 애를 샬로타라고 불
렀어요. 그 애도 개의치 않았고요. 그래서 나도 그 애의 진짜 이름
을 굳이 외우려고 하지 않았어요. 그 애가 두 번째 샬로타예요. 두
번째 샬로타가 떠난 다음에 에빌리나가 왔고 세 번째 샬로타가 되
었죠. 지금은 네 번째 샬로타랑 살고 있지만 저 애가 열여섯 살이
되면…… 지금 열네 살이거든요, 네 번째 샬로타도 보스턴으로 가
고 싶어 할 거예요. 그땐 나도 어떻게 해야 할지 잘 모르겠어요. 네
번째 샬로타가 보먼 자매 중 막내거든요. 그리고 제일 낫고요. 다
른 샬로타들은 다들 나를 이상한 여자라 생각하는 티를 냈지만 네
번째 샬로타는 절대 안 그래요. 속으론 어떤 생각을 하건 말예요.
난 사람들이 나한테 티를 내지만 않으면 나에 대해 뭐라 하건 상관
없거든요."

"그런데 저기……"

다이애나가 저무는 해를 바라보며 아쉬운 듯 말을 꺼냈다.

"어두워지기 전에 킴볼 씨 댁에 도착하려면 지금 일어서야 할 것 같아요. 정말 즐거운 시간이었어요, 미스 라벤더."

"다시 놀러 와 줄래요?"

라벤더가 말했다.

키가 큰 앤은 자그마한 라벤더의 어깨에 팔을 두르며 말했다.

"꼭 그럴게요. 미스 라벤더가 여기 사시는 걸 알았으니까 지겨워하실 때까지 올 거예요. 오늘은 이만 갈게요. 폴 어빙이 초록지붕집에 올 때마다 하는 소리처럼, 이젠 뿌리치고 떠나야겠어요."

"폴 어빙? 그게 누구죠? 에이번리에 그런 이름을 가진 사람이 있었던가요?"

라벤더의 목소리가 미묘하게 떨렸다.

경솔하게 말을 뱉은 앤이 당황했다. 라벤더의 옛사랑 이야기를 깜박하고 폴의 이름을 말해 버리다니.

"우리 반 학생이에요. 보스턴에서 살다가 작년에 할머니랑 같이 지내려고 왔어요. 바닷가에 사는 어빙 부인 말예요."

앤이 차분히 설명했다.

"그럼 스티븐 어빙의 아들?"

라벤더 꽃밭으로 몸을 숙여서 라벤더의 얼굴이 보이지 않았다.

"네."

라벤더는 질문에 대한 대답을 듣지 못한 사람처럼 가볍게 말했다.

"아가씨들한테 라벤더 한 다발씩을 줄게요. 진짜 예쁘죠? 우리 어머니는 라벤더를 항상 좋아했어요. 아주 오래전에 이 꽃들을 심었죠. 아버지도 라벤더를 아주 좋아해서 내 이름도 라벤더로 지었어요. 아버지는 어머니의 오빠를 따라 이스트그래프턴에 있는 어머니 집에 왔다가 어머니를 처음 만났어요. 그러곤 첫눈에 반해 버렸죠. 그날 손님방에서 머무는데 시트에서 라벤더 향기가 나는 바람에 한숨도 못 자고 어머니 생각만 했다지 뭐예요. 그 후로 아버진 라벤더 향기를 좋아하게 됐고 내게 이름까지 붙여 주게 된 거예요. 꼭 다시 와요, 아가씨들. 네 번째 샬로타랑 내가 기다리고 있을 테니까."

라벤더는 전나무 아래로 난 문을 열어 주며 배웅했다. 갑자기 라벤더의 얼굴에서 생기가 사라지고 피곤하고 나이 든 기색이 떠올랐다. 헤어질 때만 해도 여전히 젊고 다정한 미소를 짓고 있었지만, 앤과 다이애나가 오솔길 첫 모퉁이에서 돌아보았을 때 그녀는 정원 한가운데 은빛 포플러나무 아래 돌 벤치에 앉아 지친 듯 손으로 머리를 짚고 있었다.

다이애나가 나직이 말했다.

"외로워 보여. 자주 와야 할 것 같아."

앤이 말했다.

"미스 라벤더의 부모님은 정말 이름을 잘 지어 주신 것 같아. 그분들이 무턱대고 엘리자베스나 넬리, 뮤리얼 같은 이름을 지어 줬대도 아마 라벤더라 불렀겠지만. 달콤하고 고풍스러운 데다 비단옷 같은 느낌이 드는 이름이야. 그에 비하면 내 이름은 빵이나 버터, 조각보, 또 허드렛일 같은 느낌이 나는데 말야."

"아냐, 그렇지 않아. 앤이란 이름은 진짜 위엄 있고 여왕 같은 느낌인걸. 물론 네 이름이 케런해푸치였어도 좋아했을 거야. 그 사람이 어떤 사람인지에 따라 이름이 예쁠 수도 추할 수도 있다고 생각해. 지금 난 조시나 거티란 이름만 들어도 질색을 하지만 파이네 자매들을 알기 전까진 진짜 예쁜 이름이라 생각했거든."

앤이 신이 나서 말했다.

"그거 멋진데, 다이애나. 처음부터 이름이 예쁘진 않았더라도 자기 이름을 예쁘게 만들어 가는 거지. 사람들 마음속에 사랑스럽고 좋은 기억을 남겨서 이름 자체로만 기억되지 않도록 말야. 고마워, 다이애나."

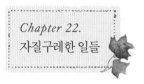

다음 날 아침 식사를 하며 마릴라가 말했다.

"그래, 라벤더 루이스랑 돌집에서 차를 마셨다고? 라벤더는 요즘 어땠던? 마지막으로 본 지 15년이 지났네. 어느 주일에 그래프턴 교회에서 본 게 마지막이니까 많이 변했을 거야. 데이비 키스, 손이 닿지 않으면 부탁을 하라고 했지? 그렇게 식탁 위로 팔을 뻗지 말고. 폴 어빙이 여기서 식사할 때 너처럼 그러는 적이 있던?"

데이비가 투덜거렸다.

"폴은 나보다 팔이 길잖아요. 폴의 팔은 11년이나 자랐지만 내 팔은 7년밖에 안 자랐단 말예요. 그리고 내가 부탁했는데 아줌마랑 누나가 얘기하느라 바빠서 제 말은 듣지도 않았으면서. 게다가 폴은 여기서 차만 마셨지 식사를 한 적은 없어요. 아침 먹는 것보다 차 마시는 게 훨씬 더 쉽고요. 배가 안 고프니까요. 저녁을 먹고 다시 아침을 먹기까진 너무 오래 기다려야 해요. 앤 누나, 이젠 한 숟가락 가득 떠도 작년만큼 많게 느껴지진 않아. 난 엄청 많이 컸어."

앤은 데이비를 달래기 위해 두 스푼 가득 메이플 시럽을 떠 준 다음 말했다.

"예전엔 어땠는지 모르지만 미스 라벤더는 별로 변한 게 없을 거예요. 머리는 하얗지만 얼굴은 생기가 넘쳐서 소녀 같았거든요. 게다가 갈색 눈동자가 정말 예뻤어요. 황금빛으로 반짝이는 나무 빛깔 같던걸요. 하얀 비단이랑 물방울 소리랑 요정들의 종소리가 한데 섞인 것 같은 목소리였고요."

마릴라가 말했다.

"젊었을 때 라벤더는 정말 예쁘단 소릴 들었어. 라벤더를 잘 알진 못하지만 내가 아는 한은 좋아했어. 그때도 몇몇 사람들은 라벤더를 괴짜라고 생각했지. 데이비, 그런 장난을 하는 걸 나한테 또 걸리면 다들 식사를 마칠 때까지 먹지 못하게 할 거야. 프랑스 사람들처럼 말야."

마릴라와 앤이 쌍둥이 앞에서 이야기를 나눌라치면 데이비를 꾸짖느라 종종 대화가 끊기곤 했다. 이 순간에도 데이비는 남은 시럽이 잘 떠지지 않자 두 손으로 접시를 들고 분홍빛 혀로 핥아먹는 중이었다. 앤이 기겁을 하고 쳐다보자 이 조그만 말썽쟁이는 부끄러움에 얼굴이 빨개졌으면서도 반항적으로 말했다.

"말끔하게 다 먹으려고 이러는 거야."

앤은 마릴라를 향해 말을 이었다.

"다른 사람들이랑 다르면 다들 괴짜라고 하죠. 미스 라벤더는 확실히 남들이랑은 달라요. 딱히 어떤 게 다른지 꼬집어 말하긴 어렵지만요. 아마 절대 늙지 않는 사람이기 때문일 거예요."

그러자 마릴라가 꽤나 단호하게 말했다.

"남들과 비슷하게 늙어 가는 게 좋은 거야. 안 그러면 어울리기가 힘들어. 내가 보기에 라벤더 루이스는 모든 것에서 떨어져 나간 거야. 사람들이 라벤더를 잊어버릴 때까지 그 외딴집에서 살았잖아. 그 돌집은 프린스에드워드 섬에서 제일 오래된 집이야. 80년 전에 루이스 씨가 영국에서 건너와서 지은 거니까. 데이비, 도라 팔꿈치를 왜 흔드니? 내가 다 봤어! 어디서 시치미야. 오늘 아침따라 왜 이러니?"

데이비가 말했다.

"침대 반대편으로 내려와서 그런가 봐요. 밀티 볼터가 그러는데 침대 반대편으로 내려오면 하루 종일 재수가 없대요. 걔네 할머니가 그랬대요. 근데 어느 쪽이 똑바른 쪽이에요? 침대가 벽에 붙어 있으면 어떻게 되는 거예요? 궁금해요."

데이비의 말에도 아랑곳 않고 마릴라는 이야기를 계속했다.

"난 스티븐 어빙이랑 라벤더 루이스가 왜 헤어졌는지 늘 궁금하더라고. 25년 전에 분명히 약혼을 했는데 어느 순간 갑자기 헤어졌지. 뭔진 모르겠지만 심각한 일이었나 봐. 그 후로 스티븐 어빙이 미국으로 떠나선 돌아오지 않은 걸 보면 말야."

"아주 지독한 문제는 아니었을지도 몰라요. 살다 보면 큰일보다 사소한 일이 문제가 될 때가 더 많잖아요."

경험은 부족할지언정 앤에게는 깊은 통찰력이 있었다.

"마릴라, 미스 라벤더네 집에 갔었던 일은 린드 부인께 비밀로 해 주세요. 온갖 질문을 퍼부어 댈 텐데 그게 싫거든요. 미스 라벤더도 그걸 알면 기분이 좋지 않을 거예요."

마릴라가 끄덕였다.

"레이첼이 궁금해할 게 빤하지. 예전처럼 남들 일에 참견할 시간이 별로 없긴 하지만. 토마스 때문에 집 밖으로 나가기 어렵거든. 레이첼은 요즘 마음이 많이 안 좋아. 토마스가 나을 거란 희망을 버리기 시작한 모양이야. 토마스한테 무슨 일이 생기기라도 하면 레이첼이 많이 외로워질 텐데. 샬럿타운에 사는 엘리자만 빼고 레이첼네 아이들은 다 서부에 살잖니. 그리고 엘리자는 남편이랑 사이도 안 좋다나 봐."

그건 마릴라가 엘리자를 잘못 알고 있는 것이었다. 엘리자는 남편을 무척 좋아하고 있었다.

"레이첼은 토마스가 나아질 거란 의지만 가지면 될 거라고 생각해. 하지만 의지가 약한 사람한테 당장 일어나라고 한들 무슨 소용이야?"

마릴라가 말을 이었다.

"토마스 린드는 의지라곤 눈곱만큼도 없는 사람이야. 결혼 전까지 어머니가 시키는 대로만 살았고 이후론 레이첼 말만 들었잖아. 토마스가 레이첼 허락도 없이 아프다는 게 놀라울 지경인걸. 아유, 그래도 이런 말은 하면 안 되는데. 레이첼은 토마스한텐 좋은 아내였어. 토마스는 레이첼 없인 아무것도 못 했을 거야. 타고나길 그렇게 태어났거든. 레이첼처럼 영리하고 능력 있는 여자를 만난 게 다행이지. 토마스는 레이첼이 뭘 하든 개의치 않았어, 굳이 자기가 다 알아서 하지 않아도 됐거든. 데이비, 뱀장어처럼 그렇게 꼼지락거리지 마."

"할 게 없단 말예요. 식사도 다 했고 아줌마랑 누나가 먹는 걸 쳐다보는 것도 재미없어요."

데이비가 항변했다.

"그럼 도라랑 나가서 암탉 모이나 줘. 또 흰 수탉 꼬리에서 깃털 뽑을 생각 따윈 말고."

마릴라가 말했다.

"인디언 머리 장식을 만들어야 해서 깃털이 필요했던 거예요. 밀티 볼터는 자기 엄마가 늙은 흰 칠면조를 잡을 때 뽑아 준 깃털로 만든 멋진 머리 장식이 있어요. 깃털 몇 개만 뽑으면 안 돼요? 수탉한텐 깃털이 남아도는데."

데이비가 볼멘소리를 했다.

"다락에 가 보면 깃털로 만든 헌 먼지떨이가 있어. 그걸 가져. 내가 초록이랑 빨강, 노랑으로 물들여 줄게."

앤이 말했다.

"쟤 버릇은 네가 다 망쳐 놓고 있는 거야."

신이 난 얼굴로 데이비가 도라를 따라 밖으로 나가자 마릴라가 말했다. 마릴라는 지난 6년간 아이를 가르치는 데에 있어 엄청나게 진일보했지만 아직도 응석을 너무 받아 주는 것이 나쁘다는 생각에서 벗어나지는 못했다.

앤이 말했다.

"데이비랑 같은 반 아이들은 전부 인디언 머리 장식을 갖고 있어요. 데이비도 갖고 싶을 거예요. 전 그 기분을 알거든요. 다른 여자애들이 전부 퍼프소매 드레스를 입을 때 그게 얼마나 입고 싶었는데요. 데이비는 버릇이 나빠진 게 아녜요. 매일 나아지고 있는걸요. 작년에 여기 왔을 때랑 얼마나 달라졌는지 떠올려 보세요."

마릴라도 인정했다.

"하긴 학교에 들어간 이후론 덜해졌지. 다른 녀석들이랑 노느라 바쁜 모양이야. 그나저나 리처드 키스가 연락이 없네. 지난 5월 이후론 깜깜무소식이잖아."

접시를 치우며 앤이 한숨을 쉬었다.

"전 연락이 올까 봐 더 걱정인걸요. 쌍둥이를 데려간달까 봐 겁이 나서 편지도 못 뜯어 볼 것 같아요."

한 달 후 편지가 도착했다. 하지만 리처드 키스의 편지는 아니었다. 리처드 키스가 2주 전에 폐결핵으로 죽었다는 소식을 그의 친구가 알려 온 것이었다. 편지를 쓴 사람은 리처드의 유언장 집행인이었다. 유언장에는 데이비와 도라 키스가 성인이 되거나 결혼을 할 때까지 마릴라 커스버트에게 총 2천 달러를 맡긴다고 쓰여 있었다. 그동안 쌓일 이자는 양육비로 써 달라는 내용도 있었다.

앤이 가라앉은 목소리로 말했다.

"누군가의 죽음에 관련된 일로 기뻐한다는 건 끔찍한 일이겠죠. 키스 씨 소식은 안됐지만 쌍둥이를 보내지 않아도 돼서 기뻐요."

마릴라가 현실적인 이야기를 했다.

"돈을 남겨 준 것도 정말 고맙네. 쌍둥이를 키우고는 싶었지만 애들이 더 크면 어쩌나 막막했거든. 농장 임대료라 해 봤자 살림하기에도 빠듯한 돈이고, 네 돈을 쌍둥이한테 들이고 싶은 마음은 전혀 없었어. 그렇잖아도 네가 아이들한테 얼마나 잘해 주는데. 도라한테 새 모자를 사 줄 필요도 없었어. 고양이한테 어디 꼬리가 두개나 필요하더냐? 어쨌든 이제 큰 걱정 없이 애들을 키울 수 있게됐네."

데이비와 도라는 초록지붕집에서 영영 살 수 있게 되었다는 소식에 기뻐했다. 한 번도 본 적 없는 삼촌의 죽음보다 초록지붕집에서 사는 일이 훨씬 중요했다. 하지만 도라에게는 한 가지 걱정거리가 있었다.

"리처드 삼촌은 땅에 묻혔어요?"

도라는 앤에게 귓속말로 물었다.

"응, 그랬어."

"그럼……. 그 삼촌은…… 미라벨 코튼네 삼촌 같진 않겠죠?"

한층 더 겁먹은 목소리였다.

"땅에 묻힌 다음에도 집 주위를 돌아다니진 않겠죠? 앤 언니, 그렇겠죠?"

"저녁에 메아리 오두막으로 산책을 갈까 해요."

12월의 어느 금요일 오후, 앤이 말했다.

"눈이 올 것 같은데?"

걱정스러운 듯 마릴라가 대답했다.

"눈이 오기 전에 도착할 거고 오늘 밤은 거기서 자고 오려고요. 다이애나는 손님이 와서 못 간대요. 미스 라벤더가 분명 기다리고 있을 거예요. 다녀온 지 꼬박 2주나 됐거든요."

10월의 그날 이후로 앤은 메아리 오두막을 자주 찾아갔다. 다이애나와 함께 마차를 끌고 가기도 했고 숲 속으로 걸어가기도 했다. 다이애나가 갈 수 없을 때에는 앤 혼자서 갔다. 앤과 라벤더 사이에는 마음과 영혼 속에 젊음의 생기를 간직한 여인과 상상과 직감으로 경험을 대신하는 소녀 사이에서만 가능한 열정적이고 유익한 우정이 생겨났다. 앤은 마침내 영혼이 닮은 친구를 찾아낸 것이었다. 앤과 다이애나는 자그마한 여인의 외롭고 꿈 같은 은둔 생활에 바깥세상의 온전한 기쁨과 활기를 불어넣어 주었다. 세상을 잊고, 세상 사람들에게도 잊힌 라벤더가 오래전부터 느끼지 못하고 살던 것이었다. 두 소녀는 돌집에 젊음과 현실감을 가져다주었다. 네 번째 샬로타도 언제나 앤과 다이애나를 환하게 웃으며 맞이했다. 입이 찢어져라 웃을 정도였다. 샬로타도 앤과 다이애나가 찾아오는 것이 기뻤지만 사실 사랑하는 여주인에게 좋은 일이었기 때문이었다. 그해 느리게 지나간 아름다운 가을에 아담한 돌집에서 열린 유쾌한 만남만큼 즐거운 자리는 없었다. 11월도 다시 10월로 돌아간 것 같았고 12월에도 여름 같은 햇살과 아지랑이가 너울거리는 듯했다.

하지만 그날만큼은 12월이 이제 겨울이라는 것을 기억해 낸 것처럼 갑자기 흐리고 음울해졌다. 바람 한 점 없었고 눈이 쏟아질 듯했다. 그래도 앤은 미로처럼 울창한 잿빛 너도밤나무 숲을 즐겁게 걸어갔다. 혼자였지만 하나도 외롭지 않았다. 상상 속 사람들이 즐거운 동행이 되어 주었다. 그들과는 현실 속 사람들보다 훨씬 재치 있고 매혹적인 이야기를 나눌 수 있었다. 현실에서는 그런 서슴없는 대화가 힘들 때가 많았다. 상상의 대화 속에서는 모두들 듣고 싶은 이야기와 하고 싶은 이야기를 털어놓을 수 있었다. 보이지 않는 동행들과 숲을 가로질러 전나무 오솔길에 이르렀을 때 솜털 같은 눈송이가 하늘하늘 날리기 시작했다.

첫 번째 모퉁이 길에서 앤은 널따랗게 가지를 뻗은 커다란 전나무 아래에 서 있는 라벤더를 보았다. 라벤더는 따뜻해 보이는 붉은색 가운을 입고 머리와 어깨에 은회색 비단 숄을 두르고 있었다.

"전나무 숲 요정들의 여왕 같으신걸요."

앤이 즐겁게 소리쳤다.

라벤더가 다가오며 말했다.

"오늘 밤 네가 올 줄 알았어, 앤. 네 번째 샬로타가 없는 터라 더 반갑네. 어머니가 아파서 오늘 집에 갔거든. 네가 안 왔다면 많이 외로웠을 거야. 꿈이랑 메아리만으론 부족했을걸. 앤, 오늘 정말 예쁜데!"

라벤더는 걸어오느라 뺨이 발그레하게 물든 키 크고 날씬한 소녀를 올려다보며 뜬금없이 덧붙였다.

"어쩜 이렇게 젊고 예쁠까! 열일곱 살은 정말 좋을 때야, 그렇지? 진짜 부러운걸."

앤이 미소 지었다.

"미스 라벤더도 마음은 열일곱이잖아요."

라벤더가 한숨을 쉬었다.

"아냐, 난 늙었지. 중년인걸. 중년이란 말이 더 싫어. 안 늙은 척할 때도 종종 있지만 대개는 늙었단 걸 깨닫지. 그래도 보통 여자들처럼 늙었단 사실을 받아들이기가 어려워. 처음 흰머리를 발견했을 때나 지금이나 똑같이 기분이 나빠지는걸. 앤, 억지로 이해하는 척은 말아. 열일곱이 이해할 수 있는 일이 아냐. 오늘은 나도 열일곱 살인 척할래. 너랑 같이 있으니까 그럴 수 있지. 넌 언제나 선물처럼 젊음을 갖고 오더라. 즐거운 저녁 시간을 보내자. 차부터 마시고……. 무슨 차로 할래? 먹고 싶은 것도 골라 봐. 맛있고 금방 배가 꺼지지 않는 걸로 말야."

그날 밤 아담한 돌집에서는 웃음소리가 까르르 터졌다. 요리를 해서 실컷 먹고 캔디도 만들고 큰 소리로 웃었으며 상상도 했다. 마흔다섯 살의 독신녀와 점잖은 학교 선생이라 하기에는 도저히 어울리지 않을 정도였다. 피곤해지자 두 사람은 응접실에 있는 벽난로 앞 러그에 앉았다. 난롯불만이 은은하게 비쳤고 라벤더가 벽난로 위 선반에 놓아둔 장미 꽃병에서 달콤한 향기가 번졌다. 바람이 점점 거세져 처마 주위에서 구슬픈 소리를 냈고 수많은 눈보라 요정들이 현관문을 두드리듯 눈송이가 창문에 살포시 부딪혔다.

라벤더가 캔디를 조금씩 깨물어 먹으며 말했다.

"와 줘서 기뻐, 앤. 네가 없었다면 우울했을 거야. 그것도 아주 많이. 햇살 좋은 낮엔 꿈이랑 상상만으로도 좋지만 어둡고 눈보라 치는 날엔 그렇지 않거든. 그럴 땐 실제로 존재하는 걸 원하게 되지. 넌 잘 모를 거야. 열일곱엔 알 수 없는 거야. 열일곱 나이엔 언젠가 꿈이 이루어질 거라 믿으니까 꿈꾸는 것만으로도 만족할 수 있잖아. 앤, 나도 열일곱 살 땐 내가 꿈속을 헤매는 마흔다섯 노처녀가 되어 있을 줄 몰랐어."

"노처녀 아녜요. 노처녀는 타고나는 거지 만들어지는 게 아니잖아요."

앤은 아쉬움에 젖은 라벤더의 갈색 눈동자를 바라보며 미소를 지었다.

"어떤 사람은 타고나고 어떤 사람은 일부러 노처녀가 되기도 하지만, 어쩔 수 없이 노처녀가 되는 사람도 있지."

라벤더가 앤의 말을 기발하게 따라 했다.

"그렇담 미스 라벤더는 일부러 노처녀가 된 사람이겠네요. 게다가 너무 아름다운 노처녀라서 모든 노처녀가 미스 라벤더 같기만 하다면 노처녀가 되는 것도 유행이 될걸요."

앤이 웃음을 터뜨렸다.

라벤더가 골똘한 표정으로 말했다.

"난 뭐든지 열심히 하려고 했어. 그래서 노처녀가 될 바에야 아주 멋진 노처녀가 되기로 마음을 먹었지. 사람들은 이런 내가 희한하다고 해. 흔히 보이는 노처녀들처럼 살지 않고 나만의 방식대로 사니까 말야. 앤, 스티븐 어빙이랑 나에 대해 들은 적 있니?"

"네. 약혼했던 사이라고요."

앤이 솔직하게 대답했다.

"그래……. 25년 전이니까 아주 까마득한 얘기지. 이듬해 봄에 결혼하기로 했었어. 어머니랑 스티븐만 아는 얘기긴 하지만 웨딩 드레스도 만들어 둔 참이었어. 어찌 보면 우린 평생을 약혼한 사이로 산 건지도 몰라. 스티븐 어머니가 우리 어머니를 만나러 오면서 꼬마 스티븐을 데리고 왔거든. 두 번째로 왔을 때 스티븐은 나중에 커서 나랑 결혼을 하기로 마음을 먹었다며 정원에서 고백을 했지 뭐야. 그때 스티븐이 아홉 살이었고 난 여섯 살이었는데 말이지. 내가 고맙다고 대답을 했었어. 스티븐이 돌아간 다음에 난 어머니한테 노처녀가 되는 게 제일 무서웠는데 이제 걱정을 덜었다고 진지하게 얘기했어. 어머니가 얼마나 웃었는지 몰라!"

"그런데 뭐가 잘못됐던 거예요?"

앤이 나직이 물었다.

"정말 바보 같기 그지없는 평범한 말다툼이었어. 얼마나 사소한 일이었던지 어쩌다 그런 다툼이 시작되었는지도 기억이 안 난다니까. 누가 더 잘못한 건지도 모르겠어. 시작은 스티븐이 했지만 내가 어리석게도 화를 돋웠겠지. 스티븐한텐 라이벌이 두엇 있었거든. 난 허세를 부리면서 스티븐을 좀 놀려 댔어. 스티븐은 예민하고 곧잘 흥분하는 사람이었어. 그러니 우린 둘 다 화가 난 채로 헤어졌지 뭐야. 그래도 난 다 잘 풀릴 거라 생각했어. 스티븐이 그렇게 빨리 찾아오지만 않았어도 별일 없었을 텐데. 앤, 이런 말 좀 그렇지만······."

라벤더는 마치 살인을 좋아한다는 고백을 하기라도 할 것처럼 목소리를 낮추었다.

"난 잘 토라지는 사람이야. 아아, 그렇게 웃지 마. 진짜로 그래. 난 정말 잘 토라져. 스티븐은 내 맘이 풀어지기도 전에 돌아왔어. 난 그 사람 말을 들으려 하지도 않았고 용서할 생각도 없었지. 그래서 스티븐은 영영 떠나 버린 거야. 자존심 강한 그 사람은 다시 돌아오지 않았어. 난 스티븐이 돌아오지 않아서 또 토라졌고. 내가 연락할 수도 있었지만 그러기엔 내 자존심이 허락지 않았지. 자존심이라면 그 사람이나 나나 마찬가지였으니. 잘 토라지는 데다가 자존심까지 세면 정말 답이 없어, 앤. 난 다른 사람을 사랑할 수도 없었고 그러고 싶지도 않았어. 스티븐 어빙이 아닌 다른 사람과 결혼을 하느니 노처녀가 되는 게 나을 것 같았지. 지금 와 생각하면 다 꿈같아. 뭘 그렇게 연민 어린 눈으로 쳐다보니, 앤. 열일곱 살만이 지을 수 있는 연민의 표정이네. 너무 그럴 것 없어. 사랑은 잃었지만 만족하면서 잘 살고 있는걸. 스티븐 어빙이 다시는 돌아오지 않을 거란 걸 깨달았을 땐 가슴이 그렇게 아플 수가 없었어. 하지만 앤, 실제로 가슴이 아프다는 건 책에서 보는 것만큼 그렇게 심하진 않아. 별로 로맨틱한 비유는 아니지만 치통 같은 거랄까. 이따금 고통이 밀려오면 잠을 못 이룰 만큼 힘들지만 그런 사이사이에도 아무 일 없는 듯 인생을 살고 꿈을 꾸고 또 메아리랑 땅콩 캔디를 즐기니까 말야. 좀 실망한 얼굴이네? 내가 비극적인 기억을 품고 있으면서도 겉으로는 용감하게 미소 짓고 있다고 생각한 조금 전보단 덜 흥미롭겠지. 앤, 그게 산다는 일의 가장 나쁜 점이기도 하고 가장 좋은 점이기도 해. 현실은 우리를 불행한 채로 내버려 두지 않아. 아무리 슬픔에 푹 빠지려고 마음을 먹어도 삶은 우리를 편안하게 만들어 주려고 계속 애를 쓰거든. 이 캔디 진짜 맛있지 않아? 벌써 많이 먹었지만 신경 안 쓰고 더 먹어야겠어."

잠깐 조용하던 라벤더가 불쑥 말을 꺼냈다.

"네가 여기 처음 왔을 때 스티븐에게 아들이 있단 얘길 듣고 얼마나 놀랐는지 아니, 앤? 그 뒤로 얘길 꺼낸 적은 없지만 그 애가 엄청 궁금했어. 어떤 애야?"

"제가 아는 아이 중 제일 사랑스럽고 예뻐요, 미스 라벤더. 그리고 폴은 미스 라벤더랑 저처럼 상상하는 걸 좋아하는 아이고요."

"한번 보고 싶네. 여기서 나랑 사는 꿈속의 작은 소년이랑 닮았을지 궁금하기도 하고."

라벤더는 혼잣말을 하듯 나직이 중얼거렸다.

"만나고 싶으시면 언제 한번 데려올게요."

앤이 대답했다.

"보고 싶어. 하지만 너무 빨리는 말고. 마음의 준비가 필요할 것 같거든. 기쁘기보다 고통스러울지도 모르잖아. 그 애가 스티븐을 많이 닮았다 해도, 그다지 닮지 않았다 해도 말야. 한 달쯤 후가 어떨까?"

한 달이 지난 후 앤과 폴은 숲 속을 지나 돌집으로 향했고 오솔길에서 라벤더와 마주쳤다. 두 사람이 올지 몰랐던 라벤더의 얼굴이 몹시 창백해졌다.

"스티븐의 아들이구나."

라벤더는 털 코트와 모자를 단정하게 입고 선 예쁘고 사랑스러운 소년의 손을 잡고 낮은 목소리로 말했다.

"정말…… 아빠를 많이 닮았네."

"다들 저더러 아빠 판박이래요."

폴이 천진난만한 얼굴로 대답했다.

이 장면을 지켜보던 앤은 안도의 숨을 내쉬었다. 라벤더와 폴이 서먹해하거나 불편해하지 않고 서로를 마음에 들어 하는 것이 느껴졌다. 꿈과 낭만으로 가득한 라벤더였지만 그녀는 매우 분별력이 있는 사람이었다. 그래서 처음에 살짝 밀려온 배신감도 잠시, 그런 감정은 다 털어 버린 채 다른 사람의 아들이 놀러 온 것처럼 기쁘고 자연스럽게 폴을 대했다. 그들은 즐거운 오후 시간을 보냈고 기름진 음식이 잔뜩 차려진 저녁 식사도 했다. 어빙 부인이 보았다면 폴의 위장에 나쁠 거라고 펄펄 뛰었을 만한 음식들이었다.

"또 놀러 와, 꼬마 손님."

헤어지면서 라벤더는 폴과 악수를 했다.

"원하신다면 저한테 키스하셔도 돼요."

폴이 진지하게 말했다.

라벤더가 허리를 굽혀 폴에게 키스했다.

"내가 키스하고 싶어 하는 줄 어떻게 알았어?"

"아까 절 쳐다보는 표정이 우리 엄마가 저한테 키스하고 싶어 할 때랑 똑같았어요. 원래는 누가 저한테 키스하는 걸 싫어해요. 남자애들은 다 그렇잖아요, 아시죠? 그래도 아줌마가 하는 건 괜찮아요. 또 놀러 올게요. 아줌마만 괜찮으시다면 아줌마랑 친구가 되고 싶어요."

"난…… 난 괜찮지."

라벤더는 대답을 하고 급하게 몸을 돌려 사라졌다. 하지만 잠시 후 라벤더는 창가에서 환한 미소를 지으며 손을 흔들고 있었다.

너도밤나무 숲을 지나며 폴이 말했다.

"라벤더 아줌마가 맘에 들어요. 아줌마가 절 쳐다보는 표정도 좋고 돌집도 좋고 네 번째 샬로타도 좋아요. 우리 할머니가 메리 조 대신 네 번째 샬로타를 쓰면 좋을 텐데. 네 번째 샬로타한텐 제 생각을 말해도 제 머리가 이상하다고 생각하진 않을 것 같거든요. 차가 정말 맛있었죠, 선생님? 우리 할머닌 남자애가 먹을 걸 밝히면 안 된다고 하세요. 하지만 진짜 배가 고프면 어쩔 수 없는데. 라벤더 아줌마는 먹기 싫은데도 아침에 억지로 포리지를 먹이진 않을 것 같아요. 그냥 좋아하는 걸로 주실 것 같아요. 하지만 물론……"

역시 폴은 똑똑한 아이였다.

"그게 아이한텐 좋지 않겠죠. 그래도 가끔씩 이렇게 먹는 건 정말 좋아요. 그렇죠, 선생님?"

5월의 어느 날 에이번리 마을 사람들은 샬럿타운에서 나오는 〈데일리 엔터프라이즈〉 신문에 '관찰자'라는 이름으로 실린 '에이번리 소식' 때문에 조금 술렁거렸다. 기사를 쓴 사람이 찰리 슬론이라는 소문이 돌았는데, 찰리가 이전에도 비슷한 글을 실은 적이 있고 이번에 실린 글 중 하나가 길버트 블라이스를 비아냥대는 듯한 내용이었기 때문이었다. 에이번리 청년회 사람들은 길버트 블라이스와 찰리 슬론이 잿빛 눈동자에 상상력 풍부한 한 소녀를 두고 경쟁하고 있다고들 했다.

소문이란 것이 원래 그렇듯 기사가 찰리의 글이라는 것은 헛소문이었다. 길버트가 앤의 도움을 받아 글을 쓴 뒤 알아보지 못하게 하려고 자신에 관한 글을 하나 끼워 넣은 것이었다. 기고한 글 중 두 개만이 이 이야기와 관련이 있었다.

데이지가 피기 전에 우리 마을에서 결혼식이 있을 거라는 소문이 있다. 새롭게 등장한 존경받는 시민이 우리 마을에서 가장 인기 있는 숙녀와 결혼 서약을 하게 될 것이다.

우리 마을의 이름난 일기 예보가인 에이브 아저씨는 5월 23일 정확히 저녁 7시에 천둥 번개를 동반한 무시무시한 폭풍우가 몰아칠 거라고 예보했다. 우리 주 대부분의 지역이 폭풍우의 영향을 받을 것으로 예상된다. 그날 밤에 외출할 사람들은 우산과 비옷을 챙기는 편이 좋을 것이다.

길버트가 말했다.

"에이브 아저씨가 올봄에 얼마 동안 폭풍이 올 거라 종종 말한 건 사실이야. 그런데 정말 해리슨 씨가 이자벨라 앤드루스를 만나러 다닌다고 생각해?"

앤이 웃음을 터뜨리며 말했다.

"아니. 해리슨 씨는 하먼 앤드루스 씨랑 체커 놀이를 하러 다니는 것뿐이야. 그런데 린드 부인은 이자벨라 앤드루스랑 틀림없이 결혼을 할 거란 거지. 그래서 올봄에 이자벨라가 그렇게 기분이 좋은 거라고 말야."

가엾은 에이브 아저씨는 그 기사를 보고 조금 불쾌했다. 그는 기사를 쓴 '관찰자'가 자신을 놀리는 거라 여겼다. 에이브 아저씨는 폭풍우가 몰아칠 날짜까지 정확히 짚은 것은 아니라고 부인했지만 아무도 그의 말을 믿지 않았다.

에이번리에는 평화로운 날들이 이어졌다. 개선론자들이 식목일 행사로 진행한 나무 심기 행사가 치러졌다. 개선론자들은 각자 다섯 그루의 조경수를 직접 심거나 남들에게 심도록 했다. 개선회 멤버는 이제 40명으로 늘어나 모두 200그루의 묘목을 심었다. 겨울 귀리가 붉은 들판을 푸르게 물들였고 과수원의 사과나무들은 농가 주변으로 꽃이 흐드러지게 핀 가지를 드리웠으며 눈의 여왕은 남편을 맞는 신부처럼 몸단장을 했다. 앤은 밤새 벚꽃 향기가 머리맡으로 스며들도록 창문을 열어 둔 채 잠을 잤다. 앤은 그게 무척 시적인 일이라 생각했지만 마릴라 생각에는 엄청나게 위험한 짓이었다.

어느 날 저녁 앤은 현관 계단에 앉아 은방울 같은 개구리들의 노랫소리를 듣다가 마릴라에게 말했다.

"추수 감사절은 봄이어야 해요. 모든 게 죽거나 잠드는 11월보단 훨씬 좋을 거예요. 11월엔 일부러 감사하는 마음을 가져야 하지만 5월엔 저절로 감사한 마음이 들잖아요. 다른 이유 없이 그냥 살아 있단 사실만으로도요. 에덴동산에서 쫓겨나기 전까진 이브도 저 같았을걸요. 골짜기에 자란 저 풀들은 초록색일까요, 황금색일까요? 마릴라, 꽃들이 활짝 피고 기쁨에 오롯이 취한 바람이 어디로 흘러갈지도 모르는 이렇게 소중한 날은 천국만큼이나 아름다운 것 같아요."

마릴라는 화가 난 얼굴로 주변을 살폈다. 쌍둥이가 부르면 들릴 만한 곳에 있는지 확인하기 위해서였다. 바로 그때 쌍둥이가 집 모퉁이를 돌아 나왔다.

"오늘 저녁엔 꽃향기가 너무 좋아요!"

데이비는 더러워진 손으로 괭이를 흔들며 기분 좋게 코를 킁킁거렸다. 데이비는 자기 정원에서 일하고 있었다. 그해 봄, 마릴라는 맨날 진흙탕 속에서만 노는 데이비가 좀 더 쓸모 있는 일에 관심을 쏟게 하려고 도라와 데이비에게 정원으로 가꿀 만한 땅을 조금씩 준 참이었다. 두 아이는 나름대로 열심히 정원을 가꾸었다. 도라는 조심스럽고 체계적이고 차분하게 씨앗을 심고 잡초를 뽑고 물을 주었다. 그런 탓에 도라의 정원에는 벌써 채소와 한해살이 식물들이 가지런히 줄을 맞추어 자라고 있었다. 하지만 데이비는 신중하다기보다는 그저 열성뿐이었다. 땅을 파고 괭이질을 하고 갈퀴로 긁어 대고 물을 주고 여기저기 옮겨 심는 통에 데이비의 씨앗들은 도통 자랄 틈이 없었다.

"데이비, 정원 일은 잘돼 가니?"

앤이 물었다.

데이비가 한숨을 쉬었다.

"별로. 왜 빨리 자라지 않을까? 밀티 볼터는 내가 어두운 달밤에 심었기 때문이라는데. 달밤엔 씨를 뿌리거나 돼지를 잡거나 머리카락을 자르는 것처럼 중요한 일을 하면 안 된대. 정말 그래, 누나?"

마릴라가 비아냥거렸다.

"하루걸러 한 번씩 얼마나 잘 자랐는지 보겠다고 뽑아 보지만 않아도 잘 자랄걸."

데이비가 항변했다.

"여섯 개밖에 안 뽑아 봤어요. "뿌리에 땅벌레가 있는지 보려고 했단 말예요. 밀티 볼터는 달 때문이 아니라면 땅벌레 때문이랬어요. 하지만 땅벌레는 한 마리밖에 못 봤어요. 진짜 크고 축축하고 꼬불꼬불한 벌레였어요. 돌에다 올려놓고 다른 돌로 납작하게 눌러 버렸어요. 아주 신나게 짜부라졌어요. 땅벌레가 더 없는 게 서운했어요. 도라도 나랑 똑같이 씨앗을 심었는데 거기선 잘 자라잖아요. 그러니까 달 때문인 건 아닐 거예요."

앤이 말했다.

"마릴라, 저기 사과나무 좀 보세요. 꼭 사람 같지 않아요? 긴 팔을 뻗어 핑크색 치맛자락을 살그머니 들어 올려서 우릴 매혹시키잖아요."

"저 노란사과나무는 참 열매도 잘 맺어. 올해도 잔뜩 열릴 것 같네. 파이 만드는 덴 노란사과가 딱이라니까."

마릴라가 흐뭇한 목소리로 말했다.

하지만 마릴라도 앤도 그리고 그 누구도 그해에는 노란사과로 파이를 만들 수 없었다.

5월 23일이 되었다. 그날은 예년과 달리 무척이나 더웠다. 에이번리 학교 교실에서 분수와 문법을 가르치느라 진땀을 빼고 있는 앤과 작은 벌집처럼 모여 앉은 학생들에게 무더위는 더욱 예민하게 느껴졌다. 오전에는 후텁지근한 바람이 불었지만 오후가 되자 바람이 잦아들고 무거운 정적이 다가왔다. 3시 반쯤 낮은 천둥소리가 들렸다. 앤은 폭풍우가 닥치기 전 아이들을 집으로 보내기 위해 곧바로 수업을 끝냈다.

학생들과 운동장으로 나온 앤은 아직 해가 환하게 빛나는데도 그림자와 어둠이 사방에서 밀려오고 있는 것을 알아챘다. 아네타벨이 앤의 손을 잡고 초조한 얼굴로 말했다.

"선생님, 저 구름 좀 보세요!"

구름을 본 앤은 너무 놀라 소리를 지르고 말했다. 북서쪽 하늘에서 지금껏 본 적 없는 거대한 구름 떼가 엄청난 속도로 몰려오고 있었다. 물결치는 가장자리만 섬뜩할 정도로 새하얄 뿐 온통 검은색 구름이었다. 맑고 파란 하늘에 시커먼 먹구름이 모습을 드러내자 뭐라 형언할 수 없는 위험이 다가오는 것 같았다. 이따금 번개가 번쩍거렸고 무시무시한 천둥소리가 잇따랐다. 먹구름은 낮게 내려앉아 언덕 꼭대기에 닿을 듯 보였다.

하면 앤드루스 씨는 잿빛 말이 끄는 짐마차를 전속력으로 몰아 언덕을 올라왔다. 그는 학교 맞은편에 짐마차를 세웠다.

그가 소리쳤다.

"에이브 아저씨의 일기 예보가 처음으로 맞으려나 본데, 앤? 시간은 좀 이르지만 말야. 저런 구름 본 적 있어? 자, 우리 집 방향으로 가는 녀석들은 다 올라타라. 집까지 4분의 1마일 이상인 녀석들은 우체국 쪽이 아니더라도 소나기가 그칠 때까지 우체국에서 기다렸다가 가고."

앤은 데이비와 도라의 손을 잡고 쌍둥이의 통통한 다리가 뛸 수 있는 한 빨리 달려 자작나무 길과 제비꽃 골짜기와 버드나무 연못을 지나 언덕을 내려왔다. 초록지붕집에 간신히 다다르자 마릴라가 문 앞에 있었다. 오리와 닭을 우리로 몰아넣은 참이었다. 네 사람이 서둘러 부엌으로 들어간 순간 강한 입김에 촛불이 꺼지는 것처럼 순식간에 빛이 사라졌다. 엄청난 먹구름이 해를 가려 온 세상이 어둠에 뒤덮였다. 동시에 천둥이 치고 눈이 멀 만큼 강한 번개가 번쩍이더니 우박이 맹렬히 쏟아져 세상은 온통 하얗게 변해 버렸다.

폭풍우에 부러진 나뭇가지가 쿵쿵 소리를 내며 집에 부딪히고 유리창이 날카로운 소리를 내며 깨졌다. 3분쯤 지나자 북쪽과 서쪽 창문이 모조리 깨졌고 그 틈으로 우박이 쏟아져 들어왔다. 마룻바닥은 우박 천지가 되었다. 작은 것도 달걀만 할 정도였다.

45분 동안 폭풍우는 수그러들 줄 몰랐고 그날은 에이번리 사람들에게 결코 잊지 못할 날이 되고 말았다. 난생처음 겪는 공포에 평정을 잃은 마릴라는 부엌 한구석에 놓인 흔들의자 옆에 꿇어앉아 귀가 먹먹할 정도로 울리는 천둥소리에 숨도 제대로 쉬지 못하고 흐느꼈다. 앤은 백짓장처럼 하얗게 질린 채 소파를 창가에서 멀찍이 끌어다 놓고 쌍둥이를 양쪽에 끼고 앉았다.

데이비는 처음 천둥이 치자 마구 울어 댔다.

"누나, 앤 누나, 심판의 날이 온 거야? 누나, 누나, 내가 일부러 말썽을 피운 건 아니었어."

데이비는 작은 몸을 파르르 떨며 앤의 무릎에 얼굴을 파묻었다. 도라는 창백해지긴 했지만 차분하게 앤의 손을 꼭 붙잡고 가만히 앉아 있었다. 지진이 난다 해도 도라는 당황할 것 같지 않았다.

폭풍우는 갑작스럽게 찾아온 것처럼 또한 갑작스럽게 잦아들었다. 우박도 그치고, 천둥도 그릉그릉 소리를 내며 동쪽으로 물러가더니 해가 화창하게 빛나기 시작했다. 고작 45분 사이에 세상이 그렇게 완전히 변할 수 있다는 사실이 어처구니없을 지경이었다.

마릴라는 떨리는 몸을 힘없이 일으켜 흔들의자에 주저앉았다. 바짝 초췌해진 마릴라의 얼굴이 10년은 더 늙어 보였다.

마릴라가 진지하게 물었다.

"우리가 지금 살아 있긴 한 거지?"

데이비가 원래의 모습으로 돌아와 명랑하게 조잘거렸다.

"그럼요, 살아남았어요. 전 하나도 안 무서웠어요. 처음에만 조금 놀랐고요. 너무 갑자기 그랬으니까요. 월요일에 테디 슬론이랑 싸우기로 했는데 얼른 마음을 바꿨어요. 하지만 다시 싸울지도 몰라요. 도라, 너 무서웠어?"

"응, 조금. 그래도 언니 손을 꼭 잡고 계속 기도했어."

도라가 새초롬하게 대답했다.

"나도 생각만 났다면 기도했을 거야. 하지만 난 기도도 안 했는데 너처럼 멀쩡해."

데이비가 잘난 척을 했다.

앤은 마릴라에게 독한 포도주 한 잔을 가져다주었다. 그 포도주가 얼마나 독한지 앤은 어린 시절에 겪어 본 터였다. 그러고 나서 앤과 마릴라는 문밖에 나가 낯설게 변한 풍경을 바라보았다.

무릎 높이까지 쌓인 우박은 하얀 카펫처럼 온 세상을 뒤덮었고 처마 아래와 계단에도 잔뜩 쌓여 있었다. 사나흘이 지나 우박이 녹자 얼마나 큰 피해를 입었는지 확연히 드러났다. 들판이고 정원이고 모든 식물들은 다 만신창이가 되었다. 사과나무는 꽃만 떨어진 게 아니라 굵은 나뭇가지까지 부러졌다. 개선론자들이 심은 200그루의 나무도 대부분이 꺾이고 뭉개졌다.

멍해진 얼굴로 앤이 물었다.

"이게 정말 한 시간 전하고 똑같은 세상이에요? 이 지경까지 되는 데에 고작 한 시간이 걸렸다고요?"

마릴라가 말했다.

"프린스에드워드 섬에 이런 일은 처음이야. 한 번도 없었어. 어릴 때 폭풍우가 심하게 온 적이 있긴 했지만 이 정도는 아니었어. 전부 엉망진창이 되었을 거야."

"아이들이 폭풍우를 다들 잘 피해 갔어야 하는데."

앤이 걱정스러운 얼굴로 중얼거렸다. 나중에 밝혀졌지만 아이들은 모두 무사했다. 집이 먼 아이들은 앤드루스 씨가 시킨 대로 우체국에서 폭풍우를 피했기 때문이었다.

"존 헨리 카터가 오네."

마릴라가 말했다.

존 헨리는 살짝 겁먹은 얼굴로 씩 웃으며 우박 더미를 헤치며 왔다.

"너무 끔찍한 날이었죠, 미스 커스버트? 해리슨 씨가 다들 괜찮은지 보고 오라고 하셔서요."

"죽진 않았어. 집도 벼락을 맞진 않았고. 거기도 별일 없지?"

마릴라가 으스스한 목소리로 대답했다.

"그렇지 못해요. 벼락이 쳤거든요. 벼락이 부엌 초인종을 타고 굴뚝으로 내려와서 진저의 새장을 쳤어요. 그러고는 마룻바닥에 구멍을 내고는 밑으로 빠져나갔어요."

"진저가 다쳤어?"

앤이 물었다.

"많이 다쳤어요. 죽었죠."

나중에 앤은 해리슨 씨를 위로하러 찾아갔다. 해리슨 씨는 테이블 옆에 앉아 떨리는 손으로 죽은 진저를 어루만지고 있었다.

"가엾은 진저는 이제 너한테 욕도 못 하네, 앤."

해리슨 씨가 슬픈 목소리로 말했다.

앤은 진저 때문에 울 거라고는 생각해 본 적이 없었지만 어느새 눈물이 그렁그렁 맺혔다.

"앤, 진저는 내 유일한 친구였는데…… 이렇게 죽었네. 이토록 마음이 아프다니 나도 참 나이만 먹은 바보인가 보다. 아무렇지도 않은 척해야 할 텐데. 내가 말을 멈추면 네가 위로의 말을 하겠지? 하지만 그러지 마라. 네가 그러면 어린애처럼 울음이 터질 것 같단 말이지. 정말 엄청난 폭풍우였지? 사람들이 다신 에이브의 일기 예보를 비웃지 못하겠네. 에이브가 한평생 예측해도 일어나지 않았던 폭풍우가 한꺼번에 밀어닥친 것 같아. 다른 건 몰라도 날짜까지 그렇게 정확하게 맞힐 줄이야. 여긴 아주 난장판이야. 구멍 난 마루를 메꿀 만한 널빤지를 찾아봐야겠다."

다음 날이 되자 에이번리 사람들은 다른 일은 제쳐 두고 이웃을 찾아다니며 피해 상황을 살폈다. 우박 더미들로 마차가 다닐 수 없어 사람들은 걷거나 말을 타고 다녀야 했다. 도처에서 날아드는 흉흉한 소식들로 편지 배달도 늦어졌다. 집들은 벼락을 맞아 부서지고 사람들이 죽거나 다쳤다. 전화와 전보망이 다 망가졌고 들판에 있던 어린 가축들도 떼죽음을 당했다.

에이브 아저씨는 이른 아침부터 대장간에 나와 하루를 보냈다. 바야흐로 찾아온 승리의 시간을 만끽하는 중이었다. 폭풍우가 닥친 것을 기뻐한 건 아니지만 폭풍우가 몰아칠 날짜까지 정확하게 맞혔다는 사실이 꽤나 만족스러웠던 것이다. 에이브 아저씨는 자기가 날짜까지 말한 건 아니라고 부인했던 사실은 잊고 말았다. 시간이 조금 맞지 않은 것쯤은 아무것도 아니었다.

저녁에 길버트가 초록지붕집을 찾았을 때 마릴라와 앤은 깨진 유리창에 기름 먹인 천을 붙이느라 바쁜 참이었다.

마릴라가 말했다.

"언제쯤 유리를 구할 수 있을지 모른대. 배리 씨가 오늘 오후에 카모디에 가서 알아봤는데 판유리 한 장도 구할 수 없더래. 로슨이랑 블레어 상점도 카모디 사람들이 다 사 가서 오전 10시에 이미 떨어졌다 하고. 길버트, 화이트샌즈도 폭풍우가 심했니?"

"네, 심했어요. 아이들이랑 학교에 갇혀 있었는데 몇몇은 놀라서 경기를 할 뻔했거든요. 셋은 기절해 버렸고 여자애 둘은 발작을 했고요. 토미 블루엣은 쉬지도 않고 비명을 질러 댔어요."

"난 딱 한 번밖에 안 질렀는데."

데이비가 자랑스럽게 말했다.

"내 정원은 다 망가졌어. 하지만 도라 정원도 마찬가지니까."

데이비는 슬픈 목소리로 말을 이었지만 그나마 위안거리가 있다는 투였다.

앤이 서쪽 방에서 달려 나오며 물었다.

"길버트, 소식 들었어? 레비 볼터 씨네 낡은 집이 벼락을 맞아서 다 타 버렸대. 그렇게 엄청난 피해 소식에 기뻐하다니 나도 참 못됐지? 볼터 씨는 마을 개선회가 마법을 써서 폭풍우를 일으킨 거라고 하더래."

길버트가 웃음을 터뜨리며 말했다.

"그래도 한 가지 확실한 사실은 있지. '관찰자'가 에이브 아저씨를 유명한 일기 예보가로 만들었던 거. 에이브 아저씨의 폭풍우는 에이번리의 전설이 될걸. 우리가 고른 그날에 폭풍우가 오다니 정말 대단한 우연의 일치야. 내가 정말 마법을 부려서 폭풍우를 몰고 온 게 아닐까 하는 죄책감이 들 지경이라니까. 우리가 심은 묘목들이 사라져 버린 걸 생각하면 속상하니까 그 낡은 집이 없어진 건 좀 기뻐해도 될 거야. 열 그루도 남지 않았더라."

앤이 달관한 목소리로 말했다.

"그래, 내년 봄에 다시 심어야지, 뭐. 세상엔 좋은 점이 딱 하나 있는데 말야. 그건 앞으로도 봄은 계속 온다는 거야."

Chapter 25.
에이번리의 스캔들

폭풍우가 있은 지 2주일이 지난 어느 평화로운 6월의 아침, 앤은 엉망이 된 수선화 두 송이를 들고 정원에서 초록지붕집 마당으로 천천히 걸어왔다.

"이것 좀 보세요, 마릴라."

앤은 무뚝뚝한 마릴라의 눈앞에 꽃을 내밀며 슬픈 목소리로 말했다. 초록색 체크무늬 앞치마를 두르고 머리에 두건을 쓴 마릴라는 깃털이 뽑힌 닭을 들고 집 안으로 들어가던 중이었다.

"폭풍우에서 살아남은 유일한 꽃봉오린데 그나마도 엉망이에요. 너무 속상해요. 매슈 무덤에 가져가려고 했는데. 매슈는 늘 6월에 핀 백합을 좋아했잖아요."

마릴라가 말했다.

"그러게, 아쉽네. 나쁜 일들이 하도 많아서 그런 걸로 슬퍼하는 게 도리가 아닌 것도 같지만. 과일이고 곡식이고 성한 게 하나도 없잖니."

앤이 위로하듯 말했다.

"그래도 다들 귀리를 심고 있어요. 해리슨 씨가 그러는데 여름에 날씨만 좋으면 좀 늦더라도 거둘 수 있대요. 제 한해살이 화초들도 다시 자라고 있어요. 물론 6월의 백합을 대신할 순 없겠지만요. 가엾은 헤스터 그레이도 6월의 백합을 보지 못할 거예요. 어젯밤에 헤스터의 정원에 갔는데 하나도 남지 않았더라고요. 헤스터도 백합이 그리울 텐데."

마릴라가 엄하게 말했다.

"그런 소린 말아. 말도 안 돼, 앤. 헤스터 그레이는 죽은 지 30년이나 됐어. 바라건대 헤스터의 영혼은 천국에 있어야지."

"네, 알아요. 그래도 헤스터는 아직 이곳의 정원을 사랑하고 기억할 거예요. 전 아무리 천국에서 오래 살아도 세상을 내려다보면서 제 무덤에 꽃을 놓아두는 사람을 지켜볼 거예요. 헤스터의 정원이 저한테도 있다면 설사 천국에서 살더라도 이따금 밀려오는 향수를 잊기 위해선 30년은 더 걸릴 거예요."

"그래도 쌍둥이 앞에선 그런 소리 하지 마."

마릴라는 닭을 들고 들어가면서 기어이 한마디를 했다.

수선화를 머리에 꽂고 오솔길 입구로 간 앤은 토요일 아침에 해야 할 일을 시작하기에 앞서 6월의 햇살을 받으며 잠깐 서 있었다. 세상은 다시금 아름다워지는 중이었다. 자연은 폭풍우의 흔적을 지우기 위해 최선을 다하고 있었다. 몇 달 만에 완벽하게 달라질 수는 없는 일이라 해도 자연의 힘은 가히 놀라울 정도였다.

앤은 버드나무 가지에 앉아 지저귀고 있는 파랑새에게 말했다.

"오늘은 하루 종일 빈둥거렸으면 좋겠다. 하지만 쌍둥이까지 돌봐야 하는 학교 선생님이 게으름을 피울 수야 있겠어. 너는 어쩜 노랫소리가 그렇게 예쁘니? 넌 나보다 더 내 마음을 잘 알고 노래에 담아내네. 응? 누가 오고 있나?"

앞자리에 두 사람이 타고 뒤에는 커다란 트렁크를 실은 특급 마차가 오솔길을 덜컹거리며 달려오고 있었다. 마차가 가까워지자 앤은 마차를 모는 사람이 브라이트리버 역의 역장 아들이라는 것을 알아보았다. 그의 동행은 낯선 여자였는데 그녀는 말이 완전히 멈추기도 전에 재빨리 오솔길 입구로 뛰어내렸다. 50대로 보이는 여인은 몸집이 자그마한 미인이었다. 장밋빛 뺨에 반짝이는 검은 눈동자, 그리고 윤기가 흐르는 검은 머리칼에 꽃과 깃털로 멋지게 장식한 보닛을 쓰고 있었다. 먼지가 풀풀 나는 길을 8마일이나 달려왔는데도 그녀는 막 몸단장을 끝낸 사람처럼 단정한 차림이었다.

"여기가 제임스 A. 해리슨 씨 집인가요?"

여인이 거침없는 말투로 물었다.

"아뇨, 해리슨 씨 댁은 저쪽이에요."

깜짝 놀란 나머지 멍한 목소리로 앤이 대답했다.

"어쩐지 집이 너무 깔끔하다 했네. 제임스가 산다고 하기엔 너무 깔끔하지. 제임스 A.가 크게 변한 게 아니라면 말예요."

키 작은 여인이 재잘거렸다.

"제임스 A.가 이 마을에 사는 여자랑 결혼한다는 게 진짜예요?"

"아뇨, 아니에요."

앤이 죄라도 지은 사람처럼 얼굴을 붉히며 소리치자 낯선 여인은 혹시 앤이 소문 속 그 여자가 아닐까 의심하는 눈초리로 쳐다보았다.

아름다운 미지의 여인이 집요하게 물어 왔다.

"프린스에드워드 섬 신문에서 봤는데, 친구가 신문에다 표시까지 해서 보내 줬거든요. 친구라면 그 정도 일은 해 주잖아요. 제임스 A.의 이름이 '새 시민' 코너에 나와 있었어요."

앤이 숨을 몰아쉬며 대답했다.

"아, 그 기사는 그냥 장난 같은 거였어요. 해리슨 씨는 결혼할 생각이 없는 분이에요. 제가 잘 알아요."

그녀는 발그레한 얼굴로 마차에 다시 올라타며 말했다.

"그렇다면 다행이네요. 해리슨은 이미 결혼한 몸이거든요. 제가 그 사람 아내고요. 아, 그렇게 놀랄 거 없어요. 제임스가 독신인 척하면서 이 여자 저 여자 울리고 다녔겠죠. 제임스라면 그러고도 남았을 거예요."

여인은 들판 너머 길쭉하고 하얀 집을 쳐다보며 세차게 고개를 끄덕였다.

"이제 재미 보는 것도 끝났어. 내가 왔으니까. 당신이 못된 짓을 벌이고 있을 거란 생각만 안 했어도 내가 일부러 여기까지 오진 않았겠지."

여인은 앤을 돌아보았다.

"앵무새는 여전히 욕쟁이예요?"

"앵무새는…… 죽었어요."

그 순간 가엾은 앤은 자기 이름도 잊을 만큼 멍해졌기 때문에 숨을 몰아쉬며 겨우 대답했다.

"죽었다고요? 그거 잘됐네요. 앵무새가 죽어 버렸다니 제임스 A.와 잘될 수도 있을 것 같은데요."

장밋빛 뺨의 여인이 신이 나서 소리쳤다.

여인이 수수께끼 같은 말을 남긴 채 기쁜 표정으로 떠나자 앤은 부엌에 있는 마릴라에게 허겁지겁 달려갔다.

"앤, 그 여잔 누구야?"

"마릴라, 제가 미친 것 같아 보여요?"

앤은 진지하긴 했지만 눈빛이 정신없이 흔들리고 있었다.

"그냥 평소 같은데?"

비꼬려고 한 말은 아니었다.

"그럼 제가 꿈을 꾸고 있는 것 같으세요?"

"앤, 무슨 뚱딴지같은 소리야? 그 여자가 누구냐니까?"

"마릴라, 제가 미친 게 아니고 꿈을 꾸고 있는 것도 아니라면, 그 여잔 상상 속 인물이 아니라 진짜인 거죠. 하긴 그렇게 생긴 모자는 제가 상상할 수도 없었을 거예요. 그 여자, 해리슨 씨 아내래요, 마릴라."

마릴라의 눈이 휘둥그레졌다.

"아내? 앤 셜리! 그럼 해리슨 씨가 여태껏 총각 행세를 해 왔단 거야?"

앤은 공정해지려고 애를 썼다.

"사실 해리슨 씨가 총각 행세를 한 건 아니죠. 총각이라고 말한 적은 없잖아요. 그냥 사람들이 그럴 거라고 생각한 거죠. 마릴라, 린드 부인이 이 사실을 알면 어떻게 될까요?"

그날 저녁 린드 부인이 찾아왔고 앤과 마릴라는 그녀의 생각을 알게 되었다. 린드 부인은 하나도 놀라지 않았다! 린드 부인은 이런 일이 벌어질 거라는 생각을 해 왔다는 것이었다! 린드 부인은 해리슨 씨에게 뭔가 사연이 있을 것이라고 늘 짐작했다는 것이었다!

린드 부인이 분개했다.

"해리슨이 아내를 버렸다니! 그런 일은 미국에서나 있을 법한 일이야. 에이번리에서 이런 일이 있을 거라고 누가 상상이나 했겠어?"

"하지만 해리슨 씨가 아내를 버린 건지는 아직 모를 일이잖아요. 확실한 건 하나도 없어요."

앤이 항변했다. 사실이 밝혀지기 전까지는 친구 해리슨 씨를 믿고 싶은 마음이었다.

"곧 알게 되겠지. 당장 가 봐야겠어."

뭐든 확실히 파헤쳐야 직성이 풀리는 린드 부인이었다.

"그 여자가 온 건 모르는 척해야지. 해리슨 씨가 오늘 카모디에서 토마스 약을 가져다주기로 했으니까 핑계치곤 그럴싸하잖아. 어찌된 일인지 내막을 알아보고 오는 길에 얘기해 줄게."

앤도 선뜻 해내지 못하는 일을 하러 린드 부인이 달려갔다. 앤은 어떤 구실이 있다 해도 해리슨 씨네 집에 가 볼 엄두가 나지 않았다. 하지만 앤도 궁금하기 짝이 없었기 때문에 린드 부인이 그 수수께끼를 풀러 간다는 사실이 내심 기뻤다. 앤과 마릴라는 린드 부인이 돌아오기를 손꼽아 기다렸지만 허사였다. 린드 부인은 그날밤 초록지붕집으로 돌아오지 않았다. 볼터네 집에서 9시에 돌아온 데이비가 그 이유를 알려 주었다.

"골짜기에서 린드 아줌마랑 모르는 아줌마를 만났어요. 진짜 놀랐어요. 두 사람이 한꺼번에 말을 하더라니까요! 린드 아줌마가 오늘은 너무 늦어서 못 오신다고 전해 달랬어요. 앤 누나, 나 진짜 배고파. 밀티네 집에서 4시에 차를 마셨는데 밀티네 엄마는 진짜 구두쇠야. 절인 과일도 안 주고 케이크도 안 줘. 빵도 이상했어."

"데이비. 남의 집에 가서 먹은 음식을 갖고 이러쿵저러쿵하는 거 아냐. 그건 아주 예의 없는 짓이야."

앤이 엄한 목소리로 타일렀다.

"알았어. 이젠 속으로만 생각할게. 누나, 먹을 것 좀 줘."

데이비가 천진난만하게 대답했다.

앤은 마릴라를 돌아보았다. 마릴라는 앤의 뒤를 따라 팬트리로 들어와 문을 가만히 닫았다.

"빵에다 잼을 좀 발라 줘. 레비 볼터네 차 대접이 어떤진 나도 잘 아니까."

데이비는 빵과 잼을 받아 들고 한숨을 쉬며 말했다.

"세상 일이 다 맘대로 되는 게 아녜요. 밀터네 고양이는 발작을 하는데요, 3주 동안 날마다 발작을 했대요. 밀터가 그러는데 진짜 웃긴대요. 그걸 보러 간 건데 이 늙은 고양이 녀석이 우리가 오후 내내 기다렸는데도 발작을 안 하고 계속 멀쩡하게 있는 거예요. 그래도 뭐 상관없어요."

데이비는 자두잼 때문에 마음이 다 풀어졌다.

"언젠가 볼 수 있겠죠. 내내 발작을 하던 게 갑자기 사라지거나 하진 않잖아요, 그렇죠? 이 자두잼은 진짜 맛있어요."

데이비에게 자두잼으로 치료할 수 없는 슬픔이란 없었다.

일요일에는 비가 많이 내리는 바람에 소문이 쫙 퍼지지는 않았지만 월요일이 되자 모든 사람들의 귀에 해리슨 씨에 대한 이야기가 들어갔다. 학교 역시 그 문제로 떠들썩해졌고 데이비도 이런저런 이야기를 주워듣고 왔다.

"마릴라 아줌마, 해리슨 아저씨한테 새 부인이 생겼대요. 아니지, 정확하게 말하면 새 부인은 아니지만요. 밀티가 그러는데 해리슨 아저씨네는 한동안 결혼을 그만뒀대요. 난 한번 결혼하면 계속 결혼해 있는 건 줄 알았는데. 밀티가 그건 아니래요. 결혼을 했어도 싫으면 그만둘 수 있대요. 그냥 아내를 내버려 두고 떠날 수도 있는데 해리슨 아저씨가 그렇게 했대요. 밀티는 해리슨 아저씨네 부인이 딱딱한 물건을 던져서 아저씨가 떠난 거라고 했고 아티슬론은 부인이 담배를 못 피우게 해서 아저씨가 떠난 거랬어요. 네드 클레이는 부인이 너무 잔소리가 많았기 때문이라고 했고요. 전 그런 이유로 부인을 떠나진 않을 거예요. 전 단호하게 말할 거예요. '데이비 부인, 내가 하란 대로 해. 난 남자니까.' 그러면 내 부인은 곧바로 얌전해질 텐데. 아네타 클레이는 해리슨 아저씨가 장화에 묻은 흙을 문 앞에서 털지 않아서 부인이 떠났던 거래요. 그 부인을 욕할 일이 아니라는 거예요. 지금 당장 가서 해리슨 아저씨네 부인이 어떻게 생겼는지 보고 올게요."

얼마 지나지 않아 데이비는 풀 죽은 채로 돌아왔다.

"해리슨 아줌마는 집에 없었어. 레이첼 린드 아줌마랑 응접실에 바를 벽지를 사러 카모디에 가셨대. 해리슨 아저씨가 앤 누나한테 할 말이 있다고 좀 와 달래. 근데 마루도 닦여 있고 아저씨는 면도도 했어. 어젠 설교도 없었는데."

해리슨 씨네 부엌은 완전히 달라져 있었다. 마룻바닥은 놀랄 정도로 깨끗하게 닦여 있었고 가구들도 마찬가지였다. 난로는 얼굴이 비칠 정도로 광이 났고 벽은 하얗게 칠해져 있었다. 유리창도 햇빛을 받아 반짝반짝 빛이 났다. 해리슨 씨는 작업복을 입은 채 테이블 옆에 앉아 있었다. 금요일이면 여기저기 닳고 찢어지기 일쑤였던 작업복은 말끔하게 기워지고 솔질까지 되어 있었다. 해리슨 씨는 깔끔하게 면도를 하고 숱 없는 머리도 단정하게 빗어 올린 참이었다.

해리슨 씨는 에이번리의 장례식에서나 들릴 법한 침울한 목소리로 말했다.

"앉아, 앤. 앉아. 에밀리는 레이첼 린드랑 카모디에 갔어. 벌써 레이첼 린드랑 평생 친구가 됐더라고. 여자들이란 정말 알다가도 모를 일이지. 어쨌거나 앤, 좋은 시절은 다 간 거야. 이제 남은 세월 동안 난 깔끔하고 단정하게 살아야 해."

해리슨 씨는 잔뜩 슬픈 척을 했지만 기쁜 기색을 숨길 수는 없었다.

"부인이 돌아와서 기쁘시죠? 얼굴에 다 보이거든요. 안 그런 척 마세요."

앤이 손가락을 흔들며 소리쳤다.

해리슨 씨가 긴장을 풀고 멋쩍은 웃음을 지어 보였다.

"그야 뭐, 익숙해지는 중이지. 에밀리가 돌아온 걸 유감스럽다 말할 순 없으니까. 이런 마을에서 살려면 정말 아내라는 보호막이 필요하긴 하거든. 이웃집에 체커 놀이만 가도 그 집 여동생이랑 결혼할 거라는 얘기가 신문에까지 나니까 말야."

"총각인 척하셨으니까 이자벨라 앤드루스를 만나러 다니는 거라고 소문이 난 거죠."

앤이 정색했다.

"총각인 척한 건 아냐. 누가 물었다면 결혼했다고 대답했을 거다. 그냥 사람들이 당연히 그리 생각한 거지. 난 굳이 그 일에 대해 떠들고 싶진 않았어. 가슴 아픈 일이었거든. 아내가 날 떠났다는 걸 레이첼 린드가 알았다면 얼마나 입방아에 올렸겠어. 안 그러냐?"

"어떤 사람들은 해리슨 씨가 아내를 떠난 거라고들 해요."

"아내가 떠난 거야, 앤. 내가 버려진 거지. 다 얘기해 줄게. 네가 나나 에밀리를 나쁘게 생각하는 건 싫으니까. 일단 베란다로 나가자. 여긴 너무 깨끗해서 나 혼자 살던 집이 그리워질 지경이야. 좀 지나면 익숙해지겠지만 마당을 보면서 얘기하는 게 편해. 에밀리가 시간이 없어서 아직 마당 청소까진 못 했거든."

베란다로 나가 편안하게 앉자 해리슨 씨가 슬픈 이야기를 털어놓기 시작했다.

"난 여기로 오기 전에 뉴브런즈윅의 스코트퍼드에 살았어, 앤. 누님이 집안 살림을 하면서 날 살폈지. 에밀리는 누님이 그리 깔끔한 사람이 아니라 날 멋대로 내버려 두는 바람에 이 모양이 되었다고 하지. 누님은 3년 전에 돌아가셨어. 죽기 전에 누님은 내가 어찌 살아갈지 걱정이라며 꼭 결혼을 하라고 했어. 에밀리 스콧이 재산도 있고 알뜰한 살림꾼이라면서 누님이 나한테 추천을 했던 거야. 에밀리 스콧은 날 거들떠도 안 볼 거라고 내가 말하긴 했지만. 누님은 그래도 청혼을 해 보라 했고 난 누님을 안심시키려고 그러겠다 약속을 했어. 그래서 정말 청혼을 했는데, 에밀리가 그렇게 하겠다는 거야. 앤, 그때 내가 얼마나 놀랐던지. 에밀리처럼 똑똑하고 예쁜 여자가 나랑 결혼을 해 주겠다니. 처음에 난 내가 행운아라고 생각했어. 그래서 우린 조촐하게 결혼식을 치르고 2주 동안 세인트존으로 신혼여행도 다녀왔어. 밤 10시에 집에 도착했는데 앤, 거짓말 하나 안 보태고 딱 30분이 지나니까 에밀리가 청소를 시작하더라고. 알아, 알아. 넌 우리 집이 그럴 만했을 거라고 생각하는 거지? 앤, 넌 표정이 원체 풍부해서 얼굴에 다 드러난다니까. 그런데 그렇진 않았어. 아주 더러운 건 아니었다고. 물론 노총 각 혼자 살던 집이다 보니 뒤죽박죽이긴 했다만 그래도 결혼 전에 일하는 여자를 불러서 청소도 시키고 페인트칠도 하고 수리도 다 했다고. 에밀리는 새로 지은 하얀 대리석 궁전에 데려다 놓아도 헌 옷으로 갈아입자마자 걸레질을 시작할 사람이야. 에밀리는 그날 밤 새벽 1시까지 청소를 하더니 새벽 4시에 일어나서 다시 청소를 했어. 내내 그랬어. 에밀리는 멈출 것 같지 않았지. 일요일만 빼고 쓸고 닦고 먼지를 털고. 그러고는 다시 청소를 시작할 월요일만 눈 이 빠지게 기다렸어. 에밀리는 청소하는 게 즐거운 여자였고, 나도 그녀가 날 내버려 두기만 했다면 그냥 그러려니 하고 살았을 거야. 하지만 에밀리는 안 그랬지. 나까지 바꿔 놓으려고 했거든. 내가 어린애도 아닌데 말이지. 난 문 앞에서 장화를 슬리퍼로 갈아 신어 야만 집 안에 들어갈 수 있었어. 담배도 헛간에서만 피워야 했고. 그리고 난 문법에 딱딱 맞춰 말하는 사람이 아냐. 에밀리는 젊었을 때 학교 선생님이었거든. 절대로 그냥 지나치는 법이 없었지. 거기 다 내가 칼로 음식을 집어 먹는 것도 싫어했어. 늘 지적하고 잔소 리를 퍼부었어. 나도 알아, 앤. 내 성미가 고약하잖니. 고치려고 노 력할 수도 있었는데 그러지 않았거든. 에밀리가 트집을 잡을 때마 다 버럭버럭 화를 내고 신경질을 냈으니까. 어느 날 내가 그랬지. 청혼할 때엔 왜 문법을 갖고 투덜거리지 않았느냐고 말야. 해선 안 될 말이었어. 여자들이란 자길 때린 남편은 용서할 수 있어도 결혼할 땐 그렇게 좋아서 팔짝팔짝 뛰지 않았냔 말은 절대 용서 못 하거든. 우린 그렇게 티격태격하며 살았지. 딱히 좋을 건 없었지만 진저만 아니었어도 서로한테 익숙해졌을 거야. 결국 우린 진저 때문에 끝장이 났어. 에밀리는 앵무새를 싫어했고 진저의 못돼 먹은 말버릇을 못 견뎌 했지. 하지만 진저는 선원이었던 내 남동생 때문에 나한텐 특별한 새였어. 남동생은 어려서부터 내가 참 귀여워했어. 그런 동생이 죽어 가면서 나한테 진저를 보낸 거야. 난 고작 앵무새가 하는 욕 따위에 그렇게 진저리를 친다는 게 이해가 안 갔어. 나도 사람들이 막돼먹은 소릴 하는 건 싫어. 하지만 앵무새잖아. 그냥 뜻도 모르면서 들은 소릴 되풀이하는 거잖아. 내가 중국어를 하나도 모르는 것처럼 말야. 하지만 에밀리는 그렇게 받아들이지 않았어. 여자들은 도무지 논리적이지 않다니까. 에밀리는 진저가 욕을 못 하게 하려고 애썼지만 소용이 없었어. 나한테 '알겠군'이나 '거시기' 같은 말을 못 쓰게 하는 것만큼이나 효과가 없었던 거야. 에밀리가 애를 쓰면 쓸수록 진저도 나도 더 고약해지기만 했지. 어쨌든 계속 그런 식이었어. 우리 둘 다 점점 더 삐걱거리면서 말야. 그러다 결정적인 파국이 온 거야. 에밀리가 우리 교회의 목사 부부를 티 파티에 초대했는데 마침 그들을 찾아왔던 다른 목사 부부도 함께 왔지. 사람들이 진저의 욕설을 못 듣게 다른 곳에

새장을 치워 놓기로 내가 약속을 했어. 에밀리는 새장을 만지려고
도 하지 않았고 근처에 얼씬도 하지 않았거든. 나도 목사님들이 우
리 집에서 진저의 욕설을 듣는 건 싫었으니까 그렇게 하기로 했지.
그런데 깜빡 잊고 만 거야. 내 셔츠 깃이 깨끗한지 문법에 어긋난
말을 하지는 않는지 에밀리가 하도 걱정을 하는 통에 정신이 없
었거든. 다들 티 테이블에 앉을 때까지 앵무새 생각은 하지도 못했
던 거야. 우리 교회 목사님이 감사 기도를 하는데 식당 창문 밖 베
란다에 있던 진저가 목청을 높였어. 마당에 칠면조가 나타났거든.
원래 칠면조만 보면 욕을 해 대던 녀석이라 말이지. 그날따라 더
심했어. 우습지, 앤? 나도 그 일을 생각하면 혼자 풀풀 웃기도 해.
하지만 그 당시엔 나도 에밀리만큼이나 당황스러웠어. 나가서 진
저를 헛간으로 옮겨 놨지. 식사도 제대로 못하겠더라. 에밀리의 표
정을 보니 이제 나랑 진저한테 무슨 사달이 날 것 같더라고. 손님
들이 돌아가고 목초지로 가는 길에 생각을 좀 해 봤지. 에밀리한테
미안했고 내가 에밀리 생각은 조금도 해 주지 않았단 생각이 들었
어. 게다가 목사님들은 진저가 나한테서 그런 욕설을 배운 거라 생
각했을 거야. 결국 진저를 어떻게든 처분하기로 마음을 먹었어. 소
들을 몰고 집에 와서 에밀리한테 얘길 하려고 했지. 그런데 에밀리
는 없고 테이블 위에 편지만 한 장 달랑 있었어. 소설 속 이야기처
럼 말야. 자기와 진저 중 하나를 선택하란 편지였지. 내가 진저를

없애 버리고 올 때까지 친정에 가 있겠단 거였어. 앤, 난 정말 화가
나더라고. 진저를 없애 버릴 때까지 거기 있을 생각이라면 영영 거
기에 있어야 할 거라고 해 버렸어. 그러곤 에밀리의 짐을 몽땅 싸
서 보내 버린 거야. 그 일로 엄청나게 말이 많았지. 스코트퍼드도
에이번리만큼이나 뒷말이 많은 동네거든. 다들 에밀리를 동정했
어. 그것 때문에 더 짜증이 나고 심사가 뒤틀렸어. 그곳에 사는 한
편할 것 같지 않았지. 그래서 프린스에드워드 섬으로 온 거야. 어
릴 때 여기에 와 본 적이 있는데 좋았거든. 에밀리는 해 진 후에 바
깥에 나갔다가 벼랑에서 떨어질지도 모르는 곳에서는 살 수 없다
고 맨날 말했고. 그래서 일부러 여기로 온 거야. 우리가 이렇게 된
사연이지. 그 뒤로 에밀리한테선 소식이 없었고 소문도 들은 적 없
었어. 그런데 토요일에 텃밭에서 돌아와 보니까 에밀리가 마룻바
닥을 박박 닦고 있고 에밀리가 떠난 뒤론 구경도 못 해 봤던 근사
한 식사가 차려져 있던걸. 에밀리가 식사부터 하자고 해서 우리는
나중에야 이야기를 나눴어. 그러다 보니 에밀리는 그동안 남편과
함께 사는 법에 대해 많은 교훈을 얻은 것 같았어. 그래서 여기서
계속 지내기로 했대. 와서 보니 진저도 없고 프린스에드워드 섬도
생각보다 꽤 크다면서 말야. 린드 부인이랑 에밀리가 이제 오네.
아니, 갈 것 없어. 에밀리랑 인사를 해야지. 토요일에 널 보고 꽤나
인상 깊었나 봐. 옆집 사는 예쁜 빨강 머리 아가씨가 누군지 궁금

해하더라고."

해리슨 부인은 환한 얼굴로 앤을 반겼고 차를 마시고 가라며 한사코 앤을 잡았다.

"제임스가 아가씨에 대한 얘길 많이 해 줬어요. 케이크도 만들어 주고 그렇게 친절하게 대해 줬다면서요. 되도록 새 이웃들이랑 빨리 친해지고 싶어요. 린드 부인도 참 좋은 사람이더라고요. 어찌나 상냥하던지.."

그녀가 말했다.

향기로운 6월의 황혼 무렵, 해리슨 부인은 반딧불이가 총총하게 반짝이는 들판을 가로질러 집에 돌아가는 앤을 배웅했다.

"제임스가 우리 얘길 해 줬죠?"

해리슨 부인이 허심탄회하게 물었다.

"네."

"그렇담 내가 더 할 말은 없겠네요. 제임스는 거짓말을 할 줄 모르는 사람이거든요. 제임스한테만 잘못이 있었던 건 아녜요. 이제야 그걸 알았죠. 집을 떠난 지 한 시간도 안 돼서 내가 너무 성급했다 느꼈지만 굽히기 싫었어요. 지금 생각하면 전 남자한테 너무 많은 걸 기대했던 것 같아요. 문법 좀 틀린다고 트집을 잡다니 어리석었죠. 팬트리를 들락거리면서 일주일에 설탕을 얼마나 쓰는지 꼬치꼬치 따지지 않으면서 가장 역할을 잘해 내는 사람이라면 문법 좀 틀린다고 나쁠 것 없는데 말이죠. 이젠 제임스랑 정말 잘 지낼 수 있을 것 같아요. '관찰자'가 누군지 알면 좋을 텐데. 고맙단 인사를 하고 싶거든요. 정말 큰 빚을 졌어요."

앤이 입을 다물었기 때문에 해리슨 부인은 자기가 바로 그 관찰자에게 고맙단 인사를 하고 있다는 사실을 알지 못했다. 앤은 엉뚱한 기사가 가져온 생각지도 못했던 결과에 조금 당황했다. 한 남자는 아내와 화해를 했고 일기 예보가는 명성을 얻었다.

린드 부인은 초록지붕집의 부엌에 있었다. 그녀는 마릴라에게 이야기를 늘어놓고 있던 참이었다.

"해리슨 부인은 어떻던?"

린드 부인이 앤에게 물었다.

"아주 마음에 들어요. 진짜 좋은 분 같아요."

"그렇더라니까."

린드 부인이 강조했다.

"내가 여태껏 마릴라한테도 말했지만 해리슨 부인을 봐서라도 해리슨 씨가 하는 별난 행동들은 덮어 주고 여기서 잘 지내도록 우리가 도와줘야 해. 이제 가 봐야겠다. 토마스가 눈이 빠지게 기다릴 거야. 엘리자도 오고 토마스도 요새 좀 좋아진 듯해서 좀 돌아다니긴 했는데, 그래도 집을 오래 비우긴 싫어. 길버트 블라이스는 화이트샌즈 학교를 그만뒀더라라. 가을에 대학엘 갈 건가 봐."

레이첼은 앤의 기색을 살폈지만 앤은 소파에서 꾸벅꾸벅 조는 데이비에게로 몸을 숙이고 있어서 표정을 읽을 수 없었다. 앤은 데이비의 노란 곱슬머리에 뺨을 부비며 데이비를 옮겼다. 2층으로 올라가면서 데이비는 노곤한 팔을 앤의 목에 두르더니 따뜻하게 껴안고 입을 맞추었다.

"난 누나가 정말 좋아. 오늘 밀티 볼터가 석판에 이렇게 써서 제니 슬론한테 보여 줬어.

장미처럼 붉고 제비꽃처럼 푸르고
설탕처럼 달콤한 그대.

이건 누나에 대한 내 마음이랑 똑같아."

Chapter 26.
길모퉁이에서

　토마스 린드는 살아 있을 때처럼 죽을 때도 조용하고 조심스럽게 눈을 감았다. 토마스의 아내는 다정하고 인내심 많고 지칠 줄 모르는 간병인이었다. 토마스가 건강했던 시절에는 레이첼도 종종 굼뜨고 유약한 토마스의 성격 때문에 그를 들들 볶아 대기도 했다. 하지만 아프고부터는 한 번도 언성을 높이지 않았고 불평 한마디 없이 누구보다 부드럽고 능숙하게 밤을 지새우며 남편을 간호했다.

　언젠가 황혼 무렵 옆에 앉아 굳은살이 박인 손으로 토마스의 늙고 야윈 손을 잡았을 때 그가 레이첼에게 말했다.

　"당신은 참 좋은 아내였어, 레이첼. 좋은 아내였어. 무엇 하나 남겨 준 게 없어서 미안하네. 하지만 애들이 당신을 돌봐 줄 거야. 다들 엄마를 닮아 똑똑하고 유능하니. 당신은 좋은 여자였고…… 좋은 엄마였어."

　그리고 나서 토마스는 잠이 들었다. 다음 날 아침, 골짜기의 뽀

족한 전나무 위로 새하얗게 동이 터 올 때 마릴라가 동쪽 방으로 조용히 들어와 앤을 깨웠다.

"앤, 토마스 린드가 죽었단다. 방금 그 집에서 일하는 아이가 전해 왔어. 난 바로 레이첼한테 가 봐야겠다."

토마스 린드의 장례식이 끝난 이튿날, 마릴라는 이상하게도 뭔가에 정신이 팔린 사람처럼 집 안을 돌아다녔다. 이따금 앤을 보고 무슨 말이라도 할 것처럼 하다가 고개를 저으며 입을 다물었다. 차를 마신 후 레이첼을 보러 다녀온 마릴라는 동쪽 방으로 올라왔다. 앤은 학생들의 숙제를 검사하던 중이었다.

"린드 부인은 좀 어떠세요?"

앤이 물었다.

"이젠 좀 차분해지고 안정도 됐어."

앤의 침대에 앉으며 마릴라가 대답했다. 이건 마릴라가 평소답지 않게 흥분해 있다는 것이었다. 마릴라의 생활 규칙에 따르자면 말끔히 정리해 놓은 침대에 올라앉는다는 것은 있을 수 없는 행동이었다.

"그래도 너무 외로워하네. 엘리자는 오늘 돌아가야 한대. 아들이 아파서 더 머물 수가 없대."

"이걸 다 끝내면 린드 부인한테 가서 얘길 좀 나눌게요. 오늘 밤엔 라틴어 작문을 공부할 생각이었지만 그건 나중에 해도 돼요."

앤이 말했다.

"길버트 블라이스는 가을에 대학엘 갈 모양이야. 너도 대학에 가는 건 어때, 앤?"

마릴라가 느닷없이 말을 꺼냈다.

앤이 놀라서 마릴라를 올려다보았다.

"물론 그러고 싶어요, 마릴라. 하지만 불가능해요."

"가능할 것 같은데? 난 네가 대학에 가야 한다고 늘 생각했어. 나 때문에 모든 걸 포기한단 생각에 마음이 편치 않았어."

"마릴라, 전 집에서 지내는 거 하나도 나쁘지 않아요. 얼마나 행복한데요. 지난 2년간은 정말 즐거웠다고요."

"그래, 네가 만족스러워한다는 건 알아. 하지만 이건 만족하고 말고의 문제가 아니잖아. 공부를 계속해야지. 네가 저축해 놓은 돈으로 레드먼드에서 1년은 공부할 수 있고 주식에서 나오는 돈으로 1년은 더 가능할 테고…… 장학금 같은 것도 있으니까."

"그래도 전 못 가요, 마릴라. 마릴라 눈은 물론 많이 좋아졌지만 쌍둥이를 마릴라한테만 남겨 둘 순 없어요. 손이 얼마나 많이 가는데요."

"나 혼자 쌍둥이랑 지낼 생각은 아냐. 안 그래도 너랑 이 문제를 의논하려던 참이야. 아까 저녁에 레이첼이랑 한참 이야기를 했어. 앤, 레이첼은 요즘 이런저런 문제로 많이 힘들어. 남은 재산도 별로 없고. 8년 전에 막내아들이 서부로 떠날 때 자리 잡는 걸 도와준다고 농장을 담보로 빚을 졌나 봐. 그 뒤로 이자만 겨우겨우 갚아왔고. 거기다 토마스 병치레로 이래저래 돈도 들어갔지. 농장을 팔아야 하는데 이곳저곳 빚을 갚고 나면 남는 게 거의 없다네. 그럼 엘리자랑 살아야 하는데 에이번리를 떠난다는 건 레이첼한텐 얼마나 가슴 아픈 일이겠니. 그 나이의 여자가 친구를 새로 만들고 관심거리를 다시 찾는 건 쉽지 않거든. 그래서 말인데 앤, 레이첼이랑 얘길 하다 보니까 문득 나랑 같이 살자고 하면 어떨까 싶더구나. 물론 레이첼한테 말을 꺼내기 전에 너랑 의논을 해야 할 문제고. 레이첼이랑 나랑 같이 살면 너도 대학에 갈 수 있고 말야. 어때?"

앤이 말을 더듬었다.

"그게…… 전……. 누가 달이라도 따다 준 것 같아요. 하지만 어떻게 해야 할지…… 모르겠어요. 린드 부인이랑 같이 지내시는 건 마릴라가 결정하실 문제예요. 그런데, 정말 괜찮으시겠어요? 린드 부인은 좋은 분이고 상냥한 분이지만 그래도…… 좀……."

"단점도 있다 그 말이지? 물론 그래, 그렇지. 하지만 레이첼이 에이번리를 떠나는 걸 보느니 단점을 참아 주는 편이 나을 것 같아. 난 레이첼이 정말 보고 싶을 테니까. 레이첼은 나한텐 하나밖에 없는 가까운 친구잖아. 레이첼 없인 힘들 것 같아. 45년 동안 이웃에 살면서도 다툰 적도 없어. 물론 레이첼이 너더러 촌스러운 빨강 머리라고 하는 바람에 딱 한 번 싸울 뻔한 적은 있었지만 말야.
기억나니, 앤?"

앤이 후회 가득한 목소리로 말했다.

"당연히 기억하죠. 그런 일을 어떻게 잊어요. 그땐 린드 부인이
얼마나 미웠는데요!"

"그러고서도 레이첼이 사과를 하게 만들었지. 앤, 정말이지 넌
다루기 힘든 애였는데. 널 어떻게 대해야 할지 몰라서 얼떨떨하고
정신없고 그랬지. 매슈는 널 잘 이해했는데."

"매슈는 뭐든 이해하셨죠."

매슈의 이야기를 할 때면 앤의 말투는 늘 부드러웠다.

"어쩌면 레이첼이랑 전혀 문제없이 지낼 수 있을지도 몰라. 두
여자가 한집에서 잘 지내지 못하는 건 부엌을 같이 쓰면서 서로 참
견하기 때문이거든. 레이첼이 여기서 살게 된다면 북쪽 방을 침실
로 쓰고 손님방을 부엌으로 쓰게 하려고. 우린 손님방이 필요하지
않잖니. 거기다 난로도 두고 가구도 마음대로 들여놓고 살면 훨씬
편하게 자기 식대로 살 수 있을 거야. 자식들도 레이첼을 도와줄
테니까 충분히 먹고살 수 있겠지. 난 방만 내주는 거고. 그래, 앤,
난 이게 괜찮을 것 같아."

"그럼 린드 부인께 얘기해 보세요. 저도 린드 부인이 떠나는 건
싫어요."

앤이 냉큼 대답했다.

"그리고 레이첼이 여기서 살게 되면,"

마릴라가 말을 이었다.

"넌 대학엘 가면 돼. 레이첼이 내 말벗도 되어 주고 쌍둥이한테도 내 손이 닿지 않는 부분을 도와줄 거고, 그러니 네가 대학엘 못 갈 이유가 없어."

그날 밤 앤은 창가에 앉아 오랫동안 생각에 잠겼다. 기뻐해야 할지 서운해야 할지 마음이 복잡했다. 생각지도 못했던 길모퉁이에 다다른 것이었다. 길모퉁이 너머에 무지갯빛 희망과 미래를 가진 대학이 있었다. 하지만 길모퉁이를 돌아가려면 수많은 다정한 것들을 뒤로해야 했다. 지난 2년 동안 앤은 보잘것없어 보이는 사소한 일과 재밋거리들을 무척이나 사랑하게 되었고, 앤이 쏟아부은 열정으로 인해 그것들은 아름답고 기쁜 일들로 변모했다. 앤은 학교도 그만두어야 했다. 앤은 아이들 하나하나를 다 사랑했다. 어리바리하건 말썽쟁이건 마찬가지였다. 폴 어빙만 생각해도 레드먼드가 꼭 가야 할 곳인지 갈피를 잡을 수가 없었다.

앤은 달에게 말을 건넸다.

"2년 동안 자잘한 뿌리들을 많이 내렸어. 내가 떠나면 작은 뿌리들은 많이 아플 거야. 그래도 가야 할 것 같아. 마릴라 말대로 가지 못할 이유가 없거든. 내 꿈을 펼치기 위해 미련을 털어야 해."

앤은 다음 날 사표를 냈다. 린드 부인은 마릴라와 허심탄회한 이야기를 나눈 끝에 초록지붕집에서 같이 살자는 제안을 기쁘게 받아들였다. 하지만 농장은 가을이나 되어야 팔릴 테고 그동안 정리해야 할 일도 많아 여름에는 자기 집에서 홀로 지내기로 했다.

린드 부인은 한숨을 쉬었다.

"초록지붕집처럼 외딴 곳에서 살게 될 줄이야. 그래도 초록지붕집이 예전만큼 세상이랑 동떨어진 건 아니지. 앤은 친구가 많고 쌍둥이도 있어서 활기차니까. 어쨌거나 에이번리를 떠나는 것보다야 우물 속에서 사는 게 낫지, 뭐."

이 두 가지 소식은 해리슨 부인의 등장을 제치고 사람들 입에 빠르게 퍼져 나갔다. 몇몇 사람들은 마릴라 커스버트가 레이첼에게 같이 살자고 성급하게 말을 꺼낸 것에 고개를 갸우뚱거렸다. 사람들은 두 사람이 잘 지내지 못할 거라고 했다. 둘 다 자기 식대로 하기를 좋아하는 사람들이라며 비관적인 예측을 내놓았지만 정작 당사자들은 조금도 개의치 않았다. 마릴라와 레이첼은 서로의 책임과 권리를 명확하게 정하고 이해했으며 그 선을 정확히 지키기로 했다.

레이첼이 단호하게 말했다.

"나나 마릴라나 서로의 일에 시시콜콜 참견하지 않으면 돼요. 그리고 쌍둥이 일은 내가 할 수 있는 거라면 기꺼이 할 거예요. 하지만 데이비가 하는 질문에 대답을 잘해 주겠단 말은 못 하겠어요. 난 백과사전도 아니고 필라델피아 변호사도 아니니까요. 그런 점에선 앤이 좀 그리울걸요."

그러자 마릴라가 무뚝뚝하게 대답했다.

"이따금 보면 앤의 대답도 데이비가 하는 질문만큼이나 이상한 걸요. 쌍둥이는 앤을 틀림없이 그리워할 거예요. 그렇다고 데이비의 질문에 답해 주려고 앤이 미래를 희생할 순 없잖아요. 데이비가 요상한 질문을 하면 어린애는 입 다물고 얌전히 있어야 한다고 대답해 줄 거예요. 나도 그렇게 자랐으니까. 물론 그게 요즘 애들 교육법보다 좋은 건진 모르겠지만요."

린드 부인이 웃으며 말했다.

"그래도 앤이 쓰던 방법이 데이비한텐 잘 먹혔던 것 같아요. 애가 많이 달라졌잖아요. 정말로요."

마릴라도 수긍했다.

"못된 애는 아니에요. 나도 쌍둥이를 이렇게 좋아하게 될 줄은 몰랐어요. 어쨌든 데이비는 레이첼이랑도 잘 지낼 거예요. 그리고 도라는 사랑스러운 아이예요. 그런데 좀 뭐랄까……"

"단조롭다고요? 그렇긴 하죠. 모든 페이지가 똑같은 책처럼 말예요. 도라는 착하고 믿음직한 여인으로 자라겠지만 세상을 깜짝 놀라게 할 만한 인물이 되진 못할 거예요. 말하자면 그다지 재미나진 않지만 사람들이랑 편안하게 어울릴 수 있는 그런 사람인 거죠."

레이첼이 거들었다.

앤이 사표를 낸 소식에 순수하게 기뻐한 사람은 길버트 블라이스뿐이었다. 학생들에게는 마른하늘에 날벼락 같은 일이었다. 아네타 벨은 집에 가는 길에 발작을 일으켰다. 앤서니 파이는 기분을 푼답시고 아이들에게 괜한 시비를 걸어 싸움박질을 했다. 바바라 쇼는 밤새 울었다. 폴 어빙은 일주일 동안 포리지를 먹지 않겠다고 우겨 댔다.

폴이 말했다.

"먹을 수가 없어요, 할머니. 아무것도 먹지 못하겠어요. 목에 뭐가 걸린 것 같단 말예요. 제이콥 돈넬이 쳐다보고 있지만 않았어도 집에 오는 내내 울었을 거예요. 침대에 누우면 눈물이 쏟아질 것 같아요. 내일 아침에 눈이 붓진 않겠죠? 울면 마음이 좀 풀릴 텐데. 어쨌거나 포리지는 못 먹겠어요. 이 슬픔을 견뎌 내려면 온 힘을 모아야 한다고요, 할머니. 그러니 포리지를 먹으려고 애쓸 힘이 없어요. 할머니, 우리 선생님이 떠나면 어쩌죠? 밀티 볼터가 그러는데 제인 앤드루스 선생님이 새로 오실 거래요. 앤드루스 선생님도 좋은 사람이겠지만 앤 셜리 선생님만큼 이해심이 많을 것 같진 않아요."

다이애나도 이 일로 몹시 낙담했다.

"내년 겨울은 지독하게 쓸쓸할 것 같아."

다이애나가 울먹였다. 달빛이 은빛 깃털처럼 벚나무 가지 사이로 쏟아져 내리던 황혼 녘, 앤의 동쪽 방에는 꿈결처럼 부드럽고 환한 빛이 가득했다. 앤은 창가에 놓인 낮은 흔들의자에, 다이애나는 침대에 올라앉아 이야기를 나누고 있었다.

"너랑 길버트도 떠나고…… 앨런 목사님 부부도 떠나고, 샬럿타운에서 앨런 목사님을 오라고 한다는데, 당연히 가시겠지. 겨울 내내 목사 자리는 비어 있을 테고, 우린 길게 늘어선 목사 후보자들 이야기나 듣고 있어야 할걸. 쓸 만한 사람은 절반도 안 될 텐데."

"어쨌든 이스트그래프턴의 벡스터 목사님은 안 왔으면 좋겠어. 벡스터 목사님은 여기로 오고 싶어 한다는데 그분 설교는 맨날 우울하거든. 벨 씨가 그러는데 그분은 보수파 목사래. 하지만 린드 부인은 벡스터 목사님이 소화 불량을 앓는 거 빼곤 다 괜찮다고 하셔. 부인이 요리를 잘 못하는 모양이야. 3주 중 2주 동안 시큼한 빵을 먹는 남자의 신학엔 어딘가 비뚤어진 구석이 있는 법이라고 린드 부인이 그러더라고. 앨런 사모님은 여길 떠나는 게 정말 마음 아프신가 봐. 갓 결혼해서 여기에 왔을 때 다들 친절하게 대해 줘서 평생 친구를 떠나는 느낌이래. 게다가 아기 무덤도 여기 있잖아. 아기 무덤을 두고 어떻게 떠나야 할지 모르시겠대. 겨우 3개월밖에 안 된 아기인데 엄마를 그리워할까 봐 걱정이 된다는 거지.

현명한 분이니까 앨런 목사님한텐 그런 말을 안 하시겠지만. 사모님은 거의 매일 밤 목사관 뒤 자작나무 숲을 지나 묘지로 가서 아기한테 자장가를 불러 주신대. 어젯밤 매슈의 무덤에 들장미를 놓아두러 갔다가 사모님한테 다 들었어. 내가 에이번리에 있는 동안엔 아기 무덤에 꽃을 갖다 두겠다고 약속했어. 그리고 내가 없을 땐 틀림없이……"

"그땐 내가 할게. 당연히 내가 해야지. 그리고 앤, 널 대신해서 매슈 무덤에도 꽃을 놓아둘게."

다이애나가 진심을 담아 대답했다.

"고마워. 그렇지 않아도 너한테 부탁하고 싶었어. 그리고 헤스터 그레이의 무덤에도 그렇게 해 줄래? 헤스터 그레이도 잊지 말아 줘. 난 헤스터 그레이를 하도 상상하고 생각해서 그런지 이상할 정도로 그녀가 살아 있는 것처럼 느껴져. 그 서늘하고 조용하고 푸른 정원의 구석에서 헤스터를 생각하곤 해. 봄날 저녁, 빛이 어둠으로 바뀌는 그 마법의 시간에 난 발끝을 들고 살그머니 너도밤나무 언덕으로 올라가는 상상을 해. 헤스터가 놀라지 않도록 말야. 옛 모습 그대로 6월의 백합과 철 이른 장미들이 피어 있고 작은 집은 온통 덩굴로 덮여 있지. 자그마한 헤스터 그레이가 거기 있어. 부드러운 눈동자에 검은 머리카락을 바람에 흩날리면서 백합에 손가락을 대어 보고 장미들과 비밀스러운 이야기를 주고받으면서 돌아다니는 거야. 그러면 난 가만히 다가가 헤스터한테 손을 내밀며 말을 해. '헤스터 그레이, 나랑 같이 놀지 않을래요? 나도 장미를 좋아하거든요.' 우리는 낡은 벤치에 같이 앉아 이야기도 하고 상상도 하고 고요한 침묵을 나누기도 해. 어느새 달이 떠오르고 난 주위를 둘러봐. 갑자기 헤스터가 온데간데없이 사라지고 작은 덩굴 집도 장미도 사라지지. 풀밭 위로 6월의 백합만 총총히 남은 쓸쓸한 정원만 그대로야. 바람은 벚나무 사이로 슬픈 한숨을 내쉬고. 난 꿈인지 생시인지 모를 것 같은 기분이 되는 거야."

다이애나는 침대 머리맡으로 기어가 등을 기댔다. 땅거미가 질 무렵 그런 으스스한 이야기를 들으면 등 뒤에 무언가가 있을 것 같은 기분이 절로 들었다.

"너랑 길버트가 떠나고 나면 마을 개선회는 시들해지고 말 거야."

다이애나는 울적해했다.

상상 속 세계를 떠나 현실로 돌아온 앤이 씩씩하게 대답했다.

"그런 걱정은 마. 마을 개선회는 확고하게 자리 잡았잖아. 마을 어른들이 지지를 보내 준 이후론 더더욱. 올여름에 사람들이 잔디밭이랑 오솔길에 무얼 하고 있는지 봐. 그리고 난 레드먼드에서 경과를 지켜보다가 내년 겨울에 보고서를 써서 보낼 거야. 다이애나, 너무 부정적으로 볼 건 없어. 그리고 내가 얼마 남지 않은 시간 동안 즐겁게 보낸다고 해도 서운해하지 마. 정작 떠날 때가 되면 난 하나도 기쁘지 않을 거야."

"기뻐해도 괜찮아. 넌 대학에 가서 즐거운 시간을 보낼 거고 좋은 친구들도 잔뜩 만나게 될 거야."

잠시 생각하던 앤이 말했다.

"나도 새 친구들을 만나고 싶어. 새 친구들은 인생을 훨씬 멋지게 만들어 주니까. 하지만 아무리 새 친구를 많이 사귄다 한들 오래된 친구만큼 좋겠어? 특히 까만 눈에 보조개가 있는 친구보다 더 좋진 못할걸. 그게 누군지 알겠지, 다이애나?"

다이애나가 한숨을 쉬었다.

"하지만 레드먼드엔 똑똑한 여자애들이 엄청 많을 거야. 난 종종 촌뜨기 같은 소리나 하는 맹한 여자애일 뿐인걸. 곰곰이 생각만 하면 그렇게 바보 같은 짓을 하진 않지만 말야. 그래도 지난 2년은 정말 행복했어. 아무튼 난 네가 레드먼드에 가게 된 걸 진심으로 기뻐할 사람을 알아. 앤, 한 가지 물어볼게. 화내지 말고 진지하게 대답해 줘. 너 혹시 길버트한테 관심 있니?"

"친구로선 당연히 그렇지만 네가 생각하는 그런 건 절대 아냐."

앤은 나직하면서도 단호하게 대답했다. 앤은 자신이 진심을 담아 대답하고 있다고 생각했다.

다이애나는 한숨을 쉬었다. 앤이 조금은 다른 대답을 하기를 기대했기 때문이었다.

"넌 결혼 안 할 거야, 앤?"

"아마도…… 언젠가, 진짜 짝을 만난다면."

앤은 달빛을 향해 미소를 지었다.

"하지만 진짜 짝인 걸 어떻게 알아봐?"

다이애나가 물고 늘어졌다.

"난 알아볼 수 있을 거야. 뭔가가 나한테 영감을 줄 거야. 너도 내 이상형을 알잖아, 다이애나."

"이상형은 변하기도 하는걸."

"내 이상형은 안 변해. 내 이상형이 아닌 사람한텐 관심이 생기지도 않아."

"영영 못 만나면?"

"그럼 노처녀로 늙어 죽지, 뭐. 노처녀로 죽는 게 그리 어려운 일도 아니고."

앤이 명랑하게 대답했다.

다이애나는 농담하고 싶은 기분이 아니었다.

"노처녀로 죽는 게 어렵진 않지. 노처녀로 살아가는 게 힘들단 거야. 물론 미스 라벤더처럼 될 수만 있다면 노처녀로 늙는 것도 괜찮겠지만. 하지만 난 그렇겐 안 돼. 난 마흔다섯 살이 되면 엄청나게 뚱뚱해질걸. 가냘픈 노처녀한텐 로맨스가 찾아올 수 있어도 뚱뚱한 노처녀한텐 로맨스 따위 없을 거라고. 아, 생각났다. 넬슨 애킨스가 3주 전에 루비 길리스한테 청혼했대. 루비가 다 말해 줬어. 루비는 넬슨이랑 결혼할 생각이 없었대. 넬슨이랑 결혼을 하면 그 집안 어른들하고 잘 지내야 할 테니까 말야. 하지만 넬슨이 하도 완벽하게 아름답고 로맨틱한 청혼을 하는 바람에 그만 반해 버리고 만 거지. 그래도 성급하게 결정할 순 없어서 일주일만 말미를 달라고 했대. 그러고선 이틀 뒤에 넬슨 어머니가 연 바느질 자선 모임엘 갔는데 그 집 응접실 테이블에《에티켓에 대한 모든 것》이란 책이 있더래. 그 책에서 '청혼과 결혼에 대한 에티켓'이란 대목을 봤을 때의 심경을 루비는 도저히 말로 표현할 수가 없대. 넬슨이 청혼할 때 했던 말이랑 한 글자도 틀리지 않더라는 거지. 루비는 집에 와서 가차 없는 거절의 편지를 썼다나 봐. 넬슨 부모님은 혹시라도 넬슨이 강물에 몸을 던질까 봐 돌아가면서 감시를 했다는데 루비 말로는 걱정할 게 없대. '청혼과 결혼에 대한 에티켓'엔 거절당했을 때 대처 방법도 나와 있는데 강물에 빠져 죽는단 말은 없었다는 거야. 그리고 루비가 그런 말도 하더라. 윌버 블레어가 자기 때문에 문자 그대로 꼬치꼬치 말라 가고 있는데 그 문제에 대해선 자기도 어쩔 수 없다고."

앤이 참을 수 없다는 표정을 지었다.

"남의 험담이나 하고 있는 것 같아서, 이런 말 하긴 싫지만…….

그래도 난 요즘 루비 길리스가 싫어. 에이번리 학교랑 퀸스 아카데미에 같이 다닐 땐 루비가 좋았는데…… 물론 너랑 제인만큼 좋았던 건 아니지만. 루비는 작년에 카모디에서 지내면서 너무 변한 것 같아. 진짜 많이."

다이애나가 끄덕였다.

"나도 알아. 길리스 집안의 기질이 드러나는 거겠지. 그건 별수 없는 거고. 린드 부인은 길리스 집안 딸들은 걸음걸이나 대화하는 것만 봐도 오로지 남자 생각뿐이라는 게 티가 난다잖니. 정말 루비는 맨날 남자 얘기만 해. 남자들이 자기한테 무슨 칭찬을 했고 카모디에서 남자들이 다들 자기한테 얼마나 빠져 있는지 그런 얘기들만 말야. 희한한 건 남자들이 정말 그런단 거지."

다이애나는 다소 화가 난 듯 말했다.

"어젯밤 블레어 씨 상점에서 루비를 만났는데 내 귀에다 대고 새 애인이 생겼다고 하더라고. 루비가 물어봐 줬으면 하는 기색이라 일부러 누군지 묻지도 않았어. 루비가 원하는 게 그거잖아. 너도 기억하지? 어릴 때부터 루비는 결혼하기 전에 남자 친구를 수십 명은 만나면서 최대한 즐겁게 지낼 거라고 했던 거. 루비는 제인이랑은 참 달라. 제인은 그렇게 착하고 현명하고 숙녀다운데."

"제인이야 보석 같은 아이지."

앤이 맞장구를 쳤다.

"그래도,"

앤은 몸을 숙여 베개에 놓인 다이애나의 통통한 손을 다정하게 토닥이며 덧붙였다.

"세상에 나의 다이애나 같은 사람은 없어. 다이애나, 우리가 처음 만났던 날, 너희 집 정원에서 영원한 우정을 맹세했던 거 기억나? 우린 그 맹세를 지킨 거야. 다툰 적도 없고 차갑게 군 적도 없잖아. 네가 나를 사랑한다고 말했던 날 느꼈던 짜릿함을 난 평생 잊지 못할 거야. 난 어린 시절 내내 외롭고 정에 굶주려 있었어. 요즘에야 느껴. 그때 내가 얼마나 외롭고 정에 굶주렸더랬는지 말야. 나를 신경 써 주는 사람도 없었고 곁에 있어 주려고도 하지 않았어. 상상 속 삶이 없었으면 정말 비참했을 거야. 상상 속에선 친구도 사랑도 얻을 수 있었어. 그런데 초록지붕집으로 오면서 모든 게 바뀌었어. 그리고 널 만났지. 너를 만난 게 나한테 어떤 의미였는지 넌 모를 거야. 언제나 따뜻하고 진실한 사랑을 준 너한테 새삼 고맙단 말 하고 싶어."

다이애나가 울먹였다.

"난 언제까지나, 언제까지나 널 사랑할 거야. 난 그 누구도 너만큼 사랑하진 못할 거야. 어떤 여자애라도. 내가 결혼해서 딸을 낳으면 이름은 꼭 앤이라고 지을 거야."

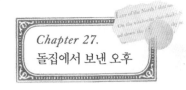

Chapter 27.
돌집에서 보낸 오후

"그렇게 예쁘게 입고 어딜 가, 앤 누나? 그렇게 입으니까 진짜 끝내주는데."

데이비가 궁금해하며 말했다.

앤은 연두색 모슬린 드레스를 입고 점심 초대를 받아 가는 길이었다. 매슈가 죽은 후 처음 입어 보는 빛깔이었다. 연두색 때문에 꽃같이 발그레한 앤의 얼굴과 윤기 나는 머릿결이 더욱 돋보였다.

앤이 꾸지람을 했다.

"데이비, 그런 말을 쓰면 안 된다고 몇 번이나 말했니? 누난 메아리 오두막에 가는 길이야."

"나도 갈래."

데이비가 졸랐다.

"마차를 타고 가는 거라면 데려가겠지만 난 걸어가야 해. 여덟 살 꼬마가 걸어가기엔 너무 멀어. 그리고 폴이랑 같이 갈 건데 넌 폴을 싫어하잖아."

데이비는 푸딩을 마구 퍼먹으며 말했다.

"이젠 폴이 좀 좋아. 내가 많이 착해졌기 때문에 폴이 나보다 착하다는 게 별로 신경이 안 쓰여. 언젠가는 내가 폴을 따라잡을걸. 그리고 폴은 우리 2학년 남자애들한테 진짜 잘해 줘. 큰 형들이 우릴 괴롭히지 못하게 막아 주고 게임도 많이 가르쳐 줘."

"어제 점심 때 폴은 왜 시냇물에 빠졌던 거야? 운동장에서 봤을 때 흠뻑 젖어 있어서 빨리 마른 옷으로 갈아입고 오라고 집으로 보내느라 물어보지도 못했거든."

앤이 물었다.

"그건 사고였어. 폴이 머리를 일부러 시냇물에 집어넣었는데 갑자기 몸도 확 빠진 거야. 우리도 다 냇가에 있었는데 뭔진 모르지만 프릴리 로저슨이 폴한테 화가 나 있었어. 프릴리 로저슨은 예쁘긴 해도 너무 못됐어. 프릴리가 폴한테 밤마다 할머니가 머리를 곱슬곱슬하게 말아 주느냐면서 놀렸어. 폴은 프릴리가 말할 땐 신경 안 썼는데 그레이시 앤드루스가 웃으니까 얼굴이 빨개지더라고. 폴이 그레이시를 좋아하잖아. 폴은 그레이시한테 홀랑 빠져선 꽃도 꺾어 주고 해변 길까지 책도 들어다 줘. 폴은 얼굴이 홍당무처럼 빨개져선 할머니가 머리를 말아 주는 게 아니라 자기는 원래 곱슬머리라 그런 거라고 했어. 그러면서 그걸 보여 주려고 둑에 엎드려서 시냇물에 머리를 집어넣은 거야. 그렇다고 우리가 마시는 샘

물은 아니었고."

데이비는 마릴라의 경악한 얼굴을 보며 말을 이었다.

"더 아래쪽에 있는 샘물이었어. 둑이 너무 미끄러워서 폴이 빠진 거야. 물이 끝내주게 튀었어. 아, 앤 누나, 끝내준단 말을 하려던 건 아니었어. 나도 모르게 튀어나온 말이야. 물이 멋지게 튀었어. 하지만 폴이 흠뻑 젖어서 진흙투성이로 기어 나온 걸 보니까 진짜 웃겼어. 여자애들이 막 웃었는데 그레이시는 안 웃었어. 안타까운 것 같더라고. 그레이시는 착하긴 한데 들창코야. 이담에 커서 여자 친구를 만난대도 들창코는 싫어. 난 누나처럼 코가 예쁜 여자애랑 만날 거야."

"어떤 여자애도 얼굴에 시럽을 잔뜩 묻히면서 푸딩을 먹는 남자애는 거들떠보지도 않을 거야."

마릴라가 엄한 얼굴로 말했다.

그러자 데이비가 손등으로 시럽 자국을 문지르며 대꾸했다.

"데이트하기 전엔 세수를 할 건데요. 그리고 말하지 않아도 귀 뒤도 씻을 거고요. 오늘 아침엔 안 까먹었어요. 요즘은 전보다 반밖에 안 까먹지 않아요. 하지만······"

데이비가 한숨을 쉬었다.

"구석구석 씻을 데가 너무 많아서 다 생각해 내기가 어려워요. 미스 라벤더네 집엘 못 간다면 해리슨 아줌마를 만나러 갈래요. 해리슨 아줌만 정말 좋아요. 아줌만 아이들을 위해서 팬트리에 쿠키 항아리를 놔둬요. 자두 케이크를 반죽했던 그릇에 남은 부스러기도 주고요. 그릇에 자두 조각이 많이 붙어 있거든요. 해리슨 아저씨도 원래 좋은 분이지만 다시 결혼한 후로 두 배는 더 좋아졌어요. 결혼하면 친절해지는 건가 봐요. 마릴라 아줌마는 왜 결혼을 안 했어요?"

마릴라는 독신이라는 사실을 약점으로 여긴 적이 없는 사람이었다. 그래서 앤과 의미심장한 눈길을 주고받으며 아무도 결혼하자고 하는 사람이 없어서 그랬다고 가볍게 대답했다.

"아줌마가 아무한테도 결혼하자고 하지 않아서일지도 몰라요."

데이비가 반박했다.

"데이비,"

자기에게 물은 것도 아니었는데 깜짝 놀란 도라가 입을 열었다.

"결혼하잔 말은 남자가 하는 거야."

"왜 남자만 그래야 해? 세상 모든 일은 다 남자가 해야 하나 봐. 마릴라 아줌마, 푸딩 더 먹어도 돼요?"

데이비가 투덜거렸다.

"먹을 만큼 먹었잖아."

마릴라는 그렇게 말하면서도 데이비에게 푸딩을 더 덜어 주었다.

"푸딩만 먹고 살았으면 좋겠어요. 마릴라 아줌마, 왜 그러면 안 되는 거예요?"

"푸딩은 금방 질릴걸."

데이비는 못 믿겠다는 표정이었다.

"정말 그런지 제가 실험해 보고 싶은데. 하지만 푸딩을 아예 못 먹는 거보다 친구들이 오는 날엔 먹는 게 더 나을 것 같긴 해요. 밀 티 볼터네 집엔 아예 없거든요. 밀티가 그러는데 밀티네 엄마는 손 님들이 오면 치즈를 직접 잘라 주는데, 아주 조금 주고는 예의상 한 번 더 준대요."

"밀티 볼터가 그런 말을 했대도 넌 그런 말을 남한테 하면 안 돼."

마릴라가 엄하게 나무랐다.

"아뿔싸!"

데이비는 해리슨 씨한테 배운 이 말을 기억해 두었다가 신이 나 서 써먹곤 했다.

"밀티는 자랑삼아 하는 말인걸요. 사람들이 자기 엄마 보고 아 무리 쪼들려도 잘 살 사람이라고 한다면서 막 자랑해요."

"팬지꽃밭에 또 암탉들이 들어간 모양이네."

마릴라는 급하게 일어나 밖으로 나가 버렸다.

하지만 암탉들은 팬지꽃밭 근처에도 없었고 마릴라는 그곳을 쳐다보지도 않았다. 대신 지하실 입구에 앉아 질릴 때까지 실컷 웃었다.

그날 오후 앤과 폴이 돌집에 도착했을 때 라벤더와 네 번째 샬로타는 정원에서 잡초를 뽑고 갈퀴질을 하고 정원수를 다듬고 있었다. 라벤더는 평소 좋아하는 프릴과 레이스가 달린 옷을 입어 무척 즐겁고 아름다워 보였다. 그녀는 가위를 내려놓고 손님을 맞으러 기쁘게 달려 나왔다. 네 번째 샬로타도 발랄하게 웃었다.

"잘 왔어, 앤. 네가 올 줄 알았어. 넌 오후의 사람이니까 오후가 너를 데려온 거겠지. 서로 통하는 존재들은 늘 함께 나타나거든. 사람들이 그걸 몰라서 숱한 문제들이 생기는 거지. 그걸 모르니까 서로 짝을 찾느라 천국이랑 지상을 헤매면서 힘을 빼는 거고. 폴은 이제 어른이 됐구나! 지난번 봤을 때보다 머리 하나는 더 큰 것 같은데?"

폴은 라벤더의 말에 기뻐하며 대답했다.

"네, 린드 부인 말대로 밤마다 명아주 풀처럼 쑥쑥 자라기 시작했어요. 할머니는 포리지의 효과가 이제야 나타나는 거래요. 그럴지도 몰라요."

이렇게 말하더니 폴은 한숨을 쉬었다.

"누구라도 키가 안 클 수 없을 만큼 포리지를 먹었거든요. 제발 좀 키가 컸으면 하고 있었어요. 이제 크기 시작했으니 아빠만큼 계속 자랄 거예요. 아시겠지만 우리 아빤 키가 6피트잖아요."

물론 라벤더도 알고 있었다. 안 그래도 발그레한 그녀의 뺨이 살짝 더 달아올랐다. 라벤더는 폴과 앤의 손을 잡고 가만히 집으로 걸어갔다.

"오늘은 메아리를 듣기 좋은 날이에요?"

폴이 초조해하며 물었다. 폴이 처음 돌집에 왔던 날에는 바람이 불어서 메아리가 들리지 않아 무척 실망을 했던 것이다.

몽상에서 깨어난 라벤더가 대답했다.

"응, 오늘은 딱 좋은 날이야. 하지만 먼저 집에 들어가서 뭘 좀 먹어야지. 두 사람 다 너도밤나무 숲을 지나 걸어오느라 배가 고플 테니까. 네 번째 샬로타랑 난 아무 때나 먹을 수 있어. 우린 식욕이 대단하거든. 그러니까 어서 팬트리로 가자. 다행히 맛있는 게 가득해. 오늘 손님이 올 것 같은 예감이 들어서 샬로타랑 내가 준비를 해 뒀어."

폴이 말했다.

"라벤더 아줌마도 팬트리에 항상 먹을 걸 채워 두시나 봐요. 우리 할머니도 그러시거든요. 하지만 식사 사이에 간식 먹는 건 안 된다 하세요."

폴이 골똘한 표정으로 덧붙였다.

"할머니가 싫어하실 텐데 밖에서 간식을 먹어도 될지 모르겠어요."

라벤더는 폴의 갈색 곱슬머리 너머로 앤과 눈웃음을 주고받았다.

"오래 걸었으니까 할머니도 허락하실 거야. 평소랑은 다르잖아. 나도 간식이 건강엔 좋을 리 없다고 생각해. 그래서 메아리 오두막에선 일부러 간식을 자주 먹어. 샬로타랑 난 사람들이 올바르다 생각하는 식사법을 다 무시하거든. 우린 생각날 때마다 소화도 잘 안 되는 것들을 밤낮으로 먹어 대는걸. 그래도 우린 월계수 나무처럼 튼튼하잖아. 우린 뭐든 거꾸로 해 보고 있어. 우리가 좋아하는 음식이 건강에 해롭다고 경고하는 신문 기사를 보면 잊어버리지 않으려고 그걸 오려다가 부엌 벽에 핀으로 꽂아 둬. 하지만 꼭 먹고 나서야 그 기사가 기억이 난다니까. 그래도 뭘 먹고 죽을 뻔한 적은 없어. 하지만 네 번째 샬로타는 자기 전에 도넛이나 고기 파이, 과일 케이크를 먹으면 밤에 악몽에 시달리더라고."

폴이 말했다.

"할머니는 자기 전에 우유 한 잔이랑 버터 바른 빵 한 조각은 허락하세요. 일요일 밤엔 잼도 발라 주고요. 그래서 전 일요일 밤이 좋아요. 다른 이유도 있지만요. 해변에서의 일요일은 진짜 길어요. 할머니는 일요일이 무척 짧다고, 아빠가 어렸을 땐 일요일이 지루한 적 없었다고 하세요. 바위 사람들하고 얘길 할 수 있다면 저도 일요일이 짧을 거예요. 하지만 할머니가 싫어하셔서 일요일엔 바위 사람들을 안 만나요. 전 생각이 많지만 그 생각이 세속적인 건지도 모르겠어요. 할머니는 일요일엔 종교적인 생각만 해야 한다고 하시거든요. 앤 선생님은 우리가 무슨 요일에 무슨 생각을 하건 그게 아름다운 생각이라면 모두 종교적인 거라 하셨어요. 하지만 할머니는 설교랑 주일 학교 수업만이 유일하게 종교적인 생각이라고 하세요. 할머니랑 선생님 생각이 다를 땐 어떻게 해야 할지 모르겠어요."

폴은 가슴에 손을 얹고 무척이나 진지한 파란색 눈을 들어 동정 어린 표정을 하고 있는 라벤더의 얼굴을 바라보았다.

"선생님의 말이 맞단 생각이 들어요. 하지만 할머니는 할머니 방식대로 아빠를 키웠고 성공하게 만들었잖아요. 앤 선생님은 아직 아이를 키워 보지 않았고요. 물론 지금 데이비랑 도라를 돌봐 주고 있지만 그 아이들이 어떤 어른으로 자랄진 알 수 없는 일이고요. 그래서 할머니 말씀을 따르는 게 더 안전하지 않을까 하는 생각도 들어요."

앤이 진지한 얼굴로 대답했다.

"그럴 것 같아. 그런데 할머니랑 난 서로 다른 이야기를 하고 있는 것 같아 보여도 결국 의도는 같을 거야. 넌 할머니의 뜻을 따르는 게 좋을 거야. 경험에서 나온 거니까 말야. 내 방식도 괜찮다는 걸 알게 되려면 쌍둥이가 다 자랄 때까지 기다려야 할 거고."

점심을 먹은 후 그들은 다시 정원으로 나갔다. 앤과 라벤더가 포플러나무 아래 돌 벤치에 앉아 이야기를 나누는 동안 폴은 신이 나서 메아리와 놀았다.

라벤더가 아쉬운 얼굴로 물었다.

"그럼 가을에 떠나는 거야? 널 위해선 기뻐해야 하는데…… 난 서운하네. 네가 많이 보고 싶을 거야. 아, 난 친구를 사귀지 말아야겠다 싶을 때가 종종 있어. 얼마 안 지나 그들이 떠나고 나면 만나기 전보다 더 큰 상처가 남거든."

"그런 말은 미스 엘리자라면 모를까 미스 라벤더한텐 어울리지 않아요. 허전해지는 건 끔찍한 일이지만 전 미스 라벤더를 떠나는 게 아닌걸요. 편지도 할 거고 방학도 있잖아요. 이런, 얼굴이 창백해요. 지쳐 보여요."

"야호……! 야호……!"

폴은 지칠 줄도 모르고 둑으로 올라가 계속 소리치고 있었다. 감미로운 목소리는 아니었지만 강 건너 연금술사 요정들이 금빛, 은빛의 메아리로 바꿔 놓은 듯했다.

라벤더는 고운 손을 털썩 떨어뜨렸다.

"난 모든 일이 지겨워졌어. 메아리도 말야. 내 인생에 남은 건 메아리밖에 없는데. 잃어버린 꿈과 희망, 기쁨의 메아리밖엔 없는데. 메아리는 아름답긴 하지만 나를 놀려. 앤, 손님 앞에서 이런 말을 하다니. 나이를 먹으니까 내 맘대로 안 되네. 예순 살쯤 되면 짜증쟁이가 될지도 몰라. 나한테 필요한 건 약인지도 모르겠어."

그때 점심 식사 후로 보이지 않았던 네 번째 샬로타가 돌아왔다. 존 킴볼 씨네 목초지 북동쪽 귀퉁이에 철 이른 산딸기가 빨갛게 익었다며 앤에게 따러 가지 않겠느냐 물었다.

라벤더가 탄성을 질렀다.

"철 이른 산딸기랑 차를 마시는 거야! 아, 난 그리 늙진 않았나 봐. 약도 필요 없고 말야! 너희가 산딸기를 따 오면 여기 포플러나무 아래에서 차를 마시자. 난 크림을 준비해 놓을게."

앤과 네 번째 샬로타는 킴벌 씨네 목초지로 갔다. 공기는 벨벳처럼 부드러웠고, 제비꽃 화원처럼 향기롭고 황금빛 보석처럼 반짝이는 한적한 초원이었다.

"여긴 정말 달콤하고 싱그러운데? 햇살을 잔뜩 들이마신 기분이야."

앤이 숨을 한껏 들이마셨다.

"네, 아가씨. 저도 딱 그런 기분이에요."

네 번째 샬로타는 앤이 황야의 펠리컨이 된 기분이라고 했어도 똑같이 말했을 것이었다. 앤이 메아리 오두막을 다녀갈 때마다 샬로타는 부엌 위 조그만 다락방에 올라가 거울 앞에 서서 앤의 말투와 표정과 행동을 따라 했다. 흉내 내기에 성공한 적은 한 번도 없었지만 학교에서 배웠듯 자꾸 연습하다 보면 완벽해지는 법이다.

샬로타는 언젠가는 우아하고 당당하게 초롱초롱한 눈을 빛내며 바람에 흔들리는 나뭇가지처럼 걷는 방법을 빠른 시일 안에 배울 수 있기를 바랐다. 앤을 보고 있자면 쉬울 것 같았다. 네 번째 샬로타는 앤을 진심으로 동경했다. 앤이 아름다워서가 아니었다. 아름다운 것으로 치자면 다이애나 배리의 발그레한 뺨과 검은 곱슬머리가 앤의 달빛 같은 잿빛 눈동자와 창백하다가도 금세 장밋빛으로 물드는 뺨보다 훨씬 나았다.

"미인이 되고 싶은 게 아니라 아가씨처럼 되고 싶은 거예요."

샬로타는 진심을 담아 앤에게 말했다.

앤은 웃으면서 달콤한 말은 삼키고 쓴 말은 뱉어 냈다. 앤은 샬로타의 애매한 칭찬을 받아넘기는 데에 익숙해져 있었다. 앤의 외모에 대해 사람들의 생각은 천차만별이었다. 앤이 예쁘다는 소리를 들었던 사람들은 앤을 보고 나면 실망했고 앤이 평범하다 들은 사람들은 앤을 보고 나서 사람들의 눈이 어떻게 된 게 아닌가 생각했다. 앤은 자신이 미인이라 할 만한 구석이 있다고는 생각하지 않았다. 거울 앞에 앉으면 비치는 것이라고는 일곱 개의 주근깨가 다닥다닥 콧등에 붙은 창백한 얼굴뿐이었다. 장밋빛으로 타오르는 불꽃같은 얼굴을 스치는, 종잡을 수 없는 다양한 표정들을 거울로는 볼 수 없었다. 그리고 커다란 눈망울에 어린 꿈과 웃음도 거울로는 볼 수 있는 것이 아니었다.

엄밀히 말해 앤은 미인이 아니었지만 앤에게는 무언가 형언할 수 없는 매력과 특별함이 있었다. 그런 이유로 사람들은 앤을 볼 때면 즐거워했다. 앤을 잘 아는 사람들은 앤의 가장 큰 매력이 앤에게서 배어 나오는 가능성과 잠재력이라고 무의식중에 느끼고 있었다. 앤은 무슨 일이 막 일어날 듯한 분위기를 풍기며 걸어 다니는 것만 같았다.

딸기를 따면서 샬로타는 라벤더에 대한 걱정을 털어놓았다. 마음이 따뜻한 어린 하녀는 사랑하는 주인을 진심으로 염려하고 있었다.

"미스 라벤더는 건강이 좋지 않아요, 앤 셜리 아가씨. 아프다고 하시진 않지만 분명 그런 것 같아요. 평소랑 달라진 지 꽤 됐어요. 그때 폴이랑 아가씨가 다녀간 후로요. 그날 밤 감기에 걸린 것 같아요. 아가씨랑 폴이 떠난 다음에 숄 하나만 달랑 걸치고 정원을 거니셨거든요. 눈이 잔뜩 쌓여 있어서 독감에 걸렸을 거예요. 그 뒤론 쭉 지치고 외로워 보였어요. 아무 데도 관심이 없는 것 같고 손님이 올 것처럼 준비하지도 않고요. 아무것도 하지 않아요. 아가씨가 오면 좀 명랑해져요. 다른 것보다 제일 큰일은요……"

네 번째 샬로타는 정말 이상하고 끔찍한 일을 말하려는 듯 목소리를 낮추었다.

"제가 무얼 깨뜨려도 화를 안 내세요. 앤 셜리 아가씨, 전 어제

늘 책장에 놓아두는 연두색 그릇을 깨뜨렸어요. 그건 할머님이 영국에서 가져오신 거라 미스 라벤더가 정말 애지중지하는 거거든요. 먼지를 닦으려다 손에서 놓쳐 버리는 바람에 산산조각이 나 버렸어요. 전 정말 죄송하기도 하고 겁도 났어요. 당연히 미스 라벤더가 꾸중을 할 것 같았거든요. 차라리 예전처럼 야단을 치셨으면 좋겠어요. 미스 라벤더는 깨진 그릇을 보더니 그냥 '괜찮아, 샬로타. 유리 조각들을 잘 치워', 그러시는 거예요. 할머님이 영국에서 가져온 그릇이 아닌 것처럼 말예요. 미스 라벤더는 정말 상태가 안 좋아서 걱정이 돼요. 저 말곤 미스 라벤더를 보살펴 줄 사람도 없고요."

네 번째 샬로타의 눈에 눈물이 차올랐다. 앤은 금이 간 분홍색 그릇을 들고 있는 샬로타의 그을린 작은 손을 다정하게 토닥였다.

"샬로타, 미스 라벤더한텐 변화가 필요한 건지도 몰라. 혼자 있는 시간이 너무 많아. 우리가 잠깐 여행이라도 다녀오시게 설득을 해 볼까?"

샬로타는 고개를 푹 떨구더니 우울한 표정으로 고개를 저었다.

"그건 안 될 거예요, 아가씨. 미스 라벤더는 돌아다니는 걸 싫어해요. 만나는 친척이라곤 고작 세 명뿐인데 그것도 가족 된 도리 때문에 가는 거라고 하셨어요. 저번에 다녀와서는 더 이상 그런 의무적인 여행은 하지 않겠다 하셨어요. '샬로타, 한적한 생활이 그리워서 돌아왔어' 그러시더라니까요. '이젠 덩굴이랑 무화과나무가 있는 이 집을 절대 벗어나지 않을 거야. 친척들이 자꾸 나를 늙은이 취급을 하려 해서 불편했어' 그러시는데, 아가씨, 정말 그게 정말 불편하다고 하셨다니까요. 그러니 미스 라벤더에게 여행을 권해 봤자 하나도 좋을 것 같지 않아요."

"어떤 일이 벌어질는지 한번 지켜봐야지."

앤이 분홍색 그릇에 마지막 딸기를 담으며 단호하게 말했다.

"일단 방학이 시작되면 내가 돌집으로 와서 일주일 동안 같이 지낼게. 매일 피크닉을 가고 온갖 재미난 일들을 꾸며 보는 거야. 미스 라벤더를 기운 나게 할 일을 찾아보는 거지."

"바로 그거예요, 아가씨!"

네 번째 샬로타가 환호했다. 라벤더에게도 좋은 일이었지만 샬로타에게도 그랬다. 일주일 내내 앤을 지켜보다 보면 앤처럼 움직이고 행동하는 법을 확실히 배울 수 있을지도 몰랐다.

앤과 샬로타가 메아리 오두막으로 돌아와 보니 라벤더와 폴은 부엌에 있던 작은 테이블을 정원에 내놓고 티 파티 준비를 끝낸 참이었다. 하얀 솜털 구름이 가득한 드넓은 푸른 하늘 아래 옹알옹알 소리를 내는 숲의 긴 그늘에서 먹는 딸기와 크림은 그 무엇보다도 맛있었다. 차를 다 마시고 앤이 샬로타를 도와 부엌에서 설거지를 하는 사이 라벤더는 폴과 벤치에 앉아 바위 사람들의 이야기를 들었다. 라벤더는 열심히 귀를 기울였지만 폴은 라벤더가 쌍둥이 선원 이야기에서 갑자기 흥미를 잃었다는 것을 눈치챘다.

"라벤더 아줌마, 왜 절 그런 눈으로 보세요?"

폴이 진지하게 물었다.

"내가 어떻게 봤는데?"

"절 보면서 다른 누군가를 떠올리는 것 같아서요."

폴은 이따금씩 신기한 통찰력을 발휘하곤 했다. 그럴 때면 누구라도 비밀을 지키기가 쉽지 않았다.

"그래, 널 보고 있으면 오래전에 알았던 누군가가 떠올라."

라벤더가 꿈꾸는 듯한 표정으로 말했다.

"젊었을 때요?"

"응, 젊었을 때. 내가 많이 늙어 보이니, 폴?"

폴이 털어놓았다.

"사실 잘 모르겠어요. 머리를 보면 늙은 사람 같은데. 하얀 머리의 젊은 사람은 못 봤거든요. 하지만 웃을 때면 우리 선생님의 예쁜 눈만큼이나 젊어 보여요. 그리고요⋯⋯"

폴은 재판관처럼 엄숙한 말투와 표정으로 말했다.

"라벤더 아줌마는 좋은 엄마가 되었을 것 같아요. 눈을 보면 알아요. 우리 엄마 눈빛이랑 똑같거든요. 아줌마한테 아들이 없다는 게 안타까워요."

"나한텐 꿈속 아들이 있는걸."

"진짜로요? 몇 살이에요?"

"너랑 비슷할 거야. 그 앤 네가 태어나기도 전에 내 꿈속으로 왔으니까 너보다 나이가 많겠지만 난 그 애가 열한 살인가 열두 살 때부턴 더 크지 못하게 했거든. 더 나이가 들면 언젠가 어른이 되어 버려서 날 떠날 테니까 말야."

폴이 끄덕였다.

"알아요. 꿈속 사람들은 그래서 좋아요. 우리가 원하는 대로 나이를 먹을 수 있으니까요. 꿈속 친구를 가진 사람은 라벤더 아줌마랑 우리 선생님, 그리고 저뿐인데 우리가 서로 아는 사이라는 게 신기해요. 그런 사람들은 서로 만나게 되어 있나 봐요. 할머니는 꿈속 친구가 없고 메리 조는 제게 꿈속 친구가 있다고 제 머리가 돌았다고 생각해요. 하지만 꿈속 친구가 있으면 얼마나 좋은데. 아줌마도 아시잖아요. 꿈속 아들에 대한 얘기 더 해 주세요."

"그 앤 파란 눈에 곱슬머리야. 아침이면 살그머니 들어와서 입맞춤으로 나를 깨우지. 그러고선 하루 종일 이 정원에서 놀아. 나랑 같이 말야. 우린 재미난 놀이들을 해. 달리기 경주도 하고 메아리랑 얘기도 하고 또 내가 이야기를 들려주기도 해. 그렇게 해 질 무렵이 되면……"

폴이 참지 못하고 불쑥 끼어들었다.

"알아요. 그 앤 아줌마 옆에 앉아서, 이렇게요, 열두 살이면 너무 커서 무릎에 올라가진 못하니까…… 아줌마 어깨에 머리를 기대요. 이렇게요. 그러면 아줌마는 그 앨 꼭, 아주 꼭 안아 주면서 그 애 머리에 뺨을 올려놔요. 네, 바로 이렇게 말예요. 와, 아줌마도 정말 아시는구나."

앤은 돌집에서 나오다가 두 사람을 보았다. 라벤더의 표정을 본 앤은 두 사람을 방해하고 싶지 않았다.

"폴, 어두워지기 전에 도착하려면 이제 가야 할 것 같아. 미스 라벤더, 곧 다시 와서 일주일 내내 메아리 오두막에서 지낼게요."

"일주일 동안 지낸다 해도 내가 2주일 동안 잡아 둘 건데?"

라벤더가 겁을 주었다.

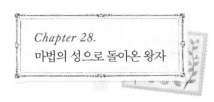

학교에서 아이들과 보내는 마지막 날이 지나갔다. 아이들은 기말고사를 훌륭하게 치러 냈다. 마지막 시간에 아이들은 앤에게 감사 인사를 전하면서 휴대용 간이 책상을 선물로 전해 주었다. 그 자리에 함께한 부인들과 여학생들은 모두 울음을 터트렸고 남학생 몇 명도 아니라고 잡아떼기는 했지만 역시 울었다는 사실이 나중에 밝혀졌다.

하면 앤드루스 부인과 피터 슬론 부인, 윌리엄 벨 부인은 집으로 돌아가며 이런저런 이야기를 나누었다.

"아이들이 앤을 무척 따르는데 그만둔다니 너무 안타까워요."

피터 슬론 부인이 한숨을 쉬었다. 걸핏하면 한숨을 쉬는 버릇이 있는 그녀는 농담을 할 때조차 한숨으로 끝맺곤 했다.

"물론 내년에도 좋은 선생님이 오시겠지만요."

슬론 부인은 급하게 덧붙였다.

앤드루스 부인이 약간 딱딱한 목소리로 말했다.

"제인이 잘 해낼 거예요. 제인은 아이들한테 동화를 그렇게 자주 들려준다든가 숲 속을 돌아다니는 데 시간을 온통 허비하진 않을 거예요. 제인은 장학사의 우수 교사 명단에도 올라 있잖아요. 뉴브리지 사람들은 제인이 그만두는 걸 정말 섭섭해한다더라고요."

벨 부인이 말했다.

"앤이 대학에 가게 돼서 정말 다행이에요. 그렇게 가고 싶어 했는데 잘된 일이죠."

앤드루스 부인은 그날 누구의 말에도 전적으로 동감하지 않으리라 단단히 마음먹은 터였다.

"글쎄요, 전 잘 모르겠어요. 더 공부를 할 필요가 있나 몰라요. 길버트 블라이스가 대학을 끝마칠 때까지 앤한테 계속 관심을 가진다면 결국 앤은 길버트랑 결혼을 하게 될 텐데, 라틴어나 그리스어가 앤한테 무슨 필요가 있겠어요? 대학에서 남자를 다루는 방법을 가르친다면야 몰라도."

하면 앤드루스 부인은 에이번리 사람들이 수군대듯이 남편을 다루는 기술이 없는 여자였다. 그래서 앤드루스네는 행복한 가정의 모범이 되는 집은 아니었다.

벨 부인이 말했다.

"앨런 목사님은 샬럿타운으로 가신다면서요. 그럼 여길 곧 떠나시겠네요."

슬론 부인이 대답했다.

"9월이 되어야 할 거예요. 우리 교구로선 큰 손실이죠. 앨런 사모님이 목사 부인치곤 옷차림이 너무 화려하다고 생각은 했지만, 뭐 완벽한 사람은 없으니까요. 해리슨 씨가 오늘 얼마나 말쑥하게 입었는지 보셨어요? 그렇게 달라지다니. 그 사람 요즘 주말마다 교회에 가서 십일조도 한대요."

"폴 어빙이 쑥 자란 건 보셨어요? 이 동네에 처음 왔을 땐 나이에 비해 그렇게 작더니. 오늘 보니 몰라보겠던걸요. 점점 제 아빠를 닮아 가더라고요."

앤드루스 부인이 말했다.

"정말 똑똑한 아이예요."

벨 부인의 이 말에 앤드루스 부인이 목소리를 낮추었다.

"똑똑하죠, 하지만…… 걘 이상한 소릴 하더라고요. 지난주엔 그레이시가 폴한테 들었다면서 바닷가에 사는 사람들에 대한 황당한 소릴 하는 거예요. 말 같지도 않은 소리였어요. 그레이시한테 그런 말은 믿지 말라고 하니까 그레이시는 폴이 믿으라고 한 얘기가 아니었다는 거예요. 하지만 믿으라는 게 아니면 그런 말을 왜 했겠어요?"

"앤은 폴이 천재라고 하던데요."

슬론 부인이 말했다.

"그럴지도 모르죠. 미국인들이란 통 알 수가 없으니."

앤드루스 부인이 대답했다. 앤드루스 부인이 천재에 대해 아는 것이라고는 일상적으로 별난 사람들을 가리켜 '괴상한 천재'라고 한다는 것뿐이었다. 메리 조처럼 앤드루스 부인은 머리가 이상한 사람들을 천재라고 부른다고 생각했을지도 몰랐다.

다시 교실로 돌아간 앤은 2년 전 학교에 처음 왔던 날처럼 책상에 홀로 앉아 턱을 괴고 창문 너머 반짝이는 호수를 그리운 눈길로 바라보았다. 앤은 아이들과 헤어지는 것이 가슴 아파 대학에 간다는 설렘을 잠시 잊었다. 아네타 벨이 앤의 목에 매달려 "전 앞으로 어떤 선생님도 앤 선생님처럼 좋아하진 못할 거예요. 절대로요"라고 울먹이던 소리가 아직 귀에 생생했다.

앤은 2년 동안 실수도 많이 하고 그 실수를 통해 배우기도 하면서 성심성의껏 아이들을 가르쳤다. 앤은 충분한 보상을 받았다. 앤이 아이들을 가르치긴 했지만 다정함, 자신을 제어하는 방법, 순수한 지혜, 천진난만한 마음 등 아이들이 앤에게 가르쳐 준 것이 더 많았다. 앤은 아이들에게 원대한 포부를 불어넣지 못했는지도 몰랐다. 하지만 말보다는 따뜻한 가슴으로 앞으로의 인생을 아름답고 품위 있게 살아가야 한다는 것을 가르쳤고, 거짓과 비열함과 저속함을 멀리하고 진실과 예의, 친절을 가지고 살아가야 한다고 가르쳤다. 아이들은 앤에게 그런 것을 배웠다는 사실을 아직 깨닫지 못하겠지만, 먼 훗날 아프가니스탄의 수도나 장미 전쟁이 일어난 연도는 잊어도 그 가르침을 기억하고 실천하며 살아갈 것이었다.

"내 인생의 한 시절이 또 지나갔어."

앤은 책상을 잠그며 큰 소리로 말했다. 앤은 마음이 아팠지만 '한 시절'이라는 말에서 풍기는 낭만이 약간의 위로가 되었다.

앤은 방학이 시작되자마자 2주 동안 메아리 오두막에 가서 지냈고 돌집 사람들 모두 즐거운 시간을 보낼 수 있었다.

앤은 라벤더와 함께 샬럿타운으로 쇼핑을 나갔다가 그녀에게 새 모슬린 드레스를 만들 옷감을 사라고 권했다. 두 사람은 집으로 돌아와 즐겁게 옷감을 잘라 드레스를 만들었다. 네 번째 샬로타가 행복한 얼굴로 시침질을 하고 자투리 천을 치웠다. 미스 라벤더는 무얼 해도 흥미가 생기지 않는다고 불평했지만 예쁜 드레스를 보고는 눈에 생기가 돌았다.

"난 정말 바보 같고 경솔하다니까. 아무리 물망초 모슬린이라도 그렇지, 새 드레스를 보고 이렇게 기운이 나다니 부끄러워 죽겠어. 해외 선교단에 기부금을 낼 때도 이렇지 않았는데 말야."

그녀가 한숨을 쉬었다.

돌집에서 지낸 지 이레째 되던 날 앤은 쌍둥이의 양말을 깁고 그동안 잔뜩 쌓였을 데이비의 질문에 답해 주기 위해 초록지붕집에 다니러 갔다. 저녁에는 폴 어빙을 만나러 해변 길로 갔다. 거실로 난 나지막한 창문을 지나다가 누군가의 무릎에 앉아 있는 폴이 언뜻 보였다. 바로 그때 폴이 복도로 쏜살같이 달려 나왔다.

폴이 신이 나서 외쳤다.

"앤 선생님! 무슨 일이 일어났는지 아세요? 진짜 멋진 일이에요. 아빠가 왔어요. 진짜 아빠가 왔다니까요! 들어오세요. 아빠, 우리 예쁜 선생님이에요. 아시죠, 아빠?"

스티븐 어빙은 미소를 지으며 앤을 맞았다. 그는 키가 크고 잘생긴 중년의 남자였다. 잿빛 머리에 짙고 그윽한 파란 눈동자, 강인해 보이지만 슬픈 표정이었고 이마와 턱선의 윤곽이 뚜렷했다. 앤은 로맨스의 주인공에 딱 어울리는 얼굴이라고 생각하며 가슴이 설레었다. 로맨스의 주인공이 대머리에 새우등이라거나 남자다운 매력이 없다면 몹시 실망스러울 것이었다. 앤은 라벤더가 사랑한 남자가 스티븐 어빙처럼 생기지 않았다면 그건 정말 끔찍했을 것이라 생각했다.

어빙 씨가 정중히 악수를 청했다.

"말로만 듣던 우리 아들의 '예쁜 선생님'이군요. 폴이 편지에 하도 선생님 이야길 많이 해서 이미 선생님을 잘 알고 있다는 느낌이 드네요. 폴한테 잘해 주셔서 고맙습니다. 폴한테 필요한 분이라는 생각을 해요. 제 어머니는 무척 좋은 분이시지만 스코틀랜드인답게 강건하고 현실적인 사고방식을 가진 분이라 폴의 성격을 잘 이해하지 못하실 때가 있었을 거예요. 그 점을 선생님이 채워 주셨어요. 지난 2년 동안 폴은 할머니와 선생님 사이에서 엄마 없는 아이로선 최고의 교육을 받은 것 같아요."

사람은 누구나 칭찬의 말을 좋아하기 마련이었다. 어빙 씨의 말에 앤의 얼굴은 활짝 핀 장미꽃처럼 부풀었고 늘 바쁜 생활에 쫓겨 살았던 어빙 씨는 앤을 보며 빨강 머리에 총명한 눈을 빛내고 있는 이 동부 해안 지방의 학교 선생보다 더 아름답고 사랑스러운 아가씨는 없을 거라 생각했다.

폴은 행복에 들떠 두 사람 사이에 앉으며 밝은 얼굴로 말했다.

"아빠가 올 줄은 정말 몰랐어요. 할머니도 몰랐다니까요. 정말 놀랐어요."

폴이 갈색 곱슬머리를 갸우뚱거리며 말을 이었다.

"평소엔…… 놀라는 걸 좋아하지 않아요. 놀란다는 건 기대하는 재미가 없어진단 말이잖아요. 하지만 이번 일은 괜찮아요. 아빠는 어젯밤 제가 잠든 뒤에 오셨어요. 할머니랑 메리 조가 놀란 마음을 가라앉힌 다음에 아빠는 제 얼굴만 볼 생각으로 할머니랑 2층으로 올라오셨어요. 아침에 깨울 생각이었던 거예요. 하지만 제가 곧바로 일어나서 아빠를 본 거예요. 정말 벌떡 일어나서 아빠 품에 뛰어들었어요."

어빙 씨는 미소를 지으며 폴의 어깨를 감싸 안았다.

"곰처럼 껴안았지. 내 아들인 걸 몰라볼 뻔했어. 키도 커지고 까무잡잡해진 데다 튼튼해져서 말야."

"할머니랑 저랑 둘 중에 누가 더 아빠를 반가워했는지 모르겠어요. 할머니는 오늘 온종일 부엌에 계세요. 아빠가 좋아하는 걸 만드느라요. 메리 조한텐 못 맡기겠대요. 할머니는 반가움을 그렇게 표현해요. 난 아빠랑 같이 앉아서 이야기하는 게 제일 좋아요. 근데 저 잠깐만 나갔다 올게요. 메리 조 대신 소를 몰고 와야 하거든요. 그건 제 일이라서요."

폴이 날쌔게 뛰어나간 후 어빙 씨는 앤에게 여러 가지 이야기를 했다. 하지만 앤은 어빙 씨가 마음속으로 다른 생각을 하고 있다는 느낌을 받았다. 그 생각은 곧 드러났다.

"폴이 마지막 편지에 선생님이랑 그래프턴의 돌집에 사는 제 옛 친구…… 라벤더 루이스네 집에 다녀왔다 하더라고요. 라벤더를 잘 아시나요?"

"네, 사실 미스 라벤더랑 전 아주 가까운 친구예요."

어빙 씨의 질문에 앤은 머리에서 발끝까지 짜릿해지는 느낌이었다. 드디어 로맨스가 그 모습을 드러내는 순간이었다.

어빙 씨는 자리에서 일어나 하프 소리를 내는 사나운 바람이 불고 있는 창가로 가 황금빛 물결이 일렁이는 드넓은 바다를 바라보았다. 작고 어두운 응접실에 잠시 침묵이 감돌았다. 어빙 씨는 돌아서서 어색하고 상냥한 미소를 지으며 연민으로 가득한 앤의 얼굴을 내려다보았다.

"얼마나 알고 있는지 궁금하네요."

그가 말했다.

"다 알아요."

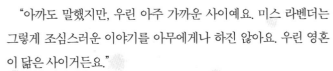

앤이 재빨리 대답하고는 서둘러 설명을 덧붙였다.

"아까도 말했지만, 우린 아주 가까운 사이예요. 미스 라벤더는 그렇게 조심스러운 이야기를 아무에게나 하진 않아요. 우린 영혼이 닮은 사이거든요."

"그래요, 그럴 것 같아요. 부탁할 게 하나 있는데요. 라벤더가 싫어하지 않는다면 만나 보고 싶은데, 그래도 되는지 한번 물어봐 주실래요?"

거절할 리가! 라벤더는 당연히 수락할 것이었다! 이건 너무나 아름다운 운율과 줄거리, 그리고 꿈이 있는 진짜 로맨스였다. 6월에 피었어야 할 장미가 10월에야 핀 것처럼 늦기는 했지만 말이다. 그렇다고는 해도 여전히 가슴에 여린 빛을 간직한 달콤하고 향기로운 장미꽃이었다. 다음 날 아침 너도밤나무 숲을 지나 그래프턴으로 향하는 앤의 발걸음은 그 어떤 심부름을 할 때보다 가벼웠다. 라벤더는 정원에 나와 있었다. 앤의 가슴이 콩닥콩닥 뛰었다. 손이 차가워지고 목소리가 떨려 왔다.

"미스 라벤더, 할 말이 있어요. 아주 중요한 이야기예요. 뭔지 알 것 같으세요?"

앤은 라벤더가 절대 짐작하지 못할 것이라 생각했다. 하지만 라벤더는 얼굴이 창백해지더니 조용하고 차분한 목소리로 말을 꺼냈다. 평소 같은 생기발랄한 목소리가 아니었다.

"스티븐 어빙이 돌아왔니?"

"어떻게 아셨어요? 누구한테 들으신 거예요?"

앤은 자기가 가져온 놀라운 소식을 라벤더가 이미 알고 있다는 사실이 실망스러워 소리쳤다.

"아무도. 네 말투를 듣고 짐작했어."

"어빙 씨가 만나고 싶으시대요. 오시라고 할까요?"

앤이 말했다.

"물론이야. 못 올 이유가 없잖아. 그냥 옛 친구로서 오는 건데."

라벤더의 가슴이 벅차올랐다.

앤은 라벤더의 책상에서 편지를 쓰기 위해 집 안으로 급하게 들어가며 이번 일에 대해 생각했다.

"아, 소설에서나 나올 법한 일이 진짜 일어난 거야. 해피 엔딩이 되겠지? 폴은 마음에 꼭 드는 새엄마가 생길 거고 모두가 행복해질 거야. 하지만 어빙 씨가 미스 라벤더를 데려가면 이 돌집은 어떻게 되는 거지? 세상 모든 일들이 다 그렇듯 장단점이 있는 거네."

앤은 신이 났다.

앤은 편지를 써서 그래프턴 우체국으로 직접 가져갔다. 우체부를 붙잡고 에이번리 우체국에 배달해 달라고 부탁했다.

"정말정말 중요한 편지예요."

앤이 간절한 목소리로 말했다. 우체부는 사랑의 전령사라고 하기에는 좀 퉁명스러운 노인이었다. 앤은 노인의 기억력을 신뢰할 수가 없었지만 우체부가 꼭 잊지 않겠다고 말했으므로 그 말을 믿는 것 외에는 도리가 없었다.

그날 오후 네 번째 샬로타는 돌집에 자기만 모르는 분위기가 퍼지고 있다는 것을 느꼈다. 라벤더는 산만하게 정원을 돌아다녔고 앤 역시 얼이 빠진 얼굴로 불안하게 이리저리 왔다 갔다 하고 있었다. 네 번째 샬로타는 참다못해 몽상에 빠진 앤이 세 번째로 하릴없이 부엌을 지나갈 때 앞을 막아섰다.

샬로타가 파란 리본을 단 머리를 홱 쳐들며 말했다.

"제발, 앤 아가씨, 아가씨랑 미스 라벤더한테 비밀이 있다는 거 알아요. 주제넘더라도 용서해 주세요. 하지만 우린 모두 친한 사이인데 저만 쏙 빼놓는 건 너무해요."

"아, 샬로타. 내 비밀이라면 너한테 말했을 거야. 하지만 이건 미스 라벤더의 비밀이잖아. 그래도 조금은 말해 줄게. 무슨 일이 있어도 딴 데 가서 말하면 안 돼. 오늘 밤 멋진 왕자님이 오실 거야.

그분은 오래전에 여기에 왔었지만 어리석게도 여길 떠나 멀리에서 떠돌아다녔어. 그러다 마법의 성으로 오는 오솔길을 잃은 거지. 성에는 왕자님 생각만 하며 슬프게 우는 공주님이 살고 있고. 하지만 왕자님은 그 길을 마침내 다시 기억해 냈고 공주님은 여전히 기다리고 있어. 공주님을 데려갈 수 있는 사람은 왕자님뿐이거든."

"앤 아가씨, 그게 무슨 소리예요?"

샬로타는 어리둥절해했다.

앤이 웃음을 터뜨렸다.

"쉽게 말하자면, 오늘 밤 미스 라벤더의 옛 친구가 온다는 거야."

"옛 애인 말이에요?"

있는 그대로 말을 해야 하는 샬로타였다.

앤이 진지한 얼굴로 대답했다.

"그런 셈이지. 폴의 아버지야, 스티븐 어빙. 어떻게 될진 모르지만 잘되길 바라자, 샬로타."

샬로타가 단박에 말했다.

"그분이랑 미스 라벤더랑 결혼하셨으면 좋겠어요. 아예 혼자 살고 싶은 여자들도 있잖아요. 저도 그렇게 될 것 같고요. 전 남자들한테 참을성이 별로 없거든요. 하지만 미스 라벤더는 그런 분이 절대 아녜요. 나중에 제가 보스턴으로 떠날 때가 되면 미스 라벤더는 어떻게 되려나 많이 걱정했어요. 우리 집엔 이제 더는 딸이 없거든요. 생판 모르는 사람이 와서 미스 라벤더가 상상에 빠져 있는 걸 비웃거나 물건을 제자리에 두지도 않고 다섯 번째 샬로타라 불리는 걸 싫어하면 어떡해요? 그릇을 깨뜨리지 않을는지는 몰라도 저만큼 미스 라벤더를 사랑하는 사람을 구하진 못할 거예요."

충직한 어린 하녀는 코를 킁킁거리며 오른쪽으로 달려갔다.

그날 밤 메아리 오두막에서는 여느 때처럼 티타임을 가졌지만 아무도 차를 입에 대지는 않았다. 그런 다음 라벤더는 방으로 가 물망초 모슬린 드레스로 갈아입었고 앤은 그녀의 머리를 매만져 주었다. 두 사람 모두 잔뜩 설레었지만 라벤더는 차분하고 아무렇지도 않은 척하고 있었다.

"내일은 정말 해진 커튼을 손봐야겠어."

그 순간 가장 중요한 일이 커튼을 손보는 일이라도 되는 양 라벤더가 꼼꼼하게 살피며 걱정스러운 목소리로 말했다.

"이 커튼은 가격에 비해 괜찮은 편인데. 이런, 네 번째 샬로타가 또 계단 난간 닦는 일을 잊었나 봐. 잔소릴 좀 해야겠어."

스티븐 어빙이 오솔길을 지나 정원으로 걸어왔을 때 앤은 현관 계단에 앉아 있었다.

기쁜 눈으로 주위를 둘러보며 스티븐이 말했다.

"여긴 시간이 멈춘 곳 같네요. 집도 정원도 25년 전이랑 똑같은 걸요. 도로 젊어진 기분이에요."

앤이 진지하게 말했다.

"마법의 성에선 시간이 흐르지 않는 법이잖아요. 왕자님이 와야만 시간이 다시 흐르기 시작하는 거고요."

어빙 씨는 젊음과 약속을 상징하는 과꽃처럼 잔뜩 상기된 앤의 얼굴을 바라보며 조금 서글픈 미소를 지어 보였다.

"때론 왕자가 너무 늦기도 하죠."

그가 말했다. 스티븐은 앤에게 쉽게 풀어서 이야기 해달라는 부탁 따위 하지 않았다. 같은 영혼을 가진 사람들이 그러하듯 스티븐은 앤의 말을 이해했다.

"늦지 않았어요. 진짜 왕자가 진짜 공주를 찾아온 거라면 말예요."

앤은 빨강 머리를 단호하게 저으며 응접실 문을 열었다. 스티븐이 안으로 들어가자 앤은 그의 등 뒤에서 문을 콩 닫고서야 네 번째 샬로타를 돌아보았다. 그녀는 복도에 서서 고개를 끄덕이고 손짓을 하며 미소를 짓고 있었다.

샬로타가 숨을 몰아쉬었다.

"아, 앤 아가씨, 부엌 창문으로 슬쩍 봤는데 진짜 잘생긴 분이세요. 미스 라벤더랑 나이도 딱 맞고요. 아가씨, 문 앞에서 엿들으면 안 되겠죠?"

"절대 안 되지, 샬로타. 유혹에 빠지면 안 되니까 나랑 멀리로 가 있자."

앤이 딱 잘랐다.

샬로타가 한숨을 쉬었다.

"아무것도 손에 잡히질 않아요. 가만히 기다리는 건 너무 힘들어요. 어빙 씨가 프러포즈를 안 하면 어쩌죠, 아가씨? 남자들이란 믿을 수가 없어서 말예요. 우리 큰언니인 첫 번째 샬로타도 어떤 남자랑 결혼 약속을 했다고 생각한 적이 있었는데요, 알고 보니 그 남자는 아니더라고요. 큰언니는 다신 남자를 안 믿겠다고 했어요. 그리고요, 이런 일도 있었대요. 어떤 남자가 사실은 동생을 좋아하면서도 겉으론 언니를 좋아하는 척했던 거죠. 아가씨, 왜 여자들은 남자를 자꾸 믿으려고 하는 거죠?"

"부엌엘 가서 은수저나 닦자. 그건 아무 생각 없이도 할 수 있는 일이니까. 난 오늘은 아무 생각도 할 수 없을 것 같아. 은수저를 닦다 보면 시간이 지나가겠지."

앤이 말했다.

한 시간이 지났다. 마지막 반짝이는 은수저를 내려놓는 순간 현관문 닫히는 소리가 났다. 앤과 샬로타는 두근거리는 마음으로 서로의 눈빛을 쳐다보았다.

샬로타가 숨을 몰아쉬었다.

"아, 앤 아가씨, 어빙 씨가 이렇게 일찍 돌아간다는 건 아무 일도 없었단 말이고, 잘될 일도 없을 거란 말이잖아요."

두 사람은 창가로 달려갔다. 어빙 씨는 떠나려 하는 것이 아니었다. 그는 라벤더와 함께 정원을 가로지르는 오솔길을 따라 돌 벤치가 있는 곳으로 천천히 걷고 있었다.

네 번째 샬로타가 신이 나서 속삭였다.

"앤 아가씨, 어빙 씨가 미스 라벤더의 허리에 팔을 둘렀어요. 청혼을 하셨나 봐요. 그러니 저렇게 걷고 있는 거겠죠."

앤은 네 번째 샬로타의 통통한 허리를 잡고 숨이 찰 때까지 부엌을 빙빙 돌며 춤을 추었다.

앤이 즐겁게 외쳤다.

"아, 샬로타, 난 예언자도 아니고 예언자의 딸도 아니지만 예언을 하나 남겨 볼래. 단풍잎이 빨갛게 물들기 전에 이 돌집에선 결혼식이 열릴 거야. 쉽게 풀어서 얘기해 줄까, 샬로타?"

"아뇨, 무슨 말인지 알아요. 결혼식은 쉬운 말이잖아요. 어머, 아가씨, 왜 우세요?"

깜빡이는 앤의 눈에서 눈물이 떨어져 내렸다.

"너무 아름다워서 그래. 동화 같고, 로맨틱하고…… 또 슬프기도 하고. 완벽하게 아름다운 이야기지만 왠지 좀 슬퍼."

네 번째 샬로타가 인정했다.

"물론 결혼은 누구한테나 위험한 일이긴 하죠. 하지만 아가씨, 살다 보면 말예요, 남편보다 나쁜 것들도 많아요."

Chapter 29.
시와 산문

그다음 한 달 동안 앤은 즐거운 시간을 보냈다. 설렘이 소용돌이 치고 있는 에이번리라고 해도 될 정도였다. 레드먼드로 떠날 준비를 하는 것은 뒷전으로 밀려날 정도였다. 라벤더의 결혼 준비로 돌집에서는 이것저것 의논하고 계획을 세우느라 분주했고 네 번째 샬로타는 마냥 즐겁고 신기해서 주변을 맴돌았다. 재단사가 와서 옷을 고르고 대어 보고 하느라 만감이 교차하기도 했다. 앤과 다이애나는 하루의 절반을 메아리 오두막에서 보냈다. 앤은 라벤더에게 신혼여행에서 입을 드레스로 짙은 감색보다는 갈색을 골라 주고 회색 실크 드레스를 입으면 공주처럼 보일 거라 조언해 준 것이 잘한 일인지 고민하느라 잠을 설치기도 했다.

라벤더의 주변 사람들은 모두 기뻐했다. 폴 어빙은 아버지에게 이야기를 듣자마자 앤에게 소식을 알리려 초록지붕집으로 달려왔다.

폴이 자랑스러운 목소리로 말했다.

"아빠가 멋진 새엄마를 만들어 주실 줄 알았어요. 믿음직한 아빠가 있다는 게 기뻐요, 선생님. 전 라벤더 아줌마도 좋아요. 할머니도 기쁘시대요. 할머니는 아빠가 두 번째 부인으로 미국인을 데려오지 않아서 정말 다행이래요. 첫 번째는 그래도 괜찮았지만 두 번째도 잘되리란 보장은 없다면서요. 린드 부인도 이 결혼에 전적으로 찬성이시래요. 이제 라벤더 아줌마가 결혼을 하게 됐으니까 이상한 생각 같은 건 하지 말고 다른 사람들처럼 평범하게 살게 될 것 같대요. 하지만 선생님, 전 아줌마가 별난 생각들을 버리지 않았으면 좋겠어요. 전 그게 좋거든요. 그리고 아줌마가 다른 사람들같아지는 건 싫어요. 그런 사람들은 벌써 세상에 많잖아요."

네 번째 샬로타 역시 기쁨으로 가득했다.

"아, 앤 아가씨, 모든 게 다 잘 풀렸어요. 어빙 씨랑 미스 라벤더가 신혼여행에서 돌아오면 저도 그분들을 따라 보스턴으로 가서 살 거예요. 아직 열다섯 살이지만요. 언니들은 열여섯 살이 되어서야 갔지만. 어빙 씨는 진짜 멋진 분이죠? 그분은 미스 라벤더 밟은 땅까지도 숭배해요. 어빙 씨가 미스 라벤더를 바라보는 눈빛을 보면 제 가슴이 다 콩닥거린다니까요. 뭐라 표현할 수 없는 눈빛이에요. 두 분이 정말 끔찍하게 사랑해서 저도 기뻐요. 사랑 없이 살수 있는 사람들도 있다지만 그래도 사랑하면서 사는 게 최고잖아요. 우리 이모는 결혼을 세 번이나 했는데요, 처음엔 사랑 때문이었고 나머지 두 번은 돈 때문이었대요. 그래도 남편들 장례식 때 말곤 세 번 다 행복했대요. 그래도 전 미스 라벤더가 모험을 하는 거라 생각하긴 해요, 아가씨."

그날 밤 앤은 마릴라에게 속삭였다.

"정말 로맨틱해요. 그날 킴볼 씨네 집에 가다가 길을 잃지 않았으면 미스 라벤더를 만나지 못했을 거예요. 그럼 폴을 돌집에 데려가지도 않았을 거고요. 그랬다면 폴은 샌프란시스코로 떠나려던 어빙 씨에게 미스 라벤더네 집에 다녀왔단 편지도 쓰지 않았을 테고요. 어빙 씨는 그 편지를 받자마자 동업자를 샌프란시스코에 대신 보내고 여기로 온 거래요. 어빙 씨는 15년 동안이나 미스 라벤더 소식을 듣지 못했대요. 15년 전에 누군가한테 미스 라벤더가 결혼할 거란 이야길 전해 들었고, 그 후론 누구한테도 소식을 물어본 적 없대요. 이제야 모든 일이 제대로 됐어요. 저도 제 몫을 한 거고요. 린드 부인 말대로 모든 일은 예정되어 있어서 일어날 일은 어떻게든 일어나나 봐요. 그래도 예정된 일이 일어날 수 있게 제가 도왔다는 사실이 기뻐요. 정말로 로맨틱하죠?"

"그렇게까지 로맨틱할 일도 아닌 것 같은데."

마릴라는 무뚝뚝했다. 마릴라는 앤이 라벤더의 결혼에 지나치게 매달려 있다고 생각했다. 대학에 가려면 준비할 것도 많은데 앤은 라벤더를 돕느라 사흘에 이틀은 메아리 오두막에 드나드는 중이었다.

"애초에 젊은 두 바보들이 말다툼을 하고는 토라졌어. 그래서 스티븐 어빙은 미국으로 떠나 버렸고 거기서 결혼해 여러모로 보나 남부럽잖게 잘 살았어. 그러다 아내가 죽었고 시간이 어느 정도 지난 다음에 고향으로 돌아와서 첫사랑 마음이 아직 여전한지 보려고 했지. 그동안 스티븐의 첫사랑은 짝을 못 만나 혼자 살고 있었고. 그래서 결국 두 사람이 다시 만나 결혼을 하기로 한 거야. 여기서 도대체 어떤 부분이 로맨틱하단 거니?"

앤은 찬물이라도 뒤집어쓴 것처럼 숨을 몰아쉬었다.

"맙소사, 그런 식으로 보면 하나도 로맨틱하지 않죠. 산문식으로 보니까 그런 거예요. 시적으로 보면 완전히 달라져요. 훨씬 멋있는 일이 된다고요. 이런 건 시적으로 봐야 한다니까요."

다시금 앤의 눈빛이 반짝이고 뺨이 발그레해졌다.

마릴라는 생기가 도는 앤의 얼굴을 힐끗 보고는 더 이상 빈정대지 않았다. 어쩌면 앤처럼 하늘이 내려 준 상상력을 갖고 사는 것이 낫다는 사실을 깨달은 것인지도 몰랐다. 상상력은 누가 건네주거나 빼앗을 수 있는 것이 아니었고, 삶을 새로운 시선으로 바라보게 하는 신의 선물이었다. 세상 모든 것이 천상의 빛으로 둘러싸인 것처럼 보이게 해 주는 그것은 마릴라나 네 번째 샬로타처럼 세상을 오직 산문식으로만 바라보는 사람들에게는 보이지 않는 아름다움이고 상쾌함이었다.

"결혼식이 언제니?"

잠깐의 침묵 끝에 마릴라가 물었다.

"8월 마지막 주 수요일이에요. 정원에 있는 인동덩굴 아래에서
결혼식을 올릴 거예요. 25년 전에 어빙 씨가 미스 라벤더한테 청혼
했던 자리예요. 마릴라, 이건 산문식으로 말해도 로맨틱하죠? 하
객은 어빙 부인이랑 폴, 길버트, 다이애나랑 저, 그리고 미스 라벤
더의 사촌들뿐이에요. 두 분은 6시 기차로 태평안 연안으로 신혼
여행을 떠날 거고요. 가을에 여행에서 돌아오면 네 번째 샬로타랑
보스턴으로 가서 살 거예요. 하지만 메아리 오두막은 그대로 남겨
둘 거래요. 여름마다 와서 지낼 거라고요. 물론 닭이랑 소 들은 팔
고 창문은 닫아 두겠지만요. 정말 기뻐요. 겨울에 레드먼드에서 지
내면서 돌집이 버려졌다거나, 더 나쁘게는 다른 사람이 살고 있다
거나 한다면 정말 가슴이 아플 것 같거든요. 하지만 여름이 되면
늘 그랬듯 다시 생기 있게 변할 테고 전 그저 기쁘게 기다리면 되
니까 괜찮아요."

세상에는 돌집 중년 연인들의 사랑 말고도 로맨틱한 사랑이 또
있었다. 어느 저녁, 앤은 지름길을 따라 비탈과수원 집으로 가서
배리 씨네 정원으로 들어서다 우연히 그 장면을 목격했다. 다이애
나 배리와 프레드 라이트가 커다란 버드나무 아래에 같이 서 있었

다. 뺨이 발갛게 물든 다이애나는 눈을 내리깐 채 잿빛 나무에 기대 서 있었고 프레드는 다이애나의 손을 잡고 낮고 간절한 목소리로 중얼거리며 다이애나 쪽으로 고개를 숙였다. 그 마법의 순간, 세상에는 오직 두 사람만 존재했다. 그래서 두 사람 다 앤을 보지 못했다. 앤은 얼떨떨해진 얼굴로 두 사람을 쳐다보고는 조용히 돌아서서 가문비나무 숲을 지나 한 번도 쉬지 않고 후다닥 방으로 돌아왔다. 가쁜 숨을 몰아쉬며 창가에 주저앉은 앤은 혼란스러운 머릿속을 정리하려고 애를 썼다.

앤은 숨이 턱턱 막혔다.

"다이애나랑 프레드가 사랑에 빠진 거야. 우린…… 우린 이제 어쩔 수 없이 어른이 되어 버린 거야."

요사이 앤은 다이애나가 어릴 적부터 꿈꿔 온 바이런 풍의 이상형을 버린 것 같다는 의심을 해 오던 참이었다. 하지만 '백문이 불여일견'이라고, 앤은 직접 두 눈으로 확인하자 충격을 받을 지경이었다. 기분이 이상하기도 했고 조금은 외로워지기도 했다. 마치 다이애나가 앤을 뒤에 홀로 남겨 둔 채 새로운 세상으로 나가 버린 기분이었다.

앤은 조금 서글퍼졌다.

"세상은 겁이 날 정도로 빨리 변하네. 이번 일로 다이애나랑 나사이도 조금 변화가 생기겠지. 이젠 다이애나한테 내 모든 비밀을 털어놓을 수도 없을 것 같아. 프레드한테 말할지도 모르니까. 다이애나는 프레드의 어디가 좋은 걸까? 프레드는 착하고 재미나긴 하지만…… 그래도 그냥 프레드 라이트인데."

'누가 누구를 왜 좋아할까', 라는 질문에 대한 대답은 정말이지 어렵기만 했다. 하지만 그 답을 알 수 없다는 것이 어쩌면 다행인지도 몰랐다. 사람들의 보는 눈이 모두 똑같다면 '모두가 내 아내를 원한다'는 인디언의 속담처럼 되어 버릴 테니까. 다이애나는 프레드에게서 앤이 보지 못한 무언가를 발견했을 것이었다. 다음 날 저녁 초록지붕집을 찾아온 다이애나는 깊은 생각에 잠긴 듯 수줍어하는 얼굴로 어둑하고 조용한 동쪽 방에서 앤에게 모든 일을 털어놓았다. 두 소녀는 소리를 지르기도 하고 입을 맞추기도 하면서 웃음을 터뜨렸다.

다이애나가 말했다.

"나 너무 행복해. 하지만 내가 약혼을 한다고 생각하니까 그건 너무 웃겨."

"약혼하는 기분이 어때?"

앤이 궁금해하며 물었다.

먼저 약혼한 사람이 그렇지 않은 사람에게 인생의 선배인 척하듯 다이애나가 말했다.

"그건 누구랑 약혼하느냐에 따라 다를 것 같은데. 프레드랑 약혼하는 건 더할 나위 없이 행복하지만 다른 사람이라면 끔찍할 것 같아."

"오로지 프레드만 눈에 보인다 그거지? 다른 사람들은 안중에도 없고."

앤이 웃음을 터뜨렸다.

"앤, 넌 이해 못 해. 그런 말이 아냐. 말로 하기가 너무 어려워. 너도 때가 되면 내 말을 이해할 거야."

다이애나가 답답해했다.

"이런, 우리 다이애나. 난 지금도 이해해. 다른 사람의 눈으로 세상을 들여다볼 수 없다면 상상력이 다 무슨 소용이겠어?"

"내 들러리가 돼 줘야 해, 앤. 약속해 줘. 결혼식 때 네가 어디에 있더라도 해 줘야 해."

"지구 반대편에 있어도 달려올 거야."

앤이 단단히 약속했다.

"앤, 물론 아직 영영 작별하는 건 아냐. 적어도 3년은 있어야 해. 난 아직 열여덟 살이고 엄마는 스물한 살이 되기 전엔 절대 안 된 대. 거기다 프레드 아버지가 프레드한테 에이브러햄 플레처 농장을 사 주기로 하셨는데, 프레드가 그걸 인수하려면 농장값의 3분의 2를 갚아야 한대. 3년이면 살림을 장만하기에도 빠듯하잖아. 난 뜨개질도 하나도 안 해 놨고. 그래서 내일부터 코바늘로 도일리

(doily)를 뜰 거야. 미라 길리스는 결혼할 때 도일리를 37개나 준비했었대. 나도 그만큼 만들 거야."

"집 안을 꾸미려면 도일리 37개로는 어림도 없을걸."

앤은 진지한 표정을 지어 보였지만 눈빛은 마냥 즐거웠다.

"놀리지 마, 앤."

다이애나가 얼굴을 찌푸리며 앤을 나무랐다.

앤이 미안해하며 큰 소리로 말했다.

"놀린 거 아니야. 그냥 장난친 거지. 넌 세상에서 제일 귀여운 주부가 될 거야. 벌써 꿈의 집을 계획하고 있다니 대단해."

앤은 꿈의 집이라는 말을 내뱉자마자 상상에 빠져 자기만의 꿈의 집을 그려 보기 시작했다. 물론 그 집에는 도도하면서도 우수에 젖은 이상형의 남편이 있었다. 그런데 희한하게도 길버트 블라이스가 앤을 도와 그림을 걸고 정원을 꾸미는 등 잡다한 일을 해 주며 상상 속을 서성였다. 도도하고 우수에 찬 이상형에게는 어울리지 않는 일들이었다. 앤은 스페인에 있는 자신만의 성에서 길버트의 모습을 지워 버리려 했지만 길버트는 계속 그곳에 남아 있었다. 앤은 포기하고 다이애나가 다시 이야기를 시작하기 전에 서둘러 꿈의 집을 완성시켰다.

"앤, 넌 내가 늘 이상형이라고 말했던 키 크고 늘씬한 남자랑은 전혀 다른 프레드랑 만나는 게 우습지? 그런데 난 프레드가 키가 크고 늘씬해지길 바라진 않아. 그럼 그건 프레드가 아닌 거니까."

다이애나는 조금 서글프게 덧붙였다.

"슬프지만 우린 땅딸막한 부부가 될 거야. 그래도 모건 슬론 부부처럼 한 사람은 작고 뚱뚱한데 한 사람은 크고 마른 것보단 낫지 않아? 린드 부인은 슬론 부부를 볼 때마다 두 사람 키를 자꾸 비교하게 된대."

그날 밤 앤은 테두리에 금박을 입힌 거울 앞에서 머리를 빗으며 중얼거렸다.

"어쨌거나 다이애나가 행복해하고 만족해서 나도 기뻐. 언제 일는진 모르지만 나도 사랑에 빠질 날이 온다면 좀 더 설레는 일이 생겼으면 좋겠어. 하긴 다이애나도 예전엔 그런 생각을 했잖아. 남들처럼 평범한 약혼은 절대 하지 않을 거라고 말야. 자기랑 약혼할 남자는 자기를 차지할 만큼 훌륭해야 한다고 그랬지. 다이애나는 변했네. 나도 변할지도 몰라. 아, 친한 친구가 약혼을 한다니까 내 마음도 갈피를 못 잡겠어."

8월의 마지막 주가 되었다. 라벤더는 그 주에 결혼을 하고, 2주 후에는 앤과 길버트가 레드먼드 대학으로 떠나게 될 것이었다. 그리고 일주일 후면 레이첼 린드가 초록지붕집으로 이사를 와 손님방에 살림들을 채울 것이었다. 손님방은 그녀를 맞을 준비가 다 되어 있었다. 레이첼은 필요 없는 살림들을 팔아 버렸고 이제는 앨런 목사 부부가 짐 싸는 일을 도와주고 있었다. 그런 일은 레이첼의 성격에도 맞는 일이라 그녀는 몹시 즐거워했다. 앨런 목사는 오는 일요일에 마지막 설교를 하기로 되어 있었다. 앤이 행복했던 일들을 떠올리며 살짝 서글픈 기분에 젖어 있을 때, 옛것들은 어느새 새로운 것들에게 자리를 내어 주고 있었다.

해리슨 씨가 철학적인 분위기를 풍기며 말했다.

"변화라는 게 다 즐거운 건 아니지만 꼭 필요한 일이잖아. 2년이란 시간은 변하지 않고 있기엔 너무 긴 시간이야. 변하지 않고 고여 있는 건 썩게 마련이거든."

해리슨 씨는 베란다에서 담배를 피우고 있었다. 해리슨 부인은 창문을 열어 놓기만 하면 집 안에서 담배를 피워도 좋다고 한 발짝 양보했다. 해리슨 씨는 맑은 날이면 아예 밖으로 나가 담배를 피우는 것으로 아내의 양보에 보답했다.

앤은 노란 달리아를 얻으려고 해리슨 부인을 찾아온 것이었다. 앤과 다이애나는 네 번째 샬로타와 함께 내일이면 신부가 될 라벤더의 마지막 준비를 돕기 위해 그날 밤 메아리 오두막에 갈 예정이었다. 라벤더의 집에는 달리아가 없었다. 그녀가 달리아를 좋아하지 않을뿐더러 그녀의 고풍스러운 정원과는 어울리지 않을 수도 있었다. 하지만 그해 여름에는 에이브 아저씨가 예견했던 폭풍우가 몰아치는 바람에 에이번리와 이웃 마을에는 꽃이 귀했다. 앤과 다이애나는 도넛을 담아 두던 크림색 낡은 돌 항아리에 노란 달리아를 가득 담아 돌집의 어둑한 계단 귀퉁이에 두면 빨간 벽지를 바른 어두운 거실과 잘 어울릴 것이라고 생각했다.

"2주만 있으면 대학엘 간다지?"

해리슨 씨가 말을 이었다.

"에밀리랑 난 네가 많이 보고 싶을 것 같네. 이제 초록지붕집엔 너 대신 린드 부인이 있겠구나. 별걸 다 대신하고 있네."

해리슨 씨의 빈정거리는 말투는 글로 써 내려가기 어려울 지경이었다. 해리슨 부인은 린드 부인과 친하게 지냈지만 린드 부인과 해리슨 씨의 관계는 상황이 바뀌었다 해도 크게 달라지지 않았다.

"네, 곧 떠나요. 머리론 기쁜 일인데, 마음은 영 서운해요."

앤이 대답했다.

"레드먼드 대학에 널린 상이란 상은 죄다 네가 타 버릴 것 같은데."

앤이 솔직하게 대답했다.

"한두 개는 타도록 노력해야죠. 하지만 2년 전처럼 그런 일에 연연하고 싶진 않아요. 제가 대학에서 배우고 싶은 건 잘 살아가는 법에 대한 지식이랑 그 지식을 가장 유용하게 쓰는 방법이거든요. 전 저 자신과 남들을 이해하고 돕는 법을 배우고 싶어요."

해리슨 씨가 고개를 끄덕였다.

"바로 그거야. 대학은 그래야지. 쓸데없이 학위나 남발하지 말고. 학사들이란 그저 책이나 읽고 앉아서 아무짝에도 팔요 없는 허영심만 안고 있다니까. 네 말이 맞다. 너한텐 대학이 별로 해로울 것 같지 않네."

다이애나와 앤은 차를 마신 후 집과 이웃의 정원에서 구한 꽃을 한 아름 안고 메아리 오두막으로 마차를 몰았다. 돌집은 온통 들떠 있었다. 네 번째 샬로타가 어찌나 활기차게 뛰어다니는지 샬로타의 파란 리본은 동시에 어디에나 있을 수 있는 힘을 가진 것만 같았다. 나바라의 투구처럼 샬로타의 파란 리본이 그 아수라장 속에서 마구 나부끼고 있었다.

샬로타가 진심을 담아 말했다.

"와 주셔서 정말 감사해요. 할 일이 산더미 같거든요. 케이크에 입힌 설탕이 굳질 않아요. 은 식기도 아직 못 닦았고요. 여행 가방도 챙겨야 하고 치킨 샐러드에 넣어야 할 수탉도 아직 닭장 너머에서 꼬꼬댁거리고 있는 판국이에요. 앤 아가씨, 미스 라벤더한텐 일을 믿고 맡기지도 못하잖아요. 좀 전에 어빙 씨가 오셔서 미스 라벤더를 데리고 숲으로 산책을 나가셔서 오히려 다행이지 뭐예요. 앤 아가씨, 모든 건 다 제자리에 있는데 요리도 하면서 그릇도 닦으려니까 되는 일이 하나도 없어요. 제 꼴이 이래요, 앤 아가씨."

앤과 다이애나가 정성을 다해 도와준 끝에 밤 10시쯤에는 네 번째 샬로타도 만족할 정도가 되었다. 샬로타는 머리를 수십 가닥으로 땋은 뒤 지친 몸을 이끌고 침대로 갔다.

"하지만 앤 아가씨, 전 마지막 순간에 뭐가 잘못되면 어쩌나 걱정이 돼서 한숨도 못 잘 것 같아요. 크림에 거품이 안 일면 어쩌죠. 어빙 씨가 발작이라도 일으켜서 못 오신다거나요."

"어빙 씨한테 습관성 발작 같은 건 없어."

다이애나가 입가의 보조개를 실룩거리며 대답했다. 다이애나는 네 번째 샬로타가 미인은 아니어도 언제나 즐거움을 주는 사람이라고 생각했다.

샬로타가 진중하게 말했다.

"발작은 습관성이 아니잖아요. 갑자기 일어나는 거죠. 누구나 발작이 찾아올 수 있다고요. 발작을 어떻게 일으키는지 배울 필요는 없는 거지만요. 우리 삼촌은 식사를 하려고 자리에 앉았다가 발작을 일으켰는데, 어빙 씨랑 삼촌이 많이 닮았어요. 하지만 다 잘되겠죠? 할 수 있는 데까지 준비를 다 해 놓고 만약의 경우에 대비한 다음에 그때부턴 그냥 신께 맡겨야 하는 걸 거예요."

"내가 걱정하는 건 내일 날씨가 맑지 않으면 어쩌나 하는 것뿐이야. 에이브 아저씨가 주중에 비가 올 거라고 했거든. 폭풍우 이후론 자꾸 에이브 아저씨의 말을 믿게 된다니까."

다이애나가 말했다.

앤은 에이브 아저씨와 폭풍우의 관계를 다이애나보다 잘 알고 있었기 때문에 비 걱정은 별로 하지 않았다. 지쳐서 곯아떨어졌던 앤은 네 번째 샬로타가 깨우는 바람에 좀 이른 시간에 일어났다.

열쇠구멍으로 울먹이는 소리가 들려왔다.

"앤 아가씨, 일찍 깨워서 죄송해요. 아직 할 일이 너무 많아요. 그리고 아가씨, 아무래도 비가 올 것 같아요. 아가씨가 일어나서 비가 안 올 거라고 말씀해 주세요."

앤은 내 번째 샬로타가 자기를 깨우려고 한 말이기를 바라며 후다닥 창가로 뛰어갔다. 하지만 아침인데도 밖이 영 심상치 않았다.

창문 아래 라벤더의 정원에 여린 햇살이 살그머니 내려앉을 시간이었는데도 바람 한 점 없이 흐리고, 전나무 숲 위 하늘에는 온통 음산한 구름 떼였다.

"이건 너무한데!"

다이애나가 말했다.

"잘되길 기도해야지. 비만 내리지 않는다면 이렇게 잿빛 구름 낀 선선한 날씨가 햇살이 따가운 날보다 나을지도 몰라."

앤이 마음을 다잡고 말했다.

"하지만 비가 올 것 같아요."

샬로타가 울먹이며 방으로 들어왔다. 다닥다닥 땋아서 흰 끈으로 묶은 샬로타의 머리카락은 여기저기 비어져 나와 우스꽝스럽기 짝이 없었다.

"가만히 있다가 결혼식 순간에 억수같이 퍼부을지도 몰라요. 사람들은 다 비에 흠뻑 젖고 집 안은 진흙투성이가 될 테고 그럼 인동덩굴 아래에서 결혼식도 올리지 못할 거예요. 밝은 햇살이 신부를 비춰 줘야 하는데, 이건 너무하잖아요. 앤 아가씨, 뭐라 말 좀 해 보세요. 모든 게 잘될 거라고 믿었는데."

네 번째 샬로타는 확실히 미스 엘리자 앤드루스의 말투를 닮은 것 같았다.

내내 비가 올 것 같았지만 결국 내리지는 않았다. 정오 무렵에는 방을 다 꾸미고 테이블도 아름답게 장식을 마쳤다. '신랑을 위해 곱게 단장한' 신부는 2층에서 기다리고 있었다.

"정말 사랑스러워요."

앤이 감탄했다.

"너무 예뻐요."

다이애나도 앤의 말투를 따라 했다.

"앤 아가씨, 준비는 다 끝냈어요. 아직까진 나쁜 일이 생기지 않았어요."

샬로타가 옷을 갈아입기 위해 안쪽 방으로 가면서 쾌활한 목소리로 말했다. 샬로타는 다닥다닥 땋았던 머리를 풀고 정신없이 곱슬거리는 머리를 두 가닥으로 땋아 내린 다음 이번에는 리본 두 개가 아니라 새로 산 새파란 리본 네 개로 묶었다. 위쪽으로 묶은 두 개 때문에 샬로타의 목에서 라파엘 천사의 날개가 튀어나온 것 같았다. 하지만 샬로타는 그 리본이 아주 예쁘다고 생각했다. 샬로타는 풀을 많이 먹여서 가만히 세워 두어도 쓰러지지 않을 정도의 하얀 드레스를 파스락파스락 소리 내며 입었고 거울 앞에서 무척 만족스러워했다. 하지만 복도로 나와 몸에 착 달라붙는 드레스를 입고 부드럽게 물결치는 빨강 머리에 별 같은 하얀 꽃을 꽂은 키 큰 숙녀를 보는 순간, 샬로타의 만족감은 순식간에 사라져 버렸다.

"아, 난 죽어도 앤 아가씨처럼 될 순 없을 거야. 저런 분위기는 타고나는 거지. 아무리 연습해도 난 안 될걸."

가엾은 샬로타가 체념하듯 말했다.

오후 1시가 되자 앨런 목사 부부를 포함한 하객들이 도착했다. 그래프턴의 목사가 휴가를 떠나는 바람에 앨런 목사가 혼인 예배를 올려 주기로 했기 때문이었다. 결혼식은 딱딱한 격식 없이 치러졌다. 라벤더가 계단 아래에 선 신랑에게로 내려왔고 신랑이 신부의 손을 잡자 신부는 갈색 눈을 들어 그를 올려다보았다. 네 번째 샬로타는 그 모습에 가슴이 설렜다. 신랑과 신부는 앨런 목사가 기다리고 있는 인동덩굴 그늘 아래로 걸어갔다. 하객들이 편하게 모여 있었다. 앤과 다이애나는 오래된 돌 벤치 옆에서 샬로타를 가운데 두고 서서 파르르 떨고 있는 그녀의 차갑고 작은 손을 꼭 잡아 주었다.

앨런 목사는 혼인 서약서를 펼치고 식을 시작했다. 라벤더와 스티븐 어빙이 혼인 서약을 끝내자 몹시 아름답고도 상징적인 일이 일어났다. 갑자기 잿빛 하늘이 열리면서 행복한 신부에게로 눈부신 햇살이 쏟아져 내린 것이었다. 순식간에 정원은 일렁이는 그림자와 반짝이는 햇살로 활기가 넘쳤다.

"정말 아름다운 징조잖아."

앤은 신부에게 입을 맞추러 달려가며 생각했다. 그리고 세 소녀는 신랑 신부를 둘러싼 채 웃고 있는 하객들을 뒤로하고 만찬 준비가 다 되었는지 보려고 집 안으로 뛰어갔다.

샬로타가 숨을 몰아쉬었다.

"감사하게도 잘 끝났어요, 앤 아가씨. 또 무슨 일이 생길는지는 모르겠지만 아무튼 결혼식은 잘 끝났으니까요. 아가씨, 쌀 포대는 팬트리에 있고요, 헌 구두는 문 뒤에 있어요. 휘핑크림은 지하실 계단에 있고요."

2시 반에 어빙 부부가 떠날 때 다들 오후 기차를 타는 신혼부부를 배웅하러 브라이트리버 역으로 갔다. 라벤더, 아니, 어빙 부인이 돌집의 문을 열고 계단을 내려올 때 길버트와 소녀들은 쌀을 뿌렸고 샬로타는 헌 구두를 던졌는데 그만 앨런 목사의 머리에 정통으로 맞고 말았다. 가장 귀여운 배웅의 인사는 폴이 해 주었다. 폴은 식당 벽난로 선반에 있던 커다란 놋쇠 식사 종을 마구 울리면서 현관으로 뛰어나갔다. 자신의 마음을 담은 기쁨의 소리를 내고 싶어서였다. 쨍그랑 종소리가 잦아들자 강 건너 산꼭대기와 산모퉁이, 골짜기에서 '마법의 결혼 종소리'가 맑고 사랑스럽게 울려 퍼졌다. 마치 라벤더가 사랑했던 메아리가 그녀를 향해 작별 인사를 하는 것만 같았다. 라벤더는 아름다운 메아리의 축복을 받으며 꿈과 상상으로 충만했던 돌집 생활을 떠나 현실 세계로 떠나갔다.

두 시간 후 앤과 네 번째 샬로타는 오솔길을 다시 내려왔다. 길버트는 웨스트그래프턴으로 심부름을 갔고 다이애나는 집에서 할 일이 있었다. 앤과 샬로타는 집을 정리하고 문을 잠가 두기 위해 돌집으로 돌아왔다. 정원은 오후의 황금빛 햇살이 가득했고 나비와 벌 떼가 날아다녔다. 작은 돌집에서는 축제가 끝난 뒤에 느껴지기 마련인 왠지 모를 쓸쓸함이 감돌고 있었다.

역에서 돌아오는 내내 흐느껴 울던 샬로타가 코를 훌쩍거리며 말했다.

"이런, 집이 외로워 보이는걸요. 알고 보면 결혼식이 장례식보다 딱히 즐거운 것만도 아니네요, 아가씨."

바쁜 저녁 시간이 이어졌다. 장식물들을 치우고 설거지를 하고 남은 음식은 샬로타의 남동생들에게 가져다주면 좋을 것 같아 바구니에 담았다. 앤은 다 정리가 될 때까지 한시도 쉬지 않았다. 샬로타가 바구니를 들고 집으로 돌아간 뒤 앤은 사람들이 떠난 텅 빈 연회장을 걷는 기분으로 방들을 돌아다니며 창문에 달린 덧문을 닫았다. 마지막으로 현관문을 잠근 뒤 은백색 포플러나무 아래에 앉아 길버트를 기다렸다. 몸은 고단했지만 생각은 여전히 지치지 않고 꼬리에 꼬리를 물었다.

"무슨 생각을 그렇게 해, 앤?"

길버트가 산책로를 내려오며 물었다. 마차를 길가에 세워 두고 내려오는 길이었다.

"미스 라벤더랑 어빙 씨 생각. 세상일이 돌아가는 걸 보면 참 아름답단 생각이 들어. 오랫동안 오해로 헤어져 있었지만 결국엔 이렇게 다시 만나잖아."

길버트는 고개를 들고 있는 앤을 지그시 내려다보았다.

"그래, 아름답지. 하지만 앤, 두 사람한테 오해도 없고 이별도 없었다면 더 아름답지 않았을까? 그저 함께였던 기억만 안고 지금까지 살아왔다면 더 그렇지 않았겠어?"

그 순간 앤은 이상하게 가슴이 떨려 왔다. 처음으로 길버트의 눈을 바로 쳐다보지 못하고 얼굴이 장밋빛으로 물들었다. 지금까지 앤의 마음을 가리고 있던 베일을 걷어낸 듯 뜻밖의 감정과 진실이 드러나 버린 것 같았다. 어쩌면 사랑은 백마를 탄 기사처럼 화려하고 요란하게 다가오는 것이 아니라 오래된 친구처럼 가만히 다가오는 것인지도 몰랐다. 그리고 사랑은 갑작스러운 빛줄기처럼 나타나 시와 음악이 있는 책장을 마구 넘기고 평범한 산문처럼 나타나는 것인지도 몰랐다. 초록색 꽃망울 속에서 황금빛 장미꽃이 드러나는 것처럼 사랑은 깊은 우정으로부터 자연스럽게 시작되는 것인지도 몰랐다.

그러고는 다시 막이 내렸다. 하지만 지금 어두운 오솔길을 내려가는 앤은 어제저녁 명랑하게 마차를 몰고 가던 앤이 더 이상 아니었다. 보이지 않는 손이 소녀 시절의 장을 펼쳤듯, 이제 앤 앞에는 신비롭고 매혹적이면서도 아픔과 기쁨으로 가득한 여인의 장이 펼쳐지고 있었다.

길버트는 현명하게도 입을 열지 않았다. 길버트는 갑자기 발그레해지던 앤의 얼굴을 떠올리며 앞으로 다가올 4년의 시간에 대해 생각했다. 열정을 다해 즐겁게 공부해서 유용한 지식과 사랑하는 여인을 얻을 시간.

정원에 선 두 사람 뒤로 그림자가 내려앉은 돌집이 서 있었다. 쓸쓸해 보였지만 버려진 건 아니었다. 돌집에는 꿈과 웃음과 인생의 기쁨이 오롯이 남아 있었다. 여름을 기다리면 될 일이었다. 강물 위로 내려앉은 자줏빛 노을 너머 메아리도 그날을 기다리고 있었다.

『허밍버드 클래식』
동시대를 호흡하는 문학가들의 신선한 번역과 어른들의 감수성을 담은 북 디자인을 결합해
시대를 초월한 고전 읽기의 즐거움을 선사하고자 합니다.